한국 근대 자유시의 이념과 형성

The Ideology and Formation of The Korea Modern Free Verse

정우택(鄭雨澤)

1962년 충북 제천 출생
성균관대학교 국어국문학과, 동대학원 졸업
문학박사
현재 대원과학대학 교수
주요 논문으로 「한국 근대시 형성과정에서 '개인'의 위상과 의미」, 「고월 이장희 시 연구」,
「'근대시인' 이상화」, 「『님의 침묵』의 근대적 의미」 등이 있다.

한국 근대 자유시의 이념과 형성

1판 1쇄 인쇄 2004년 3월 20일
1판 1쇄 발행 2004년 3월 30일

지은이 / 정우택
펴낸이 / 박성모
펴낸곳 / 소명출판
출판고문 / 김호영
등록 / 제13-522호
주소 / 137-878 서울시 서초구 서초동 1621-18 (란빌딩 1층)
대표전화 / (02) 585-7840
팩시밀리 / (02) 585-7848
somyong@korea.com / www.somyong.com

ⓒ 2004, 정우택

값 16,000원

ISBN 89-5626-069-9 93810

한국 근대 자유시의 이념과 형성

The Ideology and Formation of The Korea Modern Free Verse

정우택

소명출판

이 책은 한국에서 근대 자유시가 형성되는 과정과 그 성격 및 이념을 탐사한 것이다.

'민족어'로 씌어지고, 눈으로 읽는 '시'가 처음으로 등장한 것은 근대 이후의 일이다. 그것이 자유시였는데, 자유시 형성은 문학사적 사건이면서 동시에 문화·사상사적 의미를 내포한다.

처음에 "내 몸을 내가 비틀며"(김억) 자유시를 모색했던 사람들은 그 일이 "완연한 지옥 이상"(황석우)이라고 호소하였다. 이 호소가 유약한 지식인의 과장된 자기 연민의 표현일 수도 있겠지만, 나에게는 큰 울림으로 들려왔다. 자유시는 형식의 영역에서 성취되는 것이 아니고 시대적 이념과 정신, 근대적 주체의 형성과 자유로운 영혼에 대한 열망 등이 관여하는 복잡하게 얽힌 체계이며 양식이라는 생각을 하게 되었다. 그리고 초기 자유시들이 노정한 유치하고 산만한 형식과 내용에도 근대 초기 지식인들의 실존적 고뇌와 진실이 담겨 있다는 것도 확인하였다. 지금은 비록 보잘것없어 보이는 작품들이 당시에는 매우 혁신적인 것이었으며, 그것을 시도하기 위해 지난한 시간과 불안한 용기가 필요하였다는 것도 실감할 수 있었다. 이런 실존적 몸부림이 근대의 문학과 시대를 열어나가는 동력이 되었던 것이다.

이 책은 중심에 1910년대 시를 배치하고, 그 출발점으로 근대계몽기의
정형시 또는 노래 형식의 시가들부터 살펴보았다. 그리고 1920년대 중반
에 근대 자유시가 형성되는 지점까지 연구대상으로 삼았다. 뿐만 아니라
근대 자유시 형성을 제약하는 제반 사항들도 동시에 대비시켰다.

개인의 섬세한 정서적·실존적 파동과 식민지적 근대성이라는 거대한
담론을 교직(交織)하여 문학 양식의 형성과정을 체계화하는 데는 연구자
의 만만찮은 공부와 내공이 요구되었다. 이 과정에서 나는 자주 무력감
에 빠졌고, 또 성숙하지 못한 선험적 열정으로 복잡하고 다층적인 현상
을 단순화하는 우를 범하기도 했다.

'근대시는 시적 주체가 현실의 한복판에서 휘둘리면서도 그것들을 피
하거나 제약하지 않고, 근대적 삶에서 생겨나는 분열과 속도를 창조의 에
너지로 전화하는 데서 비로소 형성되는 것'이라는 거창한 명제를 세워놓
고, 나는 당대 시인들에게, 또 그 시대에 그런 양식을 감당하도록 요구하
였다. 결국 이 요구는 현실의 나에게 고스란히 되돌아와서 나의 실존을
흔들었다. 나는 근대계몽기에서 1920년대까지, 그 격동기에 빠져서 허우
적거리다가 몸만 흠뻑 젖어 돌아온 기분이다.

내가 어쩌다가 그 길에 나섰던가? 나는 원래 정선으로 갔었다. 1982년
겨울, 강원도 정선군 북면 고양산 언저리, 화전민 마을들, 설피를 신고 우
리를 배웅하던 화전민이거나 그 후예들. 길이 우리 뒤를 따라오던 산중의
겨울밤. 지서에 자진 신고를 하고서야 출입이 가능했던 정선, 거기서 판
을 벌였다. 그들은 밤을 새워 노래를 불렀고, 나는 받아 적었다. 노래를
문자로 옮겨 적으며, 나는 '문학'을 생각했다. '그' 1980년대 초, 나는 문
학을 공부한다는 행위를 불온한 것으로 여기고 있었다. 돌아와 민요 자료
를 정리하면서 유혹에 시달렸고, 골방에 주저앉았다. 내 공부의 시작이
되었다. 그리고 민요와 현대시는 '생산적으로' 관계를 맺어야만 한다는
강박증에 시달리며 스스로를, 민요를, 현대시를 학대했다. 그러다가 '관계
성'을 유보하고 현대시의 형성과정을 들춰보기로 하였던 것이다. 그렇게

나선 길이 여기까지 왔다. 이 책은 필자의 박사논문 「한국 근대 자유시 형성과정과 그 성격」을 수정하고 보완한 것이다. 그러나 이 책에서는 민요와 현대시의 관계에 대해서 논하지 못했다. 아직도 모색 중이다.

지난 봄에도, 이번 여름에도 정선에 갔었다. 햇수로 20년 넘게 정선을 다니며 노래를 듣고 채록하고 받아 적고, 지금은 찍기까지 한다. 정선의 구석구석을 다녔다. 거기서 만난 숱한 사람들, 이 세상에서 육신을 벗고 목소리만 우리에게 남겨주고 떠난 사람들, 그분들에게 입은 은혜는 말로 다할 수 없는데, 나는 아무 성과도 내지 못하고 있다. 정선은 내게 더 이상 지명이 아니다. 정선이 천천히 내게 삶으로 온다. 분열하는 내게 '괜찮다'고, 그것이 너라고 위로해주는 영혼들.

아둔하기 그지없는 제자를 정선으로 데리고 가서 세상을 보여주시고, 아직도 연민의 정으로 지켜보시는 김시업 선생님. 그곳에서 비결을 함께 봐 버린 까닭에 이제는 어찌할 수 없는 한기형, 박헌호, 심선옥. 길 떠날 때마다 정거장을 알려주시고 소식을 물으시는 강우식 선생님, 김학성 선생님. 든든한 나의 후원자 권순긍 형, 손광식, 최수일, 김창호 교수님, 그리고 내가 재직하고 있는 학교. 미처 하지 못했던 말, 이 자리를 빌어 감사드린다. 선우도 고생했다.

이 책의 지도와 나침반은 민족문학사연구소 현대시 분과 세미나와 성균관대 여러 선·후배들과의 공부자리에서 마련하였다. 그리고 모양을 얻게 해준 소명출판과 박성모 사장님께 깊이 감사 드린다. 내용에 상관없이 이 책을 가장 소중하게 간직하실 분은 어머님과 아버님이시겠다. 그분들께 삼가 이 책을 바친다.

2004년 2월 제천에서
정 우 택

한국 근대 자유시의 이념과 형성

제 1 장

서론

1. 문제의 제기

1) 문제제기

이 책은 한국의 자유시가 형태적으로 출현해서, 근대시로서 확립되기까지의 과정과 그 성격을 살펴보는 것을 목표로 하고 있다. 기존의 연구들은 근대 자유시 형성을 음수율적 정형성으로부터 탈피하여 자유로운 리듬을 실현하는 과정이나 계몽주의로부터 자립하여 리리시즘을 표출하는 과정, 또는 가(歌)에서 시가 분리되는 과정 등에 초점을 맞추어 논의를 진행시켜 왔다. 그러나 이러한 논의들은 근대 자유시 확립과정을 설명하는 필요조건이 되기는 하지만, 그 총체적인 면모를 밝히기에는 충분하지 못하다. 특히 한국의 근대 형성기가 외국 세력의 확장 또는 제국주의의 침탈 등과 얽혀 매우 복잡한 과정을 포함하고 있었던 까닭에, 근대 자유시 형성과정 또한 형식적 차원에서 일면적으로 논구하는 것은 근대 자유시의 역동적 면모를 단순화시킬 우려가 있다.

이 책은 근대 자유시 형성과 확립을 근대 주체가 중세적 질곡과 식민지적 억압 그리고 근대주의적 훈육에 대응하며 자기 정체성에 시적 형식을 부여하는 과정으로 고찰하고자 한다.

한국의 근대는 그 출발부터 외세의 간섭과 식민지화의 위기에 직면하였고 곧 식민지적 근대화의 관성에 지배되었다. 이와 함께 한국의 근대적 주체는 자율적인 자기 성장의 기반을 심각하게 훼손당하고 극심한 분열을 체험해야 했다. 자유시는 이처럼 취약한 근대 주체가 근대적 자아 정체성을 형성하려는 과정에서 발생했다. 사회·역사적인 질곡과 억압 속에서 민족적·사회적·개성적 자아를 형성하고, 그 과정에서 마주치게 되는 분열과 갈등에 형식을 부여함으로써 근대 주체로서의 자립을 기도한 것이 한국 근대 자유시가 형성된 내적 동인(動因)이었다. 그러나 전통적 시가 양식을 창조적으로 계승하여 새로운 시 형식을 창출하기에는 근대 주체의 자립과 성숙이 불완전하였다. 또한 그들은 역사적인 경험 속에서 의존할 만한 시 양식도 예비하고 있지 못했다. 따라서 근대 자유시 양식을 확립하는 과정은 문학적으로나 현실적으로 길고도 어려울 수밖에 없었다.

아래의 글은 근대시의 이론적·창작적 규범을 세워보고자 애썼던 황석우(黃錫禹)가 자유시를 모색하던 당시의 고통과 번민을 회고하며 쓴 글이다.

나는 詩를 쓰지 안을 수 업는 어느 큰 설흠을 가슴 가운데 뿌리 깁게 안어 왓다. 그는 곳 나의 어렷슬 째붓어 밧어 오든 모든 現實的 虐待와 쏘는 나의 간난한 어머니와 나를 爲하여 犧牲되얏던 나의 不幸한 누이의 運命에 對한 설흠이엿다. 그는 맛츰내 나로 하여금 남 몰으게 嘆息해 울고 쏘는 성내여 現實을 社會를 詛呪하면서 더욱더욱 내 누이를 울녀 가면서 모든 周圍의 誘惑

과 輕蔑과 싸와 가면서 詩를 쓰게 하엿다. 나의 詩를 쓰는 環境은 實노 괴로 윗엇다. 그는 宛然히 地獄 以上이엿다.[1)

황석우는 당대의 시인들에게 시를 창작하는 행위가 단순한 공명심이나 취미의 차원이 아니라 실존적·현실적·사회적 행위였으며, 그 과정에서 감내해야 했던 고통과 번민이 적지 않았음을 말하고 있다. 그의 시작 행위는 자신을 둘러싸고 있는 사회·역사적 조건을 통찰하며 근대 주체로서의 자아 정체성을 모색하는 과정의 일환이었던 것이다. 황석우는 "가슴 가운데 뿌리깊게 안아왔던 큰 설움"이 자신으로 하여금 "시를 쓰지 않을 수 없게" 했다고 술회한다. 그 설움은 "현실적 학대"와 "간난", "불행한 누이의 운명"에서 온 것이며, 이처럼 자신을 압도하는 설움의 정체를 밝혀 내적으로 극복하고자 했던 것이 황석우가 시를 창작했던 동인이었다.

그러나 식민지적 근대 상황의 돌출적이고 폭력적인 현실을 미적으로 개괄할 수 있는 시 양식이 정립되어 있지 않은 상황에서 시를 쓰는 행위는 역으로 시인의 불모의식을 심화시켰다. 그가 "지옥 이상"의 처지였다고 고백한 것처럼, "학대"와 "간난"과 "불행한 운명"에 대한 '끔찍한' 자각을 개괄할 인식체계와 양식이 정립되지 않은 상황에서 시를 창작하는 행위는 오히려 시인 자신의 내적 갈등과 분열을 가중시키는 요인으로 작용했다. 결국 황석우는 현실의 시적 개괄에 대한 열망이 강렬했음에도 불구하고 자신의 "설흠"을 미적 개성과 양식적 안정성을 지닌 근대 자유시로 전유하는 데까지 나가지 못했다. 그가 창작한 시들은 주관적 감정의 산만한 표현과 그에 따른 형식적 혼란을 드러내고 있다. 이러한 사정

---

1) 황석우, 「自文」, 『自然頌』, 조선시단사, 1929, 2면. 황석우는 1910년대 후반부터 자유시를 창작하는 한편, 근대적인 자유시 이론을 정립하려는 자각적인 시도를 하였다. 초기 시론으로는 「詩話」(『매일신보』, 1919.9.22~10.3), 「조선시단의 발족점과 자유시」(『매일신보』, 1919.11.10), 「詩話」(『三光』 제3호, 1920.4.15) 등이 있으며, 『개벽』 제5호(1920.11)~제9호(1921.3)를 통해 현철과 벌인 '신시논쟁'은 최초의 자유시 논쟁으로 기록된다.

은 "시를 쓰지 않을 수 없는" 내적 욕구가 충일함에도 불구하고 그것을 표현할 시 양식을 갖추지 못했던 당대의 시인들이 겪은 공통적인 혼란과 갈등이었다.

김억도 『해파리의 노래』 서문에서 이렇게 말하고 있다.

> 自由롭지 못한 나의 이 몸은 물결에 딸아 바람결에 딸아 하욤업시 썻다 잠 겻다 할 뿐입니다. 복기는 가슴의, 내 맘의 설음과 깃븜을 갓튼 동무들과 함끠 노래하랴면 나면서부터 말도 몰으고 '라임'도 업는 이 몸은 가이업게도 내 몸을 내가 비틀며 한갓 썻다 잠겻다 하며 복길 짜름입니다. 이것이 내 노래입니다. 그러기에 내 노래는 설고도 곱습니다.[2]

위의 글은 근대적 체험에서 오는 감정과 인식을 표현하기 위해 새로운 양식의 시가 필요함을 절감하지만, 이를 실현할 양식적 자질인 언어와 "라임"을 구비하지 못해서 "내 몸을 내가 비틀며" 몸부림치고 있다는 호소를 담고 있다. 그리하여 김억은 시인으로서의 정체성을 갖추지 못한 자신의 모습을 흐믈흐믈하게 이리저리 떠밀려 다니는 '해파리'로 규정한다. 해파리가 흐느적거리는 모습이 물결에 따라 자유롭게 흐르는 것처럼 보이지만 실상은 스스로의 정신과 육체를 독려하며 비트는 고투의 몸짓이라는 것이다.

무단통치 기간의 정치적 억압과 근대 문명의 위압 속에서, 식민지적 근대체제는 폭력성과 통속성을 띠며 왜곡된 형태로 성립·전개되어 갔다. 1910년대에서 1920년대 초반까지, 난마처럼 얽힌 근대적 삶을 통찰하고 이를 미적으로 개괄하기에 기존의 시가(詩歌)나 규격화된 정형시는 적절하지 않았다. 자유와 개성을 기초로 한 근대적 '자아 정체성'을 표현하기 위해 자유시가 요구되었다. 그러나 자유시의 모색과정은 근대 주체의 자각과 분열을 심화시키는 결과를 낳기도 하였다. 한국 근대 자유시의

---

2) 김억, 「해파리의 노래」(서문), 『해파리의 노래』, 조선도서주식회사, 1923, 1면.

확립과정은 이러한 주체의 분열의식을 자각하고 그것을 견인(堅忍)·극복하는 과정을 포함하는 것이었다. 또한 근대시는 식민지 근대체제의 지배를 내면화하는 자아에 대해서도 지속적이고 치열한 성찰을 동반하는 것이었다. 다시 말하면 한국 근대 자유시의 형성과정은 현실을 체계적으로 통찰할 조직적·사상적 역량을 구비하지 못했던 초기 근대 지식인들이 내적 갈등과 분열된 인식, 감수성을 통어할 수 있는 양식을 확립하는 과정이었다.

2) 연구사 검토

이 책은 한국 근대 자유시 형성과정을 근대적 주체가 정체성을 확립하는 과정으로 파악하고, 그 역사적 성격을 고찰하는 데 목표를 두고 있다. 이를 위해서는 식민지적 근대화가 현상적으로 모양을 갖춰 가는 1910년대를 중심으로 전후 시기의 사회·역사적 현실과 시문학의 성과에 대한 통사적 고찰이 필요하다.

그런데 지금까지의 한국 근대시사 연구에서 1910년대는 시사적 연속성 속에서 체계적으로 정리되지 못하고 단편적으로 논의되어 왔다. 대부분의 한국 근대시사가 개화기의 창가나 최남선의 '신체시(新體詩)'를 논의하다가 곧바로 1918년의 『태서문예신보(泰西文藝新報)』로 건너뛰는 것이 단적인 예다.

정한모의 『한국현대시문학사』[3]는 '3장 저항기의 시가'(창가와 애국계몽시가 및 의병가사)와 '육당(六堂)의 시가'를 다루고 곧바로 '4장 『태서문예신보』의 시와 시론'으로 넘어가고 있다. 김용직의 『한국근대시사』[4]에서도 '2장 개화기 시가'에서 개화가사, 창가, 신체시를 다룬 뒤 '3장 본격 근대

---

3) 정한모, 『한국현대시문학사』, 일지사, 1974.
4) 김용직, 『한국근대시사』 상, 학연사, 1986.

시의 등장과 전개'에서 『태서문예신보』의 출현으로 건너뛰고 있다. 조연현도 『한국현대문학사』[5]에서 한국 시가가 『소년』, 『청춘』을 거쳐 『태서문예신보』에 이르러 비로소 근대적 모습을 보인다고 하여, 『소년』과 『태서문예신보』의 시사적 간격을 『청춘』으로 메우고 있다. 그런데 『청춘』에 대해서 국문을 사용했다는 점만을 강조할 뿐 구체적으로 시작품을 다루지는 않았다.

한편, 1910년대의 시문학사적 공백을 메우기 위한 실증적인 작업이 꾸준히 시도되었다. 『학지광(學之光)』의 자료 발굴과 분석, 『청춘』의 시문학적 의의에 대한 분석, 그리고 국외 신문매체에 실린 작품들까지 연구 대상이 넓어졌다. 이것은 『학지광』·『청춘』·『매일신보』·『신한민보』 등에 대한 연구[6]와 1910년대의 개별 시인에 대한 연구[7]로 이어졌다. 이러한 연구 성과들을 토대로 하여 1910년대의 시문학사를 체계화하려는 시도가 진행되었다.[8]

---

5) 조연현, 『한국현대문학사』, 성문각, 1969.
6) 강희근, 「『학지광』에 나타난 시인들의 의식과 시의 모습에 대하여」, 『배달말』 제4집, 1979.
　　양왕용, 「新體詩와 近代詩 사이에서의 混流」, 『한국근대시연구』, 삼영사, 1982.
　　김흥규, 「부서진 세계 안의 자유와 절망」, 『전환기의 동아시아 문학』, 창작과비평사, 1985.
　　김영철, 「『학지광』의 문학사적 위상」, 『대구어문논총』 제3집, 1985.
　　______, 「〈每申文壇〉의 문학사적 위상」, 『한국근대시론고』, 형설출판사, 1988.
　　______, 「개화기 해외 유이민 시가론」, 『한국근대시론고』, 형설출판사, 1988.
　　조창환, 「초창기 자유시의 리듬과 형태」, 『한국현대시의 음율론적 연구』, 일지사, 1986.
　　정명숙, 「개화기 해외 유이민 시가 연구」, 대구대 석사논문, 1988.
7) 김기현, 『한국문학론』, 일조각, 1972.
　　김학동, 『한국근대 시인연구』, 일조각, 1974.
　　김윤식, 「한국 근대시 형성에 대한 한 고찰」, 『한국학보』 제20호, 일지사, 1980.
　　조종환, 「玄相允의 생애와 사상 연구」, 경희대 석사논문, 1984.
　　정우택, 「流暗 金興濟의 생애와 시 연구」, 『반교어문연구』 제5집, 1994.
　　______, 「素月 崔承九論」, 『대원논문집』 제1집, 대원공과대학, 1996.
8) 김영철, 『한국개화기시가의 장르 연구』, 학문사, 1987.
　　권오만, 『개화기시가연구』, 새문사, 1989.

이상에서 보듯이 근대시, 자유시(또는 '신시')의 형성에 대한 논의가 있었으나, 이를 통사적으로 체계화하는 데까지는 미치지 못하고, 부분을 특화하는 수준에 그쳤던 것이 기존 연구의 현황이다. 이러한 사정은 한국 근대 자유시의 형성과정이 매우 복잡하고도 혼란된 경로를 밟아왔다는 점과 관련이 있다. 이런 복잡다기한 현상과 혼란은 한국의 근대가 자생적으로 형성·발전된 것이 아니라 제국주의의 침략에 의해 타율적으로 주어진 것이라는 역사적 사실과 연관되어 있다. 한국의 근대는 '근대적인 것', '전근대적인 것', '전통적인 것'이 서로 착종되어 진행되었고, 또한 '민족적인 것'과 '식민지적인 것', '서구적인 것'이 대립·갈등·타협·절충하는 양상으로 전개되었다. 이러한 까닭에 논자들마다 '근대'에 대한 개념조차 통일되지 않은 채 각양각색으로 다르게 사용해왔다. '근대' 개념의 혼란은 문학의 영역에 이르러서 더욱 증폭되어 나타났다. 근대 자유시 형성에 대한 연구도 그에 따라 몇 가지의 경향으로 나뉘어 진행되어 왔다.

근대 자유시 형성에 관한 연구에서 일찍부터 관심을 모았던 것이 형태론적 접근 방법이다. 이것은 율격적 차원의 논의가 중심을 이룬다. 자유시의 본질적 의의를 '경직된 음수율적 정형률로부터의 자유'로 규정하고 접근하는 방법으로써, 지금까지 자유시 연구의 주류를 이루어 왔다. 그 초기적인 연구가 자수율의 제한을 벗어난 창가로부터 자유시가 형성되었다는 논의이다.[9] 그 연장선상에서 자유시 또는 신시의 형성을 창가,

조동일, 『한국문학통사』 제4·5권, 지식산업사, 1986·1988.
오성호 외, 『한국근대민족문학사』, 한길사, 1993.
정우택, 「근대 자유시 양식의 모색과 갈등」, 『민족문학과 근대성』(민족문학사 편), 문학과지성사, 1995.
김교봉·설성경, 『근대전환기 시가 연구』, 국학자료원, 1996.
김보경, 「1910년대 시 연구」, 동덕여대 석사논문, 1996.
김성윤, 「한국 근대 자유시 형성기 연구」, 연세대 박사논문, 1999.
9) 조윤제에게 창가와 신시의 차이는 정형률, 곧 음수율의 유무에 있었다(조윤제, 『조선시가사강』, 박문출판사, 1937). 백철은 이화학당 교가가 신시와 거의 구별되지 않는, 종

가사, 신시의 선후 전개과정으로 해명하고자 하는 논의가 활발하게 전개
되었다. 그것이 '창가 → 신시'의 전개과정과 분류방식이다.[10]

이에 대해 조지훈[11]은 '창가 → 신시'의 이행론의 전통 단절론에 입각
하고 있다고 비판하면서 '개화기 가사 → 창가 → 신시'의 3분법을 제시하
였다. 이러한 관점은 정한모에 의해 계승되었다. 정한모[12]는 외래적 장
르로서의 창가와 찬송가에 가사와 시조를 대립시켰다. 그는 신시의 '새
로움'으로, 정형적 리듬의 파괴보다는 구어체와 시문체(時文體)를 선택한
문체의 변화에 주목하였다. 김용직[13]도 위의 3분법을 따르면서, 특히 창
가의 분절현상에 주목하였다. 자유시는 그 형태상 특징이 행과 연의 구
분을 명시하는 데 있으므로, 창가의 분절현상은 그만큼 발전된 근대적
시형식이라는 것이다. 그러나 김용직의 논의는 행과 연의 개념이 정형시
와 자유시를 구분하는 기준이 아니라 자유시와 산문시를 구분하는 요소
라는 점에서 문제가 된다. 더구나 창가의 경우, 시문이 철저하게 음악에
종속된 만큼 행과 연이라는 문학적 의장은 의식되지도, 필요하지도 않는
것이었다. 그러므로 분절현상을 근대적 시문학의 기준으로 설명하는 것
은 적절하지 않다고 할 수 있다.

송민호[14]는 특이하게 '개화시 → 개화가사 → 창가 → 신시'의 전개과정
과 분류방식을 제안하였다. 개화가사를 다시 개화시와 개화가사로 세분
한 것이다. 그는 찬송가를 서양식 악곡에 맞추어 부른 개화기 최초의 시

래의 어떤 음수율에도 맞추고 있지 않다는 점에 주목하였다. 그는 자수율에 얽매이지
않는 이화학당 교가가 창가의 마지막 형식이면서 이것이 바로 신시와 연결된다고 보았
다(백철·이병기, 『국문학전사』, 신구문화사, 1957).

10) 조윤제, 『조선시가사강』, 박문출판사, 1937.
　　백철·이병기, 『국문학전사』, 신구문화사, 1957.
　　조연현, 『한국현대문학사』, 성문각, 1969.
　　김춘수, 『한국현대시형태론』, 해동출판사, 1959.
11) 조지훈, 「한국현대시문학사」, 『조지훈전집』 제7권, 일지사, 1973.
12) 정한모, 『한국현대시문학사』, 일지사, 1974.
13) 김용직, 『한국근대시사』 상, 학연사, 1986.
14) 송민호, 『한국시문학사』 하, 『한국문화사대계』 제5권, 고려대 민족문화연구소, 1971.

가 형태로 보았다. 그리고 찬송가의 영향을 받아 형성된 개화시가 2행씩 분절되고 길이가 짧아진 점과 제재·어조·문체 등을 기준으로 전통가사와 구별된다고 보았다. 여기서 개화시는『독립신문』의 시가를, 개화가사는『대한매일신보』의 시가를 지칭하는 용어로 사용되고 있다.

이상의 논의들은 근대 자유시 형성과정을 율격(metre), 특히 음수율에 편중해서 다루고 있다는 점에서 한계가 있다. 근대 자유시는 율격적 차원에서의 자유만을 뜻하는 것이 아니다. 자유시의 내재율은 음성적 자질 외에도 어법, 문체, 감정과 기분, 의식과 형태, 이미지 등을 통괄하는 내적 원리이기 때문이다.[15]

한편 율격적 접근의 단편성을 극복하는 차원에서 근대 자유시 형성에 대한 장르론적 접근이 시도되었다. 권오만[16]은 1860년부터 3·1 운동 이전까지 제작된 개화기 시가들 중에서 애국독립가, 사회등가사, '신시'를 대상으로 현실인식의 양상, 문체의 변동, 전통적 형태의 계승과 변화라는 측면에서 장르론적 접근을 하였다.

김영철[17]은『독립신문』시가부터『태서문예신보』이전까지의 작품들을 대상으로 한국 개화기 시가의 장르 형성과 그 변이과정을 다각적인 측면에서 고찰하였다. 그는 개화기 시가의 본질을 전통소(傳統素)의 지속과 외래소의 수용 사이의 갈등 양상을 통해 해명하려고 하였다. 이를 위해 전통장르와 신흥장르 및 그 상호작용, 발표매체, 계층적 성격과 의식 성향 등을 검토하였다.

홍정선[18]은 독자층의 시의식의 변모가 근대시 형성에 미친 영향을 밝히고 있다. 독자(일반독자·민중독자·일반대중독자)와 전문작가의 관계, 노래하는 시와 읽는(보는) 시의 관계, 그리고 그 분화과정에 중점을 두고 근대

---

15) 강홍기, 「한국 현대시 운율 연구」, 성균관대 박사논문, 1988.
　　김용직, 「시에 있어서 운율의 의의」,『홍익어문』제7집, 1988.
16) 권오만,『개화기 시가 연구』, 새문사, 1989.
17) 김영철,『한국 개화기시가의 장르연구』, 학문사, 1990.
18) 홍정선, 「근대시 형성과정에 있어서의 독자층의 역할 연구」, 서울대 박사논문, 1991.

시 장르의 형성문제를 다루고 있다.

오세영[19]도 자유시 형성을 전통 장르와 외래적 요소의 대립 및 상호 침투로 고찰하고 있는데, 특히 한국 근대시의 등장을 18세기 사설시조에서 찾고 있는 점이 특징적이다.

이러한 장르론적 접근 방법은 근대시 형성의 전통단절론을 극복하고 자생적 발전 경로를 찾으려는 주체적 의식의 산물이다. 그러나 이 연구들이 근대 혹은 근대시를 인식하는 방식은 외래적인 것과 내재적인 것, 식민지적인 것과 민족적인 것, 정형률과 자유율, '가'와 '시'를 이분법적으로 대립시켜 절충 내지 상호 배제하는 데서 크게 벗어나지 못한다. 또한 근대시 개념을 '근대를 추구하는 의지가 반영되고 자수율에서 벗어난 시가' 라는 추상적인 차원에서 이해하고 있는 점도 문제로 지적된다.

또 하나의 쟁점은 최남선의 자유시 모색과 1910년대 시문학에 대한 문학사적 평가 문제다. 긍정적으로 평가하는 입장은 1910년대 자유율을 지향한 시들이 애국계몽 시가의 계몽적·정론적 목소리에서 벗어나 내향적 목소리를 통해 리리시즘을 구현했다는 데 주목하고 있다. 이러한 평가의 근저에는 근대 자유시의 본질로 리리시즘의 구현을 절대화하는 관점이 작동하고 있다.

윤병로[20]는 독립·애국가류와 개화가사, 창가, 신체시 등에 이어 김억과 주요한의 시에 주목하였다. '집단적 의지나 계몽적 목적성'에서 벗어나 "개인의 감수성을 노래하는 차원에서 일정한 미적 의식과 가치개념을 형상화"하는 데서 본격 근대시가 출현하였다고 규정한 뒤, 새로운 시 담당층으로서 이들의 성격과 시적 지향을 고찰하였다. 이숭원은 "나의 세계에 침잠하여 자신의 정서를 드러내는 것이 서정시의 본질이며, 나의

---

19) 오세영, 「개화기 시의 재인식」, 『근대문학연구』 제1집, 지학사, 1987.
20) 윤병로, 『한국 근·현대문학사』, 명문당, 1991.
    ______, 「한국 근대 자유시의 성격과 특징」, 『인문과학』 제21집, 성균관대 인문과학
    연구소, 1991.

소망과 자유로움을 집중적으로 추구하는 것이 근대 자유시의 본령"[21]이
라고 정의한다. 이에 따라 이념의 대변자로서 보편적 자아의 목소리가 주
도하던 애국계몽기 시가에서 개별적·내향적 목소리가 주도하는 1910년
대 자유시형으로 변모한 것을 근대 자유시 형성으로 규정하였다.

  이와 달리 김흥규는 1910년대 후반에서 1920년대 초반까지의 시에 대
하여 "근대적 번민, 혼란의 한 모습이라고는 할 수 있을지언정, 본격적인
근대 자유시의 정립이라고는 할 수 없을 터"[22]라고 규정하였다. 그는 사
회학적 방법에 의거하여, 1910년대와 1920년대 초기시에 나타난 한국 근
대 자유시 발생의 혼란과 파탄을 '식민지 중산층 지식인의 부동성(浮動性)'
에서 찾고 있다. 이 연구는 작품의 형식과 내용, 그 발생 원인을 입체적으
로 분석한 점에서 의의를 지니고 있지만, 당대의 현실 속에서 혼란과 방
황의 내적 필연성과 그 의의를 평가하지 않은 아쉬움이 있다.

  김학성[23]은 초기 자유시 창작자들이 전통적인 것을 전면 부정하고 서
구시를 무비판적으로 수용한 결과 초기 자유시 형태가 파탄에 직면했다
고 본다. 이에 반해 고미숙[24]은 애국계몽기 시가의 정론적 성격을 한계
로 지적해온 기존의 논의에 대해 '이념적 선명성'과 '시적 성취'가 통일
될 수 있다는 전제하에, 근대시 형성의 중심에 애국계몽기 시가를 적극
적으로 배치하고 있다.

  강우식[25]은 1920년대 시문학의 정신을 '낭만주의'로 규정해온 기존의
관점을 비판하고 '상징주의'의 영향력에 주목하고 있다.

  국문으로 된 읽는 시의 전통을 갖지 못했던 당대에 서구의 자유시 개

---

21) 이숭원, 「초기 자유시 형성의 몇 가지 층위」, 『한국현대시사의 쟁점』(김은전·김용직
    외), 시와시학사, 1992, 159면.
22) 김흥규, 「'근대시'의 환상과 혼돈」, 『문학과 역사적 인간』, 창작과비평사, 1988, 189~191면.
23) 김학성, 「서구시의 수용과 근대시의 행방」, 『전통문화와 서양문화』 II(성균관대 인문
    과학연구소 편), 성균관대 출판부, 1987.
24) 고미숙, 「애국 계몽기 시운동과 그 근대적 성격」, 『민족문학과 근대성』(민족문학사연
    구소 편), 1995.
25) 강우식, 『한국 상징주의 시연구』, 문화생활사, 1987.

념과 자유시운동을 수용하고 자기화하는 과정을 추적하는 것은 중요한 연구 과제라 할 것이다. 특히 방대한 자료와 작가를 발굴해온 김학동의 실증적인 작업[26]은 중요한 연구사적 의의를 지닌다.

김병철[27]은 한국의 근대 자유시 형성을 비교문학적 관점에서 접근하여 실증적 작업을 치밀하게 진행하였다. 강남주[28]는 수용미학적 접근 방법으로 한국 근대시의 형성과정을 추적하였다. 이외에도 한국 근대시 형성에 미친 외래문학의 영향을 밝힌 것으로 한계전·문충성 등의 연구가 있다.[29]

2. 연구의 시각

1) '자유시'의 문제

근대성의 구조를 탐색하는 작업은 중세적 이념과 질서를 벗어나 새로운 이념과 질서를 찾는 것이다. 또한 근대시는 전통적인 시가로부터 독립하여 새로운 이념과 질서를 창조함으로써 형성되는 것이다. 시적 근대성의 모색과정은 근대적 이념과 시인의 미적 개성을 자유롭게 구현하는 새로운 양식의 창조를 의미한다. 시적 근대성을 가장 적절하게 실현할

---

26) 김학동, 『한국 근대 시인연구』, 일조각, 1974.
　　　　, 『한국 현대 시인연구』, 민음사, 1977.
　　　　, 『한국 개화기시가연구』, 시문학사, 1981.
　　　　, 『한국근대시의 비교문학적 연구』, 일조각, 1981.
　　　　, 『현대시인연구』 I, 새문사, 1995.
27) 김병철, 『한국근대번역문학사연구』, 을유문화사, 1975.
28) 강남주, 『수용의 시학』, 현대문학사, 1986.
29) 한계전, 『한국현대시론연구』, 일지사, 1983.
　　문충성, 「프랑스 상징주의 시와 한국의 현대시」, 한국외대 불어과 박사논문, 1992.

수 있는 양식은 음악적·외재적 율격의 구속으로부터 자유로우면서도 내재적 리듬이 힘의 균형을 보강하는 자유시이다.

자유시가 출현하기 전까지 한국 시문학사에는 '민족어'로 창작되고, 눈으로 읽는 '시'가 존재한 적이 없었다. 민족어를 바탕으로 형성된 민요, 고대가요, 향가, 고려속요, 시조, 잡가 등의 서정 갈래와 경기체가, 가사, 악장 등의 운문 형식이 모두 노래로 실현되었다. 유일하게 시로 성립했던 한시는 한자로 창작되었으며 운과 자수를 맞추어야 하는 정형시였다. 한시와 자유시 사이에는, 표음문자인 한글과 표의문자인 한자의 차이만큼, 시의 양식면에서 질적인 차이가 가로놓여 있다.

이러한 시문학의 전통 속에서 자유시는 완전히 새로운 형식으로 성립된 것이었다. 근대 자유시의 형성과정은, 소통방식의 필수요건으로 가창에 의존하였던 전통적인 시가 양식에서 벗어나 새로운 이념과 형식을 창조하는 것을 전제로 한다. "시란 읽히면서 오히려 교섭되는 것입니다. (…중략…) 시각의 상(像)이란 시를 읽을 능력을 뒷받침해 주는 것이라고 생각됩니다. 현대시란 종이에 인쇄되어 읽혀지기를 바라기 때문에 검은 문자를 요구하기 마련입니다. 현대시란 시의 외부 구조에 한 번 눈길을 던지기만 해도 더욱 조형성을 띠게 되고 누군가가 말없이 그 위로 몸을 굽혀 보기라도 하면 더욱 내면화되기 마련입니다."[30] 이처럼 근대시의 소통방식은 눈으로 보고 생각하고 느끼는 것을 필요로 한다.

전통적인 시가 양식과 자유시의 소통방식 및 시적 제시방식의 차이는 미학적 구조의 변화와 리듬 개념의 변화를 초래하였다. 자유시는 '가창(낭송) 가능성'이 그 필수적 자격요건이 아니며, 율격의 도식에도 구애받지 않고 내면적으로 규정된 리듬인 내재율에 의해 성립한다. 자유시에서 리듬의 영역은 음절, 음질(音質), 휴지(休止) 또는 억양과 강세 등 음성 구조가 드러내는 효과를 포함하여, 시적 표현의 모든 구조적 요소나 내용, 의미 구

---

30) Gottfried Benn, 전광진 역, 「서정시의 제문제」, 『현대독일시론』(슈나이더 외), 탐구당, 1981, 62~63면.

조에까지 침투하여 그것들을 지배하고 결정하는 가장 기본적인 구조상의 인자로 파악된다. 자유시의 내재율은 성음분절 현상뿐만 아니라 의미의 진동, 의식의 흐름, 심리적·정서적 진폭, 나아가 이미지들의 긴밀한 연결, 시각적 요인, 통사적 구조 등을 포함한다.[31] 특히 내재율은 음성적 자질 외에도 감정과 기분, 관념과 형태, 이미지 등을 거느리며 그 다양한 요소들을 안정감 있게 조화·통일시키고 시적 의미와 감동을 강화시키는 내적 원리이다. 따라서 자유시의 내재적 리듬은 시인의 개성과 자유, 그리고 자아가 세계 현상에 역동적으로 감응하는 내적 원리로서, 이 관계에 의해 새로운 의미와 감동이 창조될 수 있는 공간이다. 그러므로 자유시는 그 존재방식에 있어서, 가창 가능성을 전제로 한 전통적 시가 양식이나 정형적 외재율의 시와는 질적으로 구별된다.[32]

근대 자유시가 하나의 형태로 출현한 뒤 시대적 양식으로 확립하기까지는, 전근대적 시가와 절충되기도 하고 또 노래로부터 자립하는 길고 어려운 과정이 필요하였다. 이 과정에서 전근대적 양식이 부흥하거나 자유시를 탐색하는 신지식층이 사회의 일탈자, 반항자로 배척되는 현상도 나타났다. 한국에서 근대 자유시의 형성과정은 전통적인 시가 양식을 창조적으로 계승하는 데 어려움을 겪었다. 특히 1910년대에는 전근대적 양식이 부흥하여 자유시와 배타적인 관계를 형성하기도 하였다.[33] 따라서 한국 근대 자유시의 형성은 연속적 계기적 발전에 의해 성취되었다기보다 '문제적 연속성'[34]의 진행과정이었다고 할 수 있다.

---

31) 강홍기, 「한국 현대시 운율 연구」, 성균관대 박사논문, 1988, 22~24면.
32) 그러나 아직도 한국 근대 자유시 연구에서는 음성적 규정력과 율격적 — 그것이 음수율이건 음보율이건 — 질서를 서정성의 핵심 요건으로 전제하고, 그것을 근대시 형성의 평가 기준으로 삼는 경향이 우세하다. 또한 근대 자유시에서 전통의 창조적 계승문제를 추적하는 데서도 음악적 율격적 자질을 핵심적인 준거로 삼는 경향이 있다.
33) 당시의 민중들은 자체적으로 근대적 변화상에 적극적으로 대응하는 방식으로서 민요의 성격 변혁을 시도하였다(김시업, 「근대 민요 아리랑의 성격형성」, 『전환기의 동아시아 문학』(임형택 편), 창작과비평사, 1985 참조).
34) "표면상의 일치나 유사성 여부에 관계없이, 혹은 외관상의 뚜렷한 대립과 이질성에

한국 근대 자유시의 형성과정은 독창적인 리듬과 언어를 개발하여 '요동'(혼란과 분열과 괴리)하는 근대 현실의 본질을 개성적 정서적으로 포착하여 개괄하고, 그 과정에서 근대적 자아를 확립하는 새로운 양식을 창조하는 작업이었다.

2) '근대성'의 문제

근대 자유시의 형성은 근대성의 구조를 탐색하는 작업과 같은 맥락에서 추구되었다. 근대성의 구조를 탐색하는 작업, 그 이념의 중심에는 인간의 '주체성'이 자리잡고 있다. 근대성의 핵심은 주체(Subject) 혹은 자아(self)의 문제이다. 근대적 인간은 기존의 전통과 영향력으로부터 벗어나 인간의 이성과 불굴의 의지로써 자유롭게 자신을 인식하려는 '주체로서의' 인간이다. 이 자율적인 존재로서 인간은 독자적인 자기 정체성을 요구하게 되고, 여기에서 근대의 가장 중요한 가치라고 여겨지는 '개인의 자유'가 탄생하게 된다.

신문학운동은 '자유'에 바탕을 둔 개인의 자기 정체성, 또는 개성을 탐색하는 작업과 긴밀하게 관련되어 있다. 낡은 전통과 도덕, 경직된 양식의 영향력으로부터 벗어나 새로운 이념과 양식을 창조하는 작업은 근대인으로서 자기 정체성을 확립하고 확장시키는 과정이었다.

한국 신문학운동 초기에 '자유'의 문제는 자아의 절대 순수 개념을 제도화하는 데 기반을 두고 있었다. 당대의 지식인들은 '개인'을 특정한 시·공간으로부터 분리(또는 초월)된 지고(至高)의 인식자로 간주하였다. 이러한 의식은 '개인'의 근대적 의미를 일면화하는 문제를 안고 있었다. 즉 '개인'이 현실 속에 내재해 있는 가능성과 제약성, 자발성과 규율, 경향

도 불구하고, 사태의 심층 속에서 역사적 삶의 문제들이 형성하는 연속성."(김홍규, 『한국문학의 이해』, 민음사, 1986, 200~202면)

성과 무정향성을 자기화하지 못하고, 선험적 주관성만을 절대화하는 경향이 나타났다.

그 대표적인 예로서 애국계몽기 시가문학을 보면, 시적 대상으로서의 자연과 사회를 주체로부터 분리시켜 대상화하고, 이렇게 대상화된 객체는 주체의 주관주의적 열망에 의해서만 의미를 부여받았다. 이에 따르면 객관적인 현실에 내재한 의미나 의지, 지향, 그 모순의 크기나 깊이 등은 실제적인 의미를 갖지 못하고, 주체의 주관적 열망이 작동하는 표상으로서만 존재할 뿐이었다. 즉, 현실 세계는 그 자체로서 내재적 가치를 지니지 못하고 주체의 통제와 규제에 의해서만 의미를 갖게 된다. 이러한 시적 태도가 애국계몽기 시운동을 주도하였으며, 1910년대 시문학에도 '이상주의적 경향'으로 이어졌다. 한국 근대 시문학에 나타난 이상주의적 경향은 현실의 물질적인 열세를 주관의 정신영역으로 극복하고자 하는 한국 근대성의 한 특징을 반영하는 것이기도 하였다.

한편, 일제강점 후 1910년대에서 20년대 초반에 '개인'의 탈주와 고립을 지향하는 시적 태도가 또 하나의 흐름을 형성하였다. 이들은 폭력과 규율이 지배하는 식민지적 현실에 압도된 '개인'들로서 속악한 현실과 접촉하면 자신의 순수한 자아가 상처받고 훼손될까봐 전전긍긍하는 시적 태도를 표현하기도 하였다. 이들에게 현실 세계는 주체를 위협하고 좌절로 이끄는 파괴적이고 속악한 이미지로 인식되었으며, 밀폐된 공간에서 이루어지는 대립과 분열은 그 폐쇄성만큼이나 과장되고 격렬한 어조로 표현되었다. 이들은 '때묻지 않은 자아', 자기 자신의 지배력을 절대화하는 선험적이고 주관적이며 이상적인 주체를 형성하였다. 그러나 주관을 절대화하고 현실 세계의 객관적인 힘과 규정력을 인정하지 않으려는 시도는 그 출발부터 무력한 것일 수밖에 없었다. 주관적인 관념 속에서 눈물짓고 몸부림치고 번뇌하는 것이 전부였다. 치열하고 격렬한 언어와 시적 수사에도 불구하고, 그것은 관념이 창조해낸 허상(虛像)과의 대결이었기에 실상은 자기 기만인 경우가 많았다. 이러한 경향은 3 · 1

운동 이후 더욱 가속화하여 환멸을 양식화하는 데까지 나아갔다.

근대의 이념으로서 자유는 감정의 영역이 아니라 성찰적 이성의 관철로서, 주체의 도덕적 자유를 의미하는 것이다(칸트). 따라서 자유시의 형식에서 자유의 문제는, 그 내적 리듬의 안정성을 기반으로 하는 것이며 감정을 무정향으로 분출하는 것과는 구분된다.

하지만 한국 근대시 형성과정에서 자유시는 무력한 주체가 자신의 순정에 호소함으로써 고고함을 유지하기 위한 수단으로 존재하기도 하였다. 이것이 한국 근대시 초기에 광범위하게 나타난 감상성의 실체이다. 감상성(sentimentality)은 시에서 ① 정서적인 감정 자체의 노출에 대한 시적 탐닉 ② 자극물이 준 것보다 더 많은 감정에의 시적 탐닉 ③ 예술적인 상관물 없이 과다하게 지적된 비애감의 시적 표현 등으로 정의할 수 있다. 시에서 감상성은 감정 과잉의 형태이고, 자기 성찰의 안이함과 무력함뿐 아니라 수사적인 결함을 내포한다. 이는 자기 연민에 빠져서 성숙한 감정의 자기 통제 혹은 실존적 성찰이 가해지지 않는 상태를 의미한다. 무비판적 낭만성인 감상주의는 비애감을 예술적인 수단이 아닌 목표로써 관심을 갖는 것으로 나타난다.35)

기존의 연구에서는 한국 근대시문학사에 나타난 무력한 자아의 내면 독백을 리리시즘의 성취이자 자유시의 발전으로 설명하는 경향이 있었다. 그러나 한국 근대시 형성과정에서 리리시즘의 발견은 계몽성으로부터 '자립'인 동시에 '고립'이었다. 이러한 감상성과 고립성은 계몽성의 또 다른 일면이었다. 즉, 그것은 자신의 내부와 현실에서가 아니라 외부의 권위에 의존함으로써 자기 정체성의 무력함과 취약성을 해소하는 행위였다. 그 예로서, 한국 근대시의 지평을 넓히는 데 기여했다고 평가되는 서구 문학의 수용 문제가 주체의 현실 대응과 실존적 성찰에 기반하지 않음으로써, 혼란과 감상성을 확대·심화하는 결과를 초래하였던 점

---

35) Alex Preminger & T.V.F. Brogan, *The New Princeton Encyclopedia of Poetry and Poetics*, Princeton Univ, 1993, p.1145.

을 상기할 필요가 있다.

한국의 근대는, 시민적 자발성의 고양으로서 형성된 근대 주체가 아니라, 식민지 통치 이념을 내면화한 '식민지적 근대인'의 '생산'을 제도화하였다. 그 결과 시민사회가 국가를 견제하는 관계로 성숙하지 못하고, 식민지 권력이나 국가에 의해 전면적으로 통제당하는 상태에 놓이게 되었다. 그리고 그 지배와 통제를 내면화하는 방향에서 문학적 행위가 실현되기도 하였다.

그러나 근대의 분열과 혼돈 속에서도 근대적 자아에 대한 탐색을 계속했던 일군의 시인들이 있었다. 소월(素月) 최승구(崔承九), 유암(流暗) 김여제(金輿濟), 소성(小星) 현상윤(玄相允), 돌샘 김억(金億) 등이 그들이다. 이들은 주체와 객체의 이분화, 선험적 낙관주의와 절망적 비관주의의 극단화, 분열된 생의 인식 등을 자기화하고자 애썼다. 현실 세계의 분열상을 선험적 주관성으로 환원하지 않고, 또 거기에 함몰되지도 않으면서, 시적 거리를 확보하려는 안간힘을 보여주었다. 비록 이들의 시가 분열과 대립의 중심에서 에너지를 뽑아올려 시적 창조의 원동력으로 삼고 그로써 안정된 형식을 확립하는 데까지는 이르지 못했다 할지라도 이들의 시적 성취는 매우 값진 것이었다.

특히 이들의 시세계를 통해, 근대 자유시 형성과정에서 여러 지향들이 착종되어 서로 대립하고 상호 침투하는 현상과 한 시인에게서 여러 지향들이 착종된 방식으로 나타나는 현상을 발견하고, 이를 설명할 수 있는 단초를 이끌어 낼 수 있다. 물론 이것은 근대 자유시가 분명한 시대적 양식36)으로서 확립되지 못했기 때문에 발생한 현상이기도 하다. 그럼에

---

36) '양식(樣式)'은 매우 규정하기 어려운 개념이다. 임화는 일찍이 "문학사는 양식의 역사"라고 하면서, 그것을 "시대정신이 자기를 표현하는 형식"으로 규정한 바 있다(임화, 「조선문학 연구의 일과제」, 『동아일보』, 1940.1.19). 양식은 단순히 주체의 내면성의 전달을 위한 형식의 마련에 그치는 것이 아니라 표현되어지는 것에 의한 일반적인 형성적 규정성이 작동하는, 시대적·객관적으로 주어지고 이루어져 가는 것들이 주체를 통해서 내용의 통일성과 풍부한 다양성을 포용하면서 자기를 실현하는 것이다. 양식은

도 불구하고 당대의 시적 혼란과 방황을 시인 개인의 문제로만 환원하는 것은 역사적인 접근방법이라고 할 수 없다. 시인 개인의 특성과 차별성에도 불구하고 그들을 강제하고 있는 시대적 규정력이 엄연히 존재하였기 때문이다.

근대 자유시 형성과정에서 노정된 혼란의 중심에는 '식민지성'이 자리잡고 있다. '식민지성'의 문제는 한국의 '근대'를 어떻게 규정할 것인가라는 문제와 깊은 연관이 있다. 지금까지의 논의들은 일반적으로 '근대성'과 '식민지성'을 배타적인 것으로 인식하고, '근대'를 궁극적으로 성취해야 할 하나의 이상으로 설정하였다.

그러나 근대를 하나의 시대적 특징으로 이해할 필요가 있다. 이러한 관점에서 보면 식민지적 근대는 전근대나 반근대가 아니라 엄연한 근대의 일종이다. 즉, 근대성의 특징적인 힘들이 식민지 속의 힘들과 조우하면서 산출해냈던 특이한 양태로서 식민지적 근대를 이해할 필요가 있는 것이다. 역으로 식민지적 근대는 다시 근대성 자체를 강화해 나가는 데 기여하고 있다. 따라서 근대성을 보편적인 것으로, 식민지적 근대성을 하나의 특수한 현상으로 이해하는 태도는 재고되어야 한다. 그런 의미에서 보편적 근대성은 역사적으로 존재한 적이 없다. 근대성은 서구적 근대성과 식민지적 근대성 사이의 상호작용, 그 뒤얽힘의 특이한 양상으로서만 존재했고, 또 존재하고 있다. 식민지성과 근대성은 상호 배타적인 것이 아니라 '식민지가 근대의 실험장'이 됨으로써 근대성 속에 얽혀들었던 것이다.37) 한국의 근대성은 중세적 봉건성과 서구적 의미의 근대성, 그리고 식민지성 등이 서로 착종되고 결합, 타협, 갈등, 대립하면서 매

개성의 표현과 시대적 현상이란 두 측면으로 설명할 수 있다(최유찬·오성호, 『문학과 사회』, 실천문학사, 1994, 210~225면).

이 글에서 양식은 내용과 형식의 변증법적 관련 아래서 사용하며 특히 시대적·객관적 규정력이 작동하는 시대적 양식의 개념으로 사용한다.

37) 조형근, 「근대성에 대한 계보학적 탐색」, 『근대성의 경계를 찾아서』(서울사회과학연구소 편), 새길, 1997, 36면.

시기마다 그 양태와 특징을 달리하며 전개되어 왔던 것이다.

근대성과 식민지성을 이분화하고 배타적으로 대립시키는 관점으로는 한국의 근대를 역동적으로 분석할 수 없다. 식민지 근대화란 일제에 의한 조선의 근대화 기획이자 한국 침략으로서, 문명화 혹은 자본주의화라는 측면과 식민지성의 심화 및 수탈이라는 다층적인 의미를 포함하고 있다. 한국에서 식민지적 근대는 부정할 수 없는 현실이었으며, 질곡을 생산한 근대의 일부였다. 따라서 식민지성의 극복은 동시에 근대성의 한계를 뛰어넘을 것을 요구한다.

이러한 시대적 규정 속에서 형성된 근대시는 근대의 테두리 내에서 '근대주의'적 발전 전망을 추구하고 거기에서 자신의 충일을 도모하는 방식으로는 획득될 수 없는 것이었다.[38] 근대시는 근대 주체가 치열한 자기 성찰을 수행함으로써 근대를 극복할 수 있는 내적 에너지를 확보하고 이를 통해 미적인 양식을 창조하는 데서 성립된다. 따라서 중세에 있으면서 중세를 극복하기 위한 자생적 근대화를 지향하는 시가 작품(사설시조, 일부 창가 등)을 근대시의 한 과정에 포함하는 것은 적절하지 않다. 또한 계몽주의 시가 중에서 근대화에 열광하며 낙관적 역사인식을 보여 주는 것도 근대시로서는 미진하다. 근대시는 역사적 근대성이 가속화됨에 따라 근대성의 본질이자 필연적인 귀결로서 인간 소외와 비인간화 현상이 심화되는 현실을 통찰할 수 있어야 한다.

근대적 의식은 자연과의 분리를 경험하면서도 분리된 의식 그 자체로

---

38) 이러한 지향은 '근대성(modernity)'과 구별하여 '근대화(modernization)'라고 해야 할 것이다. 근대화란 자본의 형성, 자원 동원, 생산력의 발전, 노동생산성의 증대, 중앙 권력의 관철, 국가적 정체성의 형성, 도시적 삶의 형식, 가치와 규범의 세속화 등을 목표로 내세우는 자본의 발전 이데올로기(하버마스)이다. 이에 대해 '근대성'은 "'성찰', 즉 현상에 대한 비판과 자기 비판을 폭넓게 전개하는 인식인 것이며"(르페브르), "자기 자신을 자발적으로 갱신하는 시대정신"(하버마스)인 것이다. 즉 '질적 범주'로서의 근대성은 새로운 것에 대한 '성찰적인' 접근이라고 할 수 있다(최문규, 「역사 철학적 현대성과 그 이념적 맥락」, 『(탈)현대성과 문학의 이해』, 민음사, 1996, 15~17면; 백낙청, 「문학과 예술에서의 근대성 문제」, 『창작과비평』, 1993년 겨울호).

부터 해결책을 이끌어낸다는 데 특성이 있다. 분리된 의식 자체로부터 자기의식에 대한 해결책을 끌어내려 한다는 점에서 근대적 의식은 양면 적이다. 그 방법은 인식으로부터 도피하거나 인식을 제한하는 것이 아니라, 그것을 더 역동적인 에너지로 바꾸는 것이다. 즉 "부상자들에게 해를 입힌 손은 또한 그것을 치료하는 손이 되기도 한다"(헤겔)는 명제를 인식하는 것이야말로 근대적 인식의 핵심이다.39)

헤겔의 표현을 빌어 말한다면, 근대시는 근대에 의해 상처받은 손으로 근대의 상처를 치유하는 방식, 그러한 정신과 의식에 의해 성취되는 것이다. 한국의 근대시는 시적 주체가 온갖 힘 — 중세적 봉건성과 서구적 의미의 근대성 그리고 식민지성 — 들이 서로 결합, 타협, 갈등, 대립, 착종하는 식민지적 근대 현실의 한복판에서 휘둘리면서도 그 힘들을 피하거나 제약하지 않고, 근대적 삶의 모순과 분열에서 생겨나는 충돌과 속력을 시적 창조의 에너지로 전화하는 데서 비로소 형성되는 것이다. 또한 근대의 모순과 분열을 체험한 주체의 사상과 감정에 미적 형식을 부여하고, 그것으로 근대 극복의 힘을 창조하는 과정에서 근대 자유시는 진정으로 형성되는 것이다.

---

39) W. Wallace, tr. from The Encyclopedia of the Philosophical Science, *The logic of Hegel*, The Clarendon Press, New York; London, 1892, pp.54~55.

제**2**장 근대 자유시 형성의 기반

1. 창가의 근대적 성격

1) 『독립신문』 소재 창가

한국에서 근대 계몽주의자들의 이상은 근대적이고 자주적인 국민 국가를 건설하는 것이었다.[1] 계몽적 지식인들은 새로운 '공공영역'[2]의 형

1) 본래 '계몽'의 의미는 일반적 개념과 역사적 개념을 구별하여 사용해야 하는데, 여기서 사용하는 '계몽'의 의미는 일반적 개념이다. 일반적 개념으로서 '계몽'은 널리 민중의 지식을 개발하고 개인으로서의 자각과 자발적인 능동성을 높이고자 하는 사상을 가리킨다. 한편 역사적 개념으로서의 '계몽'은 서양에서 17세기 말부터 18세기 후반에 걸쳐 나타나는데, '이성'과 '자연'을 기초로 내걸고서 기존의 종교적·세속적 권위를 타파하고 개인의 인격적인 존엄과 개인의 이성의 자립을 실현코자 하는 사상운동을 가리킨다.
2) "공공영역(public sphere) — 위르겐 하버마스가 명명한 — 은 절대국가와 시민사회 사이에서 균형을 잡으며 클럽, 신문, 커피 하우스, 정기 간행물 등 사회 제도의 제반 영역으

성을 통해 근대적 주체의 재편을 기도함으로써 근대적인 국민 국가를 건설하고자 하였다. 그 사회적 실천행위로서 중세적 권위가 상징적으로 대표하고 있던 체제에 의문과 이의를 제기하고 근대적 의미의 공공성을 확립하려고 시도하였다. 그들은 계몽의 주체로서 사회적 의미를 생산하고 통제할 수 있는 공적 권위를 선취·획득하고자 기획했던 것이다. 이러한 시도는 서로 다른 경제적 기반과 사상을 지닌 여러 집단들에 대한 계몽과 지도를 통해, 사회를 계몽주의자들의 이상에 기초한 동질적인 공동체로 만들어내고, 대중들에 대한 지적·도덕적 지도력을 장악하려는 것이었다. 특히 계몽적 지식인들은 각 집단들로부터 자발적인 이성적 의지로서의 지지를 중시하였는데, 이를 위해 신문, 잡지, 학회, 협회, 집회, 팜플렛, 문학 장르 등과 같은 다양한 형태의 정치적·문화적 기획이 활용되었다.

최초의 근대적 의미의 계몽운동 단체는 1894년에 결성된 〈독립협회〉였다. 〈독립협회〉는 자신의 이념을 실현하고 백성들에 대한 계몽과 지도를 실현하기 위한 공공영역의 장으로써 〈만민공동회(萬民共同會)〉를 조직하고, 『독립신문』을 창간하여 여론을 형성하고자 하였다. 『독립신문』은 종래 신지식과 신학문에서 격리되어 있던 서민층을 각성시켜 자유민권 사상의 신장을 도모하였다. 그리고 중세적 지배와 침체 속에 억눌려 있던 대중의 에너지를 발양시킴으로써 국정 개혁과 자주독립의 원동력을 개발하여 개화운동의 대중적 기반을 확립한 점을 그 의의로 들 수 있다.

『독립신문』에는 많은 양의 창가가 발표되었는데, 그 창작자로는 학생·순검·주사·기사·군인 등 다양한 사람들이 참여하였다. 창가는 전통적 4·4조의 가사체와 서구적 음악 형식이 절충적으로 결합하여 형성된 양식으로서, 개화사상을 전파하고 중세적 틀을 벗어나려는 전망을 노

로 구성되었으며, 그곳에서 개개인은 이성적인 대화를 자유롭고 평등하게 나누기 위해 모이게 되었고, 그리하여 그들 스스로가 정치적 영향력을 행사할 수도 있는 비교적 단합된 집단을 만들어 내었던 것이다."(테리 이글튼, 유희석 역, 『비평의 기능』, 제3문학사, 1991, 15면)

래 형식으로 표현한 것이다. 창가는 개화사상과 계몽의 이념을 집약하여 전달하려는 창작자의 의도로 인해 자수를 맞추는 정형성이 강하고, 분절과 후렴구를 통해 이념의 구심적 집중을 도모하는 형식으로 정립되었다. 이러한 자수율적 정형성과 노래 형식에 기초한 창가의 양식적 특성은 익명의 대중 독자(혹은 청자)를 자신의 가치체계 속으로 동화시킴으로써 공통된 가치관에 기초한 동질적 공동체를 만드는 이점을 갖고 있었다. 반면 시대 현실의 심층이나 개인적인 서정의 세세한 측면을 형상화하는 데는 일정한 한계를 지니고 있었다.

또한 창가는 그 실현화 방식에 있어서 응집과 확산의 원칙을 견지하고 있었다. 창가는 창작자 개인 또는 집단의 이념을 응집시켜 표현하고 이를 대중적으로 확산시킴으로써 공론의 창출과 교류를 확대하려는 의도를 뚜렷하게 지니고 있었다. 창가가 교육의 장에서 널리 생산·보급되었던 것은 이러한 사정을 말해주고 있다. 이처럼 창가는 대중을 상대로 자신의 이념과 정당성을 전파하고 자신의 헤게모니하에 대중을 재편하려는 열망이 표현된 양식이라고 할 수 있다.

『독립신문』 소재 창가의 대중적 성격은 광범위한 독자층에 기반하고 있었다. 『독립신문』 창간호의 광고를 보면 서울의 본사를 비롯하여 제물포·원산·부산·파주·송도·평양·수원 등지에 분국이 있었고 정기구독을 권장했음을 알 수 있다. 또 가두판매인을 모집하여 8장 분의 값으로 10장을, 80장 분의 값으로 100장을 도매한다고 광고했다. 서재필은 자서전에서 정음판(正音版) 『독립신문』을 처음에는 매일 300부씩밖에 인쇄하지 않았지만, 후에는 500부로 되고 나중에는 3천 부까지 발행했다고 회고했다. 한 장의 신문을 많은 사람이 돌려읽는 당대의 독서 행태를 고려한다면 『독립신문』의 독자는 훨씬 많았으리라고 짐작된다.[3]

『독립신문』 소재 창가의 중심적인 주제는 자주독립 고취와 문명개화

---

3) 강재언, 『한국근대사연구』, 한울, 1982, 212~213면 참조.

찬양이었다. 이것은 당시에 근대적 국가주의사상의 일환으로써 민족에
기반을 둔 국가 건설에 대한 자각이 싹트고 있었음을 보여준다. 창가에
나타난 자주독립, 부국강병의식은 전근대적 가치와 근대적 가치가 절충
되어 나타나는 것이 특징이다.

> 우리나라 대죠션은 주쥬독립 분명ᄒ다
> 주쥬독립 되야시면 문명기화 됴흘시고
> (…중략…)
> 면면촌촌 빅셩들은 ᄉ롱공샹 힘써보셰
> 삼강오륜 쥰힝ᄒ고 효뎨츙신 직혀보셰
> 기화기화 헛말말고 실샹기화 ᄒ여보셰
> 독립문을 크게짓고 태극기를 놉히달셰
> 불너보셰 불너보셰 익국가를 불너보셰
> 님군ᄉ랑 몬져ᄉ랑 빅셩ᄉ랑 후에ᄉ랑
> ― 평양 보통문안 리영언, 「익국가」[4] 부분

  위의 창가는 근대적 "실샹기화"인 "주주독립"과 "문명기화"를 "삼강오
륜"과 "효뎨츙신"이라는 전통적 가치의 구현을 통해 실현하고자 한다.
즉 '효제충신', '삼강오륜' 등의 중세적 도리를 기반으로 백성을 "합심",
"동심"시키고 이를 동력으로 삼아 자주독립, 문명개화로 나아갈 것을 주
장한다. 이러한 계몽적 언표는 계몽 주체의 혼란되고 허약한 정체성을
드러내는 표상이다. 또한 전근대적 가치와 근대적 가치의 이념적 절충이
시가 형식에도 반영되어서, 병렬적으로 반복하여 이어지는 4·4조 가사
체로 구현되었다. 하지만 정형률은 현실의 역동적인 상황을 표현하고 이
에 대한 현실 대응력과 돌파력을 갖기에는 미진하다. 다만 시대적 전환
기를 맞이하여 자기 확장을 꾀하는 주체의 고양된 열정과 득의만이 전
면화되어 있을 뿐이다.

---

4) 『독립신문』, 1896.9.10.

> 스랑스랑 스랑이야 빅셩들은 경부스랑
> 스랑스랑 스랑이야 경부에는 빅셩스랑
> 샹하스랑 서로ᄒ면 부국강병 즈연되고
> 샹하의심 업셔지면 즈쥬독립 왜못ᄒ리
> 졍직으로 익국ᄒ고 공평으로 익민ᄒ야
> 니외관민 너나업시 익국익민 일심하면
> 마자히도 부국되고 안ᄒ여도 강병되네
> 부국강병 된연후에 태극긔를 놉히달아
> 일쳥국을 압제ᄒ고 오대쥬에 횡힝ᄒ면
> 독립문이 빗치나고 독립터에 꼿이핀다
>   ― 농샹 공부 기스 김쳘영, 「익국가」5) 부분

이 「익국가」는 "사랑 사랑 사랑이야"라는 대중 잡가의 후렴구를 빌려
와서 지어진 것이다. 통치자와 피통치자, 상하의 조화로운 관계를 기반
으로 부국강병하여 일본과 청나라를 압제하고 나아가 오대양 육대주를
활보하는 제국적 기획을 노래한 창가이다. 이 창가의 작자는 기사(技士)
라고 명시되어 있다. 중세 사회에서 기사는 이념의 생산자라기보다 통치
자에 의해 주어진 이념을 기술적·사무적 차원에서 이행하는 역할을 담
당하였다. 『독립신문』 소재 창가의 다른 작자들인 순검이나 주사, 군인
등도 마찬가지 위치다. 그런데 이들이 창가의 작자로 나서게 된 사실은
창가의 양식적 특성 및 이들의 사회적 인식의 변화와 깊은 관련이 있다.
창가는 기존 사회에서 이념의 수용 전달자에 머물던 계층이 역사의 전
환기를 맞이하여 새로운 이념의 생산자로 적극 나서려는 득의의 형식으
로 고안·창작된 양식이라고 할 수 있다. 또한 이러한 하급 실무자들이
기존 체제를 문제적으로 바라보는 동시에 스스로를 사회적으로 자립한
존재로 인식하기 시작했다는 데 그 의의가 있다. 『독립신문』에는 회원
혹은 독자투고 형식으로 창가가 게재되었는데, 이는 새로운 계층이 공공

---

5) 『독립신문』, 1896.9.15.

영역의 장에 적극 참여하여 담론을 생산할 수 있는 기회를 확장시키는
데 크게 기여하였다.

위 「익국가」의 이념적 지반을 여실히 보여주는 부분이 있는데 "상하
의심 없어지면 / 자주 독립 왜 못하리"라는 대목이다. 이것은 "상하 귀천
없어지면"과는 전혀 다른 것이다. 즉, 이 창가는 상하간의 위계체제와 신
분제를 거부하는 것이 아니고, 상하간의 갈등과 불화를 없앰으로써 전망
을 담보할 수 있다는 의식을 보여준다. 그러나 이러한 중세적 의식이 존
재함에도 불구하고 "인민 사랑"이 시혜적 차원의 탄원이 아니라, 당당한
요구의 수준으로 주장되고 있음을 볼 수 있다. '자주독립', '부국강병'의
주체가 사대부만의 문제가 아니라 상하가 합심함으로써 가능하다고 하여,
백성이 당당한 주체로 나서고 있는 데서 그 근대적 의의를 찾을 수 있다.

> 나라에 부강지업 빅셩으로 말미암고
> 나라에 독립지권 빅셩으로 힘닙느니
> 어와우리 빅셩들아 진츙보국 안홀쇼냐
> 불힝이 병화괴근 싱령도탄 불샹ᄒ다
> 위민부모 어진덕화 여보격즈 ᄒ오시며
> 위민즈목 붉은셩교 시민여샹 홀지어다
> 샹하일심 기화힘써 문명진보 구경코져
> 오천만년 무강지후 여민동락 ᄒ여보셰
>
> ―슝천ᄉ립학교 학원들, 「익민가」6) 부분

위의 「익민가」에서도 "위민(爲民)", "애민"의 주체로 "셩교(聖敎)", 즉 임
금의 가르침이 거론되고 있지만, 국가의 근본이 백성이라는 각성을 그
바탕에 깔고 있다. 나아가 백성을 국민으로 육성하고, 백성이 국민됨을
자각케 하는 것이 계몽운동의 기획이었다. 나라의 부강과 독립이 백성의

---

6) 『독립신문』, 1896.8.18.

참여와 동원을 바탕으로 가능하다는 이러한 자각은 근대적 학교를 세우는 동인이 되었다. 학교를 통해 백성은 근대적 국민으로 훈육·계발되었다.

　『독립신문』에 실린 창가의 작자층이 지닌 의식에는 신민(臣民)으로서의 자기 인식과 국민(國民)으로서의 지향이 착종되어 있음을 볼 수 있다. 창가라는 양식은 '국민화 프로젝트'의 일환으로 개발되고 활용되었다는 특징을 지니고 있다.

> 1.
> 놉흐신상쥬님 / 즈비론슝쥬님 / 궁휼히보쇼셔
> 이나라이쌍을 / 지켜주옵시고 / 오쥬여이ᄂ른 / 보우ᄒ쇼셔
>
> 2.
> 우리의뎌군쥬폐하 / 만세만세로다 / 만만세만세로다
> 복되신오늘놀 / 은혜를ᄂ리스 / 만수무강케 / ᄒ야주쇼셔
>
> (…중략…)
>
> 4.
> 상쥬님은혜로 / 오 쥬여 이 나라 / 독립하였네
> 우리들백셩은 / 上下班常구별없이 / 오쥬여상쥬님 / 기도하겠네
> 　　　　　　　　　　　　　　　　　—「황제탄신축가」[7] 1·2·4절

　새문안교회 교인들은 1896년 음력 7월 25일 고종 황제의 탄신일을 맞이하여 황제의 만수무강을 기원하는 한편, 기념 축하 대회를 개최하여 전도에 이용하려는 계획도 세웠는데, 이 기념식을 위하여 「황제탄신축가」를 만들었다. 이 노래는 영국 국가(國歌)의 곡에 맞추어 만들어졌으며, 노래 가사의 '상주님'과 '나라'는 각각 영국 국가의 'God', 'King'에 해당하

---

7) 『새문안교회 70년사』, 새문안교회, 1958, 33면.

는 부분을 모방한 것이었다. 창가는 이렇듯 서양 악곡에 얹어서 부르도록
되어 있었는데, 그 중에서도 찬송가의 영향이 컸다. 서양 악곡, 특히 찬송
가에 근거한 창가의 발생적 형식은 그 내적 이념까지도 규정하고 있다.
이 당시 한국에서 기독교의 전파는 황실과의 타협적 관계를 통해서 자기
확장을 꾀한 까닭에 절충적 성격을 본질로 하고 있었다. 그 결과 "上下班
常 구별없는" 세상에 대한 열망을 표현하는 한편 "나라와 백성들 / 국태
민안 부귀영화"는 "상주님"과 "대군주 폐하"에 의해 주어지는 것이라는
일견 모순되어 보이는 두 사상이 공존할 수 있는 것이다. 이는 창가 담당
층의 정체성이 신민과 국민 사이에서 길항하고 있었다는 것을 말해주는
대목이다. 또한 창가 형식은 종교적 형식과 정치적 성격을 절충시키는 방
식으로 개발된 측면도 있었다.

> 셩ᄌᆞ신손오빅년은 우리황실이요
> 산고슈려동반도는 우리본국일세
> (후렴) 무궁화삼쳔리 화려강산
>   대한사롬대한으로 기리보젼ᄒᆞ세
>
> 튱군ᄒᆞᄂᆞᆫ일편단심 북악ᄀᆞᆺ치놉고
> 이국ᄒᆞᄂᆞᆫ열심의긔 동희ᄀᆞᆺ치깁헤
>
> 쳔만인오죽호ᄆᆞ음 나라ᄉᆞ랑ᄒᆞ여
> ᄉᆞ농공상귀쳔업시 직분만다ᄒᆞ세
>
> 우리나라우리황실 황텬이도으샤
> 국민동락만만셰에 태평독립ᄒᆞ세
>
> ─「무궁화가」[8] 부분

---

8)『대한매일신보』, 1907.10.30.

이 노래는 1896년 11월 21일 독립문 정초식을 거행할 때 배재학당 학생들이 부른 '애국가'이다. 이후 『대한매일신보』(1907.10.30), 『공립신보』(1908.3.11) 등에 지속적으로 실렸으며, 오늘날 「애국가」의 기초가 되었다. 이 창가에도 "오빅년" 조선 황실의 신민으로서의 정체성이 강조되어 있다.

그러나 절대 왕조의 붕괴 위기를 직시하며 신민으로서의 정체성에 회의를 품기 시작하는 움직임이 나타났다.

> 슬프다뎌나무다늙엇네 / 병들고썩어셔반만셧네
> 심악훈비바람이리져리급히쳐 / 몃빅년큰남기오늘위티
>
> 원수에쌋작시밋흘쫏네 / 미욱훈뎌시야쫏지마라
> 쫏고쏘쫏다가고목이부러지면 / 네쳐즈네몸은어디으지
>
> (…중략…)
>
> 쏘하라뎌포수쌋작시를 / 원수에뎌미물남글쏘아
> 비바람을도아위망을지촉ᄒ야 / 너머지게ᄒ니엇지홀고
> ─니승만, 「고목가」[9] 1·2·4절

위의 창가는 기존의 체제를 "병들고 썩은" 고목으로 비유하고 "비바람"과 "딱짝새"에 의해 위태롭게 되었다고 진단한다. 비록 3절에서 "버틔세버틔세 뎌고목을 / …… / 새가지새입히 다시영화불되면"이라는 견인적 의지를 표명하고 있지만, 이 창가는 분명히 당시의 사회 상황에 대한 위기의식을 기반으로 하고 있다. 당대 현실에 대한 이러한 위기의식 내지 역사인식은 필연적으로 자아에 대한 새로운 인식을 요구하게 된다. 기존 체제에 대한 믿음이 붕괴되고 새로운 체제를 수립하려는 움직임이 나타나면서, 주체의 정체성에 대한 새로운 자각이 싹트는 계기가 마련되는

---

9) 『협성회회보』 제10호, 1898.3.

것이다. 이전의 창가들이 기존 체제와의 절충적 개혁을 통한 자아의 확충이나 낙관적 전망을 주제로 하였다면, 「고목가」는 현실의 위기 상황 속에서 신민으로서의 정체성에 회의를 품고, 나아가 기존 체제에 대한 혁명적 변혁의지를 내포하고 있다.

이상에서 알 수 있듯이 창가는 내용면에서 전근대적인 가치와 근대적인 가치의 절충적인 현실인식을 지니고 있으며, 형식면에서는 4·4조 가사체를 반복하거나 서양 악곡, 특히 찬송가에 의존하고 있다. 창가의 작자들은 대부분 위로부터의 타협적 변혁을 추구하는 개화주의자들이었다. 이들은 중세적 신민과 근대적 국민 사이에서 정체성의 갈등을 겪고 있었지만, 전체적으로는 국민화 프로젝트의 일환으로 창가가 창작·보급된 측면이 강하다.

2) 애국계몽기의 창가

창가는 1900년대에 들어 숫자가 늘어난 학교들을 통해 광범위하게 확산되었다. 학교에서 정규 교과목으로 창가를 가르치게 됨으로써 더욱 급격하게 확산되었다. 각 학교에서는 서로 「애국가」를 지어 부르는 일이 생겨났고, 이에 국가에서 공식적인 국가(國歌)를 선포하기에 이르렀다.

學部에서 各學校 愛國歌를 整理ᄒ기 爲ᄒ여 各學校에 申飭ᄒ되 軍樂隊에셔 調音한 國歌를 效做ᄒ야 學徒를 敎授ᄒ라 ᄒ난디 그 國歌난 如左ᄒ니

上帝난 우리
皇帝를 도으소셔
聖壽無彊ᄒ샤 海屋籌를 山갓치 싸으소셔
威權이 實瀛에 떨치샤
於千萬歲에 福祿이 無窮케 ᄒ소셔

上帝난 우리
皇帝를 도으소셔[10]

이 「애국가」의 취지는 군주를 중심에 세우고 국가의 기강을 굳건히 하려는 데 있다. 그러나 군주의 절대적 지위에 대한 강조는 역설적으로 국권을 침탈하려는 제국주의의 진출 앞에서 통치권이 약해지고, 또한 민중의 저항과 부르주아적 국정 개혁을 요구하는 움직임에 직면하여 그 구심력을 잃어가고 있었다는 사실을 반증하는 것이었다.

한편, 1905년 을사보호조약으로 국권상실의 위기감이 고조되자 민간 차원에서 국권수호와 부국강병의 결의가 조직되었다. 그 대표적인 것이 애국계몽운동이었다. 애국계몽운동의 담론을 형성하는 대표적 인쇄물이었던 『대한매일신보』에도 다수의 창가가 발표되었다.[11] 당시에 창가는 『황성신문』·『제국신문』·『경향신문』뿐 아니라 각 학회지에도 실려 계몽의 담론을 전파하는 중요한 양식으로 자리잡았다.

애국계몽기 창가의 특징은 새로운 사회에 대한 진보적 열망을 직선적으로, 확장적으로 드러내는 방식을 취하는 데 있다.

愛國誠아 愛國誠아 全國同胞 크게불너
歡迎ᄒ세 반가워라 愛國誠을 愛國誠을
(후렴) 알어라웅 알어라웅 알시구나 알일이오
씨여라웅 씨여라웅 씨려무나 씰날이오

ᄒ로밧비 문명되고 쉬지말고 진보ᄒ여
유신정치 시로세고 독립긔초 확립ᄒ후

---

10) 『황성신문』, 1904.5.13. 이 「애국가」의 작곡은 당시 대한제국 侍衛隊軍樂隊長이던 독일인 Franz von Eckert이 맡았으며, 작사자는 미상이다.
11) 박을수는 『대한매일신보』 소재 시가를 분석한 결과, 창가에 해당하는 '애국·독립가'를 약 50여 작품 뽑았다(박을수, 『한국개화기저항시가연구』, 성문각, 1985, 255~261면).

대한뎨국 만만세를 이노래에 석거불너
태극긔를 놉히들고 네의일홈 찬양홀졔

이쳔만즁 다녀되여 네혼몸이 일등공신
대훈공을 세우는날 력ᄉ상에 빗나도다
— 雩今, 「애국가」[12] 1·9·10·11절

이 창가의 11절에서 "이쳔만즁 다녀되여 네혼몸"이라고 했을 때 고립
적으로 흩어져 자족하던 개체들은 '이쳔만즁(二千萬衆)'의 일원으로 편입
되어 동질화된 동포로서 주체화된다. 이처럼 개체적 특성보다 '이쳔만즁'
이라는 집합적 주체가 동일한 목표와 방향으로 매진할 때 "功臣"으로서
개인의 이름을 획득할 수 있는 것이다.

특히 이 「애국가」는 서양 악곡에 의존해서 불려지던 기존의 창가와 달
리, 세간에서 널리 불리던 전통적 민요인 「아리랑」의 후렴구를 차용하고
"깨여라 깨려무나 깰날이 왔다" 사설을 붙여서 진취적인 계몽의식을 고취
시키고 있는 점이 주목된다. 이는 새로운 시대인식과 자각을 통해 얻은 양
식적 변화라고 할 수 있다.

生存競爭 當此時代에 / 國家興亡이 너게 달넛네
列强의 待遇를 生覺홀사록 / 奴隷 犧牲의 恥辱쑨일세
二千萬同胞 우리兄弟야 / 此時가 何時며 此日何日고
六大洲大陸의 形便 살피니 / 弱肉强食과 優勝劣敗라
國權을 保全ᄒ고 同胞救濟는 / 우리들 兩肩上에 擔任義務라
血淚를 揮灑ᄒ고 奮發心으로 / 實地上 學問을 硏究합세다
一身이 榮貴ᄒ고 一國興홈은 / 學問一事 밧게는 다시 업겟네
堂堂흔 三千里 大韓帝國이 / 世界萬國과 同等돼보세
— 「西友師範學校 學徒歌」[13] 부분

---

12) 『대한매일신보』, 1907.9.25.

이 창가는 사회진화론적 수사와 은유가 그 내용을 채우고 있다. 당대를 "생존경쟁", "약육강식"의 시대로 인식하고 거기에서 패배하면 "노예 희생의 치욕"에 떨어지고 만다는 위기의식을 환기시킨 다음, 우리도 "학문" 연마를 통해 실력을 양성하여 세계의 우승국이 되어보자는 열망을 고취시키고 있다. 사회진화론이 애국계몽기의 지식인들에게 근대사상의 핵심으로 인식되고 있었다. 제국주의 열강의 침략이 급박하게 진행되던 상황 속에서 국가적 역량의 부족을 강인한 정신력으로 대응하기 위한 사상적 무기로 사회진화론이 활용되었다.

또한 국가주의는 약소국이 자기 정체성을 확인하고 확장하는 중심사상이 되었다. 위의 「서우사범학교 학도가」는 사회진화론과 국가주의에 근거하여 "육대주대륙의 형편 살피"고 "혈루를 휘쇄ᄒ고 분발심으로" 실력을 양성하여 "양육강식과 우승열패"의 "당차시대"를 돌파하겠다는 낙관적 의지와 열망을 고취시키고 있다. 이러한 주제는 애국계몽기 창가의 중심 내용이었다.

애국계몽기는 근대적 변혁의 가능성이 어느 때보다 성숙되어 있었던 시대이면서 동시에 세계 열강의 침략 앞에 놓인 위기의 시대이기도 하였다. 이 시기에 창가는 개별화하는 개체를 동질화된 집합으로 묶어 민족적 책무를 환기시키고 동일한 역사적 발전 방향으로 전진시키는 데 유용한 시가 양식으로서 계몽운동가들에 의해 주목받았다.

창가는 집회, 학회, 학교와 출판의 영역에서 집단의 이념과 전망을 표현하는 양식으로서 역할을 했다. 이는 창가가 근대적인 사회를 지향하는 공론의 창출과정에서 개인 상호간의 교류를 확대하고 이념적 결집을 추구하는 양식으로 활용되었음을 의미한다. 각 개인은 이러한 공공영역 내에서 역동적인 참여를 통해 사회 구성원으로서의 자질을 훈련받고 주체로 승격되는 체험을 하게 되는 것이다.

---

13) 『서우』, 1907.3. 자주적 사립학교의 설립에 의한 대중교육운동은 애국계몽운동의 중심 지주였으며 그 선구적 역할을 담당한 것이 1906년에 설립된 〈서우학회〉였다.

　다음의 신문 기사는 사회적 공론의 창출과정에서 창가가 어떠한 방식
으로 존재했는지를 보여준다.

　　演說盛況　去　土曜日　官人俱樂部에셔　大韓協會　總會를　開ㅎ고　安昌浩
氏가　我韓國前道의　如何란　問題로　演說ㅎ얏는디　雄談弘辯이　水湧山出ㅎ
야 (…중략…) 其趣旨는　公平正大ㅎ고　其氣象은　激昂踏려ㅎ니　聽者千餘人
이　莫不點掌喝采 (…중략…) 同氏가　演說을　終了ㅎ고「心舟歌」一章을　唱
ㅎ야　同胞를　警醒ㅎ얏스니　其歌에　曰

　　어야지야 어셔 가즈 / 모든 風波 무릅쓰고 //
　　文明界와 獨立界로 / 어셔 쌜리 나아가즈 //
　　멸몽波에 든 자들아 / 길이 멀다 恨歎 말고 //
　　希望 키를 굿이 꼿고 / 實行 돗슬 놉히 달아 //
　　부는 바람 즈기 전에 / 어야지야 어셔 가즈

—「心丹歌」14) 전문

　이 기사는 〈대한협회〉의 총회에서 안창호가 연설을 마친 뒤 자신이 지
은 「심단가」를 불러 그곳에 모인 청중들을 각성·감동시켰던 사실을 전하
고 있다. 이 기사와 창가는 하루 전인 1908년 2월 11일자 『황성신문』에도
실려 있으며, 『서북학회월보』 제15호(1908.2)에도 동일한 기사와 창가가 실렸
다. 〈대한협회〉라는 결사의 집회와 연설 → 이에 호응하는 출판과 신문 →
다른 학회의 관심 등으로 이어지는 일련의 과정은 공공영역이 어떻게 창
출되는지를 보여주는 하나의 예다. 또한 안창호의 「심단가」가 중요하게
언급된 사실을 통해 창가 양식이 애국계몽기 공론의 창출에 중요한 역할
을 하였음을 알 수 있다.

---

14) 『대한매일신보』, 1908.2.12. 이 창가는 『대한매일신보』에서는 「심단가」로 소개되었고,
　『황성신문』(1908.2.11)에는 「심주가」로, 1908년 3월 11일자의 『공립신문』에는 「단심가」
　란 제목으로 실렸다.

이제 「심단가」에 대해서 살펴보자. 안창호는 대중적 호소력과 감화력을 불러일으키는 언어 사용에 탁월한 능력을 지니고 있었으며, 창가의 창작에 있어서도 당대 최고의 경지를 보여주었다.[15] 안창호는 민중을 "警醒"하기 위해 다수의 창가를 직접 지어 활용하였다. 「심단가」는 그 대표적인 작품으로 '비록 민족이 침몰의 위기에 있지만, 그런 상황에 함몰되어 한탄만 하지 말고 희망을 갖고 실행에 힘써 문명계와 독립계로 기필코 나아가자'고 하는 애국계몽운동의 의지를 표현하고 있다. 특히 이전의 창가들이 창작자의 이념을 직설적으로 표현하거나 서양 악곡, 찬송가에 얹어 부르던 것에 비해, 「심단가」는 집단 노동요의 역동적 요소와 비유를 결합시킴으로써 새로운 정서의 영역을 창조하고 확대하고 있다. 「뱃노래」의 "어야지야 어서 가자"라는 대목을 적절하게 활용하여 위기 극복의 자신감과 활기, 그리고 단결력을 표현하고 있는 것이다. 또한 일반 백성들에게 익숙한 민요를 이용함으로써 구체성과 대중성을 획득하는 데 효과를 높이고 있다.

안창호의 창가와 연설이 당시에 큰 반향을 일으키자 『황성신문』의 일 기자(一記者)가 「심단가」에 화답가를 지어 호응하였다. "余도 此를 聽了에 不覺拍案蹶起ㅎ야 距踊 三百이로다. 嗚呼라 我 二千萬 兄弟가 擧在漏船之中ㅎ야 遭此極險之風浪이 罔有津涯ㅎ니 沈沒之患이 卽在 呼吸之頃이로다. …… 余도 固陋롤 忘ㅎ고 一闋을 和唱ㅎ노니"라며 화답가를 지었는데, 다음과 같다.

> 어하 大韓 同胞들아 / 心舟歌를 和答ㅎ셰 //
> 이 비가 어인 빈고 / 大韓 疆土 시른 비라 //

---

15) 탁월한 연설가였으며 계몽운동가였던 안창호는 창가를 많이 남겼다. 「점진학교 교가」(1899), 「목단봉가」(1909)를 비롯하여 「한양가」, 「산아산아 높은산아」, 「가치 높고 귀중한 말」, 「쾌하다 장검을 비껴들었다」, 「높은 덕은 사모하여」, 「대왕조의 높은 덕」, 「대한청년 학도야」, 「언제나 언제나」, 「조국의 영광」, 「혈성대」 등이 있다(임중빈, 「문학운동의 파이오니어」, 『기러기』 제68호, 흥사단, 1970.3, 29~32면).

二千萬人 櫓를 즈어 / 茫茫大海 바라보니 //
險惡홀샤 風浪이오 / 遼遠홀샤 程道도다 //
져 바다를 근너가면 / 文明世界 잇것마는 //
同心力을 못ᄒ며는 / 너 나 읍시 沈沒ᄒ다 //
都沙工이 거누군고 / 學海先導ᄒ는고나 //
어셔가셰 어서가셰 / 쉬지말고 어서가셰 //
이바다를 근너가면 / 獨立歌를 부를셰라

—「和安君昌浩 心舟歌」[16] 부분

    애국계몽기의 창가는 국가적 위기 속에서도 낙관적 전망을 가지고 활달하고 강건한 기상으로 독립과 문명에 대한 열망을 구가하였으나 1910년 국권상실이 기정 사실화되면서 새로운 국면으로 전환하였다. 망국의 현실을 예감하면서 창가의 미의식은 비장미를 주조로 하게 되었다. 애국계몽운동을 이끌던 지도부들은 독립운동의 새로운 방법을 모색키 위해 망명을 결행하였다.[17] 안창호는 망명길에 오르는 심정을 「거국가(去國歌)」라는 창가를 지어 남겼다.

1.
간다간다 나는간다 너를두고 나는간다
잠시뜻을 얻었노라 까불대는 이시운이
나의등을 내밀어서 너를떠나 가게하니
일로부터 여러해를 너를보지 못할지나
그동안에 나는오직 너를위해 일하리니
나간다고 서러마라 나의사랑 한반도야

---

16) 일기자, 『황성신문』, 1908.2.11.
17) 〈신민회〉 간부들은 국내를 탈출하기로 결정하고 중국 청도에서 만나 새로운 독립운동 방책을 회의하기로 하였다. 이에 안창호, 신채호, 김지간, 정영도 4인은 1910년 4월 7일에 경기도 행주에서 목선을 타고 망명길에 올랐다.

2.
간다간다 나는간다 너를두고 나는간다
내가너를 작별한후 태평양과 대서양을
건널때도 있을지며 시베리아 넓은들에
다닐때도 있을지나 나의몸은 부평같이
어느곳을 가있던지 너를생각 할터이니
너도나를 생각하라 나의사랑 한반도야

3.
간다간다 나는간다 너를두고 나는간다
지금이별 할때에는 빈주먹을 들고가나
이후상봉 할때에는 기를들고 올터이니
눈물흘린 이이별이 기쁜일이 되리로다
악풍폭우 심한이때 부대부대 잘있거라
훗날다시 만나보자 나의사랑 한반도야

— 「거국가」[18]

안창호를 비롯한 애국계몽운동가들은 독립된 민족국가를 만들어 세계 만방에 그 기세를 떨쳐보고자 하는 기획을 갖고 매진했으나 망국이라는 참담한 지경에 빠지게 되었다. 그러나 위의 노래는 절망하지 않고 국권 회복의 의지를 선양하는 내용을 견지하고 있다. 이 「거국가」는 식민지 시대에 망국민이 된 한국 동포들에게 가장 널리 애창되었던 노래였다. 나라를 잃은 비통함에도 불구하고 나라를 반드시 되찾고야 말겠다는 애

---

18) 임중빈, 「문학운동의 파이오니어」, 『기러기』 68호, 1970.3, 30면. 이 창가는 주요한의 『安島山傳』(三中堂, 1975, 98~100면)에도 실려 있다. 『대한매일신보』(1910.5.12)에도 「去國行」이란 제목으로 실려 있는데, 조금 다르다. 1절을 보면 "간다간다나는간다 너를두고 나는간다 / 뎌時運을더덕타가 열혈들을뿌리고셔 / 네품속에누어자는 내兄弟를다찌워셔 / 훈번氣썻히밧스면 속이시원ᄒ겟다만 / 장러일을싱각ᄒ야 분을춤ᄶᅦ나가니 / 너가가면 영갈손냐 나의ᄉ랑韓半島야"로 되어 있다. 『대한매일신보』의 「거국행」에는 망국의 분을 참지 못하는 시적 주체의 '熱血'적 격렬함이 훨씬 더 생생하게 표현되어 있다.

국적 결의가 호응을 받았던 것이다.

이 시기에 주목되는 안창호의 또 다른 창가로 「한반도(韓半島)」가 있다.

> 東海에 突出훈 나의 韓半島야 / 너는 나의 조상나라이니
> 나의 스랑홈이 오직 너뿐일셰 / 韓半島야
>
> (…중략…)
>
> 日月굿치 빗는 나의 韓半島야 / 둥근돌이 半空에 밝을째
> 너를 싱각홈이 더욱 懇切호다 / 韓半島야
>
> 山川이 秀麗훈 나의 韓半島야 / 물은 맑고 山이 雄壯훈데
> 너를 향훈 忠誠 더욱 놉하진다 / 韓半島야
>
> 아름답고 귀훈 느의 韓半島야 / 너는 나의 스랑호는 바니
> 나의 피를 쎅려 너를 빗내고져 / 韓半島야
>
> ─「韓半島」19) 부분(행 구분─인용자)

「한반도」는 「거국행」과 같이 조국에 대한 열렬한 사랑을 결의하고 있는 창가이다. 그런데 이 창가에서 주목할 것은 그 사랑의 방식이 "나의 피를 뿌려 너를 빛내"는 것으로 형상화되고 있는 점이다. 조국의 유구한 역사와 아름다운 국토에 대한 자긍심은 위기에 처한 조국에 헌신하고자 하는 시적 주체의 '열혈적' 결의로 이어진다. 민족을 향한 열정이 '피'로써 표현되는 급박한 상황인식과 비장함이 창가 「한반도」를 압도하고 있다.

당대 창가의 일반적인 형식이 4·4조의 음수율적 강제에 제약되던 것

---

19) 『大韓每日申報』, 1909.8.18. 기존에 이 작품은 작자와 양식이 불분명한 채 전해져 왔다. 이 「한반도」가 창가 양식이며, 안창호의 작이라는 것이 밝혀진 것은 1994년 2월 7일 국가안전기획부가 국사편찬위원회에 기증한 2백여 점의 자료 중 안창호 작사의 「한반도」 악보가 들어 있는 것이 발견된 이후의 일이다(『한국일보』, 1994.2.19).

과 달리, 이 「한반도」는 제한적이나마 정형률에서 벗어나려는 내재적 힘
이 작용하고 있다는 점도 주목된다. 또한 이념의 대변자인 보편적 자아의
목소리가 아니라, 개별적 자아의 목소리를 통해서 서정성을 확대하고 있
는 점도 특기할 만하다. 최원식은 「한반도」에 대하여 "가사체에서 신시
체로 넘어가는 과도기 작품으로 4·4조의 정형률이 깨진 중간 형태이다.
표기도 한글투에 가깝고, 그 당시 흔히 쓰이던 '황제' 대신 '민족'이란 말
을 쓴 것 등 근대정신을 내포해 문학사적 가치도 높다"[20]라고 평가하였
다. 「한반도」의 '열혈적' 결의와 시상은 이후 망명지에서 신채호가 지은
자유시 「한나라 생각」[21]의 전초가 되었다.

3) 1910년대의 창가

1910년 일제의 강제 '합방'에 의해 한국의 자생적인 근대 개혁의 기획
은 좌절되고, 언론·출판·집회 등의 공공영역은 봉쇄되었다. 이와 함께
근대적 의미의 공적 담론을 창출하고 그를 통해 근대적 주체의 확립을 모
색함으로써, 양식적 정체성을 확장시켜 나가던 창가도 변화를 겪게 된다.
1910년대 창가는 극단적인 두 가지 방향으로 전개되었다. 한편에서는
애국계몽기에 창가를 창작했던 계몽운동가들이 망명을 통해 민족 독립
의 대의를 이어가는 과정에서 민족해방운동의 이념을 전파하는 「독립군
가」나 「행진가」 혹은 「학도가」 등이 창작되었다. 다른 한편에서는 창가
가 일제에 기생하여 식민지 통치이념을 전파하는 양식으로 굴절되는 양
상을 보여준다.
강제 '합방' 직전인 1910년 5월에 일제는 애국독립가의 전통을 계승한

---

20) 『한국일보』, 1994.2.19.
21) 『단재 신채호전집』 하, 형설출판사, 1987, 402면. 이 시는 이 책의 제3장 3절 '1910년
    대 자유시의 주요 경향과 특성'에서 자세하게 분석하였다.

창가들을 통제하고 식민지 정책을 전파하기 위한 목적으로『보통학교창
가집』을 새로이 발간하여 대중들에게 강요하였다. 그리고 애국독립사상
을 고취하는 창가를 단속하고 그러한 내용이 수록된 창가집을 압수하였
다. 1911년 7월 테라우치[寺內正毅] 총독(總督)은 장관회의에서 "사립학교
중에는 창가 등이 독립을 고취하거나 제국에의 반항을 장려하는 듯한 것
을 사용하는 데가 있다. 이것들은 물론 허용하지 않는 일이니 단속에 주
의가 필요하다"[22]고 하여 애국적인 창가에 대한 특별 단속을 지시하였다.
  그러나 단속에도 불구하고 애국적인 내용을 담은 창가들이 비밀리에
유포되었으며, 발각되었을 때는 형벌을 받았다. 한 예로 1915년 개성에
있는 한영서원에서 구전되거나 인멸되어 가는 창가를 모아 창가집을 내
었다가 출판법 위반, 보안법 위반 및 불경죄로 경성지방법원에 송치되는
사건이 있었다.[23] 이때 압수되었던 창가 중에 46번 「영웅 모범」이란 작
품을 보면,

> 게림나라즘생중에 개와돗이되여도 일본신하안되기로
> 죽기까지결심한 박제상의그충성을 우리모범하리라
>
> 일본나라인군으로 남종삼아불잎 일본나라왕후로서
> 녀종삼기작적한 석우로의그쟝긔를 우리모범하리라
>
> 늙은도격이등박문 할빈당도할때에 삼발삼중죽인후에
> 대한만세불으든 안중근의그의긔를 우리모범하리라
>
> ―「영웅 모범」[24] 1 · 2 · 7절

22) 손인수,『한국근대교육사』, 연세대 출판부, 1975, 106면.
23) 고려대 아세아연구소 편,『일제 하의 문화운동사』, 민중서관, 1970, 248면.
24)『최신창가집』등사본, 길림성 연길 광성학교, 1914, 98면(국가보훈처,『해외의 한국독
   립운동사료』XVI, 1996, 142면). 등사본『최신창가집』은 구한말부터 1914년까지 한국민
   족이 국내외에서 널리 애창했던 창가들을 만주에 설립되었던 한민족 학교인 광성학교
   에서 수집하여 1914년에 발행한 창가집이다. 이 책에는 152편의 창가가 악보와 함께 실

· 이 창가는 모두 7절로 구성되어 있는데, 박제상에서 석우로(昔于老),
조헌(趙憲)과 칠백의사, 이순신, 곽재우, 최익현, 안중근에 이르기까지 한
국 역사에서 일본과의 투쟁에서 혁혁한 공을 세운 위인들을 내세워 그
들의 업적을 칭송하고 있다. 동시에 일본의 왕과 왕후를 종으로 삼아 부
리고, 이등박문을 쏘아 죽이는 등 일본에 대한 적개심을 통쾌하게 표현
함으로써 대중들의 의기를 고취시키고 있다. 또한 각 절 마지막에 "우리
들은 모범으로 삼아야겠다"라는 구절을 삽입하여 행동을 강조하고 있다.
이제 창가는 이념 전파와 의식 개혁의 차원을 넘어 구체적 역사 현실에
행동으로 투신할 것을 대중들에게 요구하는 데 이르고 있는 것이다.
    창가에서 역동성이 강조되면서 운동가·체육가·행보가(행진곡) 등의 제
목을 붙인 창가들이 다수 창작되었다.

> 무쇠 골격 돌근육 소년남자야 / 애국의 정신을 분발하여라
> 다다랏네 다다랏네 우리나라에 / 소년의 활동시대 다다랏네
>
> (후렴) 만인대덕 련습하여 후일전공 세우세
> 절세영웅 대사업이 우리목덕 아닌가
>
> ―「野球」[25] 1절

    위의 창가를 통해 당시 체육과 운동 경기가 단순한 신체 단련만을 위
한 것이 아니라, 장기적으로는 독립군을 양성하여 국권 회복의 목표를
달성하려는 기획을 담고 있었음을 알 수 있다.
    『최신창가집』에는 「혈성대」라는 제목의 창가가 두 편 수록되어 있는
데, 이를 통해 1914년에 독립군의 예비대로서 소년 〈혈성대(血誠隊)〉가 조
직되어 훈련받고 활동하였음을 알 수 있다.[26]

려 있어 귀중한 자료로 평가되고 있다. 개성 한영서원에서 1915년에 발간했다가 보안
법 위반으로 압수된 『창가집』도 이 책을 참고한 것으로 추정된다.
 25) 『최신창가집』, 1914, 28면.

> 쟝하도다애국쳥년 일테분발피끌어
> 洪水같이니러나니 혈성대가되엿고나
> 걱졍마라부모국아 피가끌난혈셩대가
> 조상나라붙을기로 맹약하고나섯고나
>
> 벽력같이맹렬하고 번개같이활동하는
> 혈성대의쟝한긔개 누가응답할소나
> 두려마라부모국아 용맹잇난혈성대가
> 나라집을도우랴고 맹렬하게활동하네

—「血誠隊」[27] 1 · 4절

『최신창가집』 소재 「혈성대」는 『대한매일신보』 1909년 8월 11일자에 발표되었던 「혈성(血性)디」를 근간으로 하여 재창작한 것이다. 재창작되는 주요 원리는 용기와 자부심을 북돋아 행동과 실천력을 강조하는 행진가풍의 창가로 변환하는 것이었다. 이 창가는 인식적 차원의 각성을 촉구하는 양식을 넘어 행동을 추동하는 양식으로 실제 악보에 실려 노래 불리게 된 것이다.

이처럼 창가는 행동과 결합됨으로써 그 미학적 의의도 변화·확장되었다. 즉 눈으로 읽고 머리로 생각하던 「혈성(血性)디」(『대한매일신보』)와 실제 〈혈성대〉라는 조직 속에서 불려지던 창가 「혈성대」는 그 감흥이 다를 수밖에 없다. 혈성대원들에게 「혈성대」는 단순한 노래의 차원을 넘어서 개인의 정체성과 실존적 의미를 확인하는 역할을 하였다.

1910년대 독립운동가들에 의해 창작되고 불려진 창가 중에는 집단의 공적 대의를 전파하고 구체적인 결의와 행동을 촉구하는 것이 많았다. 그와 함께 개인의 처지와 감상을 서정적으로 표현하는 창가도 만들어졌다.

---

26) 신용하, 「해제」, 『해외의 한국독립운동사료』 XVI, 국가보훈처, 1996, 27면.
27) 『최신창가집』, 50면.

이곳은 우리나라 안이것만 / 무엇을 바라고 이에 왓난고
자손에 거름될 이내 독립군 / 설땅이 없지만 히망잇네

국명을 잃어바린 우리 민족 / 하해에 띄끌갖이 떠단이네
잃어타 웃지말아 유국민들 / 자유해복 할날 잇으리라
— 「조국생각」[28] 1·2절

　이 창가가 주목되는 것은 독립군에 참가한 개인의 서정이 집단적 결의 속에서 빛을 발하고 있다는 점이다. 망국민으로서 조국을 잃고 타국에서 헤매는 개인의 회한이 비장한 결의와 함께 표현되고 있다. 이것은 창가의 양적 팽창이 질적 비약을 낳은 것이라고 할 수 있다.

　하지만 다른 한편에서 창가는 일제가 보장해주는 합법적 공간에서 창작 보급되면서 식민지 지배를 긍정하고 그에 대한 복종을 내면화하는 역할을 담당하였다. 이들 창가는 '식민지적 근대인'을 '생산'하기 위한 일제의 통치 이념에 부응하는 정책적인 양식으로 활용되었다. 이러한 유형의 창가들은 국내의 신문과 잡지를 통해 합법적인 공간에서 창작·발표되었다. 작가들 역시 일제와의 타협 속에서 자기 확장을 꾀하는 사람들이 대부분이었다.

공덕이라 하는 것은 그 무엇인가 / 공ー덕과 인ー도를 위함이니라
사람되고 마ー ㅅ당히 힘쓸지로다 / 쉬운 절례 말할지니 들어보시오
산ー나무 꺾지 말고 벽서마시오 / 더욱 우리 학교물품 사랑하시오

외국인을 미워하고 조롱마시오 / 사해형제 넷말삼을 들어보시오
언충신과 행독경을 힘쓸것이오 / 나도 사람 저도 사람 가련노복들
나도 생물 저도 생물 가련육축들 / 마르시오 마르시오 천대학사를
— 「공덕가」[29] 1·5절

---

28) 『최신창가집』, 163면. 2절의 경우, "잃었다 울지 마라 자유 국민들"이 아닌가 생각된다.

이 창가는 일상생활에서 지켜야 할 많은 규율들을 대중에게 가르치고 있다. '공덕(公德)'이란 가치규범 아래 예절·절약·신용·성실·신고정신·양보·위생 등의 세목이 강조된다. 이는 바로 근대적 국민을 훈육하는 덕목으로서 공중도덕을 말하는 것이다. 또 '외국인'을 미워하지 말고 이들과 합심하여 새세상을 만들어 보자는 메시지는 일제 침략을 '사해형제'주의적 사랑으로 표현하는 이데올로기를 숨기고 있다. 이런 류의 창가 보급은 식민지 현실에 순응하는 국민화 프로젝트의 한 방식으로서 일제에 의해 주도되고 통제되었다.

이처럼 창가는 지배를 내면화하는 식민지 근대인을 만드는 데에도 유용하게 활용되었으며, 학교라는 제도를 통해 유통되었다. 이것은 근대 시 문학사에서 창가가 차지하였던 현실적 의의를 퇴영시키는 것이었다. 그 결과로서 창가는 3·1 운동 이후 일본에서 유행하던 퇴영적 유행가와 뒤섞이는 현상으로 이어졌다. 이러한 유행가는 주로 애정과 이별의 슬픔, 삶의 비애와 절망, 그리고 소시민적 향락의 추구 등을 표현하고 있다.30) 유행가와 창가가 뒤섞여 절망과 좌절의 정서를 담은 위안의 양식으로 변모하게 되는 것을 볼 수 있다.

창가는 계몽적 양식이면서 공공의 장에서 이념 투쟁의 양식으로 주목받았다. 즉 창가는 공적 주도권을 장악한 세력이나 그 가능성을 낙관하는 세력이 공공영역을 통해 자기 이념을 중심으로 공론을 창출하고 교류를 확대하고자 하는 의도에 의해 창작·보급되었던 양식이다. 그러나 공적인 장에서 주도권을 상실하거나 배제되었을 때, 그 창작·보급은 비밀리에 실현될 수밖에 없었다. 근대적 문명국가 건설을 통해 계급적 상승을 도모하던 초기 부르주아지의 이념을 대변했던 창가는 애국계몽운

---

29) 학부 편찬, 『보통학교창가집』, 1910.5; 김학길 편, 『계몽시가집』, 문예출판사(평양), 1990, 306~307면.
30) 김창남, 「유행가의 성립과정과 그 문화적 성격」, 『노래』 제1권, 실천문학사, 1984, 68~76면.

동기를 거쳐 일제강점을 계기로 자기 실현의 장을 잃고 국외 민족해방 운동이나 국내의 문화적 '지하'에서 교류의 장을 찾게 되었다.

한편, 국내에서 일제는 창가를 통해 사회·문화적 통제를 시도하였는데, 합법적 공간에서 창작 발표되었던 창가는 대부분 일제의 식민지 통치를 내면화하는 국민화 프로젝트의 방편으로 활용되었다. 그러다가 3·1 운동 이후 일본의 퇴행적 유행가와 뒤섞이며 식민지인들의 정서적 감상(感傷)과 '위안의 양식'으로 변화하였다.

2. 애국계몽기 시가의 창작 원리

1) 애국계몽운동의 근대적 사유체계

1905년 을사보호조약 체결을 전후하여 일본 제국주의에 의한 국권침탈이 진행되는 동안 애국계몽운동은 그 주요한 목표를 부르주아적 국정 개혁에서 반제 반봉건 국권회복운동으로 전환하였다. 강력한 중앙집권적 체제를 기반으로 하는 자주적 민족국가[31] 건설은 외세의 침탈에 직면하여 민족의 위기를 타개하려는 애국계몽운동의 최대의 과제로 떠올랐다. 그리고 이의 실현을 위해 민족적 정체성 내지는 '자기 동일성'을 창출하

---

31) "1895년 을미사변을 겪고 난 후 일본에 대적되는 하나의 주권체로서 '韓國'이라는 단위가 성립하게 되었다는 점은 중화사상의 華—夷構造에서 벗어나는 한편 국가로서의 집단적 아이덴터티를 지니고 왕실 중심에서 벗어나게 되었음을 나타내고 있다. 이와 함께 '民族'의 개념도 정착되어 갔는데 일제의 침략이 강화되어 '大韓'이라는 국가 자체의 존립이 위태로워지자 '大韓'이라는 국가체제가 없어지더라도 구심점 역할을 할 수 있는 '민족' 개념이 보다 널리 유포되었다. 이후 식민지 시대를 경과하면서 '민족'과 '국가'가 통합되는 '민족국가'의 성립이 지상과제로 대두되게 된다."(장성만, 「개항의 한국사회와 근대성의 형성」, 『세계의 문학』, 1993년 가을호, 283면)

는 일이 시급하게 요구되었다. 당시 서사적 양식으로서 계몽운동 주체들에게 주목을 받았던 '역사전기체' 양식은 민족 영웅을 발굴하여 역사 속에 각인시킴으로써, 결여된 민족 정체성을 창출하려는 의도로 개발된 것이었다.32) 민족 정체성의 확립은 개별화되어 있는 민중들의 역량을 결집시키고 이를 통해 민족적 위기를 타개하며 나아가 근대적 국민국가의 기반을 조성하고자 하는 근대 개혁의 핵심 과제였다. 이는 또한 애국계몽운동가들의 이념적 근거이기도 하였다.

계몽운동은 자주적인 국민국가 건설에 대한 낙관적 전망으로 출발하였으나 곧 이어진 외세의 침탈이라는 위기 상황에 직면하여 그 운동의 방향을 새롭게 정립해야 했다. 을사보호조약을 전후하여 국가 건설의 물적 토대가 되는 광산개발권과 삼림채취권, 어업과 철로 부설권을 빼앗기고, 또한 국가의 자주 독립권인 외교권까지 외세에 의해 박탈당하는 지경에 이르렀다.

아래의 시가는 이러한 국가 존망의 위기에 처하여 백성들이 겪고 있던 고통과 더불어 국가의 운명에 더 이상 희망을 걸 수 없는 사정을 비장하게 표현하고 있다.

> 病于夏畦지은 農事 軍用地에 太半셔失
> 無依無托 우리 人生 顚于溝壑 免홀손가
> 錢路도 쓴어지고 取貸도 막혀신이
> 士農工商 失業者가 누를 바라 스잔말가
> 國運이 否塞흔덜 이러케 否塞ᄒ며
> 時運이 不幸흔덜 이다지 不幸흔가

—「歌亦悲壯」33) 부분

---

32) 신채호의 『최도통전』·『을지문덕전』·『이순신전』, 외적을 물리치고 국난을 타개한 역사적 인물들을 다룬 박은식의 「人物考」, 禹基善의 『강감찬전』, 이광수의 「우리 영웅」, 최남선의 『이순신전』 및 『단군 연구』 등과 같은 작품이 그 대표적인 예이다. 그밖에 외국 역사와 인물들에 대한 전기도 다수 번역·소개되었다. 이러한 작업은 1910년 일제강점 이후에도 활발하게 진행되었다.

33) 『대한매일신보』, 1905.10.1~10.3. 이 작품은 일반 독자가 "時事를 憤歎ᄒ야 作"하여

이 시가는 일부 문명개화론자들이 신작로, 철로가 놓이고 전기와 전화가 설치되고 군용지가 개척되는 사정을 문명화·근대화로 찬양하는 입장에 대해 비판적 태도를 분명하게 밝히고 있다.

중세체제가 붕괴되고 있었지만, 중세체제를 대신할 근대적 국가체제가 형성되기도 전에 외세의 침탈이 본격화하고 있었다. 외세의 침탈로 "사농공상" 할 것 없이 온 백성이 파탄에 빠지고, 국토는 유린되었다. 국운과 시운을 이제는 국가가 감당하지 못하고 그 부담을 개인들이 짊어져야 하는 상황이 되었다. 이러한 위기 상황을 타개하기 위해 민간 차원의 자발적 애국계몽운동이 일어났다. 애국계몽운동은 이전의 개화운동에 비해 민족 주체적 입장과 전투적 자세를 보다 적극적으로 표방하였다.

애국계몽운동을 지탱해온 양대 지주는 '식산(植産)'과 '교육'이었다. 그러나 국채보상운동의 좌절에서 확인되었듯이, 국가의 물적 토대를 확보하지 못한 상태에서 '식산'을 통한 '부국(富國)'의 실현은 요원한 것일 수밖에 없었다. 또한 1907년 정미 7조약을 계기로 군대가 해산됨으로써 '강병(强兵)'의 근거마저도 상실하게 되었다. 이러한 현실에 직면하여 애국계몽운동의 주체들은 '물질'이 아니라 '정신'의 영역에서 자기 확장의 길을 찾게 되었다. 그것은 근대적 '지식'의 습득, '교육'과 '신문화운동'에 대한 투신으로 구체화되었다.

단재 신채호는 '정신적 아(我)와 물질적 아, 영혼적 아와 구각적(軀殼的) 아'를 대립시켜 물질계·구각계의 아는 '가아(假我), 소아(小我)'이므로 이를 극복하여 정신계·영혼계의 '진아(眞我), 대아(大我)'를 취할 때 불사(不死)하는 아를 얻을 수 있다[34]고 주장한다. 이처럼 세계를 정신계와 물질계로 이분화하고 한쪽을 배제함으로써 다른 한쪽의 정당성을 확보하는 사고체계는 애국계몽운동 주체들에게서 흔히 발견된다.

투고한 작품이다. 편집인은 이 작품을 게재하면서 "調雖俚俗이나 其志可悲키로 記載" 한다는 사정을 밝히고 있다.

34) 『대한협회회보』 제5호, 310~311면.

애국계몽운동가들은 물질계를 배제한 정신 영역의 정수로서 '국수(國粹)'를 주장하였다. 이들에게 "呼吸文明之學術"하고 "養祖國之精神"하는 것35)은 민족의 사활이 걸린 문제였으며, 그 사상적 근거로서 '국수'를 주장하였던 것이다.

　　國粹란 者는 自國의 傳來 宗敎, 風俗, 言語, 歷史, 習慣上 一切 粹美혼 遺範을 指稱혼 것이라. 國性이 國粹를 待ㅎ야 保ㅎ며 國魂이 國粹를 得ㅎ야 立ㅎ나니 質言ㅎ면 盖我가 我를 尊ㅎ며 我가 我를 愛ㅎ는 心이 國粹를 因ㅎ야 生ㅎ는 비라.
　　故로 破壞라 홈은 國粹를 破壞홈이 아니오 惡質을 破壞ㅎ야 國粹를 扶植홈이라.
　　萬一 國粹를 破壞ㅎ고 法國의 文明을 輸入ㅎ면 是는 自國人을 驅ㅎ야 法國奴를 되게 홈이오 國粹를 破壞ㅎ고 德國의 文明을 輸入ㅎ면 是는 自國人을 驅ㅎ야 德國奴를 되게 홈이라. 故로 外國文明을 輸入ㅎ랴는 者ㅡ爲先 國粹 二字를 三復홀지어다.
　　我國에는 國粹主義의 人이 王建氏 以後 累千年을 不見ㅎ야 奴性이 滋長ㅎ엿도다.36)

'국수'는 일본에 의한 식민지화과정이 '보호'에서 '합병'으로 진전되고, 다른 한편에서는 중세적 수구세력에 의해 민족의 자주정신이 파괴되고 있던 위기 상황에 맞서기 위한 사상적 무기로 개발되었다. '국수'를 중심으로 민족적 자각을 계발하고 민족주의를 확립하는 데 긴요한 담론의 장을 만들어냈다.37)

---

35) "內養其祖國之精神ㅎ며 外吸乎文明之學術이 卽 今日時局之急務也일시 此ㅡ自强會之所以發起者也라."(「大韓自强會 趣旨書」, 『대한자강회월보』 1호, 1906.7, 10면)
36) 劍心, 「國粹」, 『대한매일신보』, 1910.1.13.
37) '國粹'는 '朝鮮魂', '大韓精神', '祖國精神' 등으로 표현되기도 하였는데 신채호·박은식 등은 이것을 민족 사학의 이념적 근간으로 삼았다. 國體가 망한 뒤에도 민족의 정체성을 확인하려는 안간힘의 표현으로 '國粹'가 더욱 부각되었다. 1910년대 일본 유학생들에게도 '國粹'는 중요한 개념으로 사용되고 있으며, 이후 '國粹'는 명칭과 의미

국수란 폐쇄적 자기 보존이 아니라, 아(我)의 반성과 혁신을 통해 주체성을 확립하고 그 바탕에서 개방적 자기 확장을 도모하는 논리이다. 국수는 자존과 자애(自愛)를 조건으로 한다. 그리고 혁신은 기존 체제와 사상의 파괴를 통해 획득되는 것이며, 이는 국수의 긴요한 내용이며 형식이다.

그런데 '아(我)'의 범주는 개인을 타자화하고 국가와 민족에 동일시할 것을 요구한다. 그런 의미에서 국수는 민족주의적 성격이 강하다고 말할 수 있다. 여기서 개인의 사사로운 감정과 욕망은 용납되지 않는다.

애국계몽운동에서 민족주의는 근대적 주체성의 결정체였다. 민족주의는 주체의 동일성을 창출하는 근거이자 목적이었으며, 사회 윤리나 인식을 지배하는 절대적 이념이었다. 이는 당시 '우승열패'로 대변되던 근대적 진화론의 사고방식에 입각하여 물질적 영역에서는 비록 열세에 있지만, 정신과 영혼의 영역으로 저항의 마지막 교두보를 확보하겠다는 의지의 표현이었다.

그 결과 애국계몽운동의 이념은 개인 내지는 개인주의에 대하여 집단적·민족적 정체성을 배타적으로 강조하는 방향으로 나타났다.

> 오늘날 한국은 풍우가 회명(晦冥)ᄒ고 마귀가 횡힝ᄒ여 민족의 쇠망홈이 눈 훈번 쌈작일 동안에 잇ᄂ니, 이날이 과연 엇더케 급급훈 날인가. 이제 이날을 당ᄒ여 즈긔 일신만 위ᄒᄂ 쥬의를 잡ᄂ 쟈가 엇지 가히 민망ᄒ고 통셕ᄒ며 가련치 아니ᄒ리오 (…중략…) ᄇ라건더 동포 중에 혹 이 개인쥬의를 가진 쟈ᄂ 큰 칼과 넓은 독긔로 그 용렬훈 성품을 급급히 ᄊᆞᆫ어ᄇ리고 민족쥬의를 분발홀지어다. 민족이 멸망되면 개인도 ᄯᆞ러 멸망ᄒ며 민족이 흥ᄒ면 개인도 ᄯᆞ러 흥ᄒᄂ니 일신을 보전코져 ᄒ거든 몬져 민족 보전ᄒ기를 도모ᄒ며 일신의 영화를 구ᄒ고져 ᄒ거든 몬져 민족의 번셩홈을 도모홀지어다. 오호라 개인쥬의로 살기를 구ᄒ지 말지어다. 개인쥬의가 사룸을 죽이ᄂ니라.[38]

를 변화시키며 국학의 이념적 근간이 되어 지속적으로 사상적 명맥을 유지해갔다.

38) 「個人主義로 生을 求치 말지어다」, 『대한매일신보』(국문판), 1909.11.21.

위의 글에서 보듯이 애국계몽운동은 민족이 급박한 위기에 직면해 있다는 상황인식하에 민족과 개인을 이분하여, 개인의 보전과 영화는 민족의 그것에 의존한다는 민족 절대주의에 개인을 귀속시키고 있다. 비록 여기서 말하는 개인주의가 "즈긔 일신을 위ᄒ여 살기를 구ᄒ는 쥬의"로 이기주의, 자기중심주의에 가까운 것이라 할지라도 그 여파로써 개인의 욕망과 감정을 정직하게 표현하는 것조차 용납하지 않았다.

근대성의 확립은 인간 '주체성'의 발휘와 깊은 관련이 있다. 근대성의 전개과정은 합리적 주체에 대한 신념을 바탕으로 한 이성 중심주의와 과학 중심주의가 강화되는 과정이었다. 이러한 이성 중심주의와 과학 중심주의의 강화과정은 근대 특유의 이분법적 사고방식을 발전시켰다. 그것은 타자의 배제를 통한 자신의 동일성을 확보하는 방식이었다.[39] 근대성은 자신의 합리성과 정상성을 입증하고 강화하기 위해 이성과 비이성, 과학과 미신, 계몽된 지식인과 몽매한 대중 등과 같은 무수한 '비합리'와 '비정상'의 목록들을 산출하였다.[40] 이러한 이분법의 목록에는 문명과 야만, 외세와 민족, 아(我)와 비아(非我), 애국자와 매국노 등의 항목들이 계속하여 추가되었다.

E. 카시러도 서양의 근대적 계몽주의 철학과 이성을 논하는 자리에서 이성의 본질적 힘으로 '분해와 종합'(배제와 통합)을 원리화시키고 있다.

> 이성은 유산(遺産)과 같은 확고한 소유물이 아니다. 그것은 진리를 발견하고 진리를 확증하는 정신의 근원적인 힘이다. (…중략…) 이성의 가장 중요한

---

39) 조형근, 「근대성에 대한 계보학적 탐색」, 『근대성의 경계를 찾아서』, 새길, 1977, 33면.
40) 이러한 이분법적 세계 이해에 근거하여 합리적 이성이 결여되었다고 규정된 비서구 사회를 비정상으로, 서구에 의해 '문명화'되어야 할 미개지역으로, 저발전으로 규정함으로써 서구의 근대 기획 전체가 정당화될 수 있었다. 즉, 서구의 근대화 프로젝트는 그 내재적 계기로서 비서구 사회에 대한 식민지화를 요구하고 있었던 것이다. 또한 식민지화는 서구 중심주의적 사고와 더불어 근대의 적자인 자본주의가 무한한 자기 증식의 욕구를 식민지를 통해 해결하지 않을 수 없었다는 점도 지적해야 할 것이다(조형근, 위의 책, 34면 참조).

기능은 분해하고 연결하는 것이다. 그것은 사실적인 모든 것 즉 주어진 모든 것을 분해하여 그 단순한 요소로 환원하고, 그리고 계시 내지 권위에 근거하고 있는 모든 믿음을 분해하여 믿음의 궁극적 동기로 환원한다. 이런 분석의 작업 후에 다시 연결하는 종합의 작업을 한다. (…중략…) 분석과 종합이라는 이성의 이중적 행위를 인식할 때에만 우리는 존재가 아니라 행위로서의 18세기 이성 개념을 이해하게 된다.[41]

이분법적 세계 파악에 입각한 '배제'와 '통합'의 원리는, 외세의 침탈에 직면해 있던 한국 근대 형성기에 민족적 정체성을 확보하기 위한 생존의 문제로써 개인과 민족의 관계에서도 관철되었다. 이는 개인을 민족과 국가에 귀속시키는 전체주의적 방식으로 구체화되었다. 당시의 애국계몽 주체들에게 '세계에 관한 인식을 주관하고 인간의 삶을 이끌어가는 것'으로서 이성은, 곧 민족의식과 동일한 것으로 간주되었기 때문이다.

한편 근대성이 실현되는 주요한 요소로서 '자유'의 문제가 있다. 자유는 권리와 의무의 총체에 의해 보장되는 사회적·정치적 조건이다. 왜냐하면 정치적으로 보장된 공공의 삶이 없는 자유는 아무런 현실성도 가질 수 없기 때문이다. 자유는 이성에 따라 행위하는 인간의 내적인 독립성 또는 도덕적 능력을 뜻하는 것이다. 이 경우 자유는 이성의 다른 이름에 지나지 않는다. 그러나 자유는 역설적이게도 도덕적 법칙에 복종하는 능력으로 환원되기도 하는 측면이 있다.[42] 근대적 의미의 자유는 개인적 독립성, 사적인 이해 관계의 보호, 표현의 자유, 억압의 부재 등으로 특징지어진다.

애국계몽 주체들은 두 가지 형태의 자유를 강조하였다. 하나는 외세의 침략과 봉건적 제약으로부터의 자유이며, 다른 하나는 근대적 이념으로

---

41) E. 카시러, 박완규 역, 『계몽주의 철학』, 민음사, 1995, 29~30면.
42) 데카르트는 자유 개념이 함축하는 이같은 모순에 주목함으로써 惡까지도 선택할 수 있는 '부정적인 자유'와 善을 인식함으로써 얻게 되는 '긍정적인 자유'를 구분하였다. 사르트르는 인간에게 절대적으로 시원적이고 창조적인 '자유 의지'를 부여한다. 이 절대적인 자유는 또한 절대적 책임을 동반하는 것이다(엘리자베스 클레망 외, 이정우 역, 『철학사전』, 동녘, 1996, 252~255면).

서 민족주의에 자기를 동일시하고 자발적으로 복종하는 능력을 뜻하는 것이었다. 이 두 가지 형태의 자유는 민족주의의 발현을 통해 하나의 중심으로 결합하는 것이었다. 그런데 이러한 관점에 따르면, 애국계몽 주체들의 의식 속에서 개인의 자유와 자의식, 개인 욕망의 추구는 개인 이기주의로 배제될 수밖에 없었던 것이다.

이처럼 당시의 애국계몽적 기획은 '민족적'과 '비민족적' 항목들을 이분화하여 '비민족적' 항목들을 배제함과 동시에 '민족적' 질서 속으로 통합함으로써 민족주의의 체계를 확립하는 데 있었다. 이것은 근대사상 특유의 '배제'와 '통합'의 원리에 의해 애국계몽운동의 이념이 성립되고 확장되었음을 보여준다. 이렇게 성립된 민족주의는 일종의 주관적인 절대정신의 위치로 격상되었다. 그리고 계몽의 객체인 대중들에게 동일성을 부여하고, 추상화된 '의식의 통합 장치'로써 그 영역을 확대해 나갔다.

그것은 물질적 조건에서 열악한 민족 현실을 정신과 영혼의 영역으로 극복하고, 낙관적 전망을 유지하기 위한 불가피한 방법이었다. 그러나 주관적 절대정신으로서의 민족주의에 근거하여 현실을 이분법적으로 배제·통합하는 사유체계는 필연적으로 관념적일 수밖에 없었다.

애국계몽 주체들에 의해 확립된 근대 민족주의 사학(史學)도 이분법적 세계 파악의 방식에 근거한 애국계몽적 기획의 연장선상에서 이루어진 것이었다. 신채호가 역사를 '아(我)와 비아(非我)의 투쟁의 기록'이라고 주장한 것이 그 대표적인 예이다. 이들은 민족주의적 관점에 저항하거나 편입되지 않는 사건들을 배제하면서 학적 질서의 체계를 세우려고 하였다. 그 결과 민족적 관점에 포괄되지 않는 사건들은 배제되거나 민족사적 발전 논리 속에 주관적으로 통합되어 버렸던 것이다.

또한 애국계몽 주체들의 시간의식에서도 동일한 사유체계를 발견할 수 있다. 그것은 현재를 항상 위기와 극복의 대상으로 그려내고 미래를 유토피아적 희망으로 숨겨두는 시간 구조이다. 신소설의 구조와 창가의 리듬에도 이러한 시간 구조가 내포되어 있다.[43]

2) 애국계몽 시가의 창작 원리

한국의 근대 초기는 다양한 힘들이 서로 조우하고 착종되던 전환기였다. 근대적 세계와 삶의 일정한 규준이 마련되어 있지 않았으며, 공적 영역의 주도권을 장악하기 위해 다양한 집단이 각축을 벌였다. 이에 애국계몽 주체들은 자기 전망의 정당성을 확보하고, 나아가 민족의식을 개발하고 민족적 정체성을 확립하는 방법의 일환으로 많은 양의 시가 작품을 창작·보급하였다. 이러한 점에서 애국계몽기 시가는 계몽 주체들의 민족주의적 열정이 전환기의 역사 현실과 교섭하는 형식이었으며, 동시에 대중을 근대적 주체로 생산하려는 의도가 투사된 형식이었다. 또한 애국계몽 시가는 끓어넘치는 근대적 대중들의 욕망을 동일화시키는 '의식의 통합장치'로 활용되었다. 이렇게 창작된 애국계몽기 시가들의 내용과 형식은, 근대적 이분법의 세계 파악방식인 '배제'와 '통합'의 원리에 입각해 있는 것이 특징이다.

> 大韓形便 俯察ᄒ니 / 浮萍ᄀ치 擾擾ᄒ야 / 變幻無常 難測이라
> 新舊式이 交錯ᄒ니 / 形形色色 可觀일세
>
> 形形色色 뎌人物은 / 엇던者는 守舊ᄒ고 / 엇던者는 開化ᄒ야
> 各者主義 不同ᄒ니 / 鳥獸不可 同群이라 / 笑目見笑 睥睨ᄒ니
> 均壹하기 杳然ᄒ다 //
>
> (…중략…)

---

43) "현재는 항상 '위기'로 파악되며, 과거는 지나간 것이지만 살펴볼 만한 것이며, 미래는 유토피아적으로 현재화한다. 즉 과거와 미래가 철저하게 현재에서 구성되는 것이다. 즉 불연속적이고도 경험적인 사건들을 배제하면서 현재를 중심축으로 삼아 과거와 미래를 순차적이고도 합목적적인 발전의 총체적인 역사 속으로 끌어들이려는 시간적 인식이 역사철학적 근대성에 내재해 있는 것이다."(최문규, 「역사철학적 현대성과 그 이념적 맥락」, 『(탈)현대성과 문학의 이해』, 민음사, 1996, 25~26면)

形形色色 뎌社會는 / 有志士는 熱誠ㅎ야 / 團體未固 恨歎ㅎ고
假志士는 求譽ㅎ야 / 國家思想 唇說이오 / 仕宦熱이 撑中ㅎ니
均壹ㅎ기 杳然하다.

— 「形形色色」[44] 부분

형형식식 뎌 디벌은 / 량반샹놈 잇다ㅎ야 / 개명시더 되엿셔도
샹하귀쳔 편을갈나 / 외면으로 튼톄히도 / 실정으로 불합ㅎ니
균일ㅎ기 묘연ㅎ다

— 「형형색색」(국문판)

이 시가는 당시의 상황을 수구와 개화, 존발(存髮)과 삭발(削髮), 주의 (周衣)와 삽보, 내관(內官)과 외관, 양복과 장의(長衣), 유지사와 가지사(假志 士), 차당과 피당, 군자와 소인, 양반과 상놈 등이 서로 갈려 혼재하는 혼 란한 사회로 규정하고 있다. 실제로 당시는 신구가 교체하는 '변화무쌍', '난측(難測)'한 시대였다. 그런데 이 사회를 파악하는 작자의 시각 속에는 세계를 계산 가능하고 예측 가능한 영역으로 규정하고자 하는 욕망과 의도가 깔려 있다. "균일"화와 동일성에 대한 계몽 주체의 욕망이 깔려 있는 것이다. 이는 '합리적 이념'에 기반하여 예측이 불가능하고 변화무 쌍한 세계와 행위에 대해 '배제'와 '통합'을 시도하는 것으로 이어진다. 이러한 '배제'와 '통합'의 원리는 기본적으로 이성 중심의 근대적 인식론 이며 동시에 민주주의적 진보성도 포함하고 있는 사유 체계이다. 즉, 양 반 상놈을 구별하고 상하귀천을 가르는 방식으로는 근대적 국민을 생산 할 수 없다. 모든 계층을 국민으로 집합·동일화하여 거기서 얻어지는 동력을 흡수하려는 근대적 국민화 프로젝트는 애국계몽운동의 중요한

---

44) 『대한매일신보』, 1908.7.4. 「世事難測」(『대한매일신보』, 1908.7.2)에서도 政界危機의 暗生, 農商大臣의 行悖, 地位變遷에 憂念하던 承府總管이 좋아라 하며 연설하는 모 양, 一進會의 激起, 총리대신의 日辨, 지방관제의 개정, 각 대관의 宴樂 등의 현상을 나열하고는 이 모든 것이 예측할 수 없는 상황이며 믿을 수 없다고 표현하였다.

목표였다. 때문에 편을 가르고 '불합'하며 지방분할적 기득권에 연연하는
중세적 벌열층인 "디벌[地閥]"은 배제하면서 통합해야 할 대상이 된다.

애국계몽기 시가에 나타난 배제와 통합의 원리는 형식의 측면에서도
실현되었다. 계몽적 가치에 적합하지 않은 당대의 시가들은 계몽적 이념
에 근거하여 배제하거나 개량하여 통합·흡수해야 할 대상으로 간주되
었다.

> 凡風俗之移入이 導之以善則善ᄒ고 導之以惡則惡ᄒ야 一或 成俗이며 難
> 미猝變이나 然이나 現今 我韓國內 所習歌謠ᄂ 無非病風傷性之亂雜 則 不
> 可不 改革이 亦 一急務라. 所謂 妓女唱夫及 衢路兒童이 開口 則 所謂歌
> 曲이 都是 수심가, 난봉가, 알으랑, 흥타령 等類쑨이니 此何 窮凶巨惡 淫談
> 悖說之成習也오 (…중략…)
> 盖英雄闊達之詞와 壯士慷慨之歌ᄂ 古今이 何異리오만은 至今 此等 亡
> 身亡家亡國之荒音은 宜有警吏之痛禁而置諸度外ᄒ니 亦何故也오 以外相
> 觀之면 此未免蒼古之論이나 然이나 其實은 際此開明前進之時代ᄒ야 妨害
> 志氣가 莫此爲甚也라[45]

계몽 주체들에 의해 "無非病風傷性之亂雜"한 노래로 규정된 "수심가,
난봉가, 알으랑, 흥타령 등"은 "開明前進之時代"의 "志氣"를 방해하는 바
막심함으로 그 "亡身亡家亡國之荒音은 宜有警吏之痛禁而置諸度外"(배
제)하고 "英雄闊達之詞와 壯士慷慨之歌"로 "改良"(흡수·통합)하여야 한다
는 주장을 펴고 있다. 이러한 논리에 따라 개량된 노래가 다음과 같다.

> 노지마오 노지마오 / 늙어지면 恨되나니
> 花無十日紅이오 / 달도차면 기우나니
> 人生이 一場春夢이라 / 늙기젼에 (2장)

---

45) 금혜, 「가곡개량의 의견」, 『대한매일신보』, 1908.4.10.

> 자부시오 자부시오 / 이슐 한잔 자부시오
> 이슐이 슐아니라 / 인국으로 비져너혀
> 일심단톄 걸너니니 / 文明발達 自由酒라
> 만일 한잔 자부시면 / 忠즉盡命 ㅎ오리다
> 孝當竭力 ㅎ오리다 / 잔 권할제 잡으시오 (4장)[46]

2장은 "놉세다 놉세다 졀머만 놉세다 / 나이 만하 빅슈가 지면 못 놀니라 / 인싱 훈번 도라가면 / 만슈쟝림에 운무로다 / 청춘홍안을 앗기지 말고 / 무옴대로 놉세다"[47]("수심가」)를, 4장은 「권주가」를 개량하여 근대적 덕목과 근면, 애국 효제충성으로 통합하고 있다. 원 노래의 주제를 배제하고 계몽적 원리에 통합·수렴하는 애국계몽 시가의 폭식성과 잡식성은 대단한 것이었다. 그것은 애국계몽기의 시가 형식이 무한히 확장할 수 있는 병렬적 구조를 근간으로 하기 있기 때문에 가능했다.

애국계몽기 시가를 규율하는 배제와 통합의 원리는, 전통적 장르들을 계몽 주체의 계몽적 의도하에 정연하게 복종시키는 구조를 만들어 냈다. 그 결과 애국계몽기 시가는 판소리·창가·민요·시조·가사·창가 등 모든 장르들이 녹아드는 용광로와 같은 구조를 가지고 있었다. 하지만 거기서 새로운 양식이 창출되지 못하고 평면적인 운문 형식에 그치고 말았던 것이 한계이다. 이것은 계몽 주체의 추상적인 인식틀로 현실의 다양한 경향과 질적 차이를 배제하고 이분법적으로 통합한 필연적 결과였다. "계몽이념이 정립될수록 시가 형식은 다기하게 넘쳐흐르는 흐름들을 하나로 묶으려는 강한 지향을 보이게 되고, 이것이 본사를 등가적으로 병렬함과 동시에 서사 및 결사라는 배치를 통해 완결 구조를 취하게 했던 것이다. 잡가형이나 판소리체를 활용한 자유로운 리듬의 행진을 멈추고 다시금 4·4조의 정형화된 율격을 가장 근저에 자리하도록 추동하

---

46) 금혜, 「가곡개량의 의견」, 『대한매일신보』, 1908.4.10.
47) 한인석, 『訂正增補新舊雜歌全』, 光文冊肆(평양), 1914, 108면.

고, 정서의 상승과 하강을 원천적으로 차단하였던바, 이것 역시 세계를 하나의 자명한 중심으로 환원하고자 했던 계몽담론의 형식적 투사로 이해할 수 있을 것이다. 계몽가사 형식의 폐쇄적 완결성은 이러한 이념적 지향과 결코 무관하지 않다."[48]

애국계몽기 시가에서 배제의 원리는 주로 부정적 현실에 대한 풍자와 비판으로 표현되었으며, 통합의 원리는 계몽적 열정과 이념의 낙관적 표출로 나타났다.

第三場에 드러서니 傀儡說客 직꺼린다
狐口蛇舌 쩍버리고 遊說演說 하노라고
喟주츄츄 ᄒᆞᄂᆞᆫ貌樣 朴僉知와 彷彿ᄒᆞ디
主張ᄒᆞᄂᆞᆫ 그 趣旨ᄂᆞᆫ 國民精神 抹殺ᄒᆞᆫ다
그 傀儡가 壯觀일세

第四場에 드러서니 傀儡會員 모혓구나
左右팔을 벌니고서 무슴 수나 잇ᄂᆞᆫ드시
散聚ᄒᆞᄂᆞᆫ 그 貌樣은 鳥鵲ᄀᆞᆺ치 노라난다
祖國思想 半分 업고 附外事業 웬일인가
그 傀儡가 壯觀일세

슮ᄒᆞ도다 傀儡輩야 戲臺上의 뎌 광디가
제 利益을 爲ᄒᆞ야셔 등신ᄀᆞᆺ흔 너희들을
只今 놀녀 먹거니와 利益占有 다ᄒᆞᆫ 後엔
네 身勢도 可憐이라 早早悔悟 改過ᄒᆞ야
남의 傀儡 되지 마라

—「傀儡世界」[49] 부분

---

48) 고미숙, 「한국 근대계몽기 시가의 이념과 형식」(성균관대 대동문화연구원 제30회 동양학 학술대회 '한·중 문학의 전통과 근대' 발표문), 1997, 169~170면.
49) 『대한매일신보』, 1909.9.28.

이 작품은 풍자의 대상을 일일이 열거한 뒤 마지막 연에서 계몽적 목소리를 통해 통합하는 애국계몽기 시가 형식의 일반적인 구조를 잘 보여주고 있다. 애국계몽기 시가들은 인물과 사건들의 목록을 선택적으로 항목화하여 나열하는 방식으로, 그리고 수많은 항목들을 늘리고 덧붙이는 동형반복적 방식으로 창작되었다. 이렇게 나열된 항목들은 질적 차이가 인정되지 않고 동일한 가치를 지닌 것으로 간주되며, 형식면에서도 정형적인 음수율이 병렬적으로 나열되는 특징을 갖고 있다. 오직 부각되는 것은 애국계몽운동 특유의 이분법적 사고체계에 근거하여 대상을 풍자·비판하거나 찬양·칭송하는 태도일 뿐이다. 위의 「괴뢰세계」도 괴뢰 대신, 괴뢰 기자, 괴뢰 세객(說客), 괴뢰 회원 등을 비롯하여 각부의 대신 및 망국 원로, 매국노(일일이 실명을 거론) 및 매국 행위, 각 단체, 일진회, 완고배, 설개화꾼, 가지사(假志士), 매음녀, 연극장, 수탈과 학정의 각 예, 일본인의 만행, 그리고『매일신보』, 각 학회, 청년 학생, 지사, 실업계, 교육계, 애국인사, 역사적 위인 등의 목록을 나열해 놓고 각각의 대상을 풍자·비판하거나 찬양·칭송하고 있다. 그리고 마지막 연에서 계몽적 목소리를 통해 집약하여 통합하는 완결 구조를 보여주고 있다. 이때 작품의 완결 구조를 실현하고 있는 목소리는 이성, 주체의식, 진리 같은 선험적 기의를 은유화한 것[50]으로서, 애국계몽 시가에서 그것은 곧 '민족적인 것'을 의미하였다.

3) 「천희당시화(天喜堂詩話)」의 근대시사적 의의

『대한매일신보』에 1909년 11월 9일부터 12월 4일까지 연재된 「천희당시화」는 단재(丹齋) 신채호의 시 비평적 산문으로서, 애국계몽기 시가의

---

50) 최문규, 「포스트 모더니즘과 해체구성」, 『(탈)현대성과 문학의 이해』, 민음사, 1996, 185면.

원리를 가장 체계적으로 정리한 글이다. 이 글은 당시 긴급하게 요구되던 민족주의 이념을 시적 원리로 전화하여 민족의 운명을 개척하고자 하는 의도에서 작성된 것이다. 「천희당시화」에 대한 기존의 접근방법은 효용론적 가치에 주목하여 그 민족적·시대적·주제적 의의를 높이 평가한 반면, 양식적 측면에 대한 검토는 소홀했던 것이 사실이다. 여기서는 「천희당시화」가 전근대적 시가의 폐해를 극복하고 근대적인 시 양식을 개척하고자 하였던 점에 주목하고자 한다.

먼저 「천희당시화」는, 전근대적 시들이 국시(國詩)가 아닌 한시로 지어짐으로써 그 폐해가 시작되었다고 주장한다.

> 詩란 者는 國民言語의 精華라 (…중략…)
> 五百年來 文學家 案上에 但只 漢詩만 堆積ᄒ야 馬上寒食 途中暮春이 童孺의 初等小學이 되며, 洛城一別胡騎長驅가 校塾의 專門敎科가 되고 國詩에 至ᄒ야는 笆籬邊에 閉棄ᄒ지 幾百年이니 嗚呼라 此亦 國粹衰落의 一原因인져[51]

여기에서 "국수"란 민족의 "수미(粹美)한 유범"을 이르는 말이다. 따라서 "國性이 이 국수를 기다려서 保하며 國魂이 국수를 얻어서 바로 선다"[52]고 했을 때, 이는 민족적 동일성 또는 민족적 정체성의 확립을 의미하는 것이다. 한편에서 언어는 국민 국가를 형성하는 가장 기본이 되는 제도이며, 단재는 이에 주목한 것이다.

단재는 "國粹衰落"의 첫 번째 원인으로 국시를 업신여겨 폐기처분하고 "外語外文의 魔力"에 이끌려 "事大主義의 鼓吹"에만 골몰한 까닭에 있다고 설명한다. 이러한 작폐는 아동의 초기 학습에서부터 골수에 사무치도록 강요되고, 그러한 전통이 수천 년 동안 계속되어 옴으로써 그 폐

---

51) 『대한매일신보』, 1909.11.11.
52) 『대한매일신보』, 1910.1.13.

해가 심각한 지경에 이르렀다는 것이다.

> 漢詩는 漢文과 共히 我國에 輸入ᄒᆞ야 一種文學을 成ᄒᆞᆫ 者라. (…중략…) (을지문덕의 한시는―인용자) 任情率意의 作이 아니니 足히 諷詠ᄒᆞᆯ비 無ᄒᆞ고 其後에 許多 詩學士가 輩出ᄒᆞ엿스나 皆 李,杜,韓,蘇의 睡餘를 拾ᄒᆞ야 戰事를 悲觀ᄒᆞ고 苟安을 謳歌ᄒᆞ야 事大主義만 鼓吹ᄒᆞᆯ 쑨이오 能히 眼光을 大放ᄒᆞ야 東國尙武的 精神을 發揮ᄒᆞᆫ 者ㅣ 無ᄒᆞ니 嗚呼라 外語外文의 國魂을 移奪ᄒᆞᆯ 魔力이 果然 如此ᄒᆞ지, 余가 勝朝及本朝 千餘年間 漢詩家人物을 歷數ᄒᆞ미 欷歔를 不堪ᄒᆞᄂᆞᆫ 비로라.[53]

이 글은 한시가 더 이상 우리가 추구해야 할 시의 모범이 아니라고 단정한다. 원래 한민족은 상무정신과 웅혼한 기백의 민족성을 가지고 있었는데 "李, 杜, 韓, 蘇의 睡餘를 拾ᄒᆞ"는 한시에 몰두하다 보니 "비관"과 "사대주의"에 빠졌다는 것이다. 이제 새로운 근대 세계가 열리려 하고 있으니, 마땅히 시도 바뀌어야 한다. 그 변화의 핵심은 민족 언어로 지어진 시를 창조하는 것이다.

> '東國詩가 何오?'ᄒᆞ면 '東國語, 東國文, 東國音으로 製ᄒᆞᆫ 者가 是오', '東國詩 革命家가 誰오?'ᄒᆞ면 '東國詩中에 新手眼을 放ᄒᆞᄂᆞᆫ 者가 是라' ᄒᆞᆯ지어날 (…중략…) 吾子가 萬一 詩界 革命者가 되고져 ᄒᆞᆯ진디 彼 阿羅郎, 寧邊東臺 等 國歌界에 向ᄒᆞ야 其 頑陋를 改革ᄒᆞ고 新思想을 輸入ᄒᆞᆯ지어다. 如此ᄒᆞ여야 婦女가 皆 吾子의 詩를 讀ᄒᆞ며, 兒童이 皆 吾子의 詩를 誦ᄒᆞ야 全國의 感情과 風俗이 조變되야 吾子가 詩界 革命家 始祖가 되려니와[54]

이 글에 의하면, 근대적 민족시는 그 의식적 측면에서 먼저 신사상에 충실해야 하며("東國詩界의 革命家"는 "新手眼"과 "新思想"의 소지자이어야 한다),

---

53) 『대한매일신보』, 1909.11.13.
54) 『대한매일신보』, 1909.11.20~11.21.

이를 통하여 국민과 국가가 근대적 감정과 풍속으로 충만하도록 해야
한다. 단재의 이러한 근대적 민족사관은 '부녀'와 '아동'을 배제하지 않
고 포괄하는 진보적 성격을 지니고 있었다. 이것 역시 근대적 국민화 프
로젝트의 일환이라고 할 수 있다. 단재의 민족주의는 낡은 중세 문화를
비판·극복하고 민족 문화의 보전을 강조하고 있으며 대한국민들이 애
국심을 배양하여 국민의 힘으로 국권을 수호·회복하고 새로운 '입헌공
화국'을 건설하는 목표를 가지고 있었다.[55] 그가 민요에 주목했던 것도
민중의 정서와 의식을 집중시켜 민족 혹은 국가에 통합하려는 의도를
지닌 것이었다. 또한 그가 「천희당시화」에서 주장한 신사상의 요체도
'공화제'에 대한 그의 이상을 반영하고 있다.

　다음으로 주목할 것은 「천희당시화」는 '가'와 '시'를 구별하여 논의를
전개하고 있다는 점이다. 이 글은 근대적 양식의 창조가 "國歌界"를 혁
(革)하여 "東國語, 東國文으로 組織훈 東國詩"[56]를 창조하는 것이라는
의식을 분명히 하고 있다. 이것은 '가'와 '시'의 경계가 불분명하게 착종
되어 있던 당대 시문학사에 비추어 볼 때 매우 진전된 시각이었다. 또한
한국 근대시의 역사적 발전 방향이 '가'에서 '시'의 분리를 통해 이루어
졌던 현실에 비추어 볼 때 선구적인 근대시의식을 보여주는 것이다.

　단재가 「천희당시화」에서 주장하고 있는 근대적 민족시는 "동국어, 동
국문, 동국음"으로 실현되는 것이다. 비록 "동국어", "동국문"으로 지어
졌더라도 "韻"이 동국의 것이 아니면 그것은 "동국시"가 될 수 없다고
분명히 밝히고 있다.

　　帝國新聞에 일즉 國字韻(날발갈, 닝징싱 등)을 懸ᄒ고 國文七字詩를 購賞
ᄒ엿스니 此 七字詩도 或 一種 新國詩體가 될가 曰 否라. 不可ᄒ다. 英國
詩ᄂ 英國詩의 音節이 自有ᄒ며 俄國詩ᄂ 俄國詩의 音節이 自有ᄒ며 其他

---

55) 최영, 『근대 한국의 지식인과 그 사상』, 문학과지성사, 1997, 56면.
56) 『대한매일신보』, 1909.11.21.

各國詩가 皆然ᄒ나니 萬一 甲國의 詩로 乙國의 音節을 效ᄒ면 是ᄒ면 是
ᄂ 鶴膝을 鳧脚으로 換ᄒ며 狗尾를 黃貂로 續홈이니 孰長孰短 孰善孰惡은
故舍ᄒ고 狀態의 不類가 엇지 可笑치 아니리오 試ᄒ야 此 國文七字詩를
一讀ᄒ라. 其艱澁홈이 果然 何如ᄒ뇨. 且 堂堂 獨立ᄒ 國詩가 自有ᄒ거늘
何必 支那律體를 依倣ᄒ야 龍種崎嶇의 態를 作ᄒ리오.

又或 近日 各學校에셔 日本音節을 效ᄒ야 十一字歌를 製ᄒᄂ 者ㅣ 間有
ᄒ니 此亦 國文七字詩를 製ᄒᄂ 類인져 余도 일즉 某校 學生의 託을 爲ᄒ
야 此十一字歌를 製給ᄒ 바 追後에 此를 悔悟ᄒ엿스나 往事라 可追홀빈
아니로다.[57]

시의 언어와 그 음절에까지 주목한 단재의 치밀함과 적실함은 높이 평
가해야 한다. 민족어로 된 시를 가져본 적이 없는 한국에서 근대적인 자유
시를 탐색함에 있어 언어에 주목하는 것은 첫걸음이라고 할 수 있다. 또한
음절의 문제는 한국 근대 자유시 형성과정이 파행적으로 전개되는 계기가
되었던 중요한 부분이다. 그 대표적인 예가 최남선의 신체시와 1920년대
민요시이다. 그런데 단재는 바로 이 문제를 선구적으로 언급하고 있다. 이
는 한국시문학사와 율격론 연구에서 언어와 시의 음절을 기계적으로 인식
하는 태도가 꽤 오랫동안 지속되어 왔던 사실에 비추어 볼 때 더욱 그러하
다. 특히 단재가 각국의 언어와 시에는 "자유(自有)하는 음절"이 있는데, 이
것을 파악해야 한다고 주장한 것은 매우 의미심장하다.

위 글에서 말하는 "帝國新聞에 일즉 國字韻(날, 발, 갈 / 닝, 징, 싱 등)을
懸ᄒ고 國文七字詩를 購賞"하는 것은 국문풍월(國文風月) 혹은 언문풍월
(諺文風月)을 가리킨다. 단재는 국문풍월 혹은 언문풍월이 "支那律體를
依倣ᄒ야" 그 형태가 "龍鐘崎嶇"한 까닭에 동국시가 추구하는바, 근대
적 시 형태 즉 "新國詩體"가 될 수 없다고 말한다. 그리고 "日本音節을
效"한 "十一字歌"도 "新國詩體"가 될 수 없다고 한다. 여기서 "日本音

---

57) 『대한매일신보』, 1909.11.17.

節을 效"한 "十一字歌"는 6·5조, 7·5조 등의 일본 시가를 지칭하는 것이다.

신문학 초기에 국문시를 모색·실험하는 과정에서 한시와 같이 글자수와 운을 맞춰 시를 짓는 국문풍월 혹은 언문풍월이 시도되었다. 이것은 1910년대 후반까지 계속 창작되었다.

> 다달앗다 쏘한그믐 지나노나 스믈세금
> 압뒤생각 잠못일제 窓을친다 하늬늠늠
> 지나온길 혜어보니 치업는배 大洋에씀
> 늦기는것 그무엇고 일더대고 세월빠름
>
> ─「한그믐」(읍韻 믐, 금, 늠, 듬, 름)58)

> 달속에 옥토끠야 쯧는 약 무엇인다
> 인간이요란키로 평화단지여닐가(정명희)

> 은징반에몸담아 쇼사온다큰바다
> 계슈나무그늘밋 무삼약을쯧난가(이관하)
>
> ─「달속에 옥토끠」59)(韻 아, 다, 가)

국문풍월 혹은 언문풍월이 1901년『제국신문』에 발표되기 시작한 이래, 『매일신보』는 현상문예를 통해 해당 작품을 공모하였고, 1917년『조선문예』창간호에서는 그 창작법을 해설하고 있다. 1917년까지 창작된 국문풍월 혹은 언문풍월은 약 1,694편에 이른다.60) 위「달속에 옥토끠」는 1915년 『매일신보』신년문예모집 언문풍월 부문에서 1등과 2등을 차지한 작품이다.

---

58)『청춘』제6호, 1915.3, 69면. 이광수는 1915년부터 1917년까지 이런 형식의 시가를 여러 편 발표하였다. 「내소원」(ㅏ운), 「생활란」(ㅏ운)(『청춘』, 1915.3), 「벗」(ㅣ운)(『청춘』, 1917.5), 「양고자」(ㅏ운), 「청춘」(ㅡ운)(『청춘』, 1917.6).

59) 「달속에 옥토끠」(懸賞 〈언문풍월〉), 『매일신보』, 1915.1.1.

60) 홍신선, 『한국근대문학이론의 연구』, 문학아카데미사, 1991, 96면.

1917년에는 『언문풍월』이라는 잡지가 〈고금서해(古今西海)〉라는 출판사에서 발간되었으며, 이 잡지는 언문풍월만을 현상공모할 정도로 인기가 높았다. 뿐만 아니라 미국에서 발행되던 신문 『신한민보』(1914.8.6)도 언문풍월을 현상공모하여 그 응모작에 대한 심사평을 게재하고 있다.

김대행은 한국 시가의 운율을 연구하면서 "재래의 한국 시가에 압운은 존재하지 않았다"고 규정한 뒤, 압운의 기교는 유희본능설과 긴밀한 관계가 있다고 하였다. 또한 미학적 기능에 대한 의식이 없는 압운이란 단순한 언어유희에 빠질 가능성이 없지 않다고 경계한 바 있다.[61]

언문풍월은 국문 사용론이 활발해지면서 중세적 사대부 취향과 결합하여 발생된 특이한 형태라고 할 수 있다. 초기에는 근대적 민족의식을 표현하기도 하였지만 결국 언어 유희의 차원으로 떨어지고 말았다. 한 예로 이광수가 신문학 초기에 민족의 운명을 통찰하는 산문시를 창작하였으나, 이후 언문풍월을 창작하면서부터 현실 대응력과 시적 긴장감을 잃게 되었다는 점을 들 수 있다. 실제로 언문풍월은 근대시의 형성과정에서 긍정적 역할을 하지 못했으며 오히려 자유시의 형성에 질곡으로 작용하였다. 즉 외부에서 강제되는 율격을 벗어나 자유시를 성취하고자 했던 한국 근대시의 발전 방향에 언문풍월은 역행하는 시 형태였으며, 중세적 가치관을 지지하는 집단의 완유물로 전락하고 말았다.[62]

다음으로 「천희당시화」에서 말한 "各學校에셔 日本音節을 效ᄒᆞ", "十一字歌"란 일본의 전통적 율조인 7·5조 음수율을 지칭하는 것이다. 고래의 우리 민요는 7·5조 음수율이나 그 변격 형태를 가진 바 없었다.[63] 그런데 근대 초에 일본을 통해 들어온 음수율 7·5조가 우리 시가에 친

---

61) 김대행, 『한국시가구조연구』, 삼영사, 1976, 51~58면.
62) 1917년 언문풍월의 창작법까지 개설하였던 『조선문예』는 친일보수층의 문화적 대변지였다. 언문풍월을 현상공모하였던 『매일신보』도 사정은 마찬가지였다. 한편 해외(미국)에서 발간하는 『신한민보』의 경우, 민족어를 간직한다는 차원에서 의도적으로 동포들에게 언어 조탁을 교육하는 방편으로 언문풍월을 활용한 측면이 있다.
63) 김대행, 앞의 책, 62면.

숙하게 밀착된 것은, 우리 시가사에서 면면한 역사를 가진 층량 3보격에 7·5조가 흡수됨으로써 가능했던 것이다.[64] 1900년대 후반 창가의 주류는 7·5조였다는 것이 학계의 대체적인 의견이다. 창가의 초기 형태인 애국독립가의 경우는 4·4음절형, 8·5음절형, 6·5음절형 등이 공존하다가 1900년대 후반 이후에는 7·5조 창가가 주류를 이루게 되었다.

전통적인 4·4조에서 벗어난 7·5조, 6·5조 등의 창가나 신체시류는 참신한 운율로써 당대의 선진적인 인사들에 의해 각광받던 시 형태였다. 7·5조의 시가는 최남선의 『경부철도가』(1908.3)가 발간되기 이전부터 이미 사용되고 있었으나 『경부철도가』[65]와 『보통학교 학도용 국어독본』 등이 주목받으면서 급속히 확산된 것으로 보인다.

> 어제오날연ᄒ야비가오더니 / 논이던지기쳔에물이넘치네
> 베모옴겨심기는째가알맛다 / 소를쓰러닉여서쟝기메이고 //
> 여긔셔는소몰어급히논갈고 / 저긔셔는벼모를밧비심는다
> 康衢煙月擊壤歌셔로불으며 / 瞬息間에논빗흔청청ᄒ얏네.
>
> ―「移秧」[66]

위의 창가는 『보통학교 학도용 국어독본』에 실려 있는데, 이 책은 발행 50일 만에 3판을 찍을 정도로 활발하게 보급되었다. 여기에 실린 창가들이 7·5조가 유행하는 데 큰 영향을 미쳤을 것으로 추정된다. 1910년 5월에 다시 『보통학교 창가집』이 제작되어 보급되었는데, 거의가 7·5조로 창작된 것들이었다.

『대한매일신보』는 당시 유행하던 '학교용 창가'에 대해 비판적 견해를

---

64) 성기옥, 『한국시가 율격의 이론』, 새문사, 1986, 252~289면 참조. 성기옥은 7·5조 가락은 층량 3보격으로서 일본에서 수입한 율조가 아니라 우리 고유의 율격이었다고 주장한다. 그러나 '자수율'에 입각한 7·5조의 정형률은 일본 시가의 영향과 관련이 있다.
65) 『경부철도가』도 발간 두달 만에 3판을 찍었다.
66) 學部, 『보통학교 학도용 국어독본』 제7권, 1908.

피력하였다. 「논학교용가(論學校用歌)」[67]는 "學校用歌란 但只壹時의 精神을 愉快케ᄒ며 血氣를 通暢케 홀 뿐 아니라 抑亦不知不識間에 氣質을 變化ᄒ며 心志를 移轉ᄒᄂᆫ 大能力을 其有훈 자"이어야 하는데 당시의 학교용가가 그 역할을 올바로 행하지 못하고 있는 현실을 개탄하고 있다.

단재가 '십일자가'를 비판한 것은 그것이 '일본 음절'을 본받은 것이기 때문이며, 그것은 '동국시' 창작의 기초가 될 수 없다는 점에 있었다. 단재는 '국시'를 통한 근대시('新國詩')의 개발을 염두에 두고 있었다. 사실상 「천희당시화」는 근대적인 시 형식을 명시적으로 밝혀 놓지는 않았으며, 그 원칙만을 밝혀 놓은 글이다. 그 원칙은 '한시'와 '지나율체(支那律體)', '일본 음절'에서 벗어나, "동국어, 동국문, 동국음으로 製훈", '동국시'를 창조해야 한다는 것이다.

이를 실천하는 방법으로 "近世 我國에 流行ᄒᄂᆫ 詩歌"를 "改良"할 것을 제시하고 있다.[68] "詩界의 革命者"가 할 일은 "彼 阿羅郎, 寧邊東臺 等 國歌界에 向ᄒ야 其 頑陋를 改革ᄒ고 新思想을 輸入"[69]하는 것을 통해 새로운 형식의 동국시를 창조하는 데 있다. 이를 위해 "其中에서 特히 民俗에 有益홀만훈 詩歌를 蒐集ᄒ야 詩界의 國粹를 保全"[70]하고 개량의 모범으로 활용하는 일이 강조되었다. 여기에서 「천희당시화」가 주장하는 동국시의 창작 방향이 전통적인 양식의 창조적 계승을 통한 새로운 시 양식의 모색에 있다는 것을 확인할 수 있다.

단재의 이러한 기획은 당시 애국계몽 지식인들에 의해 널리 실천되었다. 금혜(琴兮)의 「가곡개량의 의견」(『대한매일신보』, 1908.4.10)을 비롯하여 『태극학보』 제23집과 24집에서 아양자(峨洋子)는 「흥타령」과 「육자배기」를 대상으로 하여 가곡 개량의 실례를 보여주었다.[71]

---

67) 「論學校用歌」, 『대한매일신보』, 1909.7.11.
68) 『대한매일신보』, 1909.11.11.
69) 『대한매일신보』, 1909.11.22.
70) 『대한매일신보』, 1909.11.11.
71) 가곡개량은 애국계몽 운동가들뿐만 아니라 1910년대 신지식층, 나아가 1920년대 후

우리날아 近來에 街巷間에 興打令이 多數히 播傳되나 若是히 名詞가 好혼 歌調로 痴男愚女輩가 淫風哇音으로 變作ᄒ야 桑間濮上의 習俗을 傳染케ᄒ니 嗚呼痛哉로다. (…중략…) 수에 數闋을 改正ᄒ야 一般男女 同胞의게 供覽코저ᄒ이온 바 或 偏執혼 同胞가 俚瑣혼 方面으로 非難ᄒ둧ᄒ나 此가 決코 民族進化ᄒᄂ 道塗에 大關혼 風化이기로 左에 記載ᄒ노라.

　(舊調) "간다간다 興 나는간다 興" 此룰 改正ᄒ야 曰
　(新調) "간다간다 興 어드로가나 興 自由權 차자서 獨立門가네 興"

　(舊調) "진약을 먹구서—썩나스니 興 게무슨 손으로 날오란다 興" 此聲을 聞홈이 可히 掩耳ᄒ리로다. 改正ᄒ야 曰
　(新調) "전약을 먹구서—썩나스니 興 夜學校 동무가— 날오라네 興 工夫에 힘써서—國民資格되여보세 興"72)

아양자(莪洋子)는 당시의 우리나라 여항가요를 들으니 "淫風哇音"한 것이 대다수여서 항상 안타깝게 생각하던 중, 이제 이를 개량하여 민족 진화의 길에 보탬이 되고자 한다는 취지 아래 「흥타령」을 개작하였다. 이렇게 개량된 노래는 '자유'·'독립'·'국민' 등 시어와 근대적 담론을 적극적으로 사용하고 있다.

아양자는 「육자배기」도 개량하였는데, 「흥타령」의 현실인식에서 더 나아가 적극적인 현실 대응의지를 보이고 있다.

　(舊調) "저건너 갈메봉 안기구름 속에 비무더온다 우장을 허리에다두르고 기심미러갈거나"
　此右一節에 對ᄒ야 其意味가 全無ᄒ다ᄒ기는 不能ᄒ나 雄健活潑혼 精神을 表揚ᄒ기 不能혼 故로 此를 改正ᄒ야 曰
　(新調) "저건너 티빅산 안기구름 속에 빅만의용병이 독립기를 들고 디환포

───────────────

반 프로시가의 대중화 기획에서도 논의되었다.
72) 아양자, 「歌調—興打令」, 『태극학보』 제23호, 1908.7, 56~57면.

를 수리에 싯고 적진치러갈거나"

 (舊調) "저건너 초당압헤 빅년언약 화초를 심어드니 박년초는 아니나고 금
년리별화초가 만발이라"
 此右一節은 其意味가 和暢ᄒ듯ᄒ나 靑年과 兒童의 腦裏에 無限ᄒ 淫情
을 輸入ᄒᄂ니 此를 改正ᄒ야 曰
 (新調) "저건너 ᄒ반도에 단군혈족을 심엇드니 단군혈족은 어디로가잔말리
냐 왜놈의 종자가 드러를 온다"[73]

아양자는 가곡 개량의 방향이 "雄健活潑ᄒ 精神을 表揚"하는 데 있
음을 밝히고 있다. 이는 의병운동이 활발하게 펼쳐지고 있던 당시의 시
대정신을 반영한 듯하다. "한반도에 (…중략…) 왜놈의 종자가 들어온다"
든가 "독립기를 들고 (…중략…) 적진 치러 갈거나"와 같은 구절에서는
그 "雄建活潑한 정신"이 마치 독립군가나 의병운동을 표현한 것과 같이
전투적으로 표현되고 있다. 이 외에도 아양자는 기존의 '수심가(愁心歌)'
를 '수신가(修身歌)'로 노래 제목을 바꾸어 국권상실의 위기에 대응하는
자세를 역설하였다.
가곡개량을 통해 현실 상황에 대응하고 난국을 타개하려는 시도는 안
창호에 의해서도 이루어진 바 있다.

島山 선생은 민요를 좋아하셨고 한 번 들으시면 매우 흐뭇하여 하셨다. 또
말씀하시길 우리 나라 민요는 훌륭하지만 淫談悖說이 많아 탈이야. 歌詞만 잘
고쳐서 부르면 세계에 자랑할 만한 민요라고 하시더니 얼마 후에 가사와 곡조
를 자작하여 민요 한편을 발표하니 이것이 곧 「牧丹峯歌」란 것이다.[74]

평안도 민요 「놀냥사거리」 곡조를 참작하여 지은 아래의 「목단봉가」

---

73) 아양자, 「歌調—류자빅이」, 『태극학보』 제24호, 1908.8, 54면.
74) 韓秉善, 「島山과 民謠」, 『기러기』 제19호, 홍사단, 1966.2.1, 17면.

는 민요의 "음담패설"적 요소를 없애고, "活潑한 氣像", "독립" 등의 민
족의식을 고취하는 요소를 포함시켜 개작한 것이다.

> 錦繡山의 뭉킨 靈氣,
> 半空中에 웃둑 소사
> 牡丹峯이 되엿고나
> 活潑한 氣像이 소스난 듯
>
> (후렴) 牧丹峯아 牧丹峯아
> 웃둑 소사 獨立한 내 牧丹峯아
> 네가 내 사랑이라
>
> 牧丹峯下 平壤城은
> 第一江山 名勝地라
> 一等樂園 이 아닌가
> 快活한 興致가 생기난 듯
>
> —「牧丹峯歌」75) 1절

이 「목단봉가」는 평양의 아름다운 산천과 유구한 문화, 그 속에 깃들
인 높은 기상을 찬양함으로써 민족의식을 고취하고 있다. 안창호는 평양
대성학교를 설립했던 시절에 이 노래를 지어서 교내 행사 때마다 학생
들에게 부르게 했다고 한다.

---

75) 『소년』, 1909.4, 37~39면. "執筆人이 頃者에 島山 安昌浩 先生을 訪하얏더니, 酬酢
 씃헤, 近作「牡丹峯歌」를 出示하시난데, 奉讀一番호니, 牙頰에 香이 生하지는 아니하
 나, 剛健한 辭句와 雄壯한 意味가 强大하게 쏘 深大하게 우리의 神經을 興奮하난 者
 ㅣ 잇난지라, 이에 本誌에 膽錄하야 職業詩人 아닌 先生의 天然한 情緒를 보고져 하
 노라."(같은 책, 37면) 제목과 1절 일부분에 '牡丹峯'으로 되어 있는데, '牧丹峯'의 誤植
 인 듯하다.
  위 집필인의 글에서 보건대, 집필인(최남선—인용자)은 詩와 歌를 구분하여 창가는
 시가 아니라는 의식을 갖고 있었으며, 시는 전문시인에 의해 창작된다는 자각을 하고
 있었던 것 같다.

    기존의 가곡을 개량하여 새롭고 근대적인 시가 형식을 개발하려는 기획은 광범위하고도 꾸준하게 추진되었다. 이러한 작업은 유학생학우회 잡지 『학지광』과 『청춘』 등을 통해서 1910년대 신지식층들에 의해서도 계속되었다. 한 예로 『학지광』 제4호(1915.2)와 5호(1915.5)에 「구곡신조」란 제목으로 실린 양구생(兩球生)의 가곡개량이 있다.76) 양구생은 「육자배기」, 「흥타령」 그리고 「양산도 타령」과 「방아타령」 등을 가곡개량에 활용하였다.

>   저 건너 不咸山에, 無窮花 한 雙을 심엇더니,
>   모진 狂風에, 다 쩌러지난 貌樣,
>   五臟이 터저, 내가 못 볼게나.
>
>   —「六字歌」
>
>
>   江山風景은 正 좃타만은, 임자가 업서서 못 논다드라,
>   아이고 데고 興, 星火로구나.
>
>   英雄豪傑이 種子 잇나냐, 奮發만 하면 우리도 되리라,
>   아이고 데고 興, 慶事로구나.
>
>   —「興打令」
>
>
>   에이에 玄海 이편 너를 두고 싱각만 흐여도 頭痛이 난다
>   에라 니즐나 못 닛깃구나 능지를 흐여도 닛지를 마라
>
>   에이에 玄海 저편 너를 두고 보기만 흐여도 眼疾이 난다
>   에라 너(니-인용자)즐나 못 닛깃구나 능지를 흐여도 닛지를 마라
>
>   —「梁山道」
>
>
>   여보소 兄님네야 이 너 말을 드러보소
>   白頭山 저 솔을 찍어 鴨綠江 흐르는 물에 둥기덩실 쩨여 너려 大同江으로

---

76) 당시 일본 유학생이었던 兩球生은 누구의 필명인지 확인되지 않고 있다.

逆流시켜 王儉城 옛땅에다 큰 집을 에라 지여를 보세
　에—에요, 에헤요, 에—라 욱여라 방헤로구나
鎭北 名山 萬丈峰이 靑天朔出 에라 金芙蓉일세

—「春兒打令」

양구생은 기존의 시가 형식에 새로운 내용을 주입해서 개인과 민족의 근대적 열망을 표현하는 노래로 개량하였다. "無窮花 떠러지는 모양을 五臟이 터져서 못보겠다"든가 조국에 대해 "능지를 하여도 잊지를 말아라"라고 당부한 것, 또는 "王儉城 옛땅에다 큰 집을 지어보자"는 등의 내용은 1910년대로서는 매우 적극적인 민족의식과 열망을 표현한 것이다. 『학지광』에서는 자유시 형식을 비롯하여 다양한 시가 형식들이 창작되었지만, 위의 시가에서만큼 민족의 비극적 운명과 그에 따른 안타까운 심정 그리고 조국을 향한 애정과 현실 개혁의 열망을 적극적으로 표현한 작품을 찾아보기가 쉽지 않다.

가곡을 개량하여 민족의식을 표현하는 것은 애국계몽기 시가문학의 중요한 전통이었다. 애국계몽 시가가 현실에 대응하는 견결한 자세와 정신은 이후 한국 근대시문학사를 지탱하는 소중한 유산이 되었다. 그러나 전통적 시가의 개량을 통한 새로운 시형의 모색은 절충적이고 과도적이라는 한계를 가질 수밖에 없었다. 가곡 개량의 기획은 근대 자유시의 창조라는 과제를 감당하기에는 역부족이었던 것이 사실이다.

가곡개량의 절충적인 형식의 시도는 근대시가 노래로부터의 자립을 우선적으로 요구했던 것과 달리 '가'의 활용에 머물고 말았다. 즉 가곡개량을 포함하여 애국계몽기 시가에 나타난 '시'와 '가'의 절충성은 변증법적 지양을 통한 새로운 양식의 성취에까지 나가지 못했으며, 그 존재 형태는 주로 '가'에 종속되는 방식으로 실현되었다.

가사(혹은 내용)의 차원에서는 민족의식 및 근대적인 언어와 담론들이 활발하게 표현되었지만, 그것의 형식적 실현은 근본적으로 노래가 갖는 전파력에 의존했다. 이러한 이유로 인해 애국계몽기 시가는 근대적 시 양식으로 발전하지 못하고, 당대 상황에 대응하는 도구적 형태, 상황적 형태로 존재하였던 것이다. 또한 계몽 주체의 이념을 중심으로 대중들의 다양하고 복잡한 근대적 감정과 욕망을 단일한 미적·이념적 범주로 제한하려는 애국계몽기 시가의 시도는 근대시의 자립을 억제하는 요인으로 작용하기도 하였다.

1910년 이후 신채호는 망명지에서 근대적 의미의 자유시를 창조하게 된다. 그 원동력은 현실과 '시'의 긴장된 대응력, 시에 대한 치열한 탐색에서 나온 것이었다.

신채호는 「천희당시화」에서 '가계(歌界)'와 '시계(詩界)'를 의식적으로 구분하였다. 「천희당시화」의 주관심은 '동국시'의 근대적 개발에 놓여 있었다. '동국시'는 '동국어', '동국문', '동국음'으로 써야 한다는 것과 한시로부터 독립해야 한다는 것, 그리고 일본 시가의 운율이나 한시의 정형률과도 구별되어야 한다고 규정하였다. '시'에 대한 신채호의 탐구는 형식적 차원에서 그치지 않고, 시의 주제, 제재, 정조에까지 확대되어 고유한 민족적 시 '양식'의 창조에 대한 열정으로 이어졌다.

그는 근대시가 "人君으로 國家의 中心點을 숨는" 시대와는 시어의 상징과 내포도 달리한다는 것을 자각하고 있었다.[77]

大凡 詩란 者는 卽此 歡呼, 憤叫, 凄凉灑泣, 呻吟狂啼 等의 情態로 結成 훈 文言이니, 詩를 廢코즈ᄒ면 是는 國民의 喉를 閉ᄒ며 腦를 破홈이니 此 —엇지 可ᄒ며 此—엇지 可ᄒ리오[78]

위의 글은 '시는 성정(性情)을 나타낸 것'이라는 동양의 고전적인 정의

---

77) "古代에는 人君으로 國家의 中心點을 숨은 故로 崔都統 鄭圃隱의 丹心歌가 其終 章에는 皆 '님 向훈 一片丹心'이란 語로 結ᄒ엿스니 '님'은 人君을 謂홈이니라."(『대 한매일신보』, 1909.11.12)
78) 「천희당시화」, 『대한매일신보』, 1909.11.23.

에 바탕을 두고 있으면서도, 동시에 이를 넘어서 '정(情)의 자유로운 분출'이라는 가치도 인정하고 있다. 즉 중세적 시가의식은 '온유돈후(溫柔敦厚)'를 표방함으로써 감정의 자유분방한 표현을 억제해 왔다. 그런데 신채호는 "詩란 歡呼, 憤叫, 凄凉灑泣, 呻吟狂啼 等의 情態로 結成혼 文言"이라고 규정함으로써, 중세적 예교(禮敎)로부터 시를 해방시켜 근대지향적인 시론을 모색하기에 이른 것이다.79) 이러한 정의는 근대시가 발랄한 민중적 정서에 훨씬 다가갈 수 있는 길을 열어 주었다.

애국계몽기 시운동은 시가로써 민족 현실의 위기를 타개하고자 하는 효용론적 동기가 중심을 이루고 있었다. 그 실천 방안으로 대중들에게 친숙한 가곡과 민요를 개량함으로써 그러한 과제를 실현하고자 하였으며, 그에 따라 대중적 인기가 높고 전파력이 강한 노래에 주목하였던 것이다. 신채호도 애국계몽기 시운동의 큰 테두리에서는 예외가 아니었다. 그러나 그의 시론이나 시가에는 효용론적 범주로 단순화할 수 없는 특성이 있다. 그것은 바로 여타의 애국계몽운동가들과 달리 그가 1910년대 망명지에서 자유시를 창작할 수 있었던 동인이기도 하였다.

「천희당시화」의 마지막 부분에서 신채호는 시인의 지위를 높이 평가하고, 시인의 독자적인 위치에 대해서 논하고 있다.

> 自來 泰東人은 詩人의 地位를 低看ᄒ야 是가 風化에 無關ᄒ며 政敎에 無關ᄒ고 但只 黃葉村席門中에셔 蟲鳴蛙叫ᄒᄂ 一個 世外棄物로 知ᄒ니 嗚呼라 此ᄂ 誤解의 大誤解로다.
>
> 大詩人이 卽 大英雄이며, 大詩人이 卽 大偉人이며, 大詩人이 卽 歷ᄉ上의 一巨物이라. 故로 亞寇馬 陶淵明輩가 비록 山林에 居ᄒ야 足跡이 世에 不出ᄒ엿스나 其著혼바 詩集이 一世를 風動ᄒ야 人心을 支配홈에 至ᄒ니 大抵 辯士의 舌과 변士의 劍과 政客의 手腕과 詩人의 筆端이 其 效用의 遲速은 異ᄒ나 世界를 陶鑄ᄒᄂ 能力은 一이라.80)

---

79) 임형택, 「'東國詩界革命'과 그 역사적 의의」, 『한국문학사의 시각』, 창작과비평사, 1984, 255면.

시를 "但只 黃葉 村席門中에셔 蟲鳴蛙叫ᄒᆞᄂᆞ 一個 世外棄物로 知ᄒᆞ"는 것은 대단한 오해이며, 시는 "世界를 陶鑄"하는 의의를 가지고 있다는 것이 그의 주장이다. 특히 신채호는 시의 핍진한 현실연관성을 강조하였다. 또한 그는 시의 미학적 규범이 효용론적 범주로 단순화할 수 없는 것임을 분명히 하고 있다. 이것은 시가 풍류나 예교의 수단이 아니라는 관점이다.[81] 「천희당시화」에서 까다로운 시적 규정들을 요구하는 것은 시의 미적 성취가 쉽지 않음을 말해주는 것이다. 시는 상투적 표현으로 성취될 수 있는 성질의 것이 아니고 창조적 결과물임을 밝히고 있다.

신채호는 시란 "人情을 感發"(1909.11.25일)하여 "세계를 陶鑄"하는 것이라고 본다. 여기서 "인정을 감발"한다는 것은 인간의 영혼을 움직이는 것을 의미한다. 상투적 표현이나 억지로 끼워맞춘 시 형식으로는 인간의 영혼을 움직일 수 없다. 더군다나 시가 세계적 변혁기에 "國魂을 叫하고 民氣를 鼓"하여 새로운 "世界를 陶鑄"하고자 함에 있어 전통적인 시론이나 계몽주의적 열망에 근거한 효용론으로 성취될 수 있는 것이 아님을 신채호는 간파하고 있었다.

신채호는 시대 현실에 핍진한 시적 서정을 창조하여 그것을 바탕으로 민족 구성원 개개인의 감성에 호소함으로써 궁극에는 민족적 정체성에 하나의 형식을 부여하고자 하였다. 이는 시를 통해 국민의 마음과 영혼을 결집시키고 근대적 사회로 나아가고자 한 것이었다. 이러한 그의 시적 모색을 계몽성이나 효용성으로 단순화하는 것은 적절하지 않다. 그의 시적 모색의 본질은 '현실성'과 '진정성'으로 요약될 수 있다. 현실성과 진정성이야말로 그가 감당한 애국계몽운동의 치열함이 시의 서정성을 심화시키고, 근대 자유시를 형성하는 힘으로 작용할 수 있게 한 기반이었다.[82]

---

80) 「천희당시화」, 『대한매일신보』, 1909.12.4.

81) "又 幾百年 以來로 漢詩가 一般社會間에 盛行ᄒᆞ엿스나 亦皆 此等語 此等意쑨이 아닌가. 落花芳艸ᄂᆞ 其 心境이며 歎窮嗟卑ᄂᆞ 其 趣旨며 對酒當歌 人生幾何ᄂᆞ 其 情懷며 無可奈何 不如歸去ᄂᆞ 其 普通用語오 此外에ᄂᆞ 他境이 無ᄒᆞ며 此外에ᄂᆞ 他情이 無ᄒᆞ니 此로 社會의 公德을 陶鑄ᄒᆞᆯ싸?"(『대한매일신보』, 1909.11.25)

「천희당시화」는 신채호가 시와 민족, 시와 사회, 시와 시대 현실에 대한 본격적인 관심을 근대시의 형성이라는 관점에서 심도 있게 통찰한 글로서, 한국 근대 비평사에 있어서 중요한 의의를 지닌다.

3. 최남선과 자유시의 모색

1) 신문화운동과 『소년』

애국계몽기에 최남선은 광의의 '신문화운동'을 통해 계몽운동에 참여하였다. 당시의 애국계몽운동은 '교육', '식산', '정론적 언론운동', '조직운동' 등의 부문운동을 포함하고 있었다. 최남선은 애국계몽운동 시기에 『소년』[83]을 발간하였고, 인쇄소 〈신문관(新文舘)〉을 통해 다양한 종류의 계몽적 교양서를 발간하였다. 『소년』은 당시의 정론적 신문들과는 그 성격과 방식을 달리하며 공동 목표인 애국계몽운동을 펼쳐 나갔다. 애국계몽운동에 대한 최남선의 헌신은 『소년』의 발간 취지에서도 드러난다. 그는 『소년』의 매호 책표지마다 "今에 我帝國은 우리 少年의 智力을 資하야 我國 歷史에 大光彩를 添하고 世界文化에 大貢獻을 爲코뎌 하나니 그 任은 重하고 그 責은 大한디라. 本誌는 此責任을 克當할 만한 活動

---

82) 같은 관점에서 안창호가 애국계몽기와 1910년대에 활발하게 시가를 창작했음에도 불구하고 이후 자유시를 창조하지 못한 이유를 그가 시가의 효용론적·공리주의적 의의에만 주목한 것에서 찾을 수 있다. 안창호는 이후에도 노래 형식에서 벗어나지 못하였다.
83) 『少年』은 1908년 11월 창간되어 1911년 5월(통권 23호)에 종간됨으로써 애국계몽운동과 그 운명을 함께 했다. 『少年』은 철저하게 최남선 개인의 헌신적 노력에 의해 발간되었는데 취재, 집필, 편집, 출판의 전 과정을 그가 감당했다. 최남선은 『少年』이 종간된 뒤에도 계속해서 『붉은저고리』, 『아이들보이』, 『새별』, 『청춘』 등의 잡지를 연이어 발간함으로써 출판을 통한 계몽운동을 이어나갔다.

的 進取的 發明的 大國民을 養成하기 爲하야 出來한 明星이라"[84]고
하여, 자신의 활동이 조선에서 근대적 주체를 형성시키고자 하는 계몽적
의도에 있음을 밝히고 있다. 또한『소년』창간호에서 본 잡지의 사업이
애국계몽운동의 일환이며, 어릴 때부터 국권회복과 민족의 영광을 위하
여 헌신하여 "立志"할 것을 호소하고 있다.[85]

『소년』은『대한매일신보』등 당시의 신문들이 정론적 성격을 띠고 있
었던 것에 비해, 문화 계몽적 성격을 지향함으로써 상호보완적인 관계에
서 애국계몽의 임무를 수행했던 점이 주목된다. 애국계몽시기에 신문과
잡지가 지닌 이러한 상호보완적인 관계에 대해 임화는 "을사조약에 의
하여 조선의 정치적 운명이 거의 결정되다시피 하고 따라서 조선인의
정치적 언론이란 것의 의의가 그전보다 훨씬 적어져서 일반의 관심이
정치에서 차차 계몽 방면으로 방향이 전환되면서 잡지가 본격적으로 발전
한 것이다. (…중략…) 문화와 계몽을 기도하던 조선인의 정신상태를 표현
하는 데는 신문보다 잡지가 더 적절했던 때문이다"[86]라고 지적한 바 있다.

『대한매일신보』는『소년』의 창간에 즈음하여 그 역할을 높이 평가하고
격려해마지 않았으며 그 주재자인 최남선을 칭송하였다.[87] 또한『황성신

---

84)『소년』창간호, 1908.11(책표지). 최남선은『少年』창간호 권두언에서도 "우리 大韓으
　　로 하여금 少年의 나라로 하라. 그리하랴 하면 능히 이 責任을 勘當하도록 그를 敎導
　　하여라"고 하여 애국계몽의 책임을 강조하고 있다.
85)「여러분은 뜻을 엇더케 세우시려오」,『少年』창간호, 7~9면.
86) 임화,「개설 신문학사」,『조선일보』, 1939.11.2; 임규찬·한진일 편,『임화 신문학사』,
　　한길사, 1993, 82면.
　　　또한 임화는 "『대한매일신보』가 수난을 거듭하며 정치에 대한 희망이 점점 엷어져
　　정치신문은 존폐가 위태로워지며, 잡지들도 저절로 계몽의 방향으로 부득이 걸음을 옮
　　길 때, 조선인의 방향을 명시한 것이『少年』"이라고 하여『少年』의 역할을 적극 평가
　　하고 있다(임규찬·한진일 편, 같은 책, 105면).
87)「少年雜誌를 祝홈」,『大韓每日申報』, 1909.4.18.
　　　"嗚呼라 今日 韓國에 鐵血思想으로 少年의 耳膜을 鼓動ᄒ며 國粹主義로 少年의
　　腦髓에 注入ᄒ기에 汲汲ᄒᄂ 者ㅣ誰오 卽 少年雜誌社主人 崔南善시로다. …… 此雜
　　誌가 出혼 後로 韓國少年의 精神이 益奮ᄒ지며 韓國少年의 知識이 益發ᄒ지며 韓國
　　少年의 志氣가 益壯홀지로다."(『대한매일신보』같은 날짜 '한글판' 신문에서는 소년잡

문』도 "國性을 培養하고 國粹를 扶植하고" 있는 최남선과『소년』의 업적을 찬양·격려하고 있다.[88] 실제로『소년』에는 애국계몽운동의 중심에 있던 박은식·신채호 등의 역작들이 게재되었으며, 홍명희와 이광수가 필진으로 참여하였다. 또한『소년』과『대한매일신보』는 〈신민회〉·〈청년학우회〉 등의 조직을 매개로 연대하였다.『소년』과 〈신문관〉, 〈청년학우회〉는 계몽운동 3세대라고 할 수 있는 유학생 그룹을 포괄하여 연결하는 의미도 갖고 있었다.『소년』은 이광수, 홍명희, 김여제, 김성수, 송진우, 최린, 신백우, 나경석, 동경의 〈대한흥학회〉 등과 다양한 방식으로 접촉하고 관계하였다.

최남선의 지향은 당시의 일반적인 애국계몽운동과 비교하여 특징적인 바가 있었다. 최남선은 민족의 융성은 문명 개화를 통해 성취되는 것이라는 믿음을 가지고 있었는데, 그가 주장한 문명 개화란 바로 근대화를 의미하는 것이었다. 여기서 근대화(modernization)는 자본 형성, 자원 동원, 생산력의 발전, 노동 생산성의 증대, 중앙 권력의 관철, 국가적 정체성의 형성, 문명적 삶의 형식 등을 목표로 내세우는 자본의 발전 이데올로기를 의미한다. 그러나 최남선을 단순하게 근대화론자로 규정할 수 없는 까닭은, 그의 근대화 주장이 민족주의를 실현하기 위한 도구적 방법의 차원이었지 문명 개화가 유일한 목표는 아니었다는 데 있다. 그의 문명 개화, 지식 개발의 목표는 강대한 근대적 민족 국가를 건설하는 데 있었다. 지방분할적인 전근대 사회는 다양한 세계 경험의 가능성을 제약하고 진취적인 자기 실현의 확장을 억압하였다. 전근대 사회가 지닌 이러한

지사 주인을 '최창선씨'라고 하였다)

88) 최남선이『소년』에 쓴「大韓의 外圍形體」에 대하여『황성신문』에서 찬사의 기사를 실었다. 이에『소년』(1908.12), 15면은『황성신문』의 기사를 그대로 옮겨 싣고 있다. "東洋世界에 佳麗ᄒ고 淸秀ᄒ 我大韓의 錦繡江山이 眞面目을 發現치 못ᄒ고 正當ᄒ 價格을 占得지 못ᄒ 것은 엇지 腐儒와 俗輩의 罪가 아니리오. 乃於檀君開國 4241年에 至하야 我韓少年界에 先導者되ᄂ 崔君南善의 發行하ᄂ 少年雜誌上에 大韓地圖가 猛虎의 形體를 呈露ᄒ니 豈不壯哉며 豈不雄哉아…… 我少年大韓으로 ᄒ야곰 虎視天下ᄒᄂ 威風을 振動케 홀지어다."

폐쇄적인 체제는 근대적인 민족국가를 형성하고자 하는 노력을 억압하고 무산시키는 것이었기 때문에, 민족의 융성을 위해 근대화를 성취해야 할 필요성이 대두되었던 것이다.

당대의 역사적 상황에 대해 『대한매일신보』는 현 시국을 '보호'에서 '합방'으로 전개되고 있는 일대 위기의 시대로 보고, 이에 저항하면서 민족적 정체성을 확립·보전하는 방법으로서 배타적 통합의 원리에 입각하여 정론적 투쟁을 벌여나갔다. 그러나 최남선은 부르주아적 개혁의 가능성을 타진하고 있었으며, 낙관적이고 진취적 기상을 시대의 힘으로 신뢰하고 있었다. 그가 관습적으로 사용하였던 "進取的 膨脹的 新大韓"이라는 용어는 이러한 낙관적 전망을 잘 드러낸다. 최남선은 부르주아적 개혁에 대한 낙관적 전망에 근거하여 민족의 독립과 정체성을 확립하고 확대하고자 하는 의욕을 지니고 있었던 것이다. 진보적 부르주아를 선두로 하여 일반 대중과 봉건 귀족 사이에 벌어진 역사적 투쟁의 합법적 산물로서 의의를 갖는 '민족'은, 사회의 문명, 개화, 진보를 촉진하는 중요한 역사적 힘이었다. 따라서 진보적 부르주아는 일반 백성을 중세적 세계관으로부터 해방시켜, 민족의 단위 아래 새로운 역사적 문화적 전망으로 결합시키는 것을 그 역사적 사명으로 삼았던 것이다.

『소년』에 시 「해에게서 소년에게」의 창작 배경이 되었을 것으로 추정되는 그림 한 폭이 실려 있어 주목된다. 최남선은 그 그림에 대해 "激浪駭波가 電馳雷動하고 (…중략…) 萬涛가 俱沈하난 此間에 崭巉한 一巖이 잇서 홀노 그 打來勢와 衝獐力을 排擊하며 抗敵하야 丈夫의 堂堂 獨立心을 表現하니 이 엇지 詩人의 絶好한 題目이 아니리오 (…중략…) 이러한 곳으로 나의 形魂이 歸安하기를 心願하난 者ㅣ로다"[89]라고 설명하고 있다. 이 글에서 최남선은 "電馳雷動"하는 "激浪駭波"의 위엄보다는 이에 대항하여 꿋꿋하게 서 있는 "崭巉한 一巖"의 당당한 "獨立

---

89) 『소년』, 1909.1, 12면.

心"을 찬미하고 있다. 이것은 외세의 침탈과 같은 외압에 당당하게 맞서는 내적 주체의 강건한 독립심을 "나의 形魂"으로 삼고자 하는 태도를 표현한 것이다. 여기서 "독립심"이란 주체의 자주적 정체성의 확립을 의미한다. 중세적 질서로부터, 중화주의 및 제국주의로부터, 그리고 민족 내부의 "軟弱, 懶惰依恃, 虛僞의 마음"으로부터 자립한 근대적 주체의 형성, 그것이 '독립심'의 핵심인 것이다.

최남선이 창작한 많은 시가들은 자신의 이러한 이념들을 반영하고 있다. 그의 시가에 등장하는 '바다'와 '소년'은 폐쇄적이고 고루한 중세체제를 개혁하여 개방적이고 청신하고 진취적인 근대적 관계로의 변화를 상징하는 것이었다. '소년'은 진보적 추진력을 왕성하게 드러내는 분절된 시간, 진보에 대한 자각과 희구, 담론을 표상하는 육체였다. '소년'은 개혁운동에 참여하는 최남선 자신의 표상이자 근대적 민족국가를 건설하는 주체이며, 새로운 사회 이념의 대변자였던 것이다.

최남선은 시가를 창작하거나 평가할 때 "光明·純潔·剛健한 分子" 및 "廣闊·雄大·淵深"한 기상90)을 중요한 정서로 강조하였다. 또한 그는 "新大韓國民의 十德"으로 "純潔, 光明, 剛健, 和樂, 眞實, 誠忠, 勤勉, 正義, 美麗, 整齊"91)를 꼽았는데, 이것을 근대적 주체의 덕목으로 삼았다. 이러한 가치와 덕목을 그는 시가를 통해 보급하고자 하였다. 따라서 "순결·광명·강건·화락·진실·성충·근면·정의·미려·정제" 등은 그가 창작한 신체시의 덕목이기도 하였다. 최남선은 특히 창가의 음악성이 지닌 선전 선동적 감응력에 주목하였는데 "口歌"의 "清新한 調와 剛健한 辭로써", "恒少한 府民의 志氣를 激勵하고 現勢를 알니고" "事實을 敎示"하고자 하였다.92) '신체시'의 분절적 정형성은 이러한 창가 양식의 변형으로서, 그 바탕에 노래지향의 속성을 가지고 있었다.

---

90) 「新體詩募集要綱」, 『소년』, 1909.1.
91) 『소년』, 1910.5, 1면.
92) 「漢陽歌」와 「京釜鐵道歌」 광고, 『소년』, 1908.11.

2) 자유시 형태의 모색

(1) 계몽 주체의 분열과 자유시 창작

근대적 민족국가 건설에 대한 최남선의 이념은, 계몽 주체로서 주관성에 기초하여 세계에 대한 지배력을 절대화하는 주관철학에 바탕을 두고 있었다. 최남선은 "正義"와 "至善"의 "大精神", "向上誠"과 "前進心"을 갖고 "堅忍"하고 "務實力行"하고 "準備"해야 한다[93]는 관점에서 민족적 정체성을 확립하고자 하였다. 그러나 이러한 일반론적이고 주관적인 방책으로 근대사회의 이념과 가치 기준을 세우고 민족과 국민의 역량을 결집하여 근대적인 독립국가를 건설하려는 기획은 실제 현실 속에서 무력할 수밖에 없었다. 더욱이 일제의 침략이 강화될수록 이같은 근대의 기획 내지 계몽의 기획은 더욱 관념화하는 방향으로 나가게 된다.

최남선을 비롯하여 당대 애국계몽 주체들의 관념성은 그들이 창작·보급한 시가에서 정형률과 노래 지향을 강화하는 방식으로 나타났다. 주관적 절대정신의 표상인 시적 주체가 복잡다단한 경험적 현실의 역동성을 그 자체의 발전논리로서 파악하지 못하고 자신의 관념 아래 형식화한 것이 정형률로 나타난 것이다. 또한 이들은 노래 형식이 지닌 음악적 감응력에 의존하여 독자 대중에 대한 영향력을 극대화하고자 하였다. 애국계몽기 시가에 나타난 정형률과 노래 형식의 결합은 이러한 기획의 반영이었다.

그러나 절대적 주관성에 의해 구조화된 주체도 경험적 현실의 힘에 압도되어 정체성의 혼란에 직면할 때가 있다. 현실을 직접 체험함으로써 관념적으로 자신을 지탱해 왔던 이념이 지배력을 잃고 갈등하게 되거나, 세계와 자아를 성찰의 대상으로 삼게 되면서 동요하게 되는 것이다. 최남선은 종종 여행[94]을 통해 민족이 처한 현실과 백성들의 살림살이를

---

93) 「少年時言—國民思行의 標準」, 『소년』, 1910.5, 14~15면.

목도할 수 있었으며, 이것이 계기가 되어 그의 의식에 변화가 생기기도 하였다. 이는 자아 정체성에 대한 성찰로 진전되기도 하였는데, 이러한 현실 체험과 자아 성찰이 그에게 자유시를 창작할 수 있는 동력이 되었다. 최남선은 낙관적 전망에 기초한 주관적 절대정신으로 시적 대상과 현실을 구성하고 대중을 계몽하기 위해 노래체 형식의 창가나 그의 변형태인 신체시를 창작[95]했던 것과 달리, 균일화할 수 없는 현실의 복잡다기한 부면과 정서를 자유시 '형태'[96]로 표현하였다.

최남선이 남대문에서 대구까지 기차를 타고 여행하면서 쓴 「교남홍조(嶠南鴻爪)」[97]에는 식민지로 전락하고 있는 조국의 비극적 현실을 보고 느낀 착잡한 심사와 자기 성찰적 시선이 진실하게 표현되어 있다. 그는 "이 鐵道의 ᅩᅳᆫ(노은) 쌍은 뉘ㅏ](쌍이)며 이 ㅇ(쌍)에 ᅩᅳᆫ(노은) 鐵道는 ㅣㅅㄴ(뉘ㅅ건)고 ㅣ(이) 나라 ㅣ(의) 鐵道완댄 타고 다니난 사람은 누가 만흔고"[98]라고 하여 철도의 주권을 빼앗긴 현실에 대한 울분과 안타까움을 토로하고 있다. 또한 기차에 타고 있는 많은 일본인을 가리켜 "韓土移植民의 한 分子가 되야 日本帝國의 發展을 爲하야 몸을 바치고 나선 모양"이라고 비꼬고 있다. 이러한 서술은 그의 사상 내부에서 민족적 입장과 문명 개화에 대한 희구가 갈등하고 있음을 보여준다.

철도와 도로의 확충은 지방분할적 사회를 해체시키고, 그 지방분할적 체제 안에서 지배권을 행사하던 중세적 기득권을 무력화시키는 사회적

---

94) 최남선은 청년학우회의 전국 지회를 순회하며 지도하는 일을 맡았다. 또한 지리에 대한 개인적인 관심으로 많은 여행을 하였는데, 이러한 여행은 학술 답사적 성격이 강했던 것 같다. 그는 여행과정에서 관찰하고 느낀 것을 기록으로 남겨두고 있다.

95) 창가나 신체시는 서술적 주체가 지닌 확신의 산물이며, 그것은 당대의 애국계몽 주체들이 보여준 낙관적 전망에 대한 확신을 반영한 것이었다.

96) 이 당시에는 자유시가 시대적 '양식'의 수준으로 확립되지 못했으며, 그 정서와 형식의 면에서 단초를 보이고 있는 것이기 때문에 자유시 '형태'라는 용어를 사용하였다.

97) 『소년』, 1909.9, 52~66면.

98) 일본에 대한 비판적 언술이어서 그러한지 이 부분만 破字로 인쇄되어 있다. 이것이 일제의 검열에 의한 것인지 아니면 육당이 스스로 자기 검열의 차원에서 그렇게 한 것인지는 확실치 않다. ( ) 안은 인용자가 재구해본 것이다.

의미를 갖고 있었다. 또한 철도, 도로, 통신망의 확충은 전국을 민족적 통합 시장으로 만들어 부르주아적 개혁과 자기 확장을 도모하는 기반이 되었다. 그런데 한국의 경우, 이런 자본주의적 근대화가 식민지 침탈의 기간 산업으로 기능하게 되었다는 데 최남선의 딜레마가 있었다. 최남선도 이런 딜레마를 어느 정도는 자각하고 있었다. 최남선의 『경부철도가』(신문관, 1908.3)는 문명 개화를 일방적으로 찬양하고 민족의식이 결여되었다는 비판을 받기도 하였다. "우렁탸게 토하난 기적소리"로 시작하여 철도로 상징되는 근대문명에 대한 가슴 벅찬 상찬을 바치고 있는 『경부철도가』는, 그러나 기차를 통해 침략해오는 일제에 대한 경각심과 한국의 비통한 처지도 함께 표현하고 있다. 예를 들어 청일전쟁이 일어났을 때 그 전쟁터였던 성환역을 지나면서 전쟁통에 수난을 당한 인민의 한과 설움을 표현한 대목을 보자.

일본사람 뎌의들 디뎌귀면서
그째일이 쾌하다 서로일커러
얼골마다 깃분빗 가득하야서
日本男子 大和魂 댜랑하는디

그듕에도 一老婆 눈물씨스며
그째통(淸日戰爭 – 인용자)에 외아들 일허바리고
늘근신세 飄零해 이꼴이라고
써러디난 눈물을 금티못하니

말말마다 恨이오 서름이어니

—「경부텰도노래」⁹⁹⁾ 부분

또 『경부철도가』에는 근대적 문명 제도를 민족적인 것으로 전화하려

---

99) 최남선, 『경부텰도노래』, 신문관, 1908; 『육당최남선전집』 5권, 현암사, 1974, 348면.

는 그의 이상도 나타나 있다.

> 우리들도 어늬때 새긔운나서
> 곳곳마다 일흔것 탸다드리여
> 우리댱사 우리가 듀댱해보고
> 내나라짱 내것과 갓티보일가
> (…중략…)
> 食前부터 밤까디 타고온긔탸
> 내것갓티 안녀도 실샹남의것
> 어늬째나 우리힘 굿세게되야
> 내팔쑥을 가디고 구을녀보나

— 「경부텰도노래」[100] 부분

근대적 개혁에 대한 이상과 민족적 입장이 상충 갈등하는 바로 그 지점에서 시인의 현실인식의 지평과 정서의 폭이 심화된다. 주관적인 절대정신에 기초한 낙관적 전망이 동요하면서, 주체의 정체성이 혼란을 체험하게 되는 것이다. 이러한 혼란과 동요를 겪는 과정에서 자유시 형태가 출현하게 되었다.

최남선은 당대의 계몽운동가들이 그 정당성을 얻기 위해서는 인민들의 삶에 대한 이해가 있어야 한다는 점을 강조하였다.

> 눈물나난 일은 沿路에 눈 쯰우난 人民의 살님사리라. 그 집을 보아라. 도야지 우리오, 그 먹난 것을 보아라. 개밥이로다. 恒庸 外國 사람의 記錄에는 韓人은 家屋은 陋麗하게 하고 잇스나 衣食은 매우 擇한다고 하나 그러나 이는 낫잠이나 자고 담배나 피우면서 農軍의 피와 쌈을 빠라먹고 사난 京鄕間 遊食하난 寄生蟲들의 말이오 이 짜위를 奉養하난 一般 農軍의 옷으로 말하면

---

100) 최남선, 『육당최남선집』 5권, 현암사, 1974, 353면.

참 말 못 할 情狀이라. (…중략…) 새삼스럽게 一般 人民이 얼만콤 이러한 地
位에 自安하난 어리석음과 所謂 志士니 愛國者니 하난 者가 이러한 實際問
題는 等閒히 하고 空然히 써드난 거짓(虛僞)을 웃지하면 깨칠쇼[101]

최남선은 이 글에서 놀고 먹는 기생충들의 농락에 "自安하는", "人民"
의 "어리석음"과 "實際問題는 等閒히 하고 空然히 써드난" "志士"나
"愛國者"의 "虛僞"를 비판하고 있다. 그리고 자기의 정체성 — 자각한 자
로서의 역할과 사명 — 을 성찰하며 의지를 새롭게 가다듬고 있다. 이 글
에서 최남선은 동요하는 자아의 내면을 들여다보고 있다. 이러한 동요는
"인민"의 비참한 삶을 목도함으로써 인민을 그런 처지로 내몬 위정자와
국가체제를 비판하고 자기의 위치를 새삼 확인하는 데서 나온 것이다.
그는 문명 개화의 궁극적 목표가 인민의 복지 향상에 있으며, 문명 개화
를 주창하는 지사는 무엇보다 인민의 처지와 현실을 직시하고 실제에
힘써야 한다는 원칙을 재확인한다. 그러한 점에서 최남선은 계몽 주체의
긴장된 현실 대응력과 성찰을 강조하고, 문명 개화가 실생활에서 실현되
어야 한다는 생각을 가지고 있었다.

이와 함께 인민의 각성도 촉구하고 있다. 최남선이 추구하는 근대적
민족국가 건설의 이상은 각성된 인민들과 의지적 지사들이 힘을 합해
실현해야 하는 것인데, 현실이 그의 기대와 의도에 부합하지 못하여 안
타까워하고 있는 것이다. 더군다나 밖으로부터 밀어닥치는 외세의 압력
이 날로 더해가고 있었다. 이런 상황인식과 함께 그의 내적 갈등이 심화
되고 있는 형국을 보게 된다.

최남선은 「평양행」이란 글에서 경의선을 타고 여행하다가 개성역을
지나는 중에 느낀 감회를 자유시 형태로 표현하고 있다.

허술한 門樓위에

---

101) 최남선, 「嶠南鴻爪」, 『소년』 2−8, 1909.9, 65~66면.

허술한 支揭ㅅ軍이 안졋네
두손을 무릅압헤 맛잡고
곰방대에담배를 피우면서

松岳山連峰위엔 마음업난 구름이 오락가락하고
滿月臺地臺아래엔 개똥감츈 풀포기가 푸릇누릇하도다
그가 얼업시 보난것이 무엇인고?

半千年 王業이 길기도하거니와
三國을 統一하야 처음으로 高麗한 半島에 帝國을 세우니
쏘한 盛하도다
그러나 지금은 거림자도 업구나
그가 얼업시 생각하난것이 무엇이뇨?

한世上을 고요하게 지낼새
너에게 자랑할것 自負할것 한아 업섯도다
그러나 大皇祖의 宏遠한 規模를 現實할양으로
―사랑과 올흠의 大帝國을 이 人間에 세울양으로
―그리하야 主의 뜻을 이루고 아울너 우리나라의 흙이 왼 地球中 가장 큰
것을 만들양으로

그목숨을 내여논 崔瑩은
高麗史의 저녁노을 이러니라 죽이긴 죽이고 죽기는 죽엇서도
오호! 이 淚腺이 넉넉치못한 사람은 피로 代身하야 우난곳이로구나.
그가 얼업시 도라다보난것이 무엇이뇨?

南蠻(安南·섬羅等)이 方物을 드리고
東夷(蝦夷·琉球等)가 臣되기를 願하니
한때 榮華가 너도 쏘한 '로오마'로구나
그러나 槿花의 하루아참이 되고 말미 웃지함이뇨

우리가 禮成江의 일흠을 생각하매
불상타함을 쓰리지아니하겟네
그의 얼업시 슯흔뜯을 가진듯함이 무엇이뇨

담배烟氣는 무럭무럭 그의 얼골을 덥도다
한대가 다 타면 다시 닫아부쳐 쩔고 담기를 쉬지아니하난도다
그는 支揭ㅅ軍이어늘
벌이할 생각은 털끗만치도 업난듯 담배만 업시하난도다

쌀업서 애쓰난 그의 안해
옷헐어 살 드러난 그의 자식
그를 보니 보지안어도 생각하겟네

살님의 괴로운 싸홈에 疲困하얏나냐
쩌쳐 올나가난 烟氣ㅅ속에 쉼(休息)을求하나냐
그럴것도 갓지 아니하다
'배곱하!' 소리가 그의 귀를 짜릴터인데
그래도 담배만 쩍 쩍

城밋헤 웃둑웃둑선 石碑는
뉘집 烈女인고
知覺업난 새들은 함부로 쏭을 깔녓도다
찌룩찌룩 소리하난 저 기럭이
―때―알어차렷나냐! 하난것 갓다
그러나 쏘 한대 담난고나

낫겨운 해는
눅은 빗흐로 계어르게 門樓와 밋 그를 비춰ㄴ다
허술한 집을 쏘일때에는 해도 허술한듯
얼업난 사람을 쏘일때에는 해도 얼업난듯

　너의 支撟가 썩을때까지라도 그리만하고 잇거라
　내가 타고 안진 汽車는 暫時도 그치지 안네
　아마 다시는 못보겟다 잘잇거라
　나는 올때가 잇서도 네가 웃덜지?!102)

이 시는 정형률과 노래형식에서 완전히 벗어나 자유시 형태를 취하고 있으며 시인의 시의식도 자유시 형태를 지향하고 있다. 이것은 「해에게서 소년에게」(1908.11)라는 노래체 '신체시'가 창작된 지 꼭 일 년만의 일이다. 이 작품은 시적 형식에 있어서 매우 자유로우며 특히 행과 연의 배열이 안정되어 있고, 시상이 서로 얽히며 시적 정조를 확대·심화하는 효과 등이 돋보인다. 또한 시적 주체의 목소리도 당시의 애국계몽기 시가들에서처럼 계몽적 자아가 외부의 청자를 향해 일방적으로 교술적인 의도를 강제하는 폐쇄되고 이념화된 것이 아니라, 내성화되고 서정화된 목소리를 지향하고 있다. 최남선의 자유시 창작은 실제 현실의 모습을 보고 그로부터 느낀 사색과 감동을 현실감 있게 표현하였으며, 여기에 긴장된 현실 대응력이 작용하고 있다는 데서 그 의의를 찾을 수 있다.

이 작품의 내부 구조를 보면, 몇 가지의 시상을 중첩시키는 다층적 구조를 보여준다. 2연에서 6연은 찬란한 역사를 가진 고려의 고도(古都) 개성을 지나가면서 영화로웠던 과거와 위기의 현재 시간을 대비시키고 있다. 달리는 기차의 속도감에 실려 과거와 현재의 공간이 중첩되면서 하나의 서사적 파노라마를 연출하고 있는 것이다. 그것은 마치 공간을 달리는 기차를 타고 시간 속을 여행하는 듯한 효과를 자아낸다. 또한 시인이 고도(古都)를 근대적 제도의 대표적 상징인 기차를 타고 지나가고 있는 것도 매우 의미심장한 시적 순간이다. 실제로 시인은 그 철로를 개통시키고 득

---

102) 이 시는 시인이 1909년 9월 19일 日曜日 新義州行 第1列車를 타고 가던 중, 기차가 막 松京(開城)을 출발할 때 西門을 보고 지은 시이다. 시의 제목은 따로 적어놓지 않고 「平壤行」이란 기행문 속에 들어 있다. 작자가 'N. S'라고 표기되어 있는 것으로 보아 최남선이 분명하다(『소년』, 1909.11, 139~141면).

의에 차 있는 일본인들과 함께 기차에 앉아서 복잡한 감회에 젖는다.

그러나 이 시의 핵심 제재는 고도가 지닌 영화로웠던 역사와 풍경에 대한 시인의 감회가 아니라, 현재의 시간 속에서 존재하고 있는 지게꾼의 곤궁한 삶이다. "굉원한 규모"의 "대제국"을 꿈꾸며 중국 대륙으로 세력을 뻗치던 고려의 "영화"가 아직도 흔적을 남기고 있는 개성의 서문, 그 "허술한" 문루에 "허술한" 지게꾼이 앉아 담배를 피우고 있다. 시인은 이러한 지게꾼의 모습을 보고 "쌀업서 애쓰난 그의 안해 / 옷헐어 살 드러난 그의 자식 (…중략…) 살님의 괴로운 싸홈에 疲困"한 살림살이를 미루어 짐작한다. 만약 애국계몽운동가들의 시가였다면, 궁핍함을 벗어나지 못하는 지게꾼의 의지 박약과 게으름, 담배만 피우고 있는 무능함을 질타하는 것이 시의 주제가 되었을 터이다. 하지만 최남선은 궁핍한 현실 속에서 고통받고 있는 지게꾼의 삶에 대한 안타까운 심정을 표현하는 데 집중하고 있다. 그의 이러한 태도는 지게꾼을 단순한 계몽의 대상으로 취급하는 것이 아니라 "그가 얼업시 보난것", "그가 얼업시 생각하난것", "그가 얼업시 도라다보난것", "그의 얼업시 슯흔뜯"을 공감하고 이해하고자 하는 태도에서도 드러난다. 최남선의 이 시는 근대적 제도가 확립되는 한편에서 궁핍화되어 가는 인민들의 현실에 대한 깨달음을 보여주고 있는 점에서 주목된다.

그렇다면 최남선이 이러한 시적 성취를 이룰 수 있었던 기반은 무엇이었을까?

첫째는 한시적 전통의 계승이다. 여행을 하면서 시를 쓰는 것은 한시에서는 일반적인 현상이었다. 물론 국문시가(특히 가사의 경우)에도 그러한 전통이 있었지만, 최남선이 이 작품에서 정서를 집약하는 방법은 분명히 한시의 전통을 계승하고 있다. 시의 배경과 시적 대상을 형상화하는 방법, 시적 대상을 바라보는 서정적 주체의 태도, 그리고 시의 근저를 형성하고 있는 정서를 표현하는 방법 등에 있어서 한시적 특징을 보여준다.

실제로 최남선은 이 시를 지을 무렵부터 한시에 특별한 관심을 보이기 시작했다. "近來에 이르러 무엇이 動機인지 漢詩짓고 십은 생각이 매우 懇切하야 機會만잇스면 한首式 지여 보량으로 空然히 애를 쓰난데 左에 記錄한바는 이번 南遊中에 바다를 구경하고 感想을 얼근것이라.(…중략…) 우리의 보고 생각한 바다는 웃더한고를 삷혀주시면 얼마콤 맛이잇슬줄 밋소"라고 한 뒤 다음의 한시를 덧붙이고 있다.

天地渾淪無定界 / 茫茫海國兩間開
金烏玉兎幷呑吐 / 巨鼇長鯤任去來
羣物賴滋功至矣 / 衆汚咸納德洪哉
不私其有無偏碍 / 萬古千秋一汪懷[103]

「해에게서 소년에게」에서도 나타났듯이, 최남선의 시가에서 '바다'는 문명세계를 표상하는 일종의 관념화된 상징체계로서 존재한다. '바다'는 시인의 선험적 이념을 반영하는 표상이었으며, 그 자체로서 감각적인 구체성이나 현실적인 서정성을 지니지 못했다. 그러나 위의 한시에서는 바다를 직접 답사하고 여행하면서 현실과 삶에 대해 느낀 감회를 관념의 형태가 아니라 감각적 구체성을 통해 형상화하고 싶은 욕구가 드러나 있다. 이러한 사실은 최남선이 세계에 대한 새로운 형태의 인식을 획득함으로써 그것을 표현할 새로운 형식에 관심을 갖게 되었음을 보여준다.

최남선이 창가나 노래 형식이 지닌 정형성을 벗어나 자유시 형태를 취하게 된 두 번째 이유로 현실인식의 진정성을 들 수 있다.

최남선도 당시 애국계몽운동가들처럼 계몽적 주체에게 전횡적·절대적 권위를 양도하여 세계를 주관화하였으나, 종종 이런 현실 파악방법에 대해 비판적 입장을 드러내기도 하였다. "只今의 自稱 愛國者·新聞記者·演說家·先驅者 等이 脣焦舌弊하도록 나라의 어려운 일을 備陳하되 比較的 그 影響이 적음은 쏘한 그 中의 誠心이 不足(或은 全無)한 까

---

103) 『소년』, 1909.9, 44면.

닭이라. 그네들이 자기에 缺陷이 잇난 것을 掩蔽하려 하야 갈오대 人民의 智識이 너모 淺劣하고 靈覺이 너모 遲鈍하다 하나 아난 사람은 이로써 容恕치 아니하나니라."104) 최남선은 계몽 주체들(자칭 애국자·신문기자·연설가·선구자 등)이 당대 인민들의 비참한 실상을 제대로 인식하지 못하고 있다고 비판한다. 당대 현실에 대한 그의 객관적 인식은 절대적 주관성에 근거하여 형성된 관념적 이상과 자아 정체성을 동요하게 만드는 계기가 되었다. 이러한 자아 정체성의 동요를 경험하게 되면서 최남선은 새로운 세계인식과 그것을 표현할 새로운 시 형식의 필요성을 느끼게 되었던 것이다.

최남선이 자유시 형태를 집중적으로 창작하던 시기는 '망국'의 조짐이 현실화되어 가던 1910년 2월부터 1910년 7월까지의 기간이었다. 「태백산의 사시」, 「태백산부(太白山賦)」(『소년』, 1910.2), 「쓰거운 피」(『소년』, 1910.3), 「태백의 님을 이별함」(『소년』, 1910.4), 「나라를 써나난 슯흠」(『소년』, 1910.4), 「화신(花神)을 찬송하노라고」(『소년』, 1910.5), 「썩긴 솔나무」(『소년』, 1910.6), 「녀름 구름」(『소년』, 1910.7) 등이 그것이다.

> 運數는 나로 하여곰 나라를 써나게 하도다
> 버틔려 하면 손도 잇고 썻듸듸려 하면 발도 잇스나 우리는 구태여 運數의 식힘을 抗拒하랴 아니하노니 그 所用업슴을 아난 故라
> (…중략…)
> 너의 목숨은 이믜 너의 自由에 버서낫도다 그런데 너의 목숨을 自由로 하난 者는 너의 목에 칼을 언졋도다
> 살기를 榮華로히 하얏스니 지기도 榮華로히 하여라! 살앗슬 째에도 산아희엿스니 질 째에도 산나희여라!
> (…중략…)
> 너의 온갓을 다 뭉치여 모다 「째」의 박휘에 실녀라 西으로 向하얏던 것이 곳 東으로 향하게 되리라

---

104) 「신시대 청년의 신호흡」, 『소년』, 1909.9, 9면.

썰어져라 죽어라 나는 가노라
　피울 째 살을 째에 다시 오리라 多幸히 微力이 남아잇노니 東君의 수레를
밀기에 쓰리라

―「나라를 쩌나난 슯흠」 부분

　그러나 너의 生을 保存하고 씨를 繁殖하기에는 일즉 絶望한 일도 업고 마
음을 계을니 한 일도 업도다.
　堅忍하난도다 力排하난도다 그리하야 子房에 알이 닉기까지는 激戰을 사
양치도 아니하고 奮鬪를 질겨하도다
　(…중략…)
　사람이란 왜 이리 弱하야질 素因이 잇난고?
　이를 생각할 째마다 더욱 너의를 부러워하며 기림은 우리의 참 情이로라.

―「花神을 贊頌하노라고」 부분

　「나라를 쩌나난 슯흠」은 안창호·신채호 등 〈신민회〉 간부들이 중국
으로 망명한 데서 오는 충격을 조절하고 운동의 새로운 전기를 도모하
는 자기 다짐의 시이다. 『소년』은 〈신민회〉의 산하 단체인 〈청년학우회〉
의 기관지 역할을 하였으며, 최남선은 국내에 남아 〈청년학우회〉를 이끌
어야 하는 임무를 부여받았다. '망국'이 기정 사실화되자, 자주 독립한
근대국가 건설을 이상으로 삼아 직선으로 달려온 최남선은 이 '망국'의
현실 앞에서도 흔들리지 않는 신념 체계를 재형성해야만 했다. 그리하여
자연의 순환법칙 ― "달이 이지러졌다가 다시 차고, 해가 서쪽으로 졌다
가 다시 동쪽으로 뜨듯이" ― 과 같이 나라의 운명도 그러하리라는 확신
을 스스로에게 당부하는 것이다. 이를 통해 절망에 빠지지 않고 낙관적
전망을 '견인(堅忍)'하고자 하였다. 이처럼 '망국'이 기정 사실화하는 충격
을 절망으로 떨어뜨리지 않기 위해 스스로를 수습하는 자기 성찰의 과
정이 자유시 형태로 표현되었다.
　최남선이 신체시와 창가를 창작할 때 근대적 주체 형성을 위한 필수

덕목으로 "光明·純潔·剛健한 分子" 및 "廣闊·雄大·淵深"한 기상을 추구했다는 것을 앞서 살펴보았다. 그런데 자유시 형태에 오면 "挫折"·"苦痛"·"波瀾"·"曲折" 등으로 미의식이 변화하고 있다. 이러한 시적 정조의 변화는 절대적 주관성에 의해 형성되었던 계몽 주체로서의 자아 정체성이 '망국'이라는 절박한 현실 앞에서 혼란을 경험하게 되는 사정을 반영하고 있다. 이것은 전통적인 사회체제의 "固陋偏狹"과 "虛僞"에서 벗어나 "光明正大"한 문명 국가를 건설함으로써 주체의 근거를 세우려던 최남선의 기도가 '망국'이라는 상황에 처하여 정체성의 동요를 체험하게 되었음을 보여준다. "나는 주리도다 목말으도다 헛헛症이 나서 참견될수업도다. 우러러 하늘을 보아도 떨어지난것이 업고 굽으려 쌍을 보아도 쮜여올으난것 업스며 (…중략…) 歷史에 물어도 잠잠하고 詩文에 求하야도 잠잠하며, 남에게 付託하야도 눌너주지 못하고 나 스스로 試驗하야도 참아지지 아니하니 이 사람 나야말노 웃지하면 조흔가."[105]

"나야말로 어찌하면 좋은가"라고 동요하며 통탄해 하는 최남선. 동요하고 불안해 하는 자아 정체성은 정형적 형식을 일탈하여 자유시를 창작하게 하는 원인이 되었다. 그의 "헛헛증"은 기존에 그가 써온 형식인 "시문(詩文)"으로 해결되지 않았던 것이다.

> 波瀾이 만코 曲折이 만흔 사람의 살님사리는 우리에게 갈으침과 째닷게함이 多大할뿐더러 大詩文·大畵圖·大彫刻 以外의 또 以上의 藝術的 意義와 價値가 잇스니 그가 곳 살은 人生理學임이로다. 苦로움아! 앏흠아! 인제 알건댄 네가 나를 못살게 구난 것이 아니라 참말 나를 살게 하난 者가 도리혀 너로구나. 旣往에 내가 너를 怨謗하얏슴을 허믈하지 말라. (12면)
> 曲折하고 崎嶇한 길 (…중략…) 單純치 아니하기에 遠大하고 奧妙하고 深刻함이라. (…중략…) 單調와 純音에 厭症나지 아니할 者—그 멧치나 될쪼[106] (11면)

---

105) 「少年時言」, 『소년』, 1910.8, 8~9면.
106) 『소년』, 1910.8, 7~14면. 『소년』은 이 1910년 8월호로 인하여 신문지법 제21조에 의거 '치안을 방해'한 혐의로 발행 정지를 당하게 된다(『소년』, 1910.12, 목차).

위의 글에서 최남선은 인생살이의 파란과 곡절, 괴로움과 아픔을 있는 그대로 받아들이고 형상화할 때 예술적 의의와 가치를 얻게 된다는 사실을 피력하고 있다. 인간과 현실에 대한 진실한 이해야말로 진정한("遠大하고 奧妙하고 深刻한") 예술 창작의 밑바탕이며, 이를 근대적 삶의 형식에 적용했을 때 자유시가 창작되는 것이다. 최남선이 창가와 신체시의 형식적 정형성("單調와 純晉")을 탈피하고 자유시 형태를 창작하게 되었던 것도 이같은 진실되고 긴장된 현실 대응력에 의해 촉발된 것이었다.

국권 상실의 위기감이 현실화하고 있을 때 최남선은 확신에 찬 목소리로 낙관적 전망을 구가할 수만은 없었다. 이에 그는 "疑惑하라 疑惑하라 쏘 疑惑하라, 쉬지 안코 疑惑함이 곳 다시 업난 解決이니라. 疑惑은 깁흐고 큰지라. (…중략…) 그 中에 한 가지를 제게 조흔대로 擇하야 가지고 (…중략…) 定義를 만들어 가지고 그 속에 억지로 拘束하야 지냄은, 이 痴가 아니면 狂이라 할지니라"107)고 주장한다. 이처럼 '모든 것을 쉬지 않고 의혹하는 태도'는 바로 근대적 주체에 내재된 성찰적 이성의 발현을 의미한다. 근대적인 문명 사회의 건설이라는 관념적 이념과 선구자적 사명감에 의탁하여 계몽 주체로서 자신의 정체성을 형성해온 최남선이 망국의 현실 앞에서 비로소 '의혹하는 자'로서의 근대적인 주체를 발견하게 된다. 근대적 주체로서의 정체성은 선험적 주관성과 관념에 의탁하는 것이 아니라 오직 주체의 자율성에 의해서만 확립되는 것이다. 이러한 근대적인 주체인식은 국가 또는 민족과 개인의 '갈등·긴장·모순·공모'의 관계에 대한 새로운 인식을 요구한다.108)

---

107) 『소년』, 1910.8, 13~14면.

108) 리우는 주장하기를 동아시아에서는 근대적 개인 혹은 자아의 개념이 민족 문제와 떨어질 수 없는 관계를 맺고 있기에 서구 근대성에서 상정하듯 고립된 개인적 아이덴터티의 장소로서 '셀프(self)'를 상정할 수 없다고 한다. 즉 민족 아이덴터티와 개인 아이덴터티 문제는 서로 중첩되어 있으며, 그 사이에는 갈등, 긴장, 모순, 공모의 관계가 뒤얽혀 있다고 보는 것이다(장성만, 「한국 근대성 이해를 위한 몇 가지 검토」, 『현대사상』 2, 1997년 여름호, 126면).

(2) 7 · 5조의 변형과 정형률 회귀

1910년 국권 상실 이후, 근대적인 문명국가 건설에 대한 낙관적 신념과 계몽적 열망에 의해 형성되고 지탱되었던 근대적 주체의 정체성은 심각한 동요를 겪게 되었다. 최남선이 경험한 계몽적 자아의 분열과 정체성의 동요가 산문시 「녀름ㅅ구름」에 잘 나타나 있다.

> 남이 나를 自由自在케 함이 아니라 내가 나를 自由自在케 함이라. 억지로 自由自在함이 아니라, 自由自在할 素質과 機能이 잇슴이라.
> 그는 집이 업난 게야 쩌나던 곳으로 도로 돌아오난 일이 업도다. 그는 안해도 업난게야 자식도 업난게야 활활활 다니면서 뒤도 돌아다보난 일 업도다. 그는 名譽도 몰으난게야 貨利도 몰으난 것이야 이로 하야 거름을 멈추거나 길을 고침을 보지 못하겟도다. 그는 義務도 업고 權利도 업난게야, 그의 다니난 동안에는 무엇에 붓들니난 것도 업고 무엇을 잡난 것도 업도다. 그런게야, 그는 自由自在밧게는 아모 것도 업난게야.
>
> —「녀름ㅅ구름」[109] 부분

시적 주체는 상실감과 더불어 "안해", "子息", "名譽", "貨利", "義務", "權利"도 없이 "太虛蒼冥한 碧空을 自由自在"하는 "구름"을 동경하고 있다. 이것은 계몽의 주체로서 가져야 했던 도덕적 부담이나 의무로부터 자유롭고 싶은 시인의 내면적 욕망이 '자유자재(自由自在)하게 돌아다니는 구름'을 매개로 표현된 것이다. 이처럼 구름에 의탁하여 시적 주체의 정서적 해방을 시도하고 있는 형상화 방법은 다분히 낭만주의적 상상력[110]의 산물이다.

---

109) 『소년』, 1910.7, 2~10면.
110) 최남선에게 낭만주의적 상상력은 그리 낯선 것이 아니었다. 최남선과 이광수는 이미 일본 유학 기간에, 악마주의적 반항성과 퇴폐성의 시인이라는 바이런에 심취해 있던 홍명희와 더불어 바이런, 톨스토이, 자연주의, 낭만주의, 이상주의 또는 러시아 문학 등 다양한 근대문학을 탐독하고 서로 토론하며 사상적 문학적 모색을 했던 이력이 있다. 최남선은 이후 바이런의 낭만주의적 열정을 이상주의적 숭고함으로 변형시켜 소개하였다.

『소년』은 "치안을 방해하였다고 신문지법 제21조에 의거하여 발매 유포를 금하고 압수를 당하고 발행을 정지"[111] 당하기를 거듭하다가 1911년 5월 폐간을 당하였다. 최남선은 종간호에 자신의 복잡한 심회와 내적 갈등을 제목도 없는 다음의 시를 통해 표현하고 있다.

산에 갓단 구름의, 물엔 고기의
비우슴만 보앗소 침만 밧앗소
어느째는 풀숩헷 멧독이에게
'멀것코 속업다'난 辱도 당햇소

'힘주시오 힘주오' 소리질으고
나날이 예저긔로 밋친개짓 하오
아즉도 사람이란 눈물動物로
업난이겐 주고야 마난줄 아오

나는 참안바라오 원수엣 自由
求함은 한짓 몹슬 結縛이로세
내몸은 풀어젓네 손은 지쳣네
그 원수를 쫏기에 엇은바로세

그러나 이러케는 참못 견대여
치고 조여 사게는 맛쳐야겟네
불쓰거움 찬어름 왼통 몰으난
느러진 神經으론 하로 못살아
(…중략…)
精神차려 남의틈 버서나야함

---

111) 「愛讀列位에게 謹告함」(『소년』, 1910.12, 목차), 「讀者僉尊꾀」(『소년』, 1911.5, 1면). 최남선은 종간호에서 統監府 警務課長 命의 처분기록을 게재하고 덧붙여 말하기를 "이것이 곳 우리가 여러분으로 더브러 여러 달 캄캄한 턴널을 지나게 한 動機요 兼 事實이외다. 甚히 簡單하오나 注意하야 보아주시오"라 하여 그 부당함에 항의하고 있다.

槍긋갓히 째째로 마음 쩔으오
어제ㅅ밤 잠들째엔 더욱 괴로와
굿이 *決斷*햇건만 쏘나선 길요[112]

이 시는 7·5조를 내적 형식으로 하고 있지만, 기존의 7·5조 형식과 차이를 보인다. 이전의 7·5조 시가들은 음수율적·의미론적 정형성만큼이나 시적 주체의 목소리가 희망과 확신에 차 있고 그 도덕적 규율에 흔들림이 없었다. 또한 7·5조의 평면적 반복은 시적 구조상 시작─발전─종결에 대한 감각을 가질 수 없기 때문에 리듬의 강약과 긴장 효과를 낼 수 없었다.

그러나 위의 시는 7·5조를 기계적으로 배열하는 것이 아니라 7·5조를 근간으로 하면서 8·5나 7·6으로 음수율적 변형을 보여주고 있다. 또한 7에 해당하는 부분도 3·4로 고정되지 않고 4·3이나 5·3, 2·5의 변화를 추구하며 내적 리듬의 자유를 누리기도 한다. "주정으로 지내난 이世上에를 / 깬마음으로 가자고 허덕이난 그"(4·3·5 / 5·3·4·1), "'힘주시오 힘주오' 소리질으고 / 나날이 예·저긔로 밋친개짓 하오"(4·3·5 / 5·4·4·2), "나는 참안바라오 원수엣 自由 / 求함은 한끗 몹슬 結縛이로세"(2·5·3 / 3·4·5), 이러한 율격적 일탈과 리듬의 변화는 시의 의미 내용과 길항(갈등과 일탈)하면서 정서의 폭을 확대하고 서정을 증폭시키는 역할을 한다. 또한 시적 주체의 자기 분열을 표현함과 동시에 자기 정체성에 대한 성찰의 효과를 지닌다.

일반적으로 7·5조가 3음보를 이루고 있는 것에 비해, 이 시는 간혹 4음보를 지향하기도 한다. 예를 들어 "나는 참안바라오 원수엣 자유"에서 '엣'의 'ㅅ'은 강세와 더불어 호흡을 멈추게 하며, 그 뒤의 '자유'에 주의를 집중시키는 효과를 나타낸다.[113] 이 시는 기본적으로 7·5조라는 정

---

112) 『소년』 종간호, 1911.5, 3~4면.
113) 최남선이 『소년』 창간부터 줄곧 그 정신과 목표로 추구해온 것이 '自由'였다. '自由'는 최남선이 최고의 이상으로 추구해온 것이었으며, 그의 자아 정체성을 형성하는 근간이었다. "밥과마실것 돈과버슬은 / 엇디못해도 / 낙과영화와 몸과목숨은 / 이러바려도 /

형률에 포괄되지만, 자유율적 일탈의 지향이 내적 리듬을 추동하고 있다. 바로 이러한 율격적 변화가 이 시의 내적 긴장을 유발하고 있다. 이를 통해 한국 근대시 형성과정에서 산견되는 7·5조에의 견인과 그것으로부터의 내적 일탈이라는 리듬의식의 일단을 확인할 수 있다.[114] 최남선이 자유율적 지향을 드러낸 것은 긴장된 현실 대응력과 내적 성찰에서 기인한 것이었다.

1910년 국권 상실이 기정 사실화하자 최남선을 비롯한 당대의 계몽 주체들은 새로운 근대적 길찾기에 나서게 된다. 국체가 망한 상황에서 그들은 '민족'이라는 추상적 형식에 근거하여 자기 존재를 정립해야 했다. 그러나 이러한 위기의 시대에도 계몽 주체로서의 운명에 기꺼이 투신하였으며, 새로운 근대 세계를 확립하기 위한 계몽의 기획을 포기하지 않았다. 그 길은 새로운 것과 낡은 것, 경험과 기대, 이성과 감성, 역사와 가치, 전통과 반전통, 낙관과 비관, 주관적 자아와 객관적 현실 사이에서 혼란과 분열을 체험하면서 개척해야 할 길이었다. 이같은 혼란과 분열은 한국 근대시에서 정형률과 자유율, 노래와 시의 양식적 갈등과 착종으로 표출되었다.

이러한 현실 속에서 최남선은 자유시의 가능성을 더 이상 발전시키지

나의댜유는 보면훌디며 / 탸댜올디니 / 댜유한아만 댜유한아만 / 갓디못하면 / 그의세상은 아모것업고 / 캄캄하리라."(「모르네 나는」, 『大韓學會月報』, 1908.2) 그러던 그가 "나는 참안바라오 원수엣 自由 / 求함은 한긋 몸슬 結縛이로세"라고 노래한 것은 외세의 침탈로 인한 망국의 현실 속에서 그가 겪은 분열과 모순의 체험이 얼마나 격렬했는가를 잘 보여준다.

114) 이후에 7·5조의 틀 안에서 섬세한 변화를 추구함으로써 시적 경지를 이룬 대표적인 근대 시인이 김소월이었다. 소월은 평생 7·5조 리듬에 묶여 있었다. 그의 시는 7·5조의 틀 안에서 섬세한 리듬의 변화를 추구하고 변형을 주려는 노력에서부터 시작되었고 또한 그의 시적 성취도 거기에 머물렀다. 소월이 7·5조를 벗어난 경우도 거의 없지만, 벗어난 경우 성공한 예도 거의 없기 때문이다. 김소월은 7·5조 안에서 자유를 한껏 누리며 시의 리듬을 구성해 갔던 시인이다. 리듬에 민감했던 김영랑의 시 「함박눈」에서도 7·5조와 그 변형에 의해 리듬을 창조하려 했던 의도를 엿볼 수 있다. 예를 들면 "바람이 부는대로 찾어가오리 / 흘린듯 기약하신 님이시기로 / 행여나! 행여나! 귀를종금이 / 어리석다 하심은 너무료구료……."(서우석, 『詩와 리듬』, 문학과지성사, 1981)

못하고, 견고한 정형률과 노래 형식으로 회귀하였다. 이는 '국수'를 보전
하기 위한 그의 실존적 선택이었다.

> 어듸로 가랴난지 저도 몰으오
> 이마가 맛닷토록 나갈 쑨이오
> (…중략…)
> 精神차려 남의틈 버서나야함
> 槍꼿갓히 째째로 마음 쩔으오
> 어제ㅅ밤 잠들째엔 더욱 괴로와
> 굿이 決斷햇건만 쏘나선 길요[115]

국권 상실 이후 "어듸로 가랴난지 몰으"고 밤새 "괴로와"하다가 "精神
차려 남의틈 버서나"기 위해 "決斷"하고 "쏘 나선 길"이었다. 하지만 조
급함만 있고 현실과의 접합점을 찾지 못한 계몽 주체들은 다시 관념과
낙관의 진화론적 실력양성론으로 돌아가게 된다. 이로써 그들은 '계몽의
관습화'에 빠져버리게 되었다. 계몽의 관습화는 정형률과 노래 형식의
부활을 예고하는 것이었다. 최남선도 소위 '국풍(國風)'이라는 시조와 창
가의 세계로 회귀하고 말았다.

근대적 문명 국가를 건설하려던 이상이 국권 상실과 함께 좌절되고
근대 기획의 물질적 토대를 박탈당한 상태에서, '민족'과 정신의 영역은
주체가 자신을 유지할 수 있는 마지막 교두보였다. 일제에 의한 지배가
본격화됨으로써 주체의 분열과 혼동, 다양하게 끓어넘치는 근대적 욕망
들에 대해 동일성을 부여하는 '의식의 통합 장치'의 필요성을 절감하게
되었다. 최남선은 상상적인 어떤 공동체 또는 공동체적 이상으로 국민들
의 정신과 역량을 통합시키는 계몽적 주체의 강건함을 추구하였다.[116]

---

115) 『소년』 종간호, 1911.5, 4면.
116) 근대 성립의 조건으로 민족주의의 확립이 요구되는바, 민족주의 성립의 물질적 조건
    이 마련되어 있지 않은 후진국의 경우 소설이 이러한 역할을 담당하여 '상상의 공동체'

민족과 국가의 추상적 절대화를 추구하는 과정에서, 민족과 개인의 관계 속에 존재하는 현실적인 이해 갈등이나 대립은 고려되지 않았다. 개인의 자유(분열과 혼돈, 개성의 자유로운 추구)보다는 절대정신의 주관성이라는 추상화된 관념으로서 더욱 견고한 국가와 이념의 일체화를 촉구하였다. 이것은 한국의 식민지적 근대성이 처한 운명이었다.

최남선이 1910년대에 '단군' 연구에 매진하고 〈조선광문회〉를 조직하여 조선어 연구와 고전 간행 사업에 열정을 쏟았던 것은 국권 상실로 위기에 처한 민족 정체성을 지탱하기 위한 그 나름의 모색이었다. 그 결과 근대적 주체로서의 그의 정체성은 더 이상 동요하거나 분열하지 않았고, 도덕적 규율과 율격적 통제에 충실하였으며, 자유시는 더 이상 창작하지 않았다.

최남선은 국가가 망한 자리를 민족으로 대신하고, '국수(國粹)'를 '족수(族粹)'로 대체하였다. 그는 당대 현실을 "族粹가 日로 衰頹하여 五千年 往聖先哲의 赫赫한 功烈은 그 光이 晦하고 皇皇한 述作은 그 響이 消하며 億萬代 後孫來裔의 久遠한 靈能은 그 源이 渴하고 深切한 覺思는 그 機가 絶하려 하"[117]는 때로 규정하였다. 그리고 이에 대응하는 시가 양식으로서 '국풍' 즉 시조에 새롭게 주목하였으며, 민족을 통합하여 계몽하는 양식으로 노래체 창가에 주목하였다.

최남선은 스스로 「견지론(堅志論)」이란 글을 써서 자기 기율을 만들고,

를 형성하게 된다고 B. 앤더슨은 설명하고 있다(김윤식, 『현대문학사 탐구』, 문학사상사, 1997, 30~31면). 이것은 곧 부르주아지가 자기 존재의 물질적 제도적 취약함을 정신과 관념의 영역에 기대어 그 불안과 공포를 극복하고 보충하려는 기획의 일환이기도 하였다.

117) 「朝鮮光文會 趣旨文」, 『소년』, 1910.12, 56면.
　　1910년대 유학생 그룹 내에서도 國粹에 대한 관심이 높았다. 이것은 유학생들의 사상을 민족주의적인 것으로 유지하는 하나의 근거가 되기도 하였으며, 자아 정체성을 규정하는 틀이기도 했다. 宋鎭禹는 儒敎 대신에 가져야 될 사상으로 國粹 사상을 들었다. 그가 말하는 國粹 사상이란 檀君 숭배사상이었다(宋鎭禹, 「思想改革論」, 『학지광』 5호, 1915, 4면).

주체의 정체성을 강고한 정신력으로 지탱하려 했다. "堅忍으로서 最後의 勝捷을 得할 싸름이오 堅忍으로써 永遠한 勝捷을 得할 싸름이니라 (…중략…) 最後까지 堅忍함으로써 成功의 秘訣을 作하니"118)라 하여 견인불발(堅忍不拔)의 정신을 강조하였다. 중도에 포기하지 않고 끝까지 참아냄으로써 최후의 승리와 최후의 성공을 거두고야 말겠다는 결의를 표현하고 있는 것이다. 또한 그 스스로 '견인불발'함으로써 3·1 운동 당시 기미독립선언문을 작성하는 데까지 나아갔다. 그러나 3·1 운동을 통해 독립을 성취하지 못하자, 더 이상 '견지'하지 못하고 일제와 타협하고 굴복하는 길을 걸어가고 말았다. 역설적이게도 3·1 운동은, 자율적 존재로서의 근대 주체가 성찰적 이성을 자기 내부에까지 철저하게 관철시키지 못하고 주관성과 절대정신에 의탁해서 자신의 정체성을 확립해야 했던 한국의 민족 부르주아지의 태생적 취약성을 폭로하는 역사적 계기가 되었던 것이다.119)

---

118) 최남선, 「堅志論」, 『時文讀本』, 新文館, 1918, 133면. 이는 애국계몽운동의 이념을 이어받은 것이기도 하다("반드시 堅忍耐久의 심력으로 自强의 실력을 양성하고 沈機觀變하여 때를 기다려야 한다." 『대한매일신보』, 1906.5.30).
　　또한 국권 상실 전야의 비장한 심정을 산문시 형식으로 표현한 「花神을 贊頌하노라고」에도 견지론의 맹아가 나타나 있다. "그러나 너의 生을 保存하고 씨를 繁殖하기에는 일즉 絶望한 일도 업고 마음을 게을니 한 일도 업도다. / 堅忍하난도다 力排하난도다 그리하야 子房에 알이 닉기까지는 激戰을 사양치도 아니하고 奮鬪를 질겨하도다." (「花神을 贊頌하노라고」, 『소년』, 1910.5, 2면)
119) 이광수와 최남선이 해방 이후 '반민특위'에서 자기의 친일행위를 '민족을 위한' 희생적 행위였다고 확신에 찬 논리를 펼칠 수 있었던 데서 이러한 근대적 주체의 허약성을 볼 수 있다.

제 3 장

근대 자유시 형성과 1910년대 시문학

1. 1910년대 근대 자유시 형성의 이념적 배경

1) '식민지적 근대인'의 성격

애국계몽운동에서 '노예'에 관한 담론이 중요하게 제기된 바 있었다. 노예 담론은 제국주의의 침탈에 직면하여 노예의 처지로 전락할지도 모른다는 위기감과 분발심을 고조시키는 데 적절하였다. 사회진화론의 관점에서 '노예'는 생존경쟁의 패배자가 처하게 될 운명을 뜻하며, 주인·주체의 반대 개념으로 사용되었다. 또한 근대적 이상이었던 자유 또는 자율성의 대타적 개념으로 널리 사용되었으며, 전근대적 미몽에서 깨어나지 못하는 자에 대해서도 '노예'라는 개념을 사용하였으며, 맹목적인 행위에 대해서도 '노예' 담론이 적용되었다(예를 들어 맹목적으로 개화를 추구하는 자는 '개화의 노예'라고 하였다). 여기서 알 수 있듯이 '노예'는 자율적인 능동성을 상실하고, 근대적인 의미의 자기 성찰성까지 상실한 인간으로서 타자에 의탁해서만 자기를 주장할 수 있는 존재를 의미하였다.

국권 상실 직전에 이광수는 옥중에 갇힌 범을 통해 자아의 해방과 확충을 시도해야 하는 주체의 번민을 형상화한 작품 「옥중호걸(獄中豪傑)」[1]을 발표하였다. 「옥중호걸」은 조국이 을사보호조약에 의해 보호국으로 전락하고 정미 7조약으로 군사권을 상실한 시점에서 국가와 민족의 최후의 운명을 예리한 통찰력과 감성으로 예감한 작품이다. 이 작품은 형상화나 사상적 수준에서 이광수 시의 정점으로 평가된다.[2]

「옥중호걸」은 모두 3부로 구성되어 있다. 제1부에서는 "板壁鐵窓좁은 獄에, 가쳐잇는뎌브엄은, 굴ㅅ고검은, 쇠사슬에, 허리를억미여셔, 죽은듯, 조는듯, 쑤부리고, 눈樣可憐토다"로 시작하여 인간에게 사로잡혀 철창에 갇혀 있는 범의 무기력함을 형상화하고 있다. 제2부에서는 갇히기 이전에 자유롭게 포효하던 '호걸'의 삶을 그리고 있는데, 이 반대의 삶으로 주체성과 자유를 상실한 말과 소의 노예된 상태를 질타한다.

> 그, 큰몸과, 힘으로도, 굴네에, 억미여셔, 사람의, 命令디로, 자고, 닐며, 먹고쮜며, 쟝등에, 칙직자리, 구데기의王國되고, 잘대에도, 허를미워, 눕지도못ㅎ고, 오좀누고, 똥싸기씌, 自由업는, 말과쇼! 天賦훈, 그自由를, 사롭(저보다 도弱훈)의게, 쎄앗기고, 奴隷된, 져무리여, 살고도, 生命업는, 져무리여!

---

1) 孤舟生,「獄中豪傑」,『大韓興學報』제9호, 1910.1, 29~33면. 그의 日記에 의하면 이 작품은 1909년 11월 24일에 완성되었다. "「虎」를 完成하다. 이것이 第二의 完成이다. 나는 이것을 完成할 때에 큰 抱負와 喜悅과 滿足을 느꼈다."고 적고 있다(『이광수전집』제9권, 삼중당, 1971, 330면). 그리고 이광수가 이즈음 특히 '노예'에 대해 많은 생각을 하고 있었음을 그의 일기에서 볼 수 있다. 예를 들어 "東洋의 偉人은 모두 奴隷다!"(1909년 11월 9일자 일기,『이광수전집』제9권, 329면)

2) 하따노 세쯔꼬, 신두원 역,「이광수의 자아」,『민족문학사연구』5호, 민족문학사연구소, 1994.7.

제3부에서는 쇠사슬에 얽매여서 구차하게 사느니 차라리 너를 얽어맨 인간에게 저항하다가 죽어버림으로써 자유를 찾으라고 범에게 호소한다.

> 可憐홀사, 져豪傑아, 살고, 죽은져豪傑아! (…중략…)
> 좁고좁은, 우리ㅅ쇽에, 쇠사슬에, 억미여셔, 사름손에, 죽은고기, 한졈두졈, 엇어먹고, 가는목숨, 니여가는, 너-브엄아, 서를시고! 눌너고도, 굿세인, 山中의, 豪傑노셔, 奴隷에自安ᄒ는, 기와닭과갓히되니, 너-브엄아, 셔를시고, 너-브엄아, 서를시고! 쓴어어라, 네니쌀노, 너를, 얼맨쇠사슬을! 너니쌀이, 다라져셔, 가루가, 되도록! 깃더려라, 발톱으로, 너를갓운, 굿은 獄을! 네발톱이, 다라져셔 가루가, 되도록! 네니쌀과, 네발톱이다라져셔, 업셔지고, 네勇氣와, 네의힘이衰ᄒ며[여]셔, 업셔지면, 네心臟에, 잇는피를, 쑤리고죽어이라!

「영웅호걸」에서 이광수가 강하게 반발하고 혐오하는 것은 "노예에 自安"하는 삶이다. 자유를 박탈한 자의 지배를 내면화하여 거기에 안주하며 살아가는 삶, 즉 "우리ㅅ쇽에, 쇠사슬에" 자신('브엄')을 가두고 얽어맨 "사름 손에, 죽은 고기, 한졈두졈, 엇어 먹고, 가는 목숨, 니여 가는" 삶을 비판하고 차라리 최후까지 저항하다가 죽는 것이 자유로운 삶이라는 것을 호소하고 있다. 이광수는 자신을 억압하고 가두는 쇠사슬은 외부에만 있는 것이 아니라, 내부에도 있다고 보았다. 갇혀서 자유를 빼앗기는 것도 참을 수 없는 일이지만, 더 참을 수 없는 것은 자유를 박탈당한 것에 대한 분노와 반항심을 잃고 마침내는 갇혀 있다는 사실조차 잊어버리고 지배를 내면화하는 것이다. 갇힌 존재에게 자유란 저항을 통하는 길밖에 다른 길이 없다는 것이 이광수의 주장이다. 즉 외적 상황에 대한 필사적인 저항과 투쟁이야말로 내부의 자유를 지키는 유일한 방법이라는 것이다.

1910년 강제 '합방' 이후 물적·사회적 지배 기반을 장악한 일제는 조선에서 '식민지적 근대인'을 '생산'해갔다. 식민지적 근대인은 결코 자연스럽게 주어지지 않았다. 즉 계몽과 성찰적 이성에 의해 아름답게 교육되는 방식이 아니었던 것이다. 식민지 권력은 '식민지적 근대인'을 효과

적으로 재생산하기 위해 치밀한 장치와 제도들을 개발하였다. 무수한 일
상의 규율들이 개인에게 부과되었으며, 이러한 규율들을 학교·경찰·공
장·감옥·가족 등 사회의 각 영역에 침투시켰다. 제국주의자들에 의해
피와 땀으로 얼룩진 유혈적 입법과 처벌과 감시의 역사로 '식민지적 근
대인'은 '생산'되었던 것이다.3) 또한 식민지 권력은 한편에서는 중세적
공동체를 해체하여 개인들을 근대적 생활 속으로 동원하면서, 다른 한편
에서는 중세적 속박 아래 묶어놓는 이중적인 방법을 택하였다. 이러한
제도와 규율들을 통해 식민지 권력이 궁극적으로 의도했던 바는 스스로
의 습관에 의해 복종하는 인간, 즉 '지배를 내면화'한 인간형을 훈육하는
것이었다.

일제는 1911년 '제1차 조선교육령'을 반포함으로써 교육정책을 통해
식민지적·근대적 규율을 개인들에게 침투시켰다. 일제의 교육정책은 애
국계몽운동의 일환으로 전개되었던 교육운동의 이념(민족의식의 고취)을 제
거하고 배제하는 선상에서 추진되었다. '제1차 조선교육령'에 나타난 일
제의 식민지 교육은 '국민된 성격을 함양하고 국어를 습득'하는 데 목표
를 두고 있었다. 여기서 국민이란 황국신민을, 국어는 일본어를 말한다.
이처럼 학교는 "일본 제국의 위력을 각인함으로써 식민지 지배 동의를
획득할 수 있는 유력한 장이었다. 근대로 일컬어지는 문명과 문화에 압
도된 식민지 대중은 스스로가 열등하다거나 무능하다거나 하는 따위의
부정적인 자아의식을 은연중에 주입받게 되었다. 이에 따라 근대를 수용
하고 그로부터 배우자는 계몽과 배우려는 자발성이 있게 되는 한편, 이
를 통해 식민 지배 자체가 유지되고 정당화될 수 있었던 것이다."4)

일제가 식민지 지배를 확립하고 '식민지적 근대인'을 생산하기 위하여

---

3) 조형근, 「역사구부리기─근대성에 대한 계보학적 탐색」, 『근대성의 경계를 찾아서』
   (서울사회과학연구소 편), 새길, 1998, 29~30면.
4) 김경일, 「근대성과 헤게모니의 역사적 변화」, 『한국사회학회 논문집』 제47집, 문학과
   지성사, 1995, 149~150면.

동원한 이데올로기는 이중적인 것이었다. 진보된 물질문명과 기술문명의 물리력을 통해 근대의 위력을 과시하는 한편, 전근대적인 도리와 제도들을 이용하였다. 전통적인 충효 윤리나 가족주의적 가치와 같은 유교적 이념과 제도들을 부활시킴으로써 식민지 대중들로부터 식민지 권력에 대한 충성심을 강화하고 사회적 위계와 불평등을 자연스러운 현상으로 받아들이게 하였다.

또한 강제 '합병' 이후 일제는 그전까지 방조 내지 조장해오던 도덕적 타락이나 게으름, 안일, 방종 등에 대해 일정한 통제의 필요를 느끼고, 이를 추방하기 위한 캠페인을 관권 주도의 '건전한 국민의 육성'이란 명제 아래 전개해 나갔다. 이것은 제도적 영역에서 지배를 확보한 일제가 식민 통치의 유지와 자본주의적 착취를 위해 근면과 검약, 절약, 규율, 절제와 같은 프로테스탄트적 미덕들을 정책과 조치라는 강압적인 방식으로 강요하였음을 보여준다.

이처럼 식민지 권력에 의해 생산된 '식민지적 근대인'과 '근대 주체'를 구분하는 중요한 기준은 자기성찰적 이성의 관철 여부에 있다.5) '근대 주체'는 자기성찰적 이성, 즉 반성적·자발적·비판적 이성을 세계와 자기 내부에 엄정하게 관철시키는 태도에 의해 성립된다. 이것은 근대 철학의 기초를 마련한 데카르트의 유명한 명제 "나는 생각한다. 그러므로 나는 존재한다"는 방법적 회의론에 잘 나타나 있다. 자기성찰적 이성의 발휘를 체계화한 방법적 회의론은 과학적 탐구의 근본적인 태도이자 진리인식의 토대로서, 근대를 형성시킨 중요한 동력이었다. 그러나 '식민지적 근대인'의 '생산'은 성찰적 이성의 배제 또는 포기를 통해 독단의 포로로 만드는 과정이었다. 식민지체제하에서 성찰성은 곧 체제 자체의 부정으로 나아가기 때문이다.

---

5) 르페브르는 현대성(modernism)의 특징을 '성찰', 즉 현상에 대한 비판과 자기 비판을 폭넓게 전개하는 인식으로 규정하고 있다(최문규, 『(탈)현대성과 문학의 이해』, 민음사, 1996, 16~17면 참조).

한편 식민지 권력에 의한 '식민지적 근대인'의 '생산'은 일정하게 근대적인 방식으로 실현되었는데, 그것은 '자유'와 '자발성'에 입각한 복종을 의도한다는 점에서 그러하다. 즉 '식민지적 근대인'의 '생산'은 전근대적 신분사회의 해체를 통해 식민지 민중들을 '자유로운' 존재로 개별화하고, 개개인을 '자유와 권리에 따르는 책임과 의무를 다하는 주체'로 만들어내는 방식으로 실현되었다. 사람들은 더 이상 신분적 제약에 따르는 중세적 공동체 속의 신민이 아니라 근대적 개인으로서 인정되었다. 그리하여 새롭게 형성된 '식민지적 근대' 사회의 질서와 통제에 따르는 것을 '자유'로 간주하고, 자유를 스스로 선택하여 식민지 권력이 요구하는 바를 충실히 실천하는 개인들로 '식민지 사회'를 형성하는 것이 통치권력의 의도였다. 이것은 철저히 자유의지에 의한 복종을 의미하는 것이다.6) 더욱이 식민지 조선의 경우, 자기성찰성을 근거로 하는 근대적 이성과 자유의지를 실천하는 역사적 경험이 없이 곧바로 제도적 차원에서의 식민지 근대 질서, 특히 전근대적 질서와 결탁한 식민지 근대 질서에 편입되었다. 그 결과 주체의 자발적이고 자율적인 확충보다는 수동적 책무가 강조되는 방식으로 '식민지적 근대인'이 '생산'되었던 것이다.

또한 당대의 지식인들이 근대적 인식론으로 수락했던 사회진화론은 '식민지적 근대인'의 '생산'을 보다 가속화시키는 역할을 하였다. 사회진화론을 자기 존재와 세계 이해의 기반으로 삼았던 당대의 일부 지식인들에게 식민지 권력에 의한 전근대적 신분제의 해체와 근대 기술문명의 보급은 하나의 진보로 받아들여졌다. 실제로 근대적 문명 현상들은 당시 사람들의 삶의 리듬을 바꾸어 놓았다. 등유와 전등의 보급으로 시간의 리듬에 변화가 생기고 도깨비나 귀신 같은 미신의 공간은 점차 사라졌다. 태양력의 보급은 생활의 리듬을 변화시키고 철도와 신작로는 공간 개념의 변화를 야기하였다. 전신과 전화는 사람들 사이의 심리적 거리를

---

6) 김진균·정근식, 「식민지체제와 근대적 규율」, 『근대 주체와 식민지 규율권력』, 문화과학사, 1997, 24~25면.

단축시키고 풍문을 사라지게 하였다. 이러한 모든 변화들은 사람들의 생활양식과 욕망 구조에 획기적인 변화를 초래하였다. 근대 기술문명의 보급은 새로운 시대가 도래함으로서 기회의 영역이 확대된 것으로 인식되었으며, 물질문명에 대한 예찬과 근대에 대한 열정을 확산시켰다. 기술문명의 놀라운 가능성에 압도된 이러한 현실인식은 자본주의적 물질문명의 필연성을 승인하게 되고, 나아가 식민지적 자본주의에 대한 순응의 논리를 강화하는 결과를 낳게 되었던 것이다.

한국의 자생적인 계몽운동의 전통은 1910년 일제강점을 계기로 전환기에 직면하게 되었다. 새로운 시대의 원천이며 추진력이라고 믿었던 근대의 기술 문명이 일제에 의해 전적으로 독점되어 있다는 자각과 함께 기술과 문명이 제도와 권력에 의해 지배받는다는 인식이 생겨나게 된 것이다. 이 지점에서 계몽운동의 근대성 추구는 양 극단으로 나뉘어지게 되었다. 한편에서는 절박한 민족주의적 성격을 띠게 되는 반면, 다른 한편에서는 근대를 물신적 대상으로 신비화하여 주체를 의탁하는 양상을 보여준다. 후자는 과학과 기술의 승리자가 모든 것의 승리자라는 과학 기술 문명에 대한 극단적 이상화로 이어졌으며, 결국 식민권력에 의한 물질적 문명화와 근대화에 지지를 보내고 자신의 주체를 투항시키는 결과로 나타났다.

> 日月이 循環ᄒ야 時期를 어긔지 안토다
> 光陰은 물과ᄀ치 우리의 압흘지나
> 於焉에 舊年이 다ᄒ고 新年이 왓스니
> 이히를 맛는 ᄯ에에 舊感이 구름ᄀ다
> 東天에 소사오는 그날 빗 燦爛ᄒ야
> 산이나 들에 모든 草木은 새 希望 ᄀ득ᄒ다
>
> ― 「新春의 歌」7) 부분

7) 金仁湜, 「新春의 歌」, 『新文界』, 1914.1, 3면.

이 창가는 일제의 식민지로 전락한 당시의 현실을 "日月이 循環"하여
"舊年"은 가고 "東天"에서 솟아오는 빛에 온 세상이 "새 希望 ᄀ득ᄒ다"
고 찬양하고 있다. 표면적으로는 신년을 맞이하는 자부와 포부를 노래하
고 있지만, "東天에 솟아오는 그날 빛 찬란하여" 같은 대목은 매우 문제
적이다. 당대 상황에서 "동천에 솟아오는 빛"이란 동쪽 일본 제국의 팽
창하는 기상을 상징하는 관용적 표현으로 수용되기 십상이기 때문이다.[8]

이 창가를 지은 김인식은 〈청년학우회〉의 음악과장을 역임한 사람이
다.[9] 〈청년학우회〉는 애국계몽운동의 비밀결사 단체였던 〈신민회〉의 합
법적 산하단체로서 1909년 9월 창설되었으며 윤치호가 중앙위원장을 맡
고 최남선이 중앙총무로 실무를 맡아보았다. 취지서는 "腐敗한 舊俗을
改革하고 眞實한 風氣를 養成하랴면 (…중략…) 有志靑年의 一大精神
團을 組織하야 (…중략…) 前進을 策하야 險과 夷에 一視하며 苦와 樂
에 相濟하고 流俗의 狂瀾을 障하며 前途의 幸福을 求하야 維新의 靑年
으로 維新의 基를 築할지라"[10]고 하여 신채호가 작성하였다.[11] 김인식
은 〈청년학우회〉의 음악과장이면서 〈한성연회〉의 의사원이었으며, 1910
년대에도 계속해서 『청춘』에 창가를 발표하였다. 김인식의 이러한 행보
는 당시 계몽운동가들의 현실인식 태도와 관련하여 시사하는 바가 많다.

김인식은 『청춘』을 통해 계몽운동에 참여하는 한편으로, 친일적인 성
격을 지닌 잡지 『신문계』에도 적극 참여하였다. 『신문계』는 "朝鮮半島
의 新文化를 振興"하고 "朝鮮同胞의 新智識을 普及"하는 것을 목적으
로 한 잡지로서 "本誌의 性質은 學術 文藝에 限ᄒ야 一般 新進學業界
의 補佐機關을 作코져 홈인고로 學術 文藝 以外의 言論은 格外이기 政

---

8) '新年御題 朝晴雪'에 호응하여 作詩인 백대진 · 송순필 · 최찬식 등이 쓴 한시 참조
(『반도시론』, 1919.1, 1면).
9) 참고로 〈漢城聯會〉의 총무는 李東寧이었다. 한편 「新文界는 우리의 빗」이란 창가를
쓴 李尙俊은 청년학우회 음악과원이었다(「청년학우회보」, 『소년』, 1910.3, 71면).
10) 『소년』, 1909.9, 14~15면.
11) 주요한, 「육당 최남선」, 『기러기』 제43호, 흥사단, 1968.2, 12면.

治社會及其他의 中傷的 言句는 一切 謝絶홈”12)이라고 그 편집 방향을 규정하였다. 『신문계』는 “政治社會及其他” 현실에 관한 사고나 의견을 일률적으로 “중상적”이라고 불온시하여 배제하고, ‘조선 동포의 신지식을 보급한다’는 명목으로 식민지적 근대인을 ‘생산’하는 데 본래의 목적을 두고 있었던 잡지라고 할 수 있다. ‘학술 문예’와 ‘정치 사회’를 이분화하여 대립시키고 거기서 ‘분수를 지키며’ ‘지족(知足)’하라는 주장은 이데올로기적이다.

김인식과 같은 계몽운동가들이 『신문계』에 적극적으로 참여하는, 일견 모순되어 보이는 이러한 행위를 어떻게 이해해야 할 것인가. 이는 계몽적 지식인들이 일제강점 이후 현실 대응력과 자기 성찰의 긴장을 늦추고 풍속개량적인 계몽에만 자기 역할을 한정하였던 사정과 관련이 있다. 실제로 이들이 추구하였던 계몽 또는 문화의 내용이나 형식이라는 것이 결국 현실의 복잡다기한 문제를 문화적 문제로 은폐하려는 식민지 지배권력의 의도에 투항하는 것에 다름 아니었다. 성실한 자기 성찰을 바탕으로 하지 않는 이러한 행태는 엄밀한 의미에서 계몽주의라고 말할 수 없다. 왜냐하면 계몽주의가 근간으로 하고 있는 비판적 이성은 특히 정치적·사회적 영역에서 큰 영향을 미쳤던 것이기 때문이다.13)

정치적·민족적 현실의 층위를 배제하고 도덕적·추상적 주체 생산을 도모함으로써 지배체제의 안정을 꾀하였던 일제는, 다른 한편에서 법적 제재와 정치 경제적 및 물리적 강제와 압력, 통제와 회유를 동원하였다. 이런 과정에서 국내에 남아있던 다수의 계몽적 지식인들이 일제에 예속

---

12) 『신문계』, 1914.4, 56·62면. 본 4월호에도 김인식은 「知足―분수를 지켜라」라는 창가를 게재하고 있다. 김인식은 『신문계』에 고정적으로 창가를 써서 도덕적·문화적 계몽을 계속하였다.

13) 계몽사상은 이성의 자율성이라는 원리에 의해 성립하였다. “너 자신의 이성을 스스로 사용할 용기를 가져라. 이것이 계몽의 좌우명이다.”(‘계몽이란 무엇인가?’에 대한 칸트의 응답) 또한 계몽사상은 독단에 대한 정치적 비판을 사명으로 하는데 이는 자유와 평등의 관념을 사회적으로 확장시키는 것이었으며, 인류가 완전성을 향해 나가는 진보 관념의 실현이었다(엘리자베스 클레망 외, 이정우 역, 『철학사전』, 동녘, 1996, 29면).

되어 갔다. 이들은 이성의 자율성을 자기화할 용기를 포기하고 일제가 강요하는 독단에 자신의 존재를 예속시키고 말았다.

그러한 예로 윤치호를 들 수 있다. 105인 사건으로 구속되어 실형을 살았던 그는 대구 감옥에서 출옥하는 길에 종로 청년회관에서 「오십이 각(五十而覺)」이라는 강연을 하였는데, 내용인즉 운동가로서의 자기 삶을 청산하고 체제를 인정하겠다는 전향을 공표하는 것이었다. 이광수가 전하는 바에 의하면,

> 나는 그 강연을 직접 듣지 못하였거니와 '경거망동은 우리에게 아무런 이익도 주지 못한다. 조선을 구제하는 것은 오직 힘이니 힘은 청년들이 도덕적, 지적으로 수양함으로써 나오고 그러한 뒤에도 교육과 산업을 위하여 꾸준히 노력함에서 나온다'는 요지였다고 한다. 이것이 당시 정치적으로 극히 흥분하여 급진적 경향을 가졌던 청년들에게는 큰 불만을 주었던 것이다.[14]

윤치호가 '경거망동'이라고 지칭한 것은 바로 민족 독립의지를 견지하고 있는 '정치적·급진적 경향'이었을 것이다. 일제는 '식민지적 근대인'을 '생산'하는 한 방법으로써 이렇듯 정치적·현실적 영역과 도덕적·문화적 영역을 이분법적으로 분리한 다음, 정치적·민족적 의지를 '중상적', '경거망동', '방종', '타락', '불순 불온함'으로 규정하여 탄압하는 한편, 도덕적 규율과 절제를 강조하고 물질문명을 추구하는 것이 '근대적인 것'이라는 이데올로기를 퍼트렸다. 이러한 이분법적 인식틀은 일제의 식민지배와 함께 시작된 신문화 초기부터 강요되었으며 해방 이후까지 꾸준히 영향력을 행사하였다. 문학을 포함한 문화 영역은 정치적 영역을 배제해야 한다는 모든 순수문학 논리의 저변에는 이러한 이분법적 인식틀이 뿌리깊게 자리잡고 있는 것이다.

「시일야방성대곡(是日也放聲大哭)」으로 애국계몽운동을 분발시켰던 장

---

14) 이광수, 「規模의 人 尹致昊 氏」, 『이광수전집』 제17권, 삼중당, 1971, 383면.

지연도 예외가 아니었다. 그는 일제강점 이후 『신문계』에 현상신제(懸賞新題)의 고시자로 나서서 '이 시대에 안주하며 분수를 지키자'는 '안분(安分)'을 시제로 고시하였으며 「송구영신계고청년(送舊迎新戒告靑年)」15)이라는 청년 계도의 글을 발표하였다. 이 글에서 장지연이 주장한 계도의 방향은 잡지 『신문계』의 편집 방향을 반영한 체제순응적인 것이었다.

이와 같이 근대화와 물질문명에 자기 성찰 없이 고무되어 체제에 자신을 동일시함으로써 자기 발전을 꾀하고 억압과 지배를 내면화하는 '식민지적 근대인'을 '생산'하는 것이 바로 일제가 식민지 조선에서 추진한 프로젝트였다.

일제의 '식민지적 근대인'의 '생산'과 관련하여 또 하나의 문제적 인물로 백대진(白大鎭)을 들 수 있다. 백대진은 자본주의 사회의 모순을 다룬 소설 「절교의 서한」16)을 발표하고, 『신문계』와 『태서문예신보』 등에 서구의 근대문학론인 자연주의와 상징주의를 소개하는 등 문명과 지식의 전신자로서 사명감을 가지고 있었다.17)

이광수의 「문학이란 하오」(『매일신보』, 1916.11.15)보다 앞서 백대진은 「문학에 대한 신연구」(『신문계』, 1916.3)에서 문학의 의의와 목적을 밝힌 바 있다. 이 글에서 그는 인간 심리에는 지(知)·정(情)·의(意) 3요소가 있는데 문학은 "活한 情意的 生命"이 있어야 한다고 정의하고, '정(情)·의(意)'의 유무로 문학과 비문학을 구별할 수 있다고 하였다. 그는 세계를 미개와

---

15) 『신문계』, 1916.1, 7~8면.

16) 『신문계』, 1916.7, 65~68면.

17) 백대진은 「이십세기 초두 구주 제대문학가를 추억함」(『인문계』, 1916.5)을 비롯하여 「현대조선에 자연주의문학을 제창함(『신문계』, 1915.12), 「신년벽두에 인생주의 문학자의 배출을 기대함」(『신문계』, 1916.1), 「문학에 대한 신연구」(『신문계』, 1916.3) 등의 문학론을 발표했다. 백대진은 『태서문예신보』의 주요 필진으로 참여하여 「최근의 태서문단 ① 영국문단」(『태서문예신보』, 1918.10.26), 「최근의 태서문단 ② 불란서문단」(『태서문예신보』, 1918.11.30) 등을 써서 서구문학의 현황을 소개했으며, 나아가 「뉘우침(산문시)」(『태서문예신보』, 1918.10.26), 「어진 아내」(『태서문예신보』, 1918.12.7) 등의 시를 창작 발표하기도 하였다.

문명으로 이분화하고, 이 미개한 암흑 속에 광명을 밝히는 등불과 같은 역할을 문학에 부여하였다. 이 문명을 밝히는 계몽의 열정이 바로 문학의 정(情)·의(意)의 영역이라고 했다. 문학의 목적은 실용과 쾌락으로 나눌 수 있는데, 다시 실용은 지식을 전파하는 목적과 도덕적 교화의 목적으로 구분된다고 하였다. 특히 백대진은 문학의 계몽적 역할에 주목했다. 문학은 "民心을 교화시키는 器具요, 또한 暗黑의 人으로 하여금 光明의 城으로 인도하는 바 燈火"라고 그 목적을 규정하였다. 한편 문학에는 "娛樂的 快樂을 供給"하는 목적도 있는데, 이는 "人情의 激動"을 말하는 것으로 희락·고통·열읍(咽泣)·분노 등 "七情五欲"이 문학적 쾌락에 포함되는 바, "단근심"·"단눈물"·"단슬픔"(Sweet-sorrow)이 그것이다. 또 문학의 쾌락적 기능 중에 인생을 관조하는 즐거움도 있다고 강조하는데, 이것은 그가 편집한『신문계』잡지의 많은 부분을 차지한 한시나 시조 등을 염두에 두고 한 말이다.

위의 글보다 두 달 앞서 발표한 「신년벽두에 인생주의파 문학자의 배출함을 기대함」(『신문계』, 1916.1)에서도 백대진은 '유미파'를 배격하고 '공리파' 예술을 찬성한다는 문학관을 밝혔다. 지금 조선인이 퇴폐와 비애에 빠져 있기 때문에 한가로이 '심미적 예술'에 자락(自樂)할 수 없다는 것이다. 절망과 비애에 몰하여 있는 조선인을 사랑하는 "熱淚가 滂滂한 多情多淚의 文學者가 반드시 배출하여야 하겠다"는 소망을 신년벽두에 피력하고 있는 것이다. 그가 말한 인생주의파란 허영심이나 명예, 또는 원고료를 위하여 문학을 하는 것이 아니며, 또한 파괴적·퇴폐적이거나 비루 경박하지 않은 문학을 말한다. 즉 시대안을 가지고 사회 인생을 건실, 다애, 자각하게 하는 데 기여하는 문학이 인생주의파 문학이라는 것이다. "오직 文學 곧 藝術에 대하여 自己의 貴한 生命을 犧牲에 供하는 者"는 "自身의 威嚴을 妄失한 者"로 참으로 한심스럽다고 평하였다. 그에 따르면 문학가는 시대안을 가지고 사회의 공리를 위해 복무해야 하는 충실한 계몽 주체여야 하며, 예술은 "覺醒椎"의 역할을 하여야 한다는 것이다.

백대진은 이러한 각성과 뉘우침을 시로 형상화하기도 하였다.

아버지끠셔는—
져쩌문에,
몸편히 주무신적도 업스셧고,
맛잇게, 잡스신쩌도 업스셧지요,

오히려, 지금에도,
악마의창갓흔고향에셔,
굽어진등을, 간신, 간신히 펴가시면셔,
사시려고만 흐시지요

아버지여—져는요?,
츙효를 겸전훈,
아모의 후예임을 암니다,
아모의 후예로셔,
불쵸의 몸됨을 싱각홀쩌에,
눈물의 온도가 더욱 놉핫슴니다.

져는요?
더럽힌 아버지의 일홈과,
쩌러트린 문호를,
다시금, 씻끗흐게,
다시금, 붓드러올니랴고,
멀니, 고향을 향히
허물만흔과거를, 뉘웃치잇슴니다.

—「뉘웃츰」18) 부분

---

18) 『태서문예신보』 제4호, 1918.10.26.

백대진은 이 시의 형식을 '산문시'라고 명기하였지만, 시의 리듬이 외형률적 지향에 견인되는 것으로 보아 양식에 대한 인식이 정립되지 못했음을 알 수 있다. 그리고 시의 주제인 '각성'과 '자각'의 의미도 개인의 도덕적 윤리적 차원으로 규정되고 있다. 그가 앞의 글에서 주장한 "열루가 방방한 다정다루의 문학"이 '충효'의 덕목을 충실히 이행하지 못한 뉘우침으로 귀속되는 것을 볼 수 있다. 시적 자아는 아버지의 아들, '아무의 후예', 가문('門戶')의 일 분자로서 그 의무를 다하지 못한 것을 눈물 흘리며 뉘우치고 있는 것이다. 여기서 시적 자아의 공리적 행위는 문명 현실에서 입신출세하여 국가와 부모에게 충효하고 몰락한 문호를 "붙들어올리는" 것으로 귀결된다. 최신의 서구문학 이론을 소개하고 퇴폐와 비애에 빠진 예술파를 질타하고, 민심을 교화시키는 기구로서 문학을 정의한 그의 '인생주의' 예술관과 '공리주의' 문학관이 중세적 가치관과 혼란스럽게 뒤섞여 있음을 볼 수 있다.

백대진의 의식과 정체성의 혼란은 의식의 기반을 중세적 가치관에 두고 지식의 차원에서 서구의 근대문명을 수용한 데서 빚어진 것이었다. 그러나 더욱 큰 문제는 그 스스로 이러한 의식과 정체성의 혼란과 절충을 당연시하고 그에 대한 내적 성찰을 성실하게 하지 않았다는 데 있다.

> 잘 먹던지, 못 먹던지, 남의 우슴 안이 밧고,
> 외로운 燈, 찬 쟈리예 안져 눈을 부비면셔,
> 붓을 드러, 世界를 그리고져 ᄒ니,
> 이것이 나의 첫재 깃븜이오,
>
> ─「나의 깃븜」19) 부분

이 시는 문학가 혹은 기자로 살아가는 자부심을 표현하고 있다. 실제로 백대진은 『신문계』와 『반도시론』의 기자로서 "신문화를 진흥시키고

---

19) 『신문계』, 1915.7, 65면.

동포의 신지식을 보급한다"는 사명감에 고무되어 있었다. 그는 1910년대의 문명적 현상을 자기 실현의 공간으로 인식하고 적극 활용하였다.

백대진은 일본 천왕의 '어제(御製)' 「조청설(朝晴雪)」을 받들어 칠언절구 한시를 지었다.

嫩綠東風雪色新　日華催動白花辰
一天雨露齊沾潤　又是今年四海春

—「朝晴雪」[20]

새순 돋는 봄바람 불고 눈꽃도 신선한 아침
햇빛은 찬란히 빛나 백화시절을 재촉하는구나
하늘은 우로를 내려 만물을 골고루 적시니
금년에도 온 세상은 봄날처럼 화창하겠네

이 시에서 "東風"은 동쪽 일본 제국의 문명적 은택을, "日華"는 일본 국기와 그 광휘를, "一天雨露"는 오직 하나인 천황의 하늘 같은 은혜를 상징하고 표현한 것이다. 즉 태양은 일본으로부터 빛나고 그 아래에서 인간과 자연 만물은 조화와 평화를 얻었다고 하며 일본 천황의 은덕을 칭송하는 시인 것이다.

한국의 근대적 정체성은 중세적 봉건성과 서구적 의미의 근대성, 그리고 식민지성 등이 서로 착종되어 결합·타협·갈등·대립하면서 시기마다 그 양상과 특징을 달리하며 전개되어 왔다. 백대진의 경우, "아모의 후예"로서 "떨어진 가문"의 영예를 부활화시켜야 하는 중세적 가치관과 식민지적 근대성에 자신을 동일시하는 계몽 주체, 그리고 서구문학의 전신자로서의 분업화된 전문가—문학과 정치를 분리하여 사고하는—로서의 정체성이 혼재되어 있었다고 할 수 있다.

---

20) 『반도시론』 3-1, 1919.1, 1면. 백대진 이외에 『반도시론』의 사장인 竹內錄之助와 기자인 최찬식·송순필 등이 함께 화답하였다.

2) 개성의 발견과 신지식층의 문학관

(1) 근대 주체로서의 개성과 자아의 발견

근대 자유시의 형성은 근대 주체로서의 개성과 자아의 인식을 전제로 한다. 일제강점 이후 근대 주체로서 자아의 발견과 확충에 대한 논의가 활발히 시도되었다. 당시 매체를 통해 발표된 평론과 시평에서 가장 많이 발견되는 단어가 '개성·자아·자각·각성' 등이었다. 나아가 여성으로서의 근대적 정체성 확립에 대한 요구도 제기되었다. 나혜석은 여성으로서 "자기 개성을 발휘코저 하는 자각"[21]을 강조하고 '실력과 권력'을 획득할 것을 주장하였다.

아래의 글은 "我는 世上의 光이요 道요 生命이라"고 주장하고 있다.

> 個性을 修養ᄒᄂᆫ 中에 於焉 中 自我의 何人됨을 깁히 硏究ᄒᄂᆫ 暇隙이 無ᄒᆯ 쑨 不是라 쏘ᄒᆫ 何人을 勿論ᄒᆞ고 此境에 深入ᄒᄂᆫ 者 極少ᄒᆞ다(…중략…) 自己가 自己를 確知치 못ᄒᄂᆫ 者의 言行을 觀ᄒᆯ진디 其 所行이 虛僞가 多ᄒᆞ며 其 所言이 矛盾이 多ᄒᆞ야 其人의 人格 如何ᄂᆫ 姑捨ᄒᆞ고 其 感化力이 他人에게 及ᄒᆯ 時에 깁흔 印象을 得키 難ᄒᆞ야 一時 仰望ᄒᆞ든 者로 ᄒᆞ야금 他日 大失望ᄒᄂᆫ 地境에 陷入케 ᄒᆞ기 易ᄒᆫ지라. 此ᄂᆫ 何故오. 卽 自己가 自我를 徹底히 確知치 못ᄒᆞ고 다만 妄動ᄒᄂᆫ 擧操로써 他人의 譽望을 釣得코자 ᄒᆞᄂᆫ 野心에셔 出ᄒᆫ 緣故라.[22]

이 글에는 이전 시기의 지식인과 자기 세대를 구별하는 신지식층의 정체성에 대한 모색과 정의가 내포되어 있다. 구세대의 명망가들이 철저한 자기 탐색, 자아 형성 없이 세계 정세에 대한 지식을 가지고 계몽적 언설을 일삼는 허위적 세태를 비판하고 있다. 실제로 윤치호·김인식의

---

21) 나혜석, 「이상적 부인」, 『학지광』, 1914.12, 15면.
22) 李周淵, 「人보다 己를 知홈이 必要홈」, 『학지광』, 1914.12, 16~17면.

예에서 나타나듯이 근대 문명의 현란함과 현실적 위압감에 굴복하여 자기를 포기하고 사회적 야심을 키워가는 사례가 많아졌다. 신지식층은 이들의 계몽적 허위와 망동, 야심을 폭로하며 철저한 자기 성찰과 개성의 수양, 자아의 확충을 자기 정체성의 요체로 삼았다. 이는 중세성과 식민성이 착종되어 있는 식민지적 근대성을 성찰의 대상으로 삼아 자기 정체성을 정립하고자 하는 의식의 발현이었다. 신지식층의 이러한 자아의식은 성찰적 근대 주체를 형성하는 출발점이 되었다. 동시에 개인의 내면을 성찰하고 분열하는 자아에도 눈길을 두게 되었으며, 이는 근대 자유시에서 서정의 기반이 되었다.

1910년대 개성과 자아의 발견이 담론의 중심을 이루게 된 계기와 원인으로, 첫째 국권상실로 인해 애국계몽운동의 이데올로기적 중심이 상실된 점, 둘째 일제의 분할통치와 개인적 입신출세의 강조, 셋째 신지식층의 성장을 들 수 있다.

앞서 살펴보았듯이 애국계몽운동은 개인 내지 개인주의에 대하여 집단적·민족적 정체성을 배타적으로 강조하는 방향으로 현실화되었다. 근대사회 형성기에 민족적 정체성 확보라는 역사적 과제를 수행하기 위해 이분법적 세계 파악에 입각한 '배제'와 '통합'의 원리가 개인과 민족의 관계에서도 관철되었다. 당시의 애국계몽적 기획은 '민족적'과 '비민족적' 항목들을 이분화하여 '비민족적' 항목들을 배제하고 동시에 '민족적' 질서에 통합함으로써 민족주의의 체계를 확립하는 데 있었다. 그 결과 개인을 외세의 침략에 저항하는 집단적 이념인 민족주의에 동일시할 것이 요구되었다. 개인의 자유와 자의식, 근대적 개인으로서의 욕망의 추구는 개인 이기주의로 배제되었으며, 개인을 민족과 국가에 귀속시키는 전체주의적 성격이 나타났다.

그러나 일제강점으로 인해 근대적인 자기 실현의 목표로 설정되었던 근대적 민족국가 건설이라는 대의가 그 실천적 의의를 잃게 됨으로써, 지금까지 각 개인을 묶어왔던 이데올로기적 중심이 사라져 버리게 될 운명에 처하였다. 근대적 민족국가 건설이라는 이데올로기적 중심이 사라져 버린 현실 속에서 1910년대 애국계몽 주체들은 내부적으로 분화하였다. 일부 애국계몽운동가들은 민족 독립의 이상을 품고 해외로 망명하여 근대적 민족공동체 건설의 대의를 발전시켜 나갔다. 그러나 국내에 남은 대부분의 사람들은 운동의 대열에서 탈락하는 양상을 보였다. 『대한매일신보』 계열은 대부분 국외 독립군 기지 건설운동에 나서면서 국외로 망명하거나 〈신민회〉 사건으로 옥고를 치렀다. 이들의 '선실력양성 후독립'론은 1910년대에도 모양을 달리하며 지속되었다. 그러나 〈대한협회〉 계열과 『황성신문』 계열은, 박은식을 제외하고 대부분 운동에서 탈락하였다. 이러한 중심의 상실과 분화는 주체성의 동요로 이어졌다.

한편 일제는 식민지체제를 확립하는 과정에서 전통적 공동체를 붕괴시키고, 민족 구성원을 개별화함으로써 민족적 단결의 싹을 말살하고자 하였다. 여기에는 식민지인을 개별적으로 분할시킴으로써 통치를 원활히 한다는 식민지 지배의 기본 원칙이 포함되어 있었다. 일제의 식민지 통치는 개인을 기존의 중세적 생활 공동체로부터 분리시키면서 한편으로는 새로운 식민지체제의 절대주의에 종속시키고, 다른 한편으로는 개인을 파편화함으로써 사회와 인간, 인간과 인간의 의미 있는 관계를 말살하는 방식으로 관철되었다. 이와 함께 근대적 시민사회 형성의 기반이었던 공공영역은 심각하게 위축되었다.

한 예로 1910년대 '식민지적 근대인'의 '생산' 양식으로 활용되었던 창가를 보면 '이제 개인을 억압하고 개인적 성취를 제약하는 중세적 질서는 사라졌다. 누구든지 근면 성실하게 실력을 키우기만 하면 입신출세를 할 수 있는 시대가 도래하였다'는 것이 그 중심 내용을 이루고 있었다.

이처럼 식민지체제의 형성은, 국가의 멸망이나 민족사의 단절이 아니라, 개인의 자발적인 자기 성취를 억압하는 전근대적 중세체제의 해체라는 차원에서 강조되었다. 식민 권력은 제도적·이념적 규율을 통해 개인의 이기적인 자기 성취를 독려하는 한편, 식민지 근대화에 자발적으로 참여하는 '식민지적 근대인'을 '생산'해 나갔다.

또한 잡가의 대대적 유행에서 보듯이, 중세적 질서로부터 해방된 개인의 정서적 일탈감을 확충하는 방향에서 유흥이 상업화되기도 하였다. 다수의 사람들에게 식민지 근대화의 추진은 문명 개화, 자기 실현 가능성의 확대 등으로 받아들여졌다.

1910년대 중반부터 신지식과 신사상을 학습한 신지식층이 등장하기 시작하였다.[23] 한말·애국계몽기의 지식층과 일본 유학을 마치고 귀국한 사람들에 의해 국내에서 신지식인들은 하나의 계층을 형성해가고 있었다. 이들은 국권 상실 이후 민족이 처한 현실을 어떻게 타개할 것인가를 자신들이 수용한 각종 신지식과 신사상을 토대로 나름의 방안을 내놓았다. 그것은 크게 두 가지로 집약할 수 있는데 하나는 '교육과 산업의 진흥'을 주된 내용으로 하는 '실력양성론'이며 또 하나는 유교사상과 봉건적 관습에 대한 비판을 내용으로 하는 '구사상·구관습 개혁론'이었다.[24]

그러나 1910년대의 무단정치하에서 신지식층의 활동폭은 좁을 수밖에 없었다. 집회·결사의 자유가 금지되어 있었기 때문에, 이들은 교육기관이나 기독교, 천도교와 같은 종교기관에 근거를 두고 활동할 수밖에 없었다. 1910년대 일본 유학을 마치고 귀국한 사람들이 대부분 교사였던 것을 감안하면, 학교가 신지식층이 자기를 실현할 수 있는 중요한 장으로 기능했음을 알 수 있다. 또한 이 시기에는 출판의 자유가 제한되어 있어서, 국내에서 신지식층이 참여하고 있던 잡지는『청춘』과『공도』정도였다(『학지광』은 동경에 유학 중이던 신지식층이 자신의 사상과 감정을 보다 자유롭게 표현할 수 있었던 잡지였다). 일제에 의한 언론과 출판의 탄압은 문학활동을 심각하게 위축시켰다.『근대사조』·『학우』·『창조』등이 일본에서 발행되었으며, 국내에서『백조』는 아펜셀러, 훼루훼로 같은 외국인들의

---

23) 신지식층의 형성과 활동에 대해서는 김복순,「1910년대 단편소설 연구—신지식층의
　　소설을 중심으로」(연세대 박사논문, 1990) 참조.
24) 박찬승,『한국근대정치사상사연구』, 역사비평사, 1992, 110면.

이름으로 발행될 수밖에 없었다. 이처럼 언론과 출판의 자유가 심각하게 억압받는 상황에서 근대사회 형성의 물적 토대가 되는 시민의 성장은 지연되거나 왜곡되었다.

식민지 권력에 의한 탄압과 억압 속에서도 신지식인들은 근대적 주체인 시민으로서 자아를 확립해 나갔다. 이것은 사상적으로 볼 때 애국계몽기의 거대 담론이었던 '민족의 국수(國粹) 보존'이 1910년대 들어와 개별적 주체의 '자각'에 대한 담론으로 변화하는 형태로 나타났다. 근대 사회 형성기에 나타난 개별적 주체의 자각은 부르주아적 개인주의,[25] 또는 자유주의에 대한 탐색이라는 의미를 갖고 있었다. 부르주아적 개인주의는 집단적이고 사회적인 현상이 언제나 그리고 궁극적으로 개인에 의해 설명되어야 한다는 주장을 내포하고 있다.[26]

근대적 의미의 주체나 개인, 자유 등은 억압적인 사회 현실체제와의 갈등과 대립을 통해 형성되는, 정치적 사회적 의미를 내포한 역사적 개념이다. 그러나 일제의 식민 통치로 근대적 주체의 형성이 지연되거나 왜곡되고 사회 현실과의 대립적 관계 설정이 원천적으로 봉쇄되어 있던 상황하에서, 신지식층이 추구한 개별적 주체의 '자각'은 추상적이거나 내면적인 방식으로 이루어졌다. 현실의 정치적 민족적 모순과 정면 대응할 용기와 역량이 없었던 이들 신지식층은, 개별적 주체의 자각을 전근대적 인습과 봉건적 억압, 도덕적 권위에 대한 저항 등 추상적 수준으로

---

25) 인간과 사회에 대한 '개인주의적인' 개념화는 근대에 이르러 이루어졌다. 자율적이고 자신의 이익을 계산할 줄 알고 합리적이기까지 한 개인들 사이의 사회적 계약이라는 유용한 개념을 발명해낸 것은 근대인들이었다. 개인에게 지고한 가치를 부여하는 개인주의적 관점이 전체를 부분보다 중요하게 여기는 전체주의적 관점을 대체하였던 것이다. 그러나 토크빌을 비롯한 많은 사상가들이 개인주의적 사회의 위험성을 지적하였다. 아노미, 사회의 분할, 개인의 고립, 이기주의가 그 예이다(엘리자베스 클레망 외, 이정우 역, 『철학사전』, 동녘, 1996, 21면).

26) 개인주의란 사회는 개인에 의해, 그리고 개인을 위해 형성되어야 한다는 논리를 바탕에 깔고 전개되었던 것이다. 또 자유주의는 절대주의, 국가주의에 대립되는 개념으로서, 양도할 수 없는 권리를 부여받은 개별적 주체를 사회적 관계의 원천이자 핵심으로 보는 이론으로 로크에 의해 창시된 근대적 개념이다.

한정할 수밖에 없었다.

또한 식민지 근대화의 진행과 함께 자기의 계급적 정체성을 규정짓고 확장해야 하는 운명에 놓여 있었던 1910년대의 부르주아지는, 근대를 추구하면 할수록 조국의 식민지화는 더욱 가속화되고 자신의 주체는 식민지체제로 예속이 심화되는 딜레마에 빠져들었다. 그 결과 1910년대 부르주아적 주체에 의해 시도된 자아의 탐구, 개성의 발견은 식민지 현실과의 대결적 연관 속에서 추구되지 못하고 다분히 관념적이고 내면적·정서적인 차원에서 이루어졌다. 당시 근대적 주체의 자각과 현실인식이 주로 풍속적 차원의 반봉건성에 집중되었던 원인이 여기에 있다. 서구의 근대화 과정을 보면, 봉건제 사회의 억압으로부터 자본주의 사회의 해방을 쟁취한 것은 단지 부르주아만의 운동이 아니었다. 그것은 진보적 봉건 귀족, 노동자, 농민이 함께 참여한 운동이었으며, 형식적으로는 전 민중의 자유와 평등을 주장한 운동이었다. 그 결과 자유주의적 시민운동이 이후 농민운동과 노동운동의 내적 동력이 될 수 있었던 것이다.

그러나 한국의 경우, 부르주아 형성의 피동성 또는 개별성으로 인하여 개인의 자립적 성격은 취약하고 분열적이었다. 이들은 구체적인 현실 생활 속에서 자아를 발견하기보다 출발부터 현실을 관념화하여 그 속에서 자아와 개성을 발견하고자 했다. 본래 근대적 의미의 자유와 자아 정체성의 확립은 시민계급이 중세적 지배질서에 대한 정치 경제적 발전을 보장하는 요구와 함께 형성되었던 것이다. 그러나 근대의 시작과 함께 식민지로 전락하게 되었던 한국의 상황에서, 근대적 주체로서 개인과 자아의 발견은 필연적으로 제국주의에 대한 저항을 요구하였다. 이러한 용기와 결단 없이 문화적·윤리적 차원에서 개인의 발견과 자유를 모색하려 했던 한국의 근대적 주체는 미숙성과 무기력함, 그리고 내적 모순과 분열을 감당해야 했다. 이러한 근대적 주체의 미성숙과 무기력함은 시민계급과 시민의식의 불철저와 연관되는 문제이기도 하다. 임화는 이러한 한국의 근대적 주체의 성격을 '소시민성'으로 규정하였다.

그러면 이 소시민성이란 무엇일까? 흔히 운위되는 바와 같이 막연한 중간적 무기력자를 말함이 아니라, 당시의 조선의 사회계급적 생활 가운데 있는 소시민과 지식층 그것이었다.

당시 소시민의 상태란 물론 노동자도 아니고 농민도 아니며 민족자벌에 위(位)하지도 못하면서 이들과 공통적으로 외래적 힘의 중압하에 있으며 특히 전기 4계층 중 민족부르층을 제한 3개층과 함께 '외력'과 '민족부르'의 이중의 압력 하에 서 있었다. (…중략…) 그러므로 이 이데올로기적 특색으로는 붕괴과정 중에서도 아직 소유적 발전을 꿈꾸고, 한편 소시민화하면서 '자본가'일려는 원망(願望)을 함께 가지고 있었다. 그러나 이들이 노·농 이자(二者)로부터 구별되는 점은 이들이 후자에 비하여 대체로 한 개의 근대적인 사회적 자각을 포지(抱持)하고 있었다는 것이다.[27]

임화에 따르면, 근대적 교육을 통해 봉건적 인습에 대한 저항을 키워온 소시민은 조선 사회의 제계급 중 그 경제적 와해와 정치적 지위의 상실을 가장 통렬하게 경험한 계층이다. 그러나 이들의 소시민적 자각은 부르주아를 지향하는 욕망에 얽매여 있었다는 점에서 한계를 지닌다. 인텔리겐차 혹은 몰락하는 소시민이 그 자신을 해방하는 길은 노동자, 농민과의 연대를 통해서 열려 있는데, 역사적으로 그것을 인식할 정도로 성숙해 있지 못하고, 노동자 농민도 아직은 조직화되지 못한 채 분산되어 있었기 때문이다. 이러한 사정으로 인하여 이들은 여전히 부르주아에 대한 기대를 포기하지 못하고 있었으며, 이것은 소시민의 협애성을 결과하였다. 이들 소시민은 현실을 관념화하여 전유하고 관념상의 자유와 자기 발견을 가속화하는 길로 나아갔다.

---

27) 임화, 「조선신문학사서설」, 『조선중앙일보』, 1935.10.24; 임규찬·한진일 편, 『임화 신문학사』, 한길사, 1993, 341~342면.

(2) 신지식층의 문학관

1910년대 신지식층에 의해 신문화·신문명·신문학·신생활 건설의 일환으로 개성과 자아의 발견에 대한 담론이 제기되었다.

> 方今 西洋 新文化가 浸浸然襲來ㅎ는지라. 朝鮮人은 맛당히 舊衣를 脫ㅎ고 舊垢를 洗훈 後에 此 新文明 중에 全身을 沐浴ㅎ고 自由롭게 된 精神으로 新精神的 文明의 創作에 着手홀지어다. 倂合 以來로 萬般 文物制度가 悉皆 新文明에 依據ㅎ얏거니와 思想 感情과 此를 應用ㅎ는 生活은 依然훈 舊阿蒙이니 從此로 新文學이 蔚興ㅎ야 新ㅎ야진 朝鮮人의 思想 感情을 發表ㅎ야 써 後代에 傳홀 第一次의 遺産을 作ㅎ여야 홀지라[28]

일본 유학생들이 대부분을 차지했던 1910년대 신지식층은 '서양을 이지(理智)로 배우고 다른 한편 일본을 감성으로 배우면서 성장'[29]한 사람들이었다. 이들이 주장한 신문화·신문명·신문학·신생활은 근대화된 서구의 것을 지향하고 있었다. 그러나 신지식인의 인지적 문화지향은 서양이었지만 그들의 실존적 정황은 일본에 있었던 것이 현실이다. 신지식층이 처해 있던 이러한 이중적인 상황은 식민지 조선의 특수성에서 기인한 것이었다. 즉 정치 군사적·경제적 영역에서 일제의 배타적 지배와 일본 독점자본의 압도적 우위성이 실현되었던 반면에, 문화적 영역에서는 서구적 근대와 일제 총독부의 식민지적 근대가 서로 경쟁·갈등하고 있었던 것이다.

이처럼 서구적 근대와 식민지적 근대가 이중으로 작동하던 현실 속에서 당시의 신지식층이 의도했던 신문학 내지 근대문학의 내용은 무엇이었을까. 이광수의 「문학이란 하오」는 1910년대 신지식층의 현실인식과

---

28) 이광수, 「文學이란 何오」, 『매일신보』, 1916.11.15.
29) 김한초, 「일제하 한국 지식인의 문화 수용과 그 인식」, 『한국 지식인의 의식과 사회적 기능』, 한국정신문화연구원, 1987, 78면.

그들의 문학관을 논리적으로 체계화한 것이다. 이 글은 근대문학의 출발을 유교적 도덕, 종교와 윤리의 속박에서 벗어나 사상과 감정을 자유롭게 묘사하는 데서 찾고 있다.

> 從來 朝鮮에서는 文學이라 ᄒ면 반다시 儒敎式 道德을 鼓吹ᄒᄂᆫ 者, 勸善懲惡을 諷諭ᄒᄂᆫ 者로만 思ᄒ야 此準繩外에 出ᄒᄂᆫ 者는 睡棄ᄒ얏나니 是乃 朝鮮에 文學이 發達치 못ᄒ 最大ᄒ 原因이라 (…중략…) 事實上 今日의 文學은 超然히 宗敎 倫理의 束縛 以外에 立ᄒ야 人生의 思想과 感情과 生活을 極히 自由롭게 如實하게 發表ᄒ고 描寫ᄒ나니 現代 文明諸國에 大文學이 出ᄒᆷ이 實로 此롤 因함이라. 朝鮮에서도 將次 新文學을 建設ᄒ려ᄒ진뎌 爲先 從來의 偏狹ᄒ 文學觀을 棄ᄒ고 無窮無邊ᄒ 人生의 思想 感情의 曠野에 立ᄒ야 自由로 材料를 撰擇ᄒ고 自由로 此를 描寫ᄒ도록 努力ᄒ여야 ᄒ지라[30]

이 글은 근대문학(내지 근대사회)에서 '자유'의 범주를 중세적 질서와 규율로부터의 '자유'로 규정하고 있다. 이러한 태도는 근대의 실천적 내용을 식민지 현실이 내포한 민족적 모순과의 대결적 연관 속에서 찾지 않고, 중세적 인습과 도덕적 권위에 대한 저항을 부각시키는 것으로 나타났다. 다음으로 근대문학의 기초를 '정'으로 규정하고 있는 부분이 주목된다.

> 文學은 情의 基礎上에 立ᄒ얏나니 情과 吾人의 關係롤 從ᄒ야 文學의 輕重이 生ᄒ리로다. 古昔에는 何國에서나 情을 賤히 녀기고, 理知만 重히 녀겻나니 此는 아직 人類에게 個性의 認識이 明瞭치 아니ᄒ얏슴이다.
> 近世에 至ᄒ야 人의 心은 知情意 三者로 作用되는 줄을 知ᄒ고 此三者에 何優何劣이 無히 平等ᄒ게 吾人의 精神을 構成ᄒᆷ을 覺ᄒ미 情의 地位가 俄히 昇ᄒ얏나니 일즉 知와 意의 奴隸에 不過ᄒ던 者가 知와 同等ᄒ 權力을 得ᄒ야 知가 諸般 科學으로 滿足을 求ᄒ려 ᄒ미 情도 文學, 音樂, 美

---

30) 『매일신보』, 1916.11.14.

術 等으로 自己의 滿足을 求ᄒ려 ᄒ도다.[31]

이광수는 정(情)과 이지(理知)의 영역을 나누고 문학은 정에 기초해야 하며, 또한 "文學의 用은 吾人의 情의 滿足"에 있음을 주장하고 있다. 이러한 '정의 만족'으로서 문학관은 주로 소설 분야에서 그 진가를 발휘하였다. 『무정』에서 '정의 문학관'은 풍속의 개량 내지 연애를 통한 자아의 확충이라는 방식으로 표현되었다.

이처럼 문학 내지 예술의 기초를 감정이나 심령의 측면에서 설명하는 것은 당시의 문인들에게 일반적인 현상이었다. 김억은 "모든 藝術은 精神 또는 心靈의 産物"[32]로 규정하고 있으며, 최승구는 예술의 향상과 생활의 갱생을 위해 "먼저 感性的 生活을 허도록 해야"[33]함을 주장하고 있다. 여기에서 정은 근대적 개성을 실현하는 토대로서, 이지의 대립 개념으로 사용되고 있다. 이것은 근대적 개성의 실현이 이지의 영역에서가 아니라 정의 자유로운 발로에 의해서만 가능하다는 생각을 드러낸 것이다. 이들에 따르면 과거에는 유교적 도덕을 비롯한 사회적 관습이 이지를 중시하고 정을 소홀히 함으로써 개성의 발현을 억압하였다는 것이다.

그런데 이지란 자아를 둘러싸고 있는 세계의 복잡다단한 층위들, 즉 사회적·정치적·민족적·사상적 영역에 대한 인식을 의미하기도 한다. 따라서 근대문학의 기초와 근대적 개성의 실현을 정의 영역으로 한정하는 것은, 근대를 현실화시키는 동력이자 세계에 대한 비판과 자기 비판을 폭넓게 전개하는 인식으로서의 성찰적 긴장을 약화시키는 결과를 초래하게 한다. 또한 현실 대응력과 성찰적 긴장을 고려하지 않고 감정을

---

31) 『매일신보』, 1916.11.11.
32) 김억, 「詩形의 韻律과 呼吸」, 『태서문예신보』 14호, 1919.1.13. 이후에도 김억은 시의 기초를 情調로 규정하면서 理智의 영역을 배제하고 있다. "詩는…情調(感情, 情緖, 무드)의 音樂的 表白입니다. 그러기 째문에 詩에는 理智의 分子가 있어서는 아니될 것입니다."(「序文 대신에」, 『잃어버린 진주』, 평문관, 1924, 37면)
33) 최승구, 「情感的 生活의 要求」, 『학지광』, 1914.12, 16면.

전일적으로 강조하는 태도는 자칫 감상주의에 빠질 수 있다.

이처럼 이지의 영역을 배제하고 정의 영역을 배타적으로 강조하는 당시의 문학에 대해 신지식층 내부에서 자성을 촉구하는 소리가 제기되기도 하였다.

> 現今 問題를 解決하고 將來 前進의 自由를 得하랴면 (…중략…) 歷史 知悉의 必要가 잇는 所以라 (…중략…) 歷史는 一個 心靈의 發現이라. 이것을 悉知함은 卽 自己를 깨닷는 것이니, 他人의 行動을 知하는 것이 안이요 自己의 心情을 찾는 것이로다. (…중략…) 現今 學生의 思潮는 何如오 (…중략…) 實力主義로 熱心勉强하는 者이 多하며, 쏘한 眞實한 精神을 修養하는 風이 流行할 쑌 안이라 相愛相扶하는 義를 尙하니 實로 今日 學生의 思潮는 奇特한 成績이 多하도다. 然이나 小說 哲學的 趣味를 尋하야 文弱에 流하는 弊가 行함은 現今 學生의 弱點이라. 是는 學理를 深究함과 時勢의 影響으로 其風이 生한 듯하나 予의 觀察로 言하면 斯國 思潮에 同化가 된 줄로 信하노니 此가 今日 大感覺의 處라."[34]

이 글의 필자도 현금의 역사가 요구하는 바는 개성의 발현('일개 심령의 발현')과 '자기의 각성', '자기 심정의 탐구'이며 '자유'의 획득이라는 점에서는 앞의 견해와 인식을 같이하고 있다. 그러나 이러한 시대적 요구가 자율성과 독립심으로부터 출발해서 "활발한 정신"과 "모험의 행동"으로 나아감에 의해 성취될 수 있는 것이지 타인이나 타국의 것에 의존해서 성취될 수 없음을 강조하고 있다. 그런데 현금 유학생 사이에는 이러한 정신과 용기를 가지지 못하고 "문약에 유하는 폐"가 심각하며, 특히 문학과 철학의 방면에서 그런 폐단이 크다는 것을 지적한다. 위의 필자는 국권 상실로 인한 패배의식이 국권 회복을 위한 적극적인 사상으로 발전하지 못하고 개인적 취미나 내면에 몰두하는 경향을 '문약의 폐단'이라고 비판하고 있다.

---

34) 필자 미상, 「일본유학생사」, 『학지광』 제6호, 1915.7, 10~17면.

또한 이 글은 당대의 지식인들(특히 일본 유학생들)이 일본 다이쇼[大正]
기 제반 서구사조("斯國의 사조에 동화")에 영향을 받아 문학과 철학에 심취
함으로써 "문약"에 빠져 활발한 정신과 모험의 행동이 약화되어 가고 있
음을 질타하고 있다. 이러한 지적은 이전의 애국계몽 주체들이 자기 정
체성의 근거로 삼았던 독립심과 주체성, 민족의식이 점차 약화되고 있는
현실에 대한 자기 반성적인 의미를 지닌다.

한편 김억은 예술적 자아 형성의 핵심으로 심령에 주목하고 있으며,
심령을 근대시의 형식과 연관시키고 있다. 그는 시를 "찰나의 생명을 찰
나에 느끼는 예술"이며 이때 "호흡은 시의 음률을 형성하는 것"이라고
규정하고 있다. 김억에게 심령의 산물인 시형에 대한 탐구는 자아의 개
성 추구를 시적으로 양식화하려는 기획의 핵심이었다.35)

> 아직까지 어떠한 詩形이 適合한 것을 發見치 못한 朝鮮 詩文에는 作者
> 個人의 主觀에 맡길 수밖에 없습니다. 眞正한 意味로 作者 個人이 表現하
> 는 音律은 不可侵入의 領域이지요. 얼마동안은 새로운 吸般的 音律이 생기
> 기까지는. (…중략…) 詩는 詩人 自己의 主觀에 맡길 때 비로소 詩歌의 美와
> 音律이 생기지요. 다시 말하면 詩人의 呼吸과 鼓動에 根底를 잡은 音律이
> 詩人의 精神과 心靈의 産物인 絶對 價値를 가진 詩 될 것이오 詩形으로의
> 音律과 呼吸이 이에 問題가 되는 듯 합니다.36) (현대어 표기-인용자)

김억은 정조와 심령이 예술적 자아 형성의 핵심이며 이는 그대로 표
현되는 것이 아니라 일정한 형식을 통해 실현되는데, 그것의 시적 형식
이자 표현이 '음악성'이라고 설명한다. 김억의 시론에서 시의 음악성에
대한 탐구는 전통 시가의 정형화된 운율과 구별되는, 시인의 개성적인
음률의 실현을 의미한다. 그러나 김억은 시의 음률을 현실적 삶의 리듬
이 아니라 개인의 절대화된 심령과 호흡에서 나온 음악이라고 설명함으

---

35) 전기철, 『한국현대문학비평입문』, 자유사상사, 1995, 40면.
36) 김억, 「詩形의 韻律과 呼吸」, 『태서문예신보』 14호, 1919.1.13.

로써, 근대 자유시의 영역을 축소시켰다. 왜냐하면 근대적 개성과 자아 추구의 양식적 반영으로서 자유시, 그 자유시의 리듬인 내재율은 물량적·육체적 운율 현상뿐만 아니라 의미의 진동, 의식의 흐름, 심리적·정서적 진폭, 나아가 이미지들의 긴밀한 연결, 시각적 요인, 통사적 구조 등을 포함하는 성질의 것37)이기 때문이다. 근대 자유시의 본질을 개인의 절대화된 심령과 호흡에 기초한 음악에서 찾았던 김억의 자유시론은 결국 시에서 '물량적 음률'을 강조하는 것으로 귀결되었다.

3) 서구문학의 수용과 그 영향

애국계몽운동은 결여된 민족 정체성을 보충하기 위하여 자주적인 입장에서 서구 근대 문물을 수용하는 기획을 갖고 있었다. 그것은 밖으로 '흡호문명지학술(吸乎文明之學術)'하기 위해서는 우선 안으로 '양기조국지정신(養其祖國之精神)'함으로써 자주적 채서(採西)의 입장을 일관하고자 하는 관점이다. 이러한 관점은 일본에 의한 식민지화과정이 '보호'에서 '합병'으로 진전되고 있던 당시 상황하에서 민족의 사활문제가 걸려 있는 것이었다. 또한 종래 주자학 중심의 중세적 도학 내용이 민족의 자주정신을 타락시켰다는 인식에 기반하고 있었다. 이같은 민족적 위기 상황에서 국권회복의 활기를 찾기 위하여 〈대한자강회〉는 안으로 '양기조국지정신'하고 밖으로 '흡호문명지학술'하는 방안으로 자강의 기둥을 삼았다. 특히 애국계몽운동에서는 '양기조국지정신(養其祖國之精神)'하기 위해 '국수(國粹)'를 강조하였다. 애국계몽운동의 주체들에 의한 국수의 발굴과 강조는 민족적 자각을 계발하고 민족주의를 확립하는 데 긴요한 담론의 장을 형성하였다.

---

37) 강홍기, 「한국 현대시 운율 연구」, 성균관대 박사논문, 1988, 22~24면.

1910년 일제강점으로 인한 국체의 상실 이후, 서구 문물의 수용은 다양한 양상을 띠고 나타났다. 최남선은 국권 상실 이후 '국수'를 '족수(族粹)'로 변형시켜 더욱 강조함으로써, 민족과 자아의 정체성의 분열과 혼란을 수습하려고 하였다.38) 민중들 사이에서는 일제가 운영하는 신식 문물과 제도를 거부하는 태도가 나타나기도 하였다. 일례로 신식학교로의 진학을 꺼리는 풍조가 퍼져 나가서 일제가 헌병을 동원하여 학생을 모집하는 현상이 나타나기도 하였다.

다른 한편에서는 일제가 식민지 지배 질서를 확립하기 위해 사회적 유지급인 구세력과 결탁하는 과정에서, 그들의 복고주의적 문화를 지원하였고 그에 힘입어 시조 및 한시 부흥운동이 일어나기도 하였다. 〈이문회(以文會)〉·〈문예구락부〉·〈신해음사(辛亥唫社)〉·〈조선문예사〉 등에서 활동했던 인사들이 그 대표적인 집단들로, 이들은 중세적 사상과 문학규범에 안주한 채 식민지 시대를 갈등 없이 즐겼다.39) 일제의 식민지 정책을 홍보하는 매체였던 『신문계』·『반도시론』·『매일신보』 등이 이들의 주 활동 공간이었다.

또한 지식층 일각에서는 근대문명이 지닌 힘과 가능성에 경탄하며 매료되는 경향이 나타나기도 하였다. 이들은 국권 상실을 우승한 문명국이 열등한 약소국을 지도 계도하는 관계로 인식하였으며 근대적인 기술 문명이야말로 새로운 시대의 추진력이라는 확신을 갖고 있었다. 이는 과학과 기술 문명의 승리자가 모든 것의 승리자가 될 수 있다는, 과학 기술 문명에 대한 극단적 이상화로 나타났다. 이들에게 근대는 하나의 물신적 대상으로 신비화되었다. 또한 열등한 자기 처지에 대한 자각은 문화적 자학 현상으로 나타나게 되고, 근대화·문명화한 서양이나 일본을 선망

---

38) 최남선에 의해 시도된 〈조선광문회〉의 조직, 한글 연구, 단군 연구, 고전 간행, 견지론 등은 강제 합방으로 인한 민족 정체성의 위기를 극복하고 족수를 강건히 하는 그 나름의 방법이었다.

39) 강명관, 「일제초 구지식인의 문예활동과 그 친일적 성격」, 『창작과비평』, 1988년 겨울호.

하는 태도로 발전하였다. 이러한 현상은 프란츠 파농이 지적했던바, 식민지체제는 피식민지 민중들에게 적대적 세계이지만 동시에 피식민지 민중들이 선망하는 세계이기도 하다는 것을 보여준다.[40]

이처럼 근대문물이 지닌 '새로움'에 특별한 의미를 부여하고 그것을 통해 자아의 확충을 시도한 인사들 중에 일본의 식민지 근대화를 적극 지지하고 식민화 사업에 동참했던 사람들이 있다. 이들은 정치·경제적 영역에서는 식민 권력에 대한 의존과 예속을 강화하는 한편, 정신적 문화적인 영역을 통해 미래를 위한 힘의 원천을 찾으려고 하였다. 이는 정신과 문화의 영역에서 자유를 추구함으로써 물질적·정치적 영역에서의 일제에 대한 예속을 보상받고자 하는 태도이다. 하지만 이러한 태도는 항상적으로 자아 상실감과 공허함을 동반하였으며, 타자에 대한 의존과 예속을 강화하는 방향으로 전개되었다.

근대성의 내용에는 과거의 것을 부정하고 새로운 질적 변화를 통해 자신을 자발적으로 갱신하는 시대 정신이 포함되어 있다. 새로운 질적 변화와 역사적 조건 속에서 주체는 자유의지와 욕망을 가진 자율적·정치적 주체로 형성되는 것이며, 끊임없이 자아의 확충을 꾀하는 존재로 자리잡게 된다. 그러나 정치적·민족적 자아 성찰성이 배제된 주체, 즉 현상에 대한 비판과 자기 비판을 폭넓게 전개하는 인식이 결여된 주체, '허약한 이성'에 대한 자기인식이 부족한 주체는 곧잘 부분적인 지식을 절대적으로 맹신하게 됨으로써 독단의 포로가 되기도 한다.

식민지화와 함께 진행된 한국의 근대화는 당시의 일부 지식인들을 이러한 독단의 포로로 만들었다. 근대 초기의 새로운 문명적 현상을 근대의 전부로 인식하고 그 환상에 도취되는 의식이 하나의 사회적 현상으로 확산되어 근대 초기의 주체를 장악하였다. 생산성과 효율성, 현상적 합리성을 최대의 근대적 가치로 생각하고 거기에 자신을 의탁해 버리는

---

40) 프란츠 파농, 『대지의 저주받은 자들』, 광민사, 1979, 45면.

의식이 바로 한국적 근대주의의 한 특징을 이루었던 것이다. 이러한 사실은 국권 상실과 함께, 그 주권을 대리로 행사하는 식민지 종주국의 근대화 방향에 일정한 기대를 걸고 그 속에서 주체의 발전을 기도하는 태도였다. 이들이 식민지 근대화 기획에 자발적으로 참여하였음은 말할 것도 없다.

식민지 권력에 의한 '식민지적 근대인'의 '생산'이 일제의 무력적 강압적 강요에 의해서 형성된 측면이 강했지만, 이들과 같이 자발적 신념에 의한 자기 정체성의 형성으로 전개된 측면도 있었다. 이들에게 전통문화는 패배한 문화, 청산하고 개혁해야 할 문화로 간주되었으며, 일본을 통해 받아들이는 서양의 근대문화는 배우고 따라야 할 문화로 인식되었다. 이들은 새로운 현상, 새로운 물질문명의 환상에 도취된 사람들로서, 사회학적·이데올로기적 사실로 간주되는 '근대주의자'들이었다.

문학의 영역에서도 서구문학의 수용을 통해 근대문학의 새로운 지평을 열고자 하는 의욕과 시도가 생겨났다. 『태서문예신보』가 그 대표적인 예이다. 『태서문예신보』는 발행인 윤치호, 주간 겸 편집인 장두철에 의하여 1918년 9월 26일에 창간되어 1919년 2월 16일까지 16호를 발간한 8면의 타블로이드판 주간지이다.

> 본보는 태셔의 유명한 쇼셜, 시됴, 산문, 가곡, 음악, 미슐, 각본 등 일체 문예에 관한 기사를 문학 대가의 붓으로 즉접 본문으로붓터 충실하게 번역하야 발힝할 목적이온 바 다년 경영ᄒᆞ는 바이 오늘에 뎨일호 발간을 보게 되었습니다.[41]

위의 창간사를 통해 『태서문예신보』의 편집 의도와 성격을 알 수 있다. "태서의 유명한 소설, 시조, 산문, 가곡, 음악, 미술, 각본 등 일체 문예에 관한 기사를 문학 대가의 붓으로 직접 본문으로부터 충실하게 번

---

41) 「창간사」, 『태서문예신보』 창간호, 1918.9.26.

역"하는 것이 발간의 목적임을 밝히고 있다. 그러나 『태서문예신보』에는 문학 이외에는 단편적인 인물 상식이 몇 편 있을 뿐이며 음악·미술·각본 등에 관한 소개는 찾아볼 수가 없다. 문학에서도 산문이나 가곡 번역은 없으며 소설도 번역 작품의 선정이나 번역의 질에 있어서 서구의 새로운 경향을 소개하는 차원에는 미치지 못하고 있다. 하지만 번역시와 번역시론, 창작시와 시론에서 『태서문예신보』는 1910년대가 도달한 지점을 여실히 보여주고 있다. 『태서문예신보』의 의의는 이 점에서 찾을 수 있다. 『태서문예신보』는, 이전에 『학지광』과 『청춘』에서 몇몇 선구적인 시인들에 의해 시도되었던 근대 자유시 창작에 이론적인 토대를 마련하는 역할을 하였다.

『태서문예신보』에 수록된 번역시와 번역시론의 현황을 살펴보면, 김억의 투르게네프의 산문시 번역과 베를렌느 시 번역, 해몽(海夢) 장두철(張斗澈)의 롱펠로우 시 번역이 있으며, 번역시론으로 백대진의 「최근의 태서문단」과 김억의 「로서아의 시단」, 「쏘로쿱의 인생관」, 「프랑스 시단」 등이 있다. 이러한 번역시와 번역시론을 통해 1910년대 시인들의 시에 대한 근대적 자각과 근대 자유시 이론의 수준을 알 수 있다.

『태서문예신보』 4·5·7호에는 러시아 시인 투르게네프의 '산문시'가 김억에 의해 번역되어 있다. 여기서 주목할 점은 투르게네프라는 시인에 대한 김억의 관심보다 '산문시'라는 시 형식에 있다.

지나가는 날과날은 웃더캐 뜻도업고 허무ᄒ고 애닲은고?
웃더케 그것이 격은자최를 남기난고? 오날에서 니일노 흘너
가는 해와달이 웃더캐 뜻도업고 애닲은고?

그리도 사람은 살야고ᄒ다.
목슴을 앗긴다. 그앗기는 목슴에
—그몸에 오랴는미리에 모든자기의희망을 붓친다. 아—, 웃더훈

힝복을 오랴는미리에 바라는고—

— 투르게네프, 「명일? 명일?」[42] 부분

　김억은 『태서문예신보』 4호에 투르게네프의 산문시 「명일? 명일?」을 번역하여 실으면서 위 산문시는 "오심(奧深)한 사상의 결정(結晶)"이라 극찬하고 기회만 있으면 평전을 쓰고 싶다는 심회를 술회하기도 하였다. 그리고 다음 호에 자신이 창작한 「밋으라」와 「오히려」를 '산문시'라고 명칭하여 발표하였다.

　　쒸노는 바다,
　　셩니인 큰물결,
　　것츨은 들바람,
　　나의벗이여, 밋으라
　　썩만오며는 오며는
　　고요한 세상,
　　잔잔한 푸른바다,
　　되리라, 아아되리라.

　　울부짓는 령,
　　참지못홀 큰압흠,
　　어두운 희망,
　　나의벗이여 밋으라?
　　썩만되며는 되며는
　　고요한 맘
　　빗나는 시희망
　　오리라, 아아오리라.

— 김억, 「밋으라」(산문시) 전문[43]

---

42) 『태서문예신보』 4호, 1918.10.26.
43) 『태서문예신보』 5호, 1918.11.2.

시 「밋으라」는 1연과 2연 사이에 음절수뿐만 아니라 의미까지도 대칭적 비례를 의도했다는 점에서 산문시라고 할 수 없다. 이외에도 『태서문예신보』에 발표된 창작시들 중에는 '산문시'로 분류된 작품들이 여러 편 있다.44) 그러나 현대적 의미(또는 사전적 의미)에서 '산문시'를 "리듬을 의식하지 않은 운이 없는 줄글로 된 시형식 (…중략…) 자유시는 시각적으로 행과 연의 구별이 분명하지만 산문시는 문장의 연결이 행과 연이 아닌 단락에 의존하고 있다"45)고 규정할 때 『태서문예신보』에 수록된 번역시와 창작시들을 '산문시'라고 보기는 어렵다. 이는 김억을 비롯한 당대 시인들의 시 양식에 대한 의식이 명료하지 않았음을 보여준다. 그러면 김억의 산문시에 대한 선호는 어떤 의미를 지니는가?

이에 대해 정한모는 "산문적인 서술형식으로 된 작품이기 때문에 비록 행을 적당히 나누었다 하더라고 그것을 산문시라고 한 것이 아니라 그들의 '산문시'는 정형시(운문시)에 대립되는 개념으로 쓰여겼다고 보아야 할 것이다. 따라서 그들의 '산문시' 속에는 자유시와 산문시가 동거하고 있었던 것이다"46)라고 평가하였다. 실제로 『태서문예신보』의 발간을 주도했던 김억·백대진·장두철의 시의식 속에서 자유시와 산문시가 혼용되고 있거나, 자유시의 특징을 산문시로 이해하고 있었음을 알 수 있다.

> 自由詩는 누가 發明하였나? 랭보가 散文詩에서 發明하였다. (…중략…) 어찌하였으나, 象徵派 詩歌에 特筆할 價値 있는데, 在來의 詩形과 定規를 無視하고 自由自在로 思想의 微韻을 잡으려 하는—다시 말하면 平仄이라든가 押韻이라든가를 重視하지 아니하고 모든 制約, 有形的 律格을 버리고 ○○ '言語의 音樂'으로 直接 詩人의 內部生命을 表現하려하는 散文詩다.47) (현대어 표기—인용자)

---

44) 백대진의 「뉘웃츰」, 해몽의 「우리아버지의 선물」, 김억의 「밋으라」 등이 '산문시'로 분류되어 있다.
45) 이정일, 『시학사전』, 신원문화사, 1995, 256~257면.
46) 정한모, 『한국현대시문학사』, 일지사, 1974, 257~258면.
47) 김억, 「프란스 시단(二)」, 『태서문예신보』 11호, 1918.12.14.

위의 글에서 김억은 자유시의 발단을 상징파 시가로부터 잡고 있으며, 자유시의 특징을 "재래의 시형과 定規를 무시하고 (…중략…) '언어의 음악'으로 직접 시인의 내부생명을 표현하려 하는 산문시"로 규정하고 있다. 따라서 『태서문예신보』에서 사용한 '산문시'라는 용어는 '자유시'에 대한 의식적 표현으로 이해할 수 있다.

기존의 연구에서 『태서문예신보』의 문학사적 의의는 해외시와 해외 시단 및 그 사조의 소개 등을 통해 '시에 대한 근대적 자각'[48]을 확립한 것으로 규정되고 있다. 특히 프랑스 상징주의에 대한 소개와 상징주의 시의 번역은 한국 근대 자유시의 형성과정을 이해하는 데 중요한 역할을 하였다. 근대 자유시 형성기에 상징주의는 단순한 서구의 문예사조의 차원을 넘어서, 근대사회에 대응하는 시적 근대성을 획득한 양식이자 '자유시'를 태동시킨 이론적 근거로 이해되었다.

프랑스 상징주의 시에 대해 처음으로 논의한 것은 1916년 『신문계』 6월호에 백대진이 쓴 「이십세기초두구주제대문학가를 추억흠」과 1916년 『학지광』 9월호에 김억이 쓴 「요구와 회한」에서였다. 그러나 이 글들은 상징주의를 개략적으로 소개하고 대표적인 상징주의 시인들의 시작 경향과 시집명을 약술하는 데 그쳤다. 프랑스 상징주의에 대한 본격적인 소개는 『태서문예신보』에서 찾아볼 수 있다. 『태서문예신보』에서 프랑스 상징주의 이론을 소개한 글로는 백대진의 「최근의 태서문단(二)」(9호), 김억의 「프랑스 시단(一·二)」(10호·11호)이 있으며, 작품으로는 김억이 번역한 베를렌느의 시 「거리에 나리는 비」, 「검은 꼿엇난잠은」, 「가을의 노러」, 「작시론」 등이 소개되었다.

백대진은 「최근의 태서문단」에서 상징주의가 1885년 이래 불란서 시단의 주류를 형성하였다고 말한다. 그는 상징주의의 사상적 특징을 "개인주의의 예술적 출현이며 동시에 자연주의를 물리친 리상주의"로 설명하고

---

48) 정한모, 앞의 책, 250면.

있다. 그리고 상징주의의 형식적 특징에 대해 "서술적 표현으로써 직접 품은 바를 읊었던 바 이에 상징으로서 암시하는 의의적 주장 (…중략…) 진리의 정수를 가장 많이 머금어 있는 그 독창 인상을 운율적 암유(暗喩)로써 발표하는 것"이라고 설명한다. 백대진의 글에서 특히 주목할 것은 상징주의와 자유시의 관계를 설명하고 있는 부분이다.

> 이런 복잡한 표상파를 끊어버린 것은 自由詩의 旗印이올시다. 제각금 자기의 모델에 부합되지 아니하는 個性의 인상을 읊음과 동시에, 이에 믿는 바 각자의 표현법을 구하였나니, 곧 기억시킨 시행의 제국을 돌파하고 제각금 자기의 詩風을 樹立하였습니다. 곧 단순무미한 전통적 시법에 헤매지 아니하고 제각금 자연으로 돌아갔습니다.
> 이에 1830년의 낭만파 이래 무릇 60년 동안 전성을 지속하던 제국식 규범이 파르낫스 제국에 이르러 絶頂에 달하였다가, 상징주의의 파괴운동으로 말미암아 自由詩의 건설을 보게 되었습니다. 곧 시에 대한 공화적 자유사상이 확실히 세워지었습니다.[49] (현대어 표기-인용자)

백대진은 자유시의 양식적 특징을 전통적 시법의 규범에서 벗어나 "개성의 인상"과 그것의 적절한 표현으로써 개인적인 시풍을 수립한 것에서 찾고 있다. 자유시의 이러한 양식적 특징을 비유하여 "시에 대한 공화적 자유사상"의 확립으로 설명한다. 백대진은 상징주의가 근대사회에 적합한 시대 양식으로서 자유시를 탄생시킨 토대였다고 이해했다.

한편 김억은 19세기 말엽의 프랑스 시단이 고답파에서 데카당스로, 또 상징주의로 이어져온 양상을 보다 체계적으로 소개하고 있다. 그는 근대 사조의 출발로 「프랑스 시단(一)」에서 데카당스를, 「프랑스 시단(二)」에서 상징주의를 각각 다루고 있다. 보들레르로 대표되는 데카당스 문학의 특징을 설명하여 "근대 유럽의 시인, 아니 전 세계의 근대적 시인은 직접,

---

49) 백대진, 「최근의 태서문단(二)」, 『태서문예신보』 9호, 1918.11.30.

간접으로 그의 사상에-난만한 문화의 꽃이 한껏 피어 (…중략…) 사뇌의 아름다운 피로, 퇴폐며, 밝음도 어두움도 아닌 음울, 절망, ○생의 비조를 가진 사상에 한결같이 새 세례를 받았다. 세례를 받은 者라야 예술의 문을 두드릴 자격이 있다"50)고 하였다. 데카당스 문학의 피로와 퇴폐, 음울, 절망은 "몽유병자가 황홀상태에서" 하는 것과 같은 "난취, 음락, 허위"로 표현되었다.

김억이 파악한 데카당스 문학의 근대적 성격은 세계를 이해하는 양가적인 시각에 있다.

> 그들의 心海에는 선과 악, 미와 추, 하나님과 악마, 설움과 즐거움, 현실과 이상, 무한과 유한, 부정과 긍정-이것들이 가득하였다. 음악, 색채, 芳香, 彫象-이들은 그들의 靈을 무한대로 이끌어 가는 象徵이 아니고 그들 자신의 靈이며, 따라서 무한이었다.
>
> 선의 대조로의 악, 악의 대조로의 선도 아닌 절대자를 그들은 끊지 않고 구하였다. 死體를 생각지 아니 하고는 어린아이를 볼 수가 없었다. 사랑의 단 즐거움, 여인의 아름다운 눈을 그들은 苦悶 없이는 볼 수가 없었다. 하나님의 아들인 동시에 惡魔의 弟인 그들의 시는 채찍으로 맞는 어린아이의 설은- 울음소리, 길을 잃고 아득이는 不安의 부르짖음, 저녁 어두움 안에 혼자 놓은 (放) 적은 새의 애달픈 소리와 같은 느낌이 가득하다. 그들은 정말로 詩人的 詩人이었다.51) (현대어 표기-인용자)

데카당스 문학은 세계의 모든 현상이 그 자체로는 가상일 뿐이며 고통스러운 이면을 함께 이해할 때 비로소 본질에 도달할 수 있다고 보았다. 여기서 중요한 것은 데카당스 문학에 대한 김억의 이해가 프랑스 문학의 실상과 부합하는가를 따지는 사실 적합성의 문제가 아니다. 시에 대한 근대적 자각이 시작되고 있던 1910년대에 데카당스 문학에 대한 설명을 통

---

50) 김억, 「프랑스 시단(一)」, 『태서문예신보』 10호, 1918.12.7.
51) 김억, 위의 책.

해 시적 근대성에 대한 인식이 어떻게 드러나는가를 파악하는 일이 중요
하다. 김억은 근대적 시인이란, 세계를 표면적인 현상과 그 대립자로서의
이면을 하나로 통찰할 수 있는 능력을 가진 자여야 한다고 규정한다. 그
리고 이러한 세계 이해는 시에서 허무주의와 비애로 표현된다고 보았다.
근대시의 특징으로서 허무주의와 비애에 대한 강조는 김억이 『태서문예
신보』에 연재하였던 러시아 상징파 작가 「쏘로쑵의 인생관」[52]에서도 잘
드러나 있다. 그는 '쏘로쑵'의 문학 세계를 "그윽한 비애", "고독의 시인
으로서 현세의 암흑, 추오(醜汚), 범속과 부조화에서 죽음과 같은 광병(狂
病)의 시적 세계", "알지 못할 생의 무섭음", "온화로운 우수" 등으로 설명
하고 있다.
  김억은 데카당스 문학에 이어진 상징주의 시의 특징으로 암시와 음악
성을 꼽았다.

> 상징파 시가의 특색은 의미에 있지 아니하고 언어에 있다. 다시 말하면 음
> 악과 같이 신경에 닷치는 音響의 刺戟―그것이 시가이다. 그러기에 이점에서
> 는 '官能의 藝術'이다. 刹那刹那에 자극, 감동되는 情調의 音律 그것이 상징
> 파의 시가이기 때문에 자연 '朦朧' 안 될 수 없다. (…중략…) 詩歌와 音樂과
> 의 融合이 상징시파의 특색인 것[53]

  김억은 프랑스 상징주의에 대한 소개를 통해 시에 대한 장르적 인식
을 확고히 하게 된 것으로 보인다. 시에서 의미가 아닌 언어, 특히 음악
("신경에 닷치는 음향의 자극", "찰나찰나에 자극 감동되는 정조의 음률")의 중요성
에 대한 인식을 분명히 하고 있는데, 이러한 인식은 근대 자유시에 대한
설명으로 이어지고 있다. 김억은 자유시의 출발을 상징주의로부터 잡은
뒤, 자유시의 근대적 특징을 "재래의 시형과 정규(定規)를 무시하고", "모

---

52) 김억, 「쏘로쑵의 인생관」, 『태서문예신보』 9호~14호.
53) 김억, 「프랑스 시단(二)」, 『태서문예신보』 11호, 1918.12.14.

든 제약, 유형적 율격을 버리고", "언어의 음악으로 직접 시인의 내부 생명을 표현하려 하는 산문시"로 규정하고 있다.

이상에서 살펴보았듯이 김억의 근대시 인식은 프랑스 상징주의 문학의 소개를 바탕으로 허무주의와 비애의 정서, 언어와 음악의 중요성에 대한 강조로 나타났다. 특히 허무주의와 비애의 정서에 대한 강조는 이후 한국 근대시의 형성과정에서 시적 정조의 주류를 형성하게 되는 계기가 된다. 김억이 베를렌느의 시를 번역하는 데 보여준 애착[54]을 비롯하여 당시 대부분의 번역시들이 감상적이고 여성적인 취향에서 벗어나지 못하고 있는 것이 이러한 사실을 증명해 준다.

프랑스 상징주의에 대한 소개와 시의 번역이 한국 근대시의 형성과정에 미친 긍정적인 영향은 '자아와 서정과 자유의 발견'에서 찾을 수 있다. 그것은 프랑스 상징주의 시인들이 한결같이 예술적 보헤미안이었으며 그들의 시세계가 '자아와 자유의 발견'에서 비롯되었다는 사실에서 알 수 있다.[55] 프랑스 상징주의를 소개한 백대진과 김억이 근대 자유시의 특징을 "시에 대한 공화적 자유사상"이나 "언어의 음악으로 직접 시인의 내부 생명을 표현하려 한 산문시"로 규정한 것에서 자유시 형성의 기반이 되는 '자아와 자유의 발견'에 대한 근대적 인식의 단초를 찾을 수 있다.

---

54) 김억은 『태서문예신보』를 시작으로 『폐허』와 『개벽』, 『조선문단』, 『가톨릭청년』 등에 베를렌느의 시 여러 편을 번역·소개했다. 그의 베를렌느 시 번역은 대부분 감상적이고 여성적인 데 치우쳐 있었으며, 대부분의 시들이 두 번 이상 다듬어져 발표되고 있다. 특히 베를렌느의 시 「가을의 노래」는 8년에 걸쳐 6번이나 번역·소개되었다.

55) 문충성, 「프랑스 상징주의 시와 한국의 현대시」, 한국외대 불어과 박사논문, 1992, 87면.

2. 1910년대 시문학의 양상

1) '식민성'과 보수적 시의식의 결합

(1) 전근대적 시가 양식의 지속

'식민지적 근대인'을 '생산'하는 일환으로 시가 양식이 적극적 활용되었다. 강제 '합방' 이후 한시와 시조 그리고 창가, 잡가 등이 공공매체를 장악하였는데 그 이면에는 중세적·식민지적 이념이 작동하고 있었다. 이러한 시가 양식들은 유교적 덕목과 중세적 세계에 대한 회고적 동경, 전원적 자연 예찬, 물질문명 예찬과 개인적인 입신출세의 강조, 식민지 통치 찬양과 신민의식의 고취 등을 주제로 하였다. 노래 형식과 정형적 율격을 바탕으로 한 이들 시가들은 대중적인 보급과 확산을 지향하고, 또한 정형적 율격이 지닌 규율성을 통해 갈등과 분열을 무화하려는 이데올로기적 성격을 띠고 있었다.

창가는 학교라는 제도를 통해 널리 보급되었다. 근대적인 개화사상을 보급하고 민족의 자주독립의식을 고취하는 애국가·독립가로서 개발되었던 창가가 강제 '합방' 이후 민족적이고 전투적인 성격을 상실하고 풍속개량, 물질문명에 대한 찬양과 현실 순응의 논리를 보급하는 양식으로 전락하였다. 1910년대 창가의 기본 이념은 모든 현상을 옛것(미개)과 새것(문명)의 대립으로 이분화하고, 새롭게 전개되는 현상을 문명 현실로 찬양하는 조락한 계몽성, 무한정한 개인의 이윤추구를 절대적 가치로 가속화하는 자본주의의 '자유' 개념을 이기적으로 추구하는 사상을 전파하는 데 있었다.

> 소년은 이로하고 학난성하니 / 일촌의 광음인들 불가경이라
> 지당의 춘초몽을 미각하야서 / 계전에 오잎들이 기추성이라

학문의 정한과녁 어대있는고 / 립신코 사업성취 이것아닌가
배홀때 당하야서 아니배호고 / 마참내 후회한들 무엇하리오
— 「권학가」 1·4절56)

일일이가라치는것 / 新文明과新文化에
親密ㅎ게引導ㅎ니 / 그恩惠感謝ㅎ다

無知識흔우리들을 / 每月이씨親히와셔
頑固줌을씨우치며 / 新精神을느어주네
— 具聖書, '唱歌'「獨一無二良師友」 2·3절57)

위에서 보듯이 1910년대의 창가는 형식면에서 음악적·음수율적 정형에 긴박되어 있으며, 시어는 한자어투성이다. 내용면에서도 표면적으로는 성실과 근면, 정직 등의 덕목을 찬양하지만 결국 개인적 입신출세를 권장하고 있다. 또한 신문명과 신문화의 수용을 촉구하는 이면에는 식민지인을 문명화하지 못한 열등한 민족으로 인정케 하여 식민지 지배질서를 합리화하려는 의도가 담겨 있다. 개인적 입신출세를 권장하는 태도의 바탕에는 식민지적 근대주의에 대한 낙관성이 깔려 있으며, 민족적·계급적 모순과 갈등은 은폐되어 있다. 또한 세계를 몽매한 세계와 문명화된 세계로 나누고 문명세계로써 몽매한 세계에 대한 지배를 합리화하는 논리가 숨어 있다. 이것은 제국주의의 팽창논리였던 사회진화론과 우승열패의 사상이 식민지 지배와 순응의 논리로 보편화되는 양상을 보여주는 것이다. 이러한 인식을 바탕으로 일부 지식인들은 신념에 찬 친일로 나가기도 하였다.

---

56) 조선총독부, 『보통학교창가집』, 1910; 김학길 편, 『계몽시가집』, 문예출판사, 1990, 301~302면 재인용.
57) 『신문계』 3-10, 1915, 10면.

萬世一系의 皇統에 / 御寶位를 踐ㅎ시니
우리大日本帝國에 / 御神聖繼繩이샷다

日月萬歲幡을 세우고 / 御大禮를 奉祝ㅎ니
우리七千萬臣民의 / 御天地父母이샷다
— 太華山人, 唱歌「御大禮奉祝歌」1·3절[58]

이 창자의 작자는 스스로를 "칠천만 신민(七千萬 臣民)"으로 자임하고 일본 천황을 "천지 부모", 하느님으로 신봉하고 있다. 그는 일본 제국의 신민(臣民)됨을 영광으로 생각하며 "대일본제국"의 무궁한 발전과 일본 천황의 만세를 축원한다.

이렇게 친일적 성격을 노골적으로 표현한 창가를 포함하여 합법적 공간에서 발표되는 창가는 의무와 사명을 다하는 근대적 국민의 덕목을 강조하는 내용을 담고 있었다. 반면에, 민족주의적 성격을 유지하고 있던 창가도 『청춘』에 일부 발표되었다. 하지만 일제의 무단통치로 정치적·민족적 의사표현이 봉쇄되어 있던 당시의 사정으로 인해, 『청춘』에 수록된 창가들도 실력양성론에 입각한 근면·성실·준비·권학 등의 주제만을 표현할 수밖에 없었다. 그 결과 식민지 권력에 의해 근면, 검약, 절약, 규율과 절제 등의 미덕을 강요하는 창가들과 그 내용적 차별성을 갖기가 어려워졌다.

창가 외에도 시조와 한시 등이 봉건적·식민지적 이념과 미의식을 전파하는 데 적극 활용되었다. 시조는 시대 이념을 구현하는 서정 양식이다. 즉 시적 자아가 정서적 해방 상태에서 세계를 자아화하는 것이 아니라, 시대 이념의 제약을 전제로 하여 전유하는 시가 양식이다. 이때 시조의 율격적 제약성은 시대 정세와 감수성을 통괄하여 자아의 서정에 안

---

58) 『신문계』 3-11, 1915.11, 2면. 태화산인은 崔永年으로 추정된다. 최영년은 〈이문회〉의 회원이자 〈일진회〉 회원으로서 친일지 『국민신보』의 사장을 지냈으며, 한일합방 청원서를 썼던 사람이다.

정감을 부여하는 중요한 자질로서 기능한다. 따라서 시조가 세계와 자아에 대한 통찰적 감수성을 팽팽한 긴장 속에서 추구하지 않을 때, 그 양식적 특성상 윤리 도덕의 되새김에 머무는 한계를 노출하게 된다. 실제로『매일신보』의 '가요'란에 수록된 시조들에서 이러한 현상이 나타난다. 시조는 식민지 권력에 의해 수행된 물질문명의 확장을 시대 정신의 기반으로 인식하고, 그러한 이념적 정서적 틀 속에서 자아의 미적 확충을 꾀하는 양식으로서 적극 창작되었다.

> 츈일이 화챵흔데, 쏫아리 슐디ᄒ니
> 엿시동안 피곤턴몸, 샹쾌흔 흥 졀로난다
> 아마도, 인싱의 필요키는 일요일인 듯
>
> ─瑞峰山人, 「일요일」[59]

전근대의 시간관에서 요일이란 단위는 존재하지 않았다. 그러나 근대적 생활에 편입되면서 근대인은 요일 단위로 움직이게 되었다. 이 시조는 인간이 근대적 시간에 포획되는 양상을 보여준다. 노동과 놀이와 휴식이 분리되지 않았던 시간을 7일 단위로 쪼개서 하루만 휴식과 놀이를 할 수 있도록 제도화하는 것이다. 이는 근대적 노동 동원의 시간적 관철을 의미한다. 이런 근대적 요일 개념 및 시간관의 관철은 개인으로 하여금 식민지적 근대 질서에 스스로 적응하게 하는 메커니즘을 실현한 것이었다. 화창한 봄날의 어느 일요일의 휴식을 찬미함으로써 시간에 내재된 이데올로기를 무의식중에 내면화시키는 것이다.

육체와 무의식에 새겨진 메커니즘은 인간을 자발적으로 복종하게 한다. 근대적 자유시는 이런 내면화되고 훈육된 자발성을 성찰하게 하고 분열시키는 역할을 담당한다. 그러나 시조 양식은 분열과 모순을 봉합하고 안정된 서정을 추구하는 데 기여하였다.

─────────────

59)『매일신보』, 1913.4.5.

동방이 밝앗스니, 텬황폐하 은틱이라.
우리 죠션 민족들은, 더욱이 깁히 감츅.
언졔나, 간퇴도디ᄒᆞ야, 황은보답[60]

漠漠水田에 飛白鷺요 陰陰夏木에 囀黃○라
농부는 논갈고 村娥는 뽕을 딴다
아마도 태평한 백성은 田家인가[61]

　일본 천황의 성은에 망극하고 태평성대를 찬양하는 이들 시조는 강제와 폭력에 의해 씌어진 것이 아니다. 작자는 스스로 고무되었으며, 이런 류의 작품들은 1910년대 각 신문과 잡지의 문예모집 부문에 많이 몰렸다.

　한편 『신문계』의 '사조'란, 『반도시론』의 '해동문예'란, 『공도』의 '예원'란 등에는 한시가 집중적으로 발표되었다. 이 난의 주요 필자들은 당시의 〈이문회〉·〈문예구락부〉·〈조선문예사〉 등의 회원이었다. 이들 그룹은 식민지 권력과 유착관계에 있었으며, 식민 권력의 승인하에 1910년대 문화적 주도권을 행사하며 한시 부흥운동을 전개하였다.

　1912년 1월 10일 『매일신보』에 「이문회의 창립」이라는 기사가 실려 있다. 이 글에 따르면 〈이문회〉의 발기인으로 일본측의 히가키 나오세키[檜垣直石-경기도장관], 고마츠 미도리[小松綠-총독부 외사국장], 후지와라 츠쿠아키[藤原嗣章], 고쿠부 쇼타로[國分象太郎-총독부 인사국장, 중추원 서기관장], 쿠호우 나오스케[久邦直介-총독부 도지부 사무관], 마츠 코우다[松甲田], 쿠사바 린타로[草場林太郎] 등이 참여하였고, 한국인으로는 친일 귀족 박영효·이완용·김윤식·박제빈·조중응·민병석·이용직·윤덕영 등이 참여하였다. 〈이문회〉의 활동은 "經義를 演述하고 文運을 진흥하는 것"을 목적으로 회원들이 모여 한시를 짓는 것이 대부분이었다. 1920년대 초까지 1년에

---

60) 『매일신보』, 1912.12.11. 李義坤(雲山郡 北鎭)이라는 독자의 투고 작품.
61) 『신문계』, 1913.6, 56면.

두 번『이문회지』를 발행하면서 대한제국 시대의 친일 고급관료들을 망라
하는 대단한 규모의 시사(詩社)로 발전하였다. 〈이문회〉는 양반 관료 출신
만으로 조직되어 있었기 때문에 내부적인 활동은 회원 상호간의 것으로 국
한되어 있었다. 그러나 외부적으로 이 단체는 당시 〈문예구락부〉·〈신해음
사(辛亥唫社)〉·〈조선문예사〉 등 한문학의 부활을 목적으로 하는 모든 친일
문예단체의 조직에 관여하면서, 보수반동 현상의 진원지로서 엄청난 위
력을 발휘하였다.62) 이들이 지은 한시를 보면,

> 檀箕遺種國民新 變態隨時好接隣
> 先覺慇懃懇懇旨 無非折衷警吾人
>
> —徐起淳,「書懷」63) 부분

> 단군 기자의 남은 종족 국민 새로워지고
> 태도 바꾸고 때를 따라 좋은 이웃 접하였다
> 먼저 깨달은 은근하고 간절한 뜻
> 절충하여 우리를 깨우치는 것 아님이 없다

　이 한시는 일본의 통치를 먼저 깨달은 자가 절충하여 우리를 깨우치
는 것이며, 그로 인해 우리 국민이 새로워졌으니 좋은 이웃을 접한 것에
감사해야 한다고 주장한다. 더불어 일본 통치하의 민족의 현실이 평화와
풍요를 구가하는 전원 생활로 그려지고 있다. 식민지로의 전락이 마치
새로운 시대를 여는 희망으로 인식되고 있음을 볼 수 있다.

> 田家幽興與人同 皇化如天漸我東
> 萬事無求溫飽外 一村自在圖畫中

---

62) 강명관,「일제초 구지식인의 문예활동과 그 친일적 성격」,『창작과비평』, 1988년 겨
　　울호, 149~151면.
63)『신해음사 신해집』; 강명관, 위의 책, 166~167면 재인용.

春盤細菜尊生綠 曉壁寒梭燭透紅
種得庭花三百本 待他開盡幾春風

— 金奎升, 「田家雜詠寄申報社」[64] 전문

전가의 그윽한 흥취 사람마다 같은데
천황의 교화하늘처럼 우리 동쪽으로 번져오네
따뜻이 입고 배불리 먹는 것 외엔 구할 것 없으니
한 마을 절로 그림 속에 들었는 듯
봄 쟁반의 가는 나물에 푸른 빛 돌고
새벽 벽의 차가운 베틀에 붉은 촛불 비춘다.
삼백 포기 꽃을 뜨락에 심어
몇 차례 봄바람에 죄다 피게 하였으면

한편 1910년대 대대적으로 유행한 시가 양식인 잡가는 유흥을 상업화하는 매개로 활용되었으며, 퇴폐적인 향락주의와 비관주의 속에 자기 존재를 방기하는 역할을 하였다. 또한 잡가의 이러한 유흥적 성향과 식민지 지배 정책이 결합하여 잡가집이 대량으로 출판 보급되었다. 〈일선인간친회(日鮮人懇親會)〉에서 『현행일선잡가』(오성서관, 1916)를 발간하고 일본인 후쿠다 마사지로[福田政治郎]가 잡가집 『신정증보 신구잡가』(경성서관, 1922)를 발간하였다.

세월도 덧업도다 / 도라간 봄이 다시 온다
아르랑 아르랑 아라리오 / 아르랑 쯰여라 노다가세

인싱 혼몸 도라가면 / 움이 ᄂᆞᆫ 싹시 ᄂᆞ나
아르랑 아르랑 아라리오 / 아르랑 쯰여라 노다가세[65]

---

64) 『신해음사 갑인』 제4집; 강명관, 「일제초 구지식인의 문예활동과 그 친일적 성격」, 『창작과비평』, 1988년 겨울호.
65) 노익형, 『증보 신구잡가』, 박문서관, 1915, 136면.

위의 잡가는 민요 「아리랑」을 잡가로 변형한 예이다. 민요 「아리랑」에서 '아리랑 고개'는 현실의 고통을 넘어 소망스런 미래를 향해 열려 있는 공간이었다. 그러나 잡가 「아리랑」은 덧없는 세월에 살아생전 아등바등거려 봤자 "움"도 "싹"도 아니 나니 "씌여라 노다가세"라고 하여 자기방기적 유흥을 노래하고 있다. 민요 「아리랑」의 '아리랑 고개'가 절망을 희망으로 전환하려는 의지의 공간인 것과 달리, 잡가 「아리랑」에서 '아리랑'은 인생무상, 덧없는 세월에 대한 비관주의적 태도와 향락적 유흥을 고취하는 데 바쳐지고 있는 것이다.[66]

이처럼 전통적 민요가 1910년대에 들어 친일적 이념을 전파하는 창가 형식이나 잡가 형식으로 왜곡되는 경우가 자주 나타났다.

> 살게 되얏네 살게 되얏네 / 우리 人民 살게 되얏네
> 隆熙 以前 許多幣脈 / 一朝에 다 바리고
> 合邦 以後 恩沾雨露中에 / 우리 同胞 살게 되얏네
>
> ─ 江原道 陽口郡[67]

민중적 생명력을 가진 민요가 잡가나 창가와의 양식상의 대결에서 수세적 위치로 떨어져 변질되는 현상은 당시의 사회 정세나 문화 담당층의 위상과 무관하지 않다.[68] 이것은 또한 전통의 창조적 계승이 식민지 시대와 함께 왜곡되었던 사정을 잘 보여준다.

노래체 혹은 정형률을 양식적 바탕으로 하는 창가·한시·시조·잡가 등이 식민지 권력의 이데올로기적·문화적 통제력을 안정되게 확립하는

---

66) 정우택, 「잡가집 소재 '아리랑'에 대한 연구」, 『古典詩歌의 理念과 表象』, 임하 최진원 박사 정년기념논총, 1991.

67) 조선총독부, 「俚謠 俚諺 及 通俗的 讀物 等 調査」, 1912; 임동권, 『한국민요집』 제6권, 집문당, 1981, 126면.

68) 이와 달리 활자화되지 않은 생활 현장의 민요들은 공동체 내에서 식민지적 근대화의 본질을 정확하게 인식하고 비판적으로 대응하였다(김시업, 「근대민요아리랑의 성격형성」, 『전환기의 동아시아문학』(임형택 편), 창작과비평사, 1985).

데 동원되었음을 살펴보았다. 여기서 주목할 것은 이러한 전략적 활용에서 자유시 양식이 의도적으로 배제되었다는 점이다. 그것은 자유시의 양식적 특성 때문이었다. 자유시는 고착된 형식이나 정신에 균열을 가함과 동시에 자기 완결적 형식을 부여하려는 양식이다. 또 근대의 산물이면서도 탈근대적 본질을 가지고 있는 자유시는 근대의 극점인 제국주의와 적대적일 수밖에 없었다.

(2) 독자투고와 현상문예공모에 나타난 시의식

1910년대의 『매일신보』·『신문계』·『반도시론』 등 친일적인 대중 매체는 한시나 평시조 등의 중세적 장르를 자기 표현 양식으로 고수하며 전근대적 미의식을 지속시키고자 했던 보수적 인사들의 규합처였다.

『매일신보』는 1910년 12월 13일자로 제1회 '신시현상모집'을 한 이래 1919년 7월 '매신문단'에 이르기까지 약 13회에 걸쳐 각종 현상문예공모를 하였다. 현상문예공모가 지닌 문학사적 의미를 김영철은 다음과 같이 규정하였다. "소설 장르에 비해 뚜렷한 작가층과 독자층이 형성되지 못한 시가 분야에서의 현상문예는 장르형성의 기본이 되는 창작계층 및 향수층의 기반 형성에 큰 영향을 주었던 것으로 보인다."[69]

1910년 12월 13일자에 공고된 '신시현상모집'의 내용을 보면 다음과 같다. "歲色將暮 風物蕭瑟 剩添騷人之感懷 所以本社以左記諸條 廣募 大方家之傑作 幸陸續投稿以爭甲乙焉(한 해가 저물어 가는 때에 풍물이 소슬하여 시인의 감회가 더욱 일어나게 됩니다. 이에 본사에서는 아래에 기록한 조건으로 대방가의 걸작을 널리 모집하오니, 많이들 투고해서 우열을 다투기 바랍니다)"이라 하고 '시체'는 '절구'와 '율시'로 한정하였다. 운(韻)은 '자유'이며, '과제'는 '한강조설(寒江釣雪)'과 '전화(電話)'를 내었다. 현상은 '갑'이 50전, '을'이 30전이었다. 이후 매일같이 '신시현상모집'을 사고(社告)로 게재하였다.

---

69) 김영철, 『한국근대시논고』, 형설출판사, 1992, 43면.

1910년 12월 20일에 신시 당선작 5편을 발표하였는데, 7언 절구 한시가 3편, 7언 율시 한시가 2편이었다.

이처럼 '신시현상모집'이라고 했을 때 '신시'는 문명적 내용을 담은 한시를 말하는 것이다. 그런데 신채호는 이미 「천희당시화」에서 근대적인 내용을 한시 형식에 담아서 시의 혁신을 모색하려는 기획은 '불가'하다고 단언한 바 있다.

客이 漢詩 數首를 携ㅎ고 余를 示ㅎᆫ더 句句에 新名詞를 참入ㅎ야 成ᄒ지라. 其中 "萬壑芳菲平等秀 격林禽鳥自由鳴"이라 云ᄒ 一聯을 指ㅎ여 曰 此兩句ᄂ 東國詩界革命이라 可稱ᄒᆯ비라 ㅎ고 怡然히 自得의 色이 有ㅎ거늘 余曰 吾子의 用心이 良苦ㅎ도다만은 此로 支那詩界의 革命이라 홈은 可커니와 東國詩界의 革命이라 云홈은 不可ㅎ니 盖東國詩가 何오[70]

단재는 한시에다 신명사를 집어넣고 새로운 시라고 자득하는 것을 단호하게 부정하며 '동국'의 시는 '동국어'로 씌어져야 한다고 주장하였다.

1911년 1월 21일자 '신시현상공모'에서 시제는 '영랭음(寧冷飮)'과 '비행기'였다. '영랭음'에 대해 "愛酒家가 夢得酒ㅎ야 方煎在爐上이다가 聞友人咳聲ㅎ고 仍覺破ㅎ야 不及飮이라 遂埋怨其友ㅎ니 其友一亦愛酒ㅎ야 憫然曰爾寧冷飮"이라 부언하고 있다. 이러한 시제는 고전적 풍류의 세계에서 노니는 멋을 찬미하도록 창작자를 유도하며, 그들의 감수성을 체제의 안정적 추구라는 의도 속에 묶어놓는 효과를 지니는 것이었다. 또한 시제의 다른 한 쌍으로는 근대 과학기술의 업적들인 '비행기', '전화' 등을 내걸었는데, 이는 일제의 식민지 근대화에 의해 문명 세계가 도래하였다는 것을 암암리에 칭송하도록 하는 의미도 갖고 있었다. 다음은 1911년 1월 1일부터 고시한 '신시현상공모'의 을등(乙等) 당선작이다.

---

70) 「천희당시화」, 『대한매일신보』, 1909.11.20.

一片輕毬向碧空 誰知神巧湊其中
登時十二星辰近 運處三千世界通
諸葛木牛還小技 公輸竹鵲亦何功
吸來天地文明氣 使我東洋禽世雄

한 조각 가벼운 둥근 물체가 푸른 하늘로 날아가니
뉘라서 그 안에 신묘한 솜씨가 모여 있는 줄 알리
타고 오르면 십이성신이 가깝고
운행하니 삼천세계가 통하네
제갈공명의 牧牛도 도리어 잔재주에 불과하고
공수의 竹鵲 또한 무슨 공을 내세우랴
천지간 문명의 기운을 호흡하여
우리 동양으로 하여금 강대국을 사로잡게 하리라.

— 黃永煥, 「飛行機」[71]

　　이 한시는 비행기의 신묘함을 찬양하고, 비행기를 만드는 것은 문명의 결과이니 이 문명을 받아들여 세계를 제압하자는 내용을 담고 있다. 이는 비행기나 철도와 같은 문명 기기를 통해 식민지민을 위압하는 제국주의의 논리에 스스로를 예속하는 것에 다름 아니다. 이것은 일제가 박람회를 개최하여 문명과 야만을 이분화하고 식민지민으로 하여금 스스로의 야만을 자각하게 하여 문명화한 제국주의에 복종케 하는 제도와 동일한 것이라고 할 수 있다.

　　한편 『매일신보』의 시가 부문의 독자투고는 '사조'와 '가요'란에 집중 소개되었다. 신문물에 대한 칭송은 시가 양식을 총동원하다시피 하였는데, 『보통학교 창가집』과 『매일신보』의 '가요'란에는 신문물에 대한 찬양의 노래가 대부분이었다.

　　이러한 '신시현상모집' 제도는 일반 독자들에게 시 창작에 있어 하나

---

71) 『매일신보』, 1911.2.24.

의 전형으로 자리잡아 이후에도 지속적인 영향력을 발휘하였다. 현상모집이 끝나고 당선자와 당선작이 발표된 뒤에도 현상모집에서 내걸었던 시제와 시 형식에 맞추어 독자의 한시 투고가 줄을 잇는 상황이 발생하였다. 예를 들어『매일신보』의 '신시현상모집'에서 내걸었던 '비행기'라는 시제가 2년이 지난 뒤에도 '가요'란에 시조의 형식으로 게재되고 있는 것을 볼 수 있다.

> 님 계신 곳 가 볼 마음 쥬야로 간절ᄒ나
> 산 놉고 물 깁허서, 홀일업시 단념터니
> 지금에, 비힝긔 온다니, 그것을 타고[72]

한편『매일신보』는 '고행시(古行詩)현상모집'을 하여 '신시현상모집'과 차별화를 시도하였다. 비록 여러 회를 거치지 못하고 끝나 버렸지만, 이 '고행시'와의 비교를 통해 당시『매일신보』에서 의도했던 '신시'의 의미를 살펴볼 수 있을 것이다.『매일신보』1911년 3월 8일자에 실린 '고행시현상모집' 공고는 시제를 '오리정전이도령(五里亭餞李道令)'으로 하고, 압운을 '전(餞)'자로 제시했다. 이러한 '고행시'의 규정에 비추어 볼 때 '신시'란 고정된 운이 없는 '한시'를 의미했던 것임을 짐작할 수 있다. 실제로 이 당시『매일신보』편집자들의 의식 속에 시는 곧 한시였으며 이외의 다른 시 양식은 존재하지 않았다. '가요'란을 설치하여 상당한 양의 시조 작품을 게재한 사실로 보아, 시조가 시 형식이 아닌 '가요' 또는 노래 형식으로 간주되었음을 알 수 있다.

『매일신보』가 한시나 시조 이외의 국문시 또는 자유시에 관심을 갖게 된 것은 3·1 운동 이후인 1919년 6월 22일부터였다. "반도 신문학의 발달을 조장ᄒ며 문예의 취미를 일반에 보급케 ᄒ기 위하여"라는 취지로 '문예현상모집'을 하였는데, 작품 종류로 "단편소설·시조·신체시·수

---

72) 瑞峰山人,「비힝긔」,『매일신보』, 1913.4.5.

필" 등을 밝히고 있다.[73] 이러한 변화는 3·1 운동 이후 문화정치를 표방한 총독부의 식민지 지배방식의 변화와 연관지어 생각해 볼 수 있다.

『매일신보』가 3·1 운동 이전까지 자유시 형식에 대해 의도적으로 배타적인 자세를 취하였던 까닭을 그 매체의 특징에서 찾아볼 수 있다. 『매일신보』는 1910년대 식민화 이념을 생산 보급하는 유일한 매체로서, 식민지 대중들의 지식으로서의 정보에 대한 욕구를 충족시킴과 동시에 그들의 의식을 규정하고 여론을 형성하는 역할을 담당하였다.

『매일신보』 편집자들에게 시는 인성을 계발하고 정서를 순화하며 풍류를 고양시키는 데 기여하는 장르였다. 이것은 『매일신보』 기자들이 주축이 되어 조직한 〈신해음사(辛亥唫社)〉의 성격을 살펴보면 분명하게 드러난다. 1910년대 한문학의 부활을 기치로 하여 조직되었던 문예단체들인 〈이문회〉·〈조선문예사〉·〈문예구락부〉가 폐쇄적인 성향으로 인해 대중적인 기반이 취약했던 것에 비해, 〈신해음사〉는 전국의 한문학 창작 능력이 있는 모든 자에게 개방적인 태도를 취함으로써 가장 큰 영향력을 발휘하였던 단체이다.[74] 〈신해음사〉는 사규에 "시의 體調는 和平을 귀하게 여기나니 政治 의사를 함유한 자는 採取치 아니한다"고 못박음으로써 일제의 식민통치와 관련한 정치적인 내용을 일체 불허하였다. 이러한 〈신해음사〉의 시의식은 실제로 민족의 현실을 호도하고 일제의 식

---

73) '小品文藝懸賞募集', 『매일신보』, 1917.6.22. 『매일신보』는 1919년 7월 7일부터는 매주 월요일마다 정기적으로 신문 한 면을 할애하여 독자투고 작품을 현상문예 형식으로 게재하였다. 여기에 시인으로 盧子泳과 金炯元 등이 활약하였다. 1919년 '每申文壇'의 현황에 대해서는 김영철, 「'每申文壇'의 문학사적 위상」(『韓國近代詩論攷』, 1988, 형설출판사) 참조

74) 〈신해음사〉는 1912년 3월 창간호 『신해음사 신해집』을 발간한 이래 『신해음사 임자집』 1~5집을 같은 해에 속간하고, 이후 해마다 3~4권의 시집을 거르지 않고 발행하였는데 1916년까지 24권의 시집이 나왔다. 한편 회원수도 창립초인 1912~1913년에 7백명을 넘어서는 폭발적 성황을 이루었다. 특히 창간호에는 안국선·유길준·장지연·이해조·권상로·한용운·이보상·권도용 등 당시 명사들의 기고와 이 단체의 설립을 축하하는 무명·유명인사들의 축시로 채워졌다(강명관, 「일제초 구지식인의 문예활동과 그 친일적 성격」, 『창작과비평』, 1988년 겨울호, 155~156면).

민통치를 찬양하는 작품의 창작으로 나타났다. 〈신해음사〉와 『매일신보』
는 긴밀한 관계를 형성하고 있었다. 그 구체적인 예로 〈신해음사〉의 현
상모집광고가 『매일신보』에 전적으로 의지하고 있었으며, 때때로 현상당
선 작품이 『매일신보』에 실리기도 하였던 점, 그리고 〈신해음사〉의 핵심
인물인 안왕거(安往居)가 집필한 시화 「동시총화(東詩叢話)」를 수년간 『매
일신보』에 연재하였던 점 등에서 확인된다. 이러한 사실에 근거해 볼 때
〈신해음사〉와 『매일신보』의 편집방향이나 시의식이 동일한 것이었음을
짐작할 수 있다. 따라서 『매일신보』의 '독자투고'와 '현상공모'는 비정치
적이고 체제긍정적인 한시를 중시하는 방향에 따라 식민지 지배 질서에
대한 민족적 저항을 순화하고 식민지 대중에게 '지배를 내면화'시키는
역할을 하였던 것이다.[75]

여기서 주목할 것은 소설의 경우 『무정』과 같은 근대적 소설을 연재
하였던 『매일신보』가 자유시 형식에 대해서 의도적으로 배타적인 자세
를 취했다는 점이다. 그것은 자유시가, 기본적으로 정신과 영혼이 자유
롭고자 하는 주체가 성찰적 이성을 관철하고자 하는 욕구에 의해 성립
하는 양식이라는 데 그 원인이 있다. 따라서 일제가 의도하는 바에 의해
식민지 대중을 계도하고 '지배를 내면화'시키는 데 기여하고자 했던 『매
일신보』의 시의식 속에 자유시는 경계의 대상이 아닐 수 없었다.

일본에서도 자유시운동은 자유민권운동과 맥락을 같이 하며 발전하였
다. 자유시는 자유민권운동의 이념적 반영처럼 인식되었으며, 천황 중심
의 절대주의가 지배하던 당시의 일본 사회에서 철없는 젊은이들의 부도
덕하고 반체제적이고 부화방탕하는 감수성을 대변하는 형식으로 인식
되었다. 즉 형식적 단아함을 최고의 목표로 삼는 '하이쿠[和歌]'가 주도
적인 양식이었던 시대에 자유시는 운도 율격도 형식도 없는 '자유'분방,

---

75) 1917년 1월 21일부터 27일까지 집중 게재한 「日鮮同化論」이 '신년문예공모'의 제목
이었던 것으로 보아 이들이 '독자투고'와 '현상공모'를 통해 추구하였던 바가 무엇이었
는지를 쉽게 짐작할 수 있다.

방탕함으로 인식되었던 것이다. 1910년대 『매일신보』를 필두로 하여 봉건적·식민지적 이념과 미의식을 표방하였던 집단에게 자유시는 자유로운 개인 감정을 분출함으로써 안정과 질서를 위협하는 '부화방탕'에 다름 아니었다. 자유시에 대한 이러한 부정적 인식은 근검, 성실, 도덕을 기반으로 한 실력양성론을 주장하였던 계몽 주체들에게서도 동일하게 나타나고 있다.

문예를 통한 이념적 지배, 자유시에 대한 배타적 기획은 성장하는 청년 학생들의 정신과 감수성을 포획하였다. 1915년 『매일신보』 '신년문예모집' 부문은 시·문·시조·언문줄글·언문풍월·우슴거리·가·언문편지·단편소설이었다. 여기서 시는 한시를 의미하여 시제는 '도소(屠蘇)'였고, 가(歌)의 과제(課題)는 '우리 청춘'이었다.

'가' 부문 2등 당선작을 보면 다음과 같다.

> 希望이 無窮ᄒ다 우리靑春의
> 義務가 莫大ᄒ다 우리靑春의
> 하고쏘 ᄒ더리도 다못홀일을
> 엇지타 寸陰인들 앗겨안ᄒ리
> 압길이 헐신넓은 우리靑春아

—「우리 靑春」76) 부분

7·5조 창가인 「우리 청춘」 당선작의 발표 지면은 『매일신보』의 '학생—페지'였다. "寸陰"을 아껴서 "의무"를 수행하다 보면 먼 미래에 실현되리라는 계몽적 메시지를 담고 있다. 문예모집을 통해 청년 학생들을 유인하고, 그 과정에서 청년 학생들이 '지배를 내면화'하는 훈육에 자발적으로 동참케 하는 문화적 효과가 실현되는 것이다.

한편, 잡지 『신문계』나 『반도시론』도 '독자투고', '현상모집'란을 마련

───────────────

76) 『매일신보』, 1915.1.1

했는데, '시'와 '가' 부문은 한시와 평시조에만 개방하였다. 『신문계』의
경우 1권 8호(1913년 11월)부터 '율시 짓기' 현상문예를 실시했으며 시제는
'입춘'이었다. 독자투고 시는 '한시'로 제한하고 있는 듯, 한시 일색인 점
이 특이하다. 또 '창가'의 경우 아주 활발하게 게재하고 있는데, 이상준
(李尙俊)·김인식 등 전문가들이 악보와 함께 가사를 게재하고 있으며, 이
외에도 많은 아마추어 작사가들이 독자투고 형식으로 작품을 투고하였
다. 창가의 제목을 보면 「축하신문계잡지가」(1-9호), 「신문계는 우리의 빗」
(2-9호), 「지족(知足)-분수를 지켜라」(2-4호), 「신년의 노러」(3-1호) 등으로
새로이 도래한 세상을 희망적으로 노래하는 것들이거나 근면, 성실을 종
용하는 노래들이 대부분이다. 게다가 「어대전봉축가(御大典奉祝歌)」(1915년
11월)처럼 일본어로 된 가사에 악보를 붙인 창가를 잡지의 권두에 게재하
기도 하였다.77)

　『신문계』의 현상문예 및 독자투고는 내용면에서 정치·사회적 담론을
배제하고 형식면에서는 한시와 창가, 또는 교술적 산문으로 제한하고 자
유시를 배제하는 등 배타적 속성을 가지고 있었다.78) 『신문계』를 계승하
여 발간된 『반도시론』의 사정도 거의 동일하다. 그리고 『공도』79)의 문예
면인 '예원'란도 한시로 채워지고 『중앙청년회보』의 '사조'란에도 한시
가 주류를 이루고 있으며, 국문 자유시는 게재하지 않았다.

　이와 함께 중세적인 미의식과 시론도 권장되었다. 태화산인(太華山人)은
「시가(詩家)의 일경」이라는 글에서 "1. 시가와 성정(詩家는 性情을 陶寫ᄒ는 機
關) 2. 시가와 교화(詩家는 敎化를 發揚ᄒ는 機關) 3. 시가와 사물(詩家는 事物의 巨
細를 無不描寫) 4. 시가와 정한(詩家는 萬物觸感의 萬緖情恨) 5. 시가와 풍치(詩家

---

77) 『신문계』의 '詞藻'欄은 漢詩를 위한 지면으로 마련되었는데 단골로 한시를 지어내는
　　사람 중에는 乙巳五賊의 한 사람인 李址鎔이 포함되어 있다.
78) 이런 여건 속에서도 『신문계』에는 자유시 형태의 시가 몇 편 실려 있다. 모두 부지우
　　생(不知憂生-백대진으로 추정)이 쓴 작품으로 「나의 늣김」(3-7호, 1915.7, 65면), 「감
　　상의 일장」(3-8호, 1915.8, 10면), 「산문시」(3-12호, 1915.12, 60면) 등이 그것이다.
79) 발행 겸 편집자 姜邁. 1914년 10월 16일 창간해서 1915년 3월까지 통권 5호 발행.

는 風致의 高尚홈을 自得)"[80]에 대해 논하고 있다.[81] 이 시론은 『신문계』의 시의식을 대변한 것으로써 '독자투고'에 작품을 투고하거나 '현상모집'에 응모하는 경우, 이러한 중세적인 시의식이 암암리에 강요되고 규범으로 작용하였다. 또한 이렇게 하여 '문예현상공모'에서 당선된 청년 학생에게는 "寫眞을 揭載ᄒ야 相見相揖의 禮롤 取ᄒ야 携手同濟의 眞意를 表ᄒ고져" 한다는 광고[82]를 냄으로써, 경박한 공명심을 부추기고 있다. 이는 일제의 의도대로 조선 청년들의 의식을 사로잡아 자발적으로 '지배를 내면화'하도록 '교화를 발양'하기 위한 것이었다.

2) 근대적 개성의 형식화로서 자유시

(1) 자유시의 미적 특성

미적 가치는 주체나 객체의 일방적 표상이나 서술이 아니다. 한편으로는 대상의 성질과 형태에 의거하고 다른 한편으로는 주체의 태도와 활동에 의존한다. 이 양면의 조건이 잘 어우러짐으로써 미적 가치의 성립이 가능하게 된다. 이처럼 미적 가치는 대상과 자아 사이의 성찰적·심미적 긴장관계에서 성립되는 것이며, 근대 자유시의 형성과정도 이러한

---

80) 『신문계』 4-10, 1916.10.

81) 일제는 강제 '합방' 이후 식민지 헤게모니 지배를 위해 전통을 이용하였는데, 유교에 대해 취한 정책에서 전형적으로 드러난다. 강제 '합방'과 동시에 지방의 양반 유생들에게 천황의 '은사금'을 지급하고, 1911년에는 '조선 유학의 진흥책'을 발표하였으며, 1913년 '문란된 사회 윤리와 도덕을 유교를 통해 회복한다'는 구호를 내걸고 孔子敎를 창립하였다. 일부 유생들은 이에 따라 지방적 차원에서 유지로 대우받았다. 이들은 순회 강연이나 詩會의 조직 등을 통해 '민풍을 개선'하고 식민 권력에 의한 '새정치의 큰 뜻'을 선전하였다. 또 지방 향교나 유생들이 주도한 학예회나 백일장 등이 빈번히 개최되었다(김경일, 「근대성과 헤게모니의 역사적 변화」, 『한국사회학회논문집』 제4집, 문학과지성사, 1995, 157~158면).

82) 『신문계』 3-8, 1915.8, 73면.

긴장관계를 반영하는 것이었다.

최남선·신채호를 비롯한 애국계몽운동가들로부터 시작된 새로운 시 형식의 모색은, 민족적 정체성을 형성하고 그것을 사회에 실현하고자 하는 근대적 기획의 일환으로 추진되었다. 그것은 중세적 관습과 억압으로부터의 해방과 자유를 의미하는 시민적 기획을 포함하는 것이었다. '민족'이라는 이념적 중심이 자아를 지탱하고 있었던 애국계몽기에는 시의 형식이 그리 큰 문제가 되지 않았다. 애국계몽기 시가들에는 다양한 양식들이 응용되었는데, 전통 양식들이 다채롭게 활용되었고 변형이 시도되기도 하였다. 그러나 일제강점 이후 계몽 이념의 현실적 기반이 무너지면서 주체는 동요하게 되고, 그 동요를 통합할 사유의 형식에 대한 필요성이 대두하였다. 이데올로기의 중심이 상실된 상태에서, 개인적 고뇌와 동요 속에서 자아를 형성하고 나아가 복잡한 근대의 형상을 추적하는 작업이 문학의 새로운 과제로 제기되었던 것이다. 이것은 새로운 형식과 창작방법에 대한 요구로 나타났다.

근대의 복잡다기한 현실에 대해 적극적인 자세를 취하였던 1910년대의 신지식층들은 근대의 핵심적 가치로서 자유·개성 등을 문학의 형식과 내용으로 삼으려고 애썼다. 그러나 1910년대를 전후한 근대문학 초기의 사회 현실적 조건은 매우 열악한 것이었다. 식민지적 상황과 전근대적 상황이 혼재된 속에서 근대 주체의 정체성은 혼란과 괴리, 분열을 경험하였다. 이러한 혼란된 환경 속에서 자기 표현의 적절한 양식을 창조하는 일은 매우 길고 어려운 과정을 동반하였다. 더욱이 전통 속에서 모범으로 삼아 동일시할 대상이나 정신을 찾아낼 만큼 성숙하지 못했던 주체가, 문학사적으로 존재한 적이 없는 새로운 양식을 형성하는 과정은 많은 혼란을 동반하였다. 그 과정은 전통적 '가' 형식인 시조나 가사·잡가·창가 등에서 자립하여 눈으로 읽는 '시'를 창출하는 것이어야 했으며, 한시에 대해서는 민족어[83]로 이루어지고, 압운이나 음수율적 제약으로부터 자유로워진 시 형식의 창조를 의미하였다. 이렇게 형성된 근대적인 시 형식이 바로 자유시 양식이었다.

자유시는 전통의 예속으로부터 해방과 자유를 지향하는 정신의 소산이며, 나아가 개성과 독창성을 통해 자아의 신장을 추구하는 과정에서 모색·형성된 것이다. 자유시는 그 본질상 민주적 경향 내지는 혁명적인 경향을 지닌 것으로 여겨져 왔다. 자유시는 음보·운율·각운 등과 같은 고정된 패턴을 따르지 않고 자유로운 리듬의 흐름 속에 시상과 정서를 표현하는 양식이다. 자유시는 자유와 개성의 자유롭고 분방한 표현을 위하여, 규칙적인 패턴 속에서 반복되는 운율의 음보에 의존하는 대신, 리듬의 단위들과 단어, 구, 절, 행의 반복과 균형이나 변화에 의존하며 길이가 일정하지 않은 시행들을 사용한다.

자유시를 지향하는 시인들은 개성과 독창성을 통한 자아의 신장을 추구하는 과정에서 새로운 전망과 창의적인 방법을 발견하여야 했으며, 시적 요소들의 새로운 관계를 설정해야 했다. 이러한 노력은 이미지의 혁신과 언어에 대한 새로운 인식의 변화를 촉발하였으며, 어조와 상징, 리듬의 다양한 변화를 통해 자아와 세계를 새롭게 인식하는 방법을 끊임없이 개발하였다. 이러한 과정을 거쳐 자유시는 근대적 양식으로서 독자적인 특권을 획득하였으며, 그 가능성과 실현의 폭을 넓혀 나갔다.

식민지적 근대사회를 살아야 했던 지식인들의 인식의 저변에는 경험 가능한 현실을 뛰어넘어 이상세계로의 탈주 욕망이 깔려 있었다. 자유와 개성을 억압하는 온갖 식민지적 규제들, 그리고 엄연한 권위로서 일상생활 속에서 행사되는 전근대적 도덕과 제반 관습들은 근대적 주체로의 성

---

83) 중세적인 지방적 분할을 극복하고 근대적 민족국가 혹은 국민국가를 형성하는 과정에서 필연적으로 민족어 또는 모국어의 과학적 기초 확립이 요구되었다. 언문불일치는 근대적 국가 형성을 위한 사상 및 문화의 통일적 발전에 커다란 장애가 되는 것이었다. 또한 근대화운동에서도 언문일치 국문운동은 중요한 과제로 부여되었다. 이러한 기초 위에서만 개인으로서의 자각과 자발적 능동성을 높일 수 있었던 것이다. 즉 국문운동은 이성을 기치로 내걸고, 중세적 권위주의와 계층적 사회관계를 타파하고 개인의 인격적 존엄과 개인 이성의 자립을 실현하고자 할 때 그 기초가 되는 것이다.

장을 지연시키거나 왜곡시켰다. 혼란된 자아 정체성으로 현실의 모순과 억압을 극복하고자 하는 이들의 노력은 내면적 분열과 괴리를 가중시키는 방향으로 전개되었다. 그것은 1910년대 시에 그대로 반영되어 있다. 세속화되고 분열된 현실과 혼란에 찬 자아 정체성에 통합의 지평을 확립하고자 한 이들의 시도는 영혼이나 정신세계로의 탐닉, 현실 속에서는 지각 불가능한 '저 너머의 세계' 또는 어떤 궁극적인 미의 세계에 대한 지향으로 나타났다. "미학적 모더니티란 사회의 세속화가 전면화하면서 경험하는 통합의 위기를 미학적 영역이 극복·초월해야 한다는 기획"[84]으로서의 의미를 지닌다.

유토피아적 미래를 가속화함으로써 현재적 위기 상황을 돌파하고자 했던 애국계몽적 기획은 국권 상실로 인하여 그 전망이 왜곡되거나 혼란에 빠졌다. 1910년대 신지식인들 일부는 사회진화론에 입각한 진보사관에 회의를 나타내기도 하였다. 이들은 사회가 직선적으로 발전하는 것이 아니라 과거나 미래가 똑같을 것이라는 절망감을 드러내기도 했다. "과거는 추오(醜汚), 타락, 공포, 고통, 비애, 고독이엿스니 쟝차 오랴는 미래도 / 쏘한 이런 것이리라만은 영구히 모든 인식, 의식을 일는 전허공인 모든 / 것과 운명을 갓치하는 죽음이 오기 전까지는―「살지 아니하면 아니 된다」"(김억, 「내의 가슴」)[85]와 같은 이상의 좌절이 정체성의 혼란으로 이어졌다. 한편으로 "살지 아니하면 아니 된다"는 적자생존의 화두와, 다른 한편으로 과거와 미래가 전허공(全虛空)일 것이라는 시간관이 모순을 일으키고 있었다. 이런 사상적 모색과 자아 탐구는 청년 시인들로 하여금 상상의 공간 속으로 미학적인 탈주를 감행하게 하였다. "the shore far-beyond"(김억, 「나의 적은 새야」), "unknown world"(김여제, 「산녀」), "끝없는 한 모르는 영구적 신비향"(돌샘, 「이별」)과 같은 상상의 공간으로 탈주하고자 하는 실존적 욕망이 자유시 형성의 미학적 동력이 되기도 하였다. 1910년대의 시인들은

---

84) 김성기, 「세기말의 모더니티」, 『모더니티란 무엇인가』, 민음사, 1994, 27면.
85) 『학지광』 4호, 1915.2.

상상력을 통해 자신을 억압하는 체제와 이념이 사라진 새로운 세계에 대한 희망을 자유시로 표현하고자 했던 것이다.

(2) 근대적 개성의 형식화로서의 자유시

강제 '합방' 이후 일제는 식민지 지배를 효율적으로 유지·확대하기 위해 폭력적인 무단통치를 감행하였으며, 한국에서는 세계 자본주의 질서가 관철되는 '식민지적 근대화'가 진행되었다. 1910년대는 민족적 모순과 계급의 분화·갈등, 이념적 분열이 생성, 격화된 시대였다. 이러한 시대적 갈등은 근대적 주체로 발돋움하려는 개인의 내면세계를 혼돈과 방황으로 몸부림치게 하였다. 그러나 식민지 권력의 보호 아래 안정적인 기득권을 향유하고 있던 수구세력들은 이러한 시대적 갈등 현상을 사회 불안, 무질서, 철없는 방탕과 방종, 도덕의 타락 등으로 몰아갔다.

당시에 창작된 시작품들은 제국주의하의 식민지 지식인들이 겪었던 혼돈과 방황의 양상을 반영하고 있다. 일제의 식민정책에 영합하여 기득권을 유지하던 층에서는 창가·시조·한시 등을 지어 식민지 민중들에 대한 정서적 교화를 기도하였다. 이것은 한시와 시가(詩歌) 양식이 기본적으로 외형적 질서의 규정력을 그 양식적 특징으로 하는 점을 활용한 것이다. 노래 형식과 정형률 지향의 전근대적 시가(詩歌) 양식은 내면세계의 갈등과 분열을 '음악적'·'정형적' 자질로 통어하고 질서화하여, 조화로움을 지향하였다. 이러한 조화로운 미적 질서는 식민지 지배체제의 안정된 확립을 도모하는 주체들에 의해 선호되었다.

한편, 식민지적 근대 현실의 모순을 자각하고 그 속에서 자아 정체성을 확립하고자 노력했던 일군의 신지식층이 있었으며, 그들에 의해 모색된 시 형식이 자유시였다. 대부분 일본 유학생이었던 이들은 현실 속에서 자신들이 느끼는 분열과 갈등, 방황과 좌절, 설움, 비애 등을 정직하게 드러냄으로써 개성과 자유를 확인하고자 하였다.

근대적 인간은 전통의 영향력으로부터 벗어나 자신의 이성과 의지로써 자신과 세계를 인식하려는 '주체로서의 인간'이다. 자율적인 존재로서 인간은 개성적인 자기 정체성을 요구하게 되고, 그 과정에서 '자유'의 문제가 제기된다. 근대 자유시의 형성도 근대적인 의미의 자유에 입각한 개인의 자기 정체성 또는 개성을 탐색하는 작업과 긴밀하게 관련되어 있다. 낡은 전통과 도덕, 경직된 양식의 영향력으로부터 벗어난 새로운 정신과 양식의 창조는 근대인으로서 자기 정체성을 확장시키는 과정의 산물이었다.

그러나 1910년대 근대 자유시에서 '자유'의 문제는 개인적 자아의 절대 순수 개념을 제도화하는 데 기반을 두고 있었다는 점에서 문제적이다. 당시 신지식층에 의해 규정되었던 개인과 자아는 사회 문화적 현실로부터 분리(초월)되어 그 자체로서 절대화되는 양상으로 나타났다. '자유'의 문제를 자아의 절대 순수 개념으로 규정하고 자유시를 개인 감정의 주관적 표현으로 인식하였다. 그 결과 시의 내적 규율을 확립하지 못한 채 즉자적인 감정을 산만하게 표출하는 시 형태를 양산하기도 하였다.

無數헌줄(絃) 이宇宙라하는곳에느리여, 모든것을캄캄한秘密속으로
잇끄러가다. ―쏙 漁夫가낙시(釣)로물밋헤잇는生鮮을쓰러올니듯이―
그모든가운데, 人生이라허는可憐헌놈도, 그줄에잇끌니여, 밤낫업시캄
캄허고, 무섭고, 疑惑되는곳으로달녀가다.
저이는그줄을말하야生命이라하고, 쏘저이가끌니여가는캄캄한곳을가르
처 終局卽죽음이라하더라.
나는人生이라하는可憐한놈의悲哀를 歎息치안이할수읍노라.
Free! Free! 저이네가紛叫하는 悲慘한哀願을默然한慰安안에간수할수
읍도다.
(…중략…)
골채에흐르는 맑은물은
偉大한自由에 깁히품겨

無窮한幸福을意識한듯이
軌道를싸러 흘너갈쑨이요,
不平도업시 倦怠도업시
虛僞도업시 恐怖도업시.

ree! Free! 사람의痛切한哀叫는漸漸騷動하다. —쑥 어미업는아희의 졋찻는 부르지즘과갓치 —

저이는, 서로무서워하고, 서로먹으려하고, 서로죽이려하고, 서로싸호며, 쎄앗고, 치는것이 저이의極切한理想이요, 極切한眞理가되엿다.

自然은인생의모순을뭇지도안이하고, 默默히우슬쑨이라.

(…중략…)

다사로운아츰빗 빗취우는곳에
歡樂을노래하는 아름답고 적은새는
女神의나래갓치 純潔한그깃으로
自由의飢渴읍시 幸福을戲弄하네,
不平도업시, 虛僞도업시, 迷惑도업시, 罪惡도업시.
널부러운自由에 抱愛를자랑하네.
모든것은그와갓치偉大한自由안에서, 生과死의사이를榮華로운우슴과,
歡樂의노래로, 뛰고, 날고, 흐르는대, 오즉人生은自由의부르지즘과,
虛僞와, 恐怖와, 驕慢과, 싸홈과, 우름에쎄여서, 캄캄한죽음속으로
다토아잇끌녀가다. 그캄캄한墳墓속으로. 그러나, 그終局은 Free! Free!
가람의要求는이에 다하다.

—CK生, 「쯔리!」86) 부분

이 시는 자유를 시적 제재와 주제로 삼고 있는 점이 특이하다. 인생의 분열과 비애 속에서 자아를 형성하는 핵심적 문제이자 인생의 진리로서 "Free! Free!"를 부르짖는다. 이 시의 형식은 이중적인데, 음수를 맞춘 정형률과 산문시로 나뉘어져 있다. 정형률의 부분은 "환락의 노래"와 "아름다움"과 "순결"이 보존되어 있는 "행복"으로 가득 찬 자연의 세계이다.

___

86) 『학지광』 4호, 1915.2. CK生은 김찬영의 필명이다.

그곳은 "불평", "허위", "미혹", "죄악"이 없는 세계, 자유의 기갈도 없고 자유의 포애(抱愛) 안에 있는, "위대한 자유" 안에서 생과 사를 초월한 완전한 세계이다.

그런데 산문시 부분은 온갖 분열과 갈등으로 휩싸여 있는 '인생'의 세계를 표현하고 있다. 이러한 "인생"의 세계는, 자연에서 떨어져 나와 자립한 인간, 곧 근대적 삶을 의미한다. '인생의 자립과 자유에 대한 부르짖음'은 허위와 공포와 교만과 싸움과 울음에 휩싸이고 캄캄한 죽음을 향하고 있다. 이처럼 자유와 자립을 가속화하는 근대적 삶은 갈수록 그 분열이 심화되고, 시 형식도 내적 균형을 잃고 산만한 산문성에 빠지고 있다.

이러한 이중적인 시 형식, 즉 자연의 세계를 노래할 때는 외형적 질서와 안정감 있는 리듬을 보이다가 근대적 삶의 세계를 표현할 때는 내적 균형을 잃고 산문성을 노정시키는 시 형식은 식민지 지식인으로서 시인의 무의식적 내면을 반영한 것이다. 근대적 주체로서 자유에 대한 갈구와 그것의 형식화로서 자유시에 대한 모색이 시대적 요구로 제기되고 있지만, 분열하는 복잡다단한 근대 세계의 운동을 포착하여 거기에 내적 질서를 부여하기에는 아직 정신적 미학적 경험이 축적되지 못한 현실을 보여준다. 이는 근대 시인으로서의 미적 정체성이 혼란 상태에 있는 것을 방증하는 것이기도 하다. 한편에서는 식민지 권력이 사회적 정치적 담론을 배제하고, 그에 따른 상상력의 자기 검열이 이루어지고 있으며, 중세적 유제의 영향력과 일본을 통해 수용한 서구적인 것에의 열망 등이 혼재되어 있었다. 그러한 가운데 시를 통해 자기 운명에 형식을 부여해 보려는 근대문학 초기의 시도는 분열과 혼란을 가속화시키는 결과를 초래하였던 것이다.

이러한 혼란 속에서 점차 '자유시'라는 용어가 일반화되었으며 1910년대 말에는 자유시를 둘러싼 논쟁이 촉발되기도 하였다. 자유시에 대한 인식은 점차 '자유'와 '개성'의 문제에 대한 첨예한 관심을 기반으로 하여 형성되어 갔다. 이것은 근대적 의미의 개성에 대한 추구가 '자유'의 탐색으로 발전하였음을 말해준다. 신지식층이 근대적 개성을 논의하던 초기에 자유는 막연한 인상이나 소재로서 존재하였고 의식적 탐구의 대상이 되지는 못하였다. 그런데 황석우가 「조선시단의 발족점과 자유시」[87]에서 근대의 핵심을 자유에 두고, 자유에서 비롯한 개성의 문제, 자유와 개성의 시적 형식인 자유시의 문제를 거론하고 있다. 그는 당시에 널리 유행하던 '신체시'를 거론하면서, 신체시는 일본의 현실과 문학사의 과정에서 필연적이었지만 우리에게 '신체'가 일어날 하등의 이유가 없다고 못박은 뒤, 자유시의 역사적 필연성을 주장하였다.

> 諸君이여—우리 詩壇은 적어도 自由詩로부터 發足치 안으면 아니되겟습니다. (…중략…) 自由詩 以前에 在훈 詩는 音數, 體裁 등에 關훈 複雜훈, 怪難훈 法則에 支配되여 잇섯습니다 (…중략…) 이 專制詩形에 反抗ㅎ야 立훈 者가 곳 自由詩임니다. 自由詩는 그 律의 根底를 個性에 置ㅎ엿습니다. 自由詩의 創開者는 彼 有名훈 象徵詩團의 베—르네인, 마랄메, —베—ㄹ하렌 등 諸詩人임니다.[88]

황석우는, 자유시의 특성으로 음수율에 지배받지 않는 개성에 근거한 율(律)을 들고 있다. 그는 이러한 자유시의 율("자유율 곳 개성율")을 "내용률, 내재율, 내심률, 혹 내율, 심률……한마디로 영률"이라고 규정하였다. 이것은 자유시에 대한 그의 인식이 내재율과 개성률에까지 심화되었음을 보여주는 대목이다.

자유시에 대한 이러한 인식은, 김억이 "詩는 心靈의 産物이며 主觀의 領域이다."[89] "詩는 呼吸과 鼓動에 根底를 잡은 音律, 즉 音樂的 表白"[90]이라고 정의하여 물량적 리듬을 강조한 것에 비해 한층 진보한 것

---

87) 황석우, 「朝鮮詩壇의 發足點과 自由詩」, 『매일신보』, 1919.11.10.
88) 황석우, 위의 책.
89) 김억, 「시형의 음률과 호흡」, 『태서문예신보』, 1919.1.13.

이다.

> 울니여 나는 樂群의 / 느리고도 짜른
> 애닯은 曲調에 / 나의죽엇든 넷꿈은
> 그윽흐게 살아 / 내가슴압흐라.
>
> 憂愁가득한 樂群의 / 빠르고도 더딘
> 애닯은 曲調에 / 뒤숭숭한 싱각은
> 고요흐게 쓰며 / 내눈물 흘러라.
>
> (…중략…)
>
> 가슴울니는 樂群의 / 썩넓고도 좁은
> 애닯은 曲調에 / 슬어져가는 사랑은
> 시롭게 찌여 / 감은눈 열어라.
>
> ― 김억, 「樂群」 부분91)

이 시에서 시인은 "곡조"를 통해 자기의 존재를 느끼고 자아를 확인
한다. "곡조"는 생명이며 "죽었던 꿈"을 살아 생동하게 하는 원동력이다.
"곡조"로 하여 "슬어져가던 사랑"도 새롭게 깨어나고, 감았던 눈도 열린
다. 김억에게 있어 음악적 요소인 "곡조"는 절대적인 자아이자 가치이며,
세계를 움직이는 동력이다. 따라서 시의 모든 것은 "곡조"로 집약된다.
"곡조"는 온갖 감각적 요소들에 작용하여 사고와 감정의 새 지평을 열
고, 세계로 통하는 통로가 된다. 또한 "곡조"는 근대의 복잡다단하고 모
순적인 현실을 포착하고 현실에 대응하는 시인의 자아이며 개성이다. 시
인의 내면에서 움직이며 자아에 형식을 부여하는 "곡조"는 바로 물량적

---

90) 김억, 「序文 代身에」, 『잃어버린 진주』, 평문관, 1924, 37면.
91) 『태서문예신보』, 1919.2.17.

리듬으로서의 율격이다. 시 「악군」도 8·6·6 음절의 반복으로 이루어졌으며, 압운이 시도되고 있다. 이것은 정형성에 가까울수록 시인의 자아가 안정감을 얻고 있음을 보여주는 대목이다. 실제로 김억은 시 형식의 물량적 리듬에 이끌려 후기로 갈수록 정형적인 틀에 깊이 빠져들어 1930년대에는 격조시와 같은 경색된 정형적 매너리즘에 침잠하게 되는 것을 볼 수 있다.

이것은 김억이 주장하는 "곡조"가 구체적인 현실적 삶의 국면에서 발생하는 욕망과 갈등으로부터 생겨난 것이 아니라, 막연하고 "뒤숭숭한" 주관적 감정의 변덕스런 "고동"에 자아를 맡겨버림으로써 생겨나는 리듬이자 곡조였음을 말해주는 것이다. 이러한 주관적 감정에 의거하여 미적인 근대성을 창조하고 근대적 개성을 창출할 수는 없다. 세상의 온갖 잡다한 소음들이 뒤섞여 변주되는 곳이 근대의 공간이다. 그런데 김억의 시적 주체는 근대의 소용돌이로부터 멀리 떨어진 곳에 스스로를 격리시킨 채 고립을 자초하고 있으며, 이러한 고립 속에서 감상에 젖고 있다. 김억의 시에서 "곡조"를 통해 얻은 시세계는 "애상", "우수", "눈물"의 세계였다. 이것은 김억의 시론이 성찰적 현실 대응력의 긴장을 고려하지 않고 오직 "순정한 서정"[92]의 세계에만 집착한 결과로써 초래된 것이다.

한편 황석우에게 시쓰기는 자아 탐구의 여정이며 개성에 형식을 부여하는 과정이었다. 등단작에 해당하는 「신아의 서곡」은 그의 시쓰기가 어디에서 출발하고 있는지 잘 보여준다.

> 勇士야 들으라, 未來의 戶口에 나가 들으라.
> 官能의 廢坵, 噫, 落月의 밋으로
> 고요히, 哀달게, 울녀나오는
> 尊한 葬日의 曲, 新我의 頌.

---

92) 김억, 「現詩壇」, 『동아일보』, 1926.1.14.

> 僞의 骨董에 魔한 날근 나는 가고
> 嬰兒는 懺悔의 闇-三位一體의 胎에 頰笑하다.
> 自然, 人間, 時間
>
> 新我는 불으짓다. "오오 大我의 引力에
> 感電된 肉의 산목--我, 一我야,
> 新我의 血은, 世의 始와 終과에 흘너가고, 흘너오다.
>
> 나의게 哀愁업다. 恐怖업다. 苦惱업다.
> 춤의 '나' 無限의 傷과 滅亡 밧게,
> 噫, 死와 老는
> 調和의 花火일다. 夕宴일다"라고.
>
> ─「新我의 序曲」[93] 전문

시적 주체는 "날근 나"를 조상(弔喪)하고 새로운 나, 즉 "신아"의 도래를 꿈꾸고 있다. "신아"야말로 상(傷)함과 멸망을 벗어난 "춤의 나"이며, 이러한 나에게 애수와 공포와 고뇌는 존재하지 않는다. 시인은 근대적 자아 확립을 위해 애쓰는 자를 "용사"라고 부른다.

이 시에서 주목할 것은 시인의 근대적 '시간' 의식이다. 김억이 근대적 자아에 형식을 부여하는 시의 본질을 음률 또는 '곡조'와 같은 음악적인 부분에서 찾았다면, 황석우는 그것을 근대적 '시간' 의식에서 찾고 있다. 시 「신아의 서곡」을 구조화하는 내재적 질서의 원리는 시간이다. 이 작품을 구조화하는 자질은 "신", "낡은", "미래", "낙월의 밋", "장일(葬日)", "가다", "시간", "시와 종", "무한", "사와 노"와 같은 시간의 메타포들이다. 이것은 시인이 근대를, '자연'적 '시간'을 낡게 만들어 버리고 '인간'적 '시간'을 창출할 수 있는 가능성의 시대로 인식하고 있음을 보여준다. 이러한 인식 속에서 '낡은 나'를 벗어버리고 '새로운 나'로 거듭

---

93) 『태서문예신보』, 1919.1.13.

태어나기를 열망하고 있는 것이다. "신아"의 탄생은 현재의 "폐구(廢坵)"를 "미래"의 유토피아로 전화하는 데서 그 가능성이 표출된다.

이 시는 식민지 지식인들의 의식의 일단을 보여준다. 그들은 자기를 '낡은 존재'로, 자신이 서 있는 곳을 '폐허의 언덕(廢坵)'으로 인식하였으며, 자신을 둘러싸고 있는 문화를 패배한 문화, 버려야 할 문화, 개혁해야 할 문화로 인식하였다. 그러나 현실 속에서 "낡은 나"를 벗어버리고 '참 나'로 거듭나는 동시에 "폐구"의 허위에서 탈출하여 "미래의 호구"로 나가는 유토피아적 탈주는 많은 번뇌와 분열을 감당해야 했다. 그것은 자기 정체성에 각인되어 있는 상호 모순된 요소들 — 전통적인 것, 서구 지향적인 것, 식민지적인 것 — 을 자각하고, 자기 부정을 감행하는 번민과 고뇌였다.

근대성은 자연에서 발견되는 닫힌 순환적인 구조 대신에 무한하게 열린 '과정'을 끌어들인다. 이처럼 시간을 '과정'으로 이해하게 될 때 '자유'가 존립할 수 있다. '완성되지 않은 미래'에 대한 열망은, 완성되지 않은 세계 속에서 새로운 지평을 무한히 마음대로 열 수 있는 인간의 '자유'를 보장하는 메타포가 된다. 그러나 동시에 '자유'는 인간 주체가 자기 자신을 보존하는 이념과 맞물려서 자기 자신을 지나치게 상승시키거나 혹은 자기 자신의 절대성을 강조하는 현상으로 귀결된다.[94] 실제로 정형의 파괴를 통한 새로운 자아 탐구에 관심을 두었던 황석우도 '자유'

---

94) "공간에서 시간으로의 전환에 유토피아적 미래가 정초될지라도 유토피아는 어쨌든 비논리적이며 확인 불가능하고 일상성을 뛰어넘는 특징을 지닌다. 바로 이러한 비논리적인 유토피아를 그려내는 예술적·허구적 상상력은 역사철학적 현대성에서 강하게 요청되었으며, 따라서 시간적 유토피아를 그려내는 데 있어서 역사가나 보고자보다는 상상력을 바탕으로 허구를 창출해낼 수 있는 문필가의 역할이 중시된다. 즉 집합적인 단수 개념인 '역사'를 언급하면서 동시에 미래의 시간적 유토피아를 자의적으로 그려내는 글쓰기 작업은 바로 18세기 이후 엄청나게 팽창된다. 확인될 수도 없고, 아직 경험되지 않은 미래의 시간이 문필가에 의해 그려지면서 미래의 시간은 동시에 급진적으로 '가속화'된다."(최문규, 「역사철학적 현대성과 그 이념적 맥락」, 『(탈)현대성과 문학의 이해』, 민음사, 1996, 28면)

와 근대적 시간 의식을 '관념의 영역'으로 대체하고 있다.95) 왜 이런 관념화가 일어나는 것일까.

1910년대 지식인들은 기본적으로 '근대'의 역사성에 내재하는 발전적 가능성에 기대를 걸고 근대(그것이 식민지적 근대의 형태였다 할지라도)의 전개 과정 속에서 자아를 쇄신하고 개성을 발견할 수 있다는 희망을 가졌던 '근대인'이었다. 황석우도 근대의 '시간'을 자기 실현과 자기 확충의 '시간'으로 인식하고 희망을 걸고 있었다. 그러나 근대는 낡은 것으로부터 인간을 해방시키는 한편, 탐욕과 세속화로 인하여 '근대인'을 소외시키고 배제하는 속성을 지니고 있다. 더욱이 식민지적 근대의 억압성과 폭력성은 당대 지식인들에게 근대 주체로서의 자기 실현을 어렵게 하고 현실로부터 소외시켰다.

이처럼 근대적인 자아 발견과 개성의 확충에 대한 열정, 식민지 현실의 암울함 사이에서 번뇌하던 이들은 근대적 주관의 절대성에 의탁하는 방향으로 나아갔다. 이것은 주관적 관념과 열망에 기대어 현실의 '시간'으로부터 일탈하는 것을 의미한다. 주관적으로 만들어낸 '시간'을 통해 현실의 '시간'을 비약해버림으로써 자아의 '순정'을 고수하는 방식이 1910년대와 1920년대 초기시의 주된 양상이었다.

그럼에도 불구하고 이들은 '근대인'을 지향하였고 근대의 주관적 절대성에 희망을 걸고 있었다. 고뇌하고 절망하는 시적 자아의 포즈를 취하였지만, 그것이 근대에 대한 희망을 포기한 것은 아니었다. 이들은 기본적으로 근대가 낳은 부정적인 현상에 손대는 것을 두려워할 뿐 근대적 삶이 주는 새로움에 자신을 내맡기고 있었다. 이것이 1910년대에서 20년대 초반 한국 근대 자유시가 감당해야 했던 혼란과 분열의 근거였다.

---

95) 황석우가 "관념의 囚人 상태에서 벗어나지 못한 듯하다"거나 그의 시가 '관념의 몽롱성'에서 헤어나지 못하고 있다는 지적이 지배적이다(정한모, 『한국현대시문학사』, 일지사, 1974, 265~267면).

3. 1910년대 자유시의 주요 경향과 특성

1) 이상주의적 경향

계몽주의는 인간의 이성에 확신을 둔 낙관적 ·전망을 기본으로 한다. 인본주의에 대한 계몽주의자들의 자기 확신은 자유·인도주의적인 유토피아를 희망한다. 또한 계몽주의자들은 점진적 진보주의의 역사관을 갖고 있다. 그들은 사회적·정치적 변혁이 아니라 인간의 내면적인 상태나 내면적인 변화 속에서 진보를 추구한다.[96] 한국의 애국계몽운동과 그 이념도 이러한 계몽주의의 낙관적 전망과 진보주의적 역사관에 근거하고 있었다.

그러나 일제강점으로 인한 국권의 상실은 계몽주의의 기본 이념인 진보주의와 낙관적 전망이 실현될 수 있는 물질적 토대를 박탈하였다. 애국계몽운동의 비밀결사였던 〈신민회〉가 일제강점을 예견하고 중국에 독립운동 기지를 건설하기로 결정한 뒤, 1910년 4월 안창호·신채호 등이 중국으로 망명길에 오른 것도 이러한 사정을 반영하는 것이다. 한편 국내의 계몽 주체들은 국권상실의 현실적 국면 속에서 존재를 확립하는 것이 아니라, 계몽적 이상을 관념적으로 선취하려고 하였다. 그 결과 이들의 의식과 문학은 이상과 현실의 관계가 도착(倒錯)되는 이상주의(idealismus)적 경향[97]을 드러내고 있다. 이상은 인간의 행위를 이끌고 동원하는 '모범, 최고의 목표, 미래 사회상태에 대한 표상' 등의 형태로 사회적 관계와 발전 과정을 반영하는 특수한 형식으로 존재한다. 이상주의는 인간의 감정적·의지적 관계를 고양시킨다는 점에서 계몽주의와 내적인 연관성을

---

96) 임철규, 『왜 유토피아인가』, 민음사, 1994, 340면.
97) 루카치, 반성완·임홍배 역, 『독일문학사—계몽주의에서 제1차 세계대전까지』, 심설당, 1987, 17~18면.

갖는다.

　그러나 현재의 위기를 극복하기 위해 유토피아적 미래를 가속화할수록
경험 가능한 위기로서의 현재는 관찰 시각에서 점점 멀어질 수밖에 없다.

　　하느님이시어, 제게 大任을 주셧습니다!
　　죽어가는 자에게 「살라!」ᄒᆞᄂᆞᆫ
　　失望ᄒᆞᄂᆞᆫ 자에게 「希望을 가져라!」ᄒᆞᄂᆞᆫ
　　슬퍼ᄒᆞᄂᆞᆫ 자에게 「깃버ᄒᆞ여라!」ᄒᆞᄂᆞᆫ
　　無氣力ᄒᆞᆫ 자에게 「勇氣를 가져라!」ᄒᆞᄂᆞᆫ
　　큰 소리를 치는 詩人의 使命을 주셧습니다!

　　그네에게 무슴 말슴을 傳ᄒᆞᆯᄂᆞᆫ지
　　엇더케 소리를 치며 부르지질ᄂᆞᆫ지
　　이것은 저는 모릅니다―저는 모릅니다!
　　오직 하느님께서 알으십니다!
　　저는 大司祭長 모양으로 沐浴齋戒ᄒᆞ고
　　밤나제 꿀어안저서 天命을 기ᄃᆞ릴 쑨이외다!
　　　　　　―이광수, 「二十五年을 回顧ᄒᆞ야 愛媒에게」98) 부분

　이 시에서 "詩人의 使命"을 "대사제장"의 그것과 동일시하고 있는 시
적 주체의 태도는 계몽 주체의 면모를 잘 보여주는 것이다. 시적 주체는
실망하고 슬퍼하는 대중에게 생명과 희망과 기쁨과 용기를 북돋워 주어
야 할 "대임"을 부여받았다고 믿는다. 그러나 그는 현실에서 무엇을 어
떻게 해야 할지 모르기에 "하느님"이라는 절대 권위에 모든 것을 의탁한
채 "沐浴齋戒ᄒᆞ고 / 밤나제 꿀어안저서 天命을 기ᄃᆞ릴 쑨"이다. 성취해야
할 이상은 당위로 존재할 뿐, 그 이상을 실현할 구체적인 방도는 갖고

---

98) 『학지광』, 1917.4, 53면에 실린 산문에 삽입되어 있는 시. 이 글은 이광수가 25년간
　　살아온 자신의 삶을 회상하며 미래를 위한 현재적 사명을 탐색하는 글이다.

있지 않다. 절대적 권위에 기대어 자신의 이상을 관념적으로 선취하고 있는 무력한 주체의 모습만 존재한다. 이러한 이상주의적 경향은 당대의 특정한 사회적 계층, 즉 국권상실과 더불어 '정치로부터 소외되어 현실적 영향력을 잃어버린 부르주아 지식인들에 의해 생겨난 하나의 사고 양식, 언어 형식'을 보여준다.[99]

1910년대 이상주의적 경향의 시들은 진보주의적 역사관과 낙관적 전망에 근거하여 계몽적 이상을 표현하고 있다.

> 닐어라, 서라, 『뉴, 코리―안』아!
> 네골두즌年 갈은 칼은 匣中에 울고,
> 배달 님금 켜신 홰(烽火)는 萬古에 졋치도다.
> 여칼, 이홰를 들고,
> 닐어라, 서라, 『뉴, 코리―안』아!
> 하늘가(天涯) 물바닥까지,
> 宇宙의 끗, 造化翁의 大秘密에까지 ……
> 正義의 『뉴, 코리―안』으로,
> 愛의 『뉴, 코리―안』으로,
> 理想의 『뉴, 코리―안』으로
>
> 달어라(前進), 올너라(向上)라, 『뉴, 코리―안』아!
> 우리는 발셔 썩은 傳說, 낡은 道德이 拘泥할 우리가 안이니라.
> 우리는 발셔 「새술부대」가 必要한 줄을 알앗나니라.
> 달어과(라―인용자), 올너라 『뉴, 코리―안』아!
> 博浪沙鐵椎를 두 주먹에 꽉불거쥐고,
> 閑山섬 밝은 달을 울얼어 발아보고,
> 오직 쪽바로 네압흘 向하여,
> 오직 쪽바로 새 「이―든」을 向하여.

---

99) 하우저, 백낙청·염무웅 역, 『문학과 예술의 사회사』(근세편 下), 창작과비평사, 1981, 135면.

　　날어라, 잠겨라『뉴, 코리-안』아!

　　萬頃 푸른 물껼 속 가득 잠긴 眞珠가 어느 것 한아이 네의 것 아님이 잇겟느냐?!

　　이-여(Ether)의 숨이인 곳에 어느 곳이 네의 곳 안임이 잇겟느냐?!

　　그러기예 너희를『世上의 王』이라고 일컷지 안느냐!

―五峯生,「新年의 노래」100) 부분

　　이 시는 "썩은 전설, 낡은 도덕"과 같은 과거와의 단절을 통해 새로운 시대로 나갈 희망에 부풀어 있다. 정의와 애(愛)와 이상의 "뉴, 코리-안"에 대한 열망이 계몽 주체로서 시인의 정체성을 뒷받침하고 있다. 시인에게 역사는 "오직 쪽바로 네압흘 향하여, / 오직 쪽바로 새「이-든」을 향하여" 전진하고 향상하는 일직선적인 운동으로 인식되고 있다. 이런 역사인식은 "날어라", "서라", "달어라(전진)", "올너라(향상)" 등 직선적이고 상승적인 관념으로 현실적 고난을 대체한다. 이렇게 직선적으로 펼친 이상은 "우주의 씃, 조화옹의 대비밀에까지" 확장되고 있다.

　　1910년대 이상주의적 경향의 시들에서 '뉴 코리안', '이여', '파이오니아', '이터널', '영원', '우주', '천명'과 같이 개척자적 형상과 영원성, 우주적 공간 등을 강조하는 시어들이 자주 사용되는 것을 볼 수 있다. 또한 이상주의적 경향의 시들은 전통적인 것을 부정함으로써 현재의 위기 상황을 무마하고, 새로운 유토피아적 미래에 대한 낙관적 전망으로 건너뛰고자 하는 열망을 은연중에 드러내고 있다. "과거는 과거로써 장사케

---

100)『학지광』4호, 1915.2, 48면.

　　이 시를 창작한 五峯 徐椿의 생애에서 그의 계몽적 이상이 절정에 도달한 것은 2·8 독립선언을 주동했을 때였다. 김소월의 스승이며 김억의 친구이기도 했던 서춘의 개인사적인 절정도 2·8 독립선언에서 멈추고 말았다. 2·8 독립선언의 좌절과 함께 친일의 길에 들어서고 있기 때문이다. 이것은 현실적 위기 상황에 대한 취약한 인식 위에, 선험적 주관성에 의해 상상된 유토피아적 미래에 의탁함으로써 자기 정체성을 확립하려고 했던 식민지 지식인이 그 이상의 좌절과 함께 급격하게 식민지 권력에 자기를 동일시하게 되는 양상을 잘 보여준다.

하고 오직 현재와 미래를 가질란다"[101]와 같은 결의도 이러한 직선적 상
승 운동을 감행하고자 하는 의도를 보여준다. 그러나 구체적 경험 현실
은 구조화된 직선운동으로 개선되거나 이상을 실현할 수 있는 영역이
아니라는 데 문제가 있다.

  이상주의적 경향이 유토피아적 미래를 가속화할 뿐 성찰적 현실 대응
력과 실천적인 변혁의지를 담고 있지 않을 때, 종종 현재적 위기 상황을
회피하려는 욕망의 표현으로써 자기 위안의 기능을 지니기도 한다. 임화
는 1910년대 이상주의적 문학의 기능을 자기 위안과 자기 고무의 한 방
법으로 설명하였다.

> 이상주의 문학 가운데서 그들은 달성되기 어려운 욕구의 완성된 자태를 그
> 려보기 때문이다. 그렇게 되고 싶은 영상을 그려봄으로써 자기의 희망하는 심
> 정을 표백하는 동시에 그 세계의 영상은 또한 그렇게 되고 싶어 애쓰는 그들
> 자신을 위로하는 효능을 가졌다. (…중략…) 이상주의적 문학은 자기 위안과
> 자기 고무의 좋은 방법이 되는 것이다.[102]

  이상주의적 경향의 시들은 대부분 정형률과 노래 형식을 취하고 있는
것이 특징이다.

> 네눈이 밝고나 엑스빗갓다
> 하늘을 쎄뚤코 쌍을들추어
> 온가지 眞理를 캐고말란다
>   네가 '새 아이'로구나
>
> 네손이 슬겁고 힘도크도다
> 불길도 만지고 돌도줌을너

---

101) 이광수, 「二十五年을 回顧ᄒ야 愛妹에게」, 『학지광』 12호, 1917.4, 52면.
102) 임화, 「『白潮』의 文學史的 意義」, 『春秋』, 1942.11, 141면.

　　새롭은 누리를 지려는고나
　　　네가 '새 아이'로구나

— 이광수, 「새 아이」[103] 부분

　　이광수의 "새 아이"는 표면적으로 애국계몽기에 최남선이 주목했던 '소년'을 계승하고 있는 듯하다. 그러나 애국계몽기의 '소년'이 거칠고 힘찬 '바다'의 기상을 이어받은 새 시대의 건설자로서 창조되었다면, 1910년대의 "새 아이"는 일종의 관습화된 형상으로 그려지고 있다. 즉 "새 아이"가 지닌 현실적인 생명력과 긴장감이 현저히 약화되고 아이의 눈·손·맘·인격 등에다 상식적 덕목을 항목화하여 병렬적으로 나열해 놓았다. 슬기로운 손으로 재료를 주물러서 새 세계를 창조한다는 표현은 작위적이기까지 하다. 이러한 관습화된 형상은 시 형식의 동형반복적 정형성과 맞물려 있다.

　　하고하고쏘함이 우리일이니 / 보내는해맛는해 다를것업네
　　날달이나해에나 한도막한참 / 일움에갓가워짐 깃버나하지

　　나먹을쌔짜라서 리력이차고 / 이팔과이다리에 힘더오르니
　　두려움더욱줄고 미듬더나데 / 큰발자국쎄면서 다만압흐로!

— 최남선, 「새해」[104] 부분

　　최남선이 지은 창가 형식의 새해 송가는 나이를 먹을수록 두려움이 줄고 힘과 믿음이 솟아나는 감회를 확신에 찬 어조로 노래하고 있다. 특히 시간이 지날수록 "일움에갓가워짐"을 기뻐하는 대목은 시인의 진보적 시간관을 반영하고 있다. 이러한 낙관적 전망은 최남선이 『청춘』 창간호에서 "빈 말 맙시다. 헛노릇 맙시다. 배호기만 합시다. 걱정 맙시다.

---

103) 『청춘』 3호, 1914.12, 2면.
104) 『청춘』 4호, 1915, 2~3면.

근심 맙시다. 배호기만 합시다. 온 힘을 배홈에 들입시다"105)라고 한 말
에도 잘 나타나 있다. 그러나 그의 확신과 낙관적 전망은 현실 문맥 속
에서 얻어진 것이 아니라, 계몽 주체의 주관적 열망에 전적으로 기대고
있는 것이었다. 이같은 태도는 현실의 모순을 의도적으로 배제하고, 실력
양성의 당위성을 관습적으로 되풀이하는 안이함으로 귀결되기도 한다.
　현상윤의 시에서도 이상주의적 경향이 나타난다.

　　　배 주리고 허울버슨 人子들아
　　　웅커리로서 나오나라―
　　　永生의 糧食 榮華의 옷이 여긔에 싸여 잇다.
　　　苦롬과 압흠에서 끗까지 익이고 끗까지 썰쳐보라―너희의 피 너희의 고기로

　　　목마르고 속타하는 人子들아
　　　웅커리로서 나오나라―
　　　生命의 샘 맑은 물이 여긔에 흘너간다.
　　　絶望과 落心에서 마조막까지 求하여라―너희의 힘 너희의 정성으로

　　　어두움에 迷惑된 人子들아
　　　웅커리로서 나오나라―
　　　구원의 해가 여긔에 켜서 잇도다.
　　　煩悶과 懊惱에서―그날까지 다토아 보고 그날까지 싸와보라―너희의 勇氣
　　　너희의 努力으로
　　　　　　　　　　　　　　　　　　　　―현상윤, 「웅커리로서」106) 전문

　이 시는 현재의 "고롬과 압흠", "절망과 낙심"을 견디고 힘과 정성을
다해 끝까지 나아가면 거기에 "영생의 양식과 영화의 옷", "생명의 샘 맑
은 물"의 세계가 있다는 전형적인 계몽의 구조를 갖고 있다. 시적 주체

---

105) 「권두언」, 『청춘』 1호, 1914.10, 5면.
106) 『청춘』 제9호, 1917.7.

는 현실의 고통과 모순에 비하여 힘·정성·용기·노력과 같은 덕목을
강조하고 있다. 또 어둠에 떨어져 궁핍과 기갈에 허덕이는 원인을 사람
들의 "미혹"에서 찾고 있다. 그리하여 희망을 잃지 말고, 힘과 정성을 다
해 끝까지 싸우다보면 유토피아가 도래할 것이라는 주장을 펼치고 있다.
이 시의 형식은 표면적으로 자유시 형태를 취하고 있는 듯 하지만, 내면
적으로는 정형률적 지향을 갖고 있다. 최남선의 신체시와 같은 구조, 즉
한 연 내에서는 자유율이 실현되지만 연과 연의 관계에서는 대칭관계를
형성하려는 정형률적 지향이 나타난다.

일제강점 이후 계몽 주체들이 급격하게 관념화되고 현실로부터 유리
되는 현상은, 이들의 사상적 토대가 사회진화론에 입각한 준비론 사상에
있었던 것과 연관이 있다.[107] 우승열패의 사회진화론은 당시의 부르주아
지식인들에게 근대성의 핵심 원리로 인식되었다.

> 나는 다윈의 진화론이 마땅히 성경을 대신할 것이라고 생각하고 헤에겔의
> '알 수 없는 우주'라는 책을 읽을 때에는 비로소 진리에 접한 것처럼 기뻐하
> 였다.
> Struggle for life(살려는 싸움)
> Survival of the best(잘난 자는 산다)
> 이러한 진화론의 문귀를 염불모양으로 외우고 술이나 취하면 목청껏 외쳤
> 다. 이렇게 되매 내 도덕관념은 근거로부터 흔들렸다. 착하신 하나님이 계셔
> 서 세계를 다스리신다는 믿음 위에 섰던 도덕은 여지없이 무너지고 말았다.
> 선은 어디 있느냐 악은 어디 있느냐.
> Might is right(힘이 옳음이다)
> "힘이 옳음이다. 힘센 자만이 살 권리가 있다. 힘센 자의 하는 일은 다 옳다!"[108]

---

107) "10년대 준비론 사상은 애국계몽기 〈신민회〉의 이념 및 조직과 그대로 연속선상에서
파악될 수 있으며 그 파장은 20년대 초까지 걸쳐 있음을 보았다. 준비론 사상은 사회진
화론적 세계관에 입각하여 우승열패의 현실을 인정하고 낙관적 희망 속에서 실력을 쌓
아 국권회복을 기다리고자 하였는 바"(한점돌, 「1910년대 한국소설의 정신사적 연구」,
서울대 박사논문, 1992, 64면).

위의 글은 이광수가 진화론을 어떻게 받아들이고 있는지를 잘 보여준다. 그는 "Struggle for life", "Survival of the best"와 같은 진화론의 문구를 염불 모양 외우고, "Might is right"처럼 힘에 대한 순수하고 절대적인 믿음을 갖게 되었다. 그러나 그 힘이 정작 어디로부터 오며 어디로 가는지, 힘의 원천과 목표를 이해하려는 정신적 자각과 예견은 보이지 않는다.

사회진화론은 서구적 근대 기획의 일환으로써 제국주의가 식민지를 침략하는 논리로 활용되기도 하였다. 근대성에는 세계를 문명과 야만, 우등한 자와 열등한 자, 이성과 비이성, 과학과 미신, 계몽된 지식인과 몽매한 대중 등으로 이분화하고 이러한 이분법에 근거하여 비서구를 서구에 의해 문명화되어야 할 미개의 지역으로 규정하는 내용이 포함되어 있다. 이러한 논리 위에 서구의 근대화 프로젝트는 그 내적 동력으로써 비서구 사회에 대한 식민지화를 요구하고 있었다.

사회진화론을 사상적 토대로 삼았던 1910년대 한국의 부르주아 지식인들은 스스로를 약자로, 문명화하지 못한 민족으로 인식하는 한편으로, 강자인 제국주의에 저항해야 하는 자가당착적인 처지에 놓여 있었다. 사실상 이상주의적 세계관은 강자에 대한 선망과 약자로서의 자기 비하를 동시에 지닌 인식체계였다. 이처럼 사회진화론에 근거한 이상주의적 세계관과 낙관적 전망은, 선험적 관념론에 의해 지지되고 있다는 점에서 쉽게 비관주의로 전락할 수 있는 가능성을 내장하고 있었다.

2) 낭만주의적 경향

일제강점 이전의 시가문학은 계몽주의를 바탕으로 한 이상주의적 경향이 주류를 형성하고 있었다. 그런데 다른 한편에서는 '악마적 자기 파

---

108) 이광수, 「자서전」, 『이광수전집』 제17권, 삼중당, 1971, 432면.

괴성'에 시달리며, 현실의 영향력으로부터 탈주하고자 번민하는 낭만주의적 움직임이 있었다. 그 선구적 인물이 홍명희였다.

홍명희는 유럽 낭만주의의 전형인 바이런(George Gordon Byron, 1788~1824)에 심취하여, 그의 작품 『카인』을 모방해서 호를 '가인(假人)'이라고 짓기까지 하였다. 바이런의 시는 자유, 반항, 새로운 것에 대한 열정, 자연에의 몰입, 인간성에 대한 옹호 등 유럽 낭만주의가 갈구하였던 모든 것을 포함하고 있었다. 바이런이 열정적으로 추구한 자유는 곧 사회적·종교적 속박으로부터 해방된 인간성을 옹호하고자 한 신념의 표상이었다. 이광수는 당시(1906년경 일본 유학시절)의 홍명희를 다음과 같이 회상하고 있다.

> 바이런의 「카인」, 「해적」, 「마제바」, 「돈판」 등은 우리 두 사람의 정신을 뒤흔들어 놓은 듯합니다. (…중략…) 洪君(홍명희―인용자)은 나와 문학적 성미가 다른 것을 그때에도 나는 의식하였습니다. (…중략…) (나는) 톨스토이 작품같은 이상주의적인 것이 마음에 맞았습니다. 홍군은 당시 성히 발매금지를 당하던 자연주의 작품을 책사를 두루 찾아서 비싼 값으로 사 가지고 와서는 나를 보고 자랑하였습니다. 그때에 동경에서는 일로전쟁 직후로 자연주의가 성행하고 악마주의적 사조가 만연하던 때인데 이것은 문학에서뿐만 아니라 청년들의 실천에서까지 침윤되었습니다.[109]

영국 낭만주의의 마지막 세대에 속하는 바이런은 '동경 유학생 중 삼재사(三才士)'인 최남선·이광수·홍명희의 영혼을 사로잡았다. 최남선은 바이런의 시에서 '바다'의 이미지를 적극적으로 재생하였다. 이광수와 홍명희도 바이런에 심취하였다. 최남선과 이광수가 바이런의 이상주의적 경향을 수용하였다면, 홍명희는 바이런의 진면목인 낭만주의·악마주의적 성격을 자기화하였다.

바이런은 그 시대 청년층의 급진주의를 대표하는 인물로서, 정치적 압

---

109) 이광수, 「다난한 반생의 도정」, 『이광수전집』 제14권, 삼중당, 1964, 392면.

제를 규탄하는 이상주의를 노래하기도 했지만, 비사회적이고 비도덕적이며 냉소적인 인물을 내세워 기존의 도덕관과 가치관을 통렬히 풍자·비판하기도 하였다. 바이런의 시에 자주 등장하는 주인공들은 개인의 도덕적 요구와 사회적 인습간의 충돌로 인해 영원히 정신적 안주처를 상실한 방랑자요 사회로부터 고립될 운명을 타고난 인물로 형상화되어 있다. 바이런의 시가 당대에 폭발적인 인기를 얻게 된 것은 무엇보다도 이러한 악마주의적 인간형이 주는 매력 때문이었다.[110]

홍명희는 일본 유학 시절에 문학서류, 그 중에서도 바이런의 작품과 판매 금지된 자연주의 작품을 탐독하며, 제도권의 교육을 경멸하였다.

> 나의 독서가 난독(亂讀) 남독(濫讀)이라 종이 없었지만 대개는 문예서류이고 그때의 일본 문단이 자연주의 문예 전성시기라 문예서류에도 대개는 자연주의 작품이었다. 그 결과는 육적(肉的) 사상 중독과 신경쇠약뿐이라고 말할 수 있었다. 대개 내가 처음에 작정한 대로 공부하지 못한 것은 다른 큰 원인이 있지마는 졸업시험을 치르지 아니하려고 5년 2학기 말에 중학교를 그만둔 것은 신경쇠약이 유일한 원인이었다. 학교 교과서를 존중하지 아니하기는 삼년급 2, 3학기 때부터 시작한 일이지만 문예서류를 탐독할수록 교과서를 경멸하는 정도가 심하여서 그날그날 과정책을 보에 싸느라고 손에 댈 뿐이었었다[111]

홍명희는 일본 유학중에 악마주의·자연주의에 심취하고 당국에서 금지하는 책을 읽으며 '신경쇠약'에 걸리고, 제도권 교육을 경멸하게 되었다고 회고한다. 이러한 회고를 통해, 당시 그의 사상적 번민과 자아 형성의 고뇌가 치열하였음을 알 수 있다. 근대적 개인의 자유에 대한 열망으로 인해 유교적 가풍 속에서 형성된 그의 자아가 심각하게 혼란·붕괴되고, 새로운 자아 찾기에 나선 그의 방황이 끝내 신경쇠약으로까지 이어졌던 것이다. 이광수와 최남선이 미래의 이상 세계를 관념화하여 거기

---

110) 강영주, 『벽초 홍명희 연구』, 창작과비평사, 1999, 46~47면.
111) 홍명희, 「자서전」; 강영주, 『벽초 홍명희 연구』, 창작과비평사, 66~67면.

에 자신을 투사하는 이상주의적 지향을 선택한 것과 달리, 홍명희는 ‘지금 이곳’의 자유로운 “육적(肉的)” 개성을 관철하려는 열정을 불태웠으며 이는 ‘악마적 자기 파괴’, ‘신경쇠약’으로 육화되었다. 홍명희는 자기의 실존을 정직하게 바라보고 추구한 사람으로서 독특한 존재였다. 이는 1910년대 등장하는 개성의 자각, 근대 자유시의 정신적·정서적 기반을 예비하는 의미가 있다.

홍명희는 폴란드 시인 안드레이 니에모예프스끼(A. Niemojewski)의 「사랑」이란 낭만주의적 경향의 산문시를 번역하여 『소년』에 게재하였는데, 이 시를 소개하며 “이 산문시는 (…중략…) 고국산하를 바라보고 강개한 회포를 이기지 못하야 지은 것”이라는 설명을 붙이고 있다.

> 얼는하야 靑年되야 사람들이 낫살먹어 겨오 알만한일을 거지반 다 아러쓰나, 배주리고 헐벗난일, 한푼업시 가난한일, 창자를 쯧난듯한 생, 몸을 바려 義를 이룰마음, 또 창피한 곤욕을 참난 불상한 일들—다 알지아느면 조흘일 뿐이얏네, 靑春의 피는 魔鬼갓다, 이세상의 苦樂이 난호난 자취를 보고 부지럽시 마음을 요동하기도 하얏스나 나는 한소래에 이弱한 마음을 물니치고 한줄 곳은길노 나서서 同志 여러사람과갓치 질겨 세상의 우숨바탕이 되얏네
>
> —「사랑」112) 부분

시인은 청춘시절이 꿈과 이상으로 조화롭게 빛나는 시기가 아니라 궁핍과 고통, 부조리와 치욕을 절감해야 하는 시절이며, 이로 하여 그의 가슴이 혼란과 분열에 이르고, 급기야 “청춘의 피는 마귀같다”고 절규한다. 이러한 ‘악마적 자기 파괴’의 열정은 세상을 저주하고 조롱하는 한편, 자신을 이해하지 못하는 세상을 다시 웃음거리로 만든다. 홍명희는 이 시에 대하여 “애독한 지 수년이 되얏으나 지금도 닑으면 심장이 자진 맛치질하듯 쮜노난 것은 더하면 더하지 들하지는 아니 하니 무삼일인지?”라

---

112) 안드레이 니에모예프스키, 假人 譯, 「사랑」, 『소년』, 1910.8, 43면.

고 말하였다. 그는 이 시에서 청춘의 고락과 번뇌를 느끼고, 또한 자신의 모습을 보았던 것이다.

1910년 국권 상실 이후 홍명희는 지나와 남양(싱가포르 등지)으로 표랑의 길을 떠났다. 그의 방황은 민족의 미래에 대한 불확실함과 정신적 갈등의 결과이며, 또한 치열한 사상적 모색의 반영이라고 할 수 있다.

당시 해외의 청년 유학생이나 중국의 망명 지식인들에 의해 근대 주체의 확립과 자유시의 형성이 시도되고 있었다. 이들은 국내의 위기 상황과 상대적인 거리를 두고 있으면서, 국내 지식인들을 억압했던 사상적 정치적 검열로부터 어느 정도 자유로울 수 있었다. 이들의 시에는 봉건적 인습과 식민지적 압박으로부터 벗어나고자 하는 지향이 들어 있었다. 이러한 탈주의 바탕에는 근대적 시민계급의 이상을 반영하는 낭만주의적 경향이 흐르고 있었다.

> 罪惡과 壓制와 暗黑으로 덥펴잇는 母國은,
> 救할 熱誠 가지고서 他國으로 도라오는 靑年男女의게,
> 銳釰, 死刑과 困難, 流刑을 準備하고 獅子갓치 기다렷다.
> 壓制의 風力은 날을 짜라 强히지고,
> 靑年男女들의 心頭에 自由靈火는,
> 더욱 더욱 그 光熖이 소사나서,
> 露西亞의 田園 都會 東西 四方에,
> 革命의 火海요 自由의 絶叫로다.
>
> (…중략…)
>
> 白雪의 酸處 二十餘年間,
> 밧게 사람은 變할지도,
> 안에 사람은 점점 强히져셔,
> 放囚된 後 푸레스코후스카야는,

自由의 燭火를 兩手에 놉히 들고,
페트로구라드로 다라드니,
革命의 開火 그것이라.

自由를 꿈꿔던 熱血 男女눈,
東西로 相呼하고 모여 드러,
怨心이 만턴 쇠명에을 永遠히 버서버러 놋소,
쌩쌩치는 自由種은 東西로 우러간다.
　　　　　　　　　—雪汚堂下人 李一, 「푸레스코후스카야」113) 부분

　이 시는 푸레스코후스카야라는 러시아의 여성 혁명가를 기리는 시이
다. 그녀는 "죄악과 압제와 암흑으로 덥혀있는 모국"을 구하려는 이상을
품고 혁명운동에 투신했다가 체포되어 20년간 시베리아 유형에 처해졌
지만, 어떤 형벌과 고난에도 뜻을 굽히지 않고 마침내 "자유의 촉수를
놉히 들고" 혁명의 불꽃이 되었다. 시인은 제국주의의 압제로 고통받는
민족적 현실을 염두에 두고, 외국의 여성혁명가에 자신을 동일시함으로
써 자유의 절규와 혁명의 열기를 느끼고 싶었던 것이다. 이 시는 "놉흔
思想 實現코져 나즌 同胞 가운디 드러, / 壓迫 困難 不顧하고 無知한 그
同胞게, / 警醒 주고 힘 주어서, / 可哀한 그네딜을 奴隷 境遇로 救援하
야, / 光明天地 白日下에 自由 活步하게" 하려는 것에서 나타나듯이 민
중주의에 그 사상적 토대를 두고 있다. 푸레스코후스카야(또는 시인)는 놉
은 사상으로 압박과 곤란과 무지에 사로잡힌 동포를 각성시키고 힘을
주어서, 마침내 그들을 구원하여 자유롭게 만들고자 하는 혁명가로서의
열망을 갖고 있었다. 그리고 그 열망의 바탕에는 낭만주의적 지향이 내
포되어 있다.
　낭만주의의 근대적 성격에 대해서 임철규는 이렇게 규정하고 있다.

---

113) 『학지광』 15호, 1918.3. 李一은 이후 『創造』 동인으로 참여한다.

"인간의 유토피아를 희구한다는 점에서 본다면 낭만주의는 분명 계몽주의의 인본주의적 자기 확신에서 지대한 영향을 받았지만, 이성의 기계적인 작용이 아니라 감성과 상상력의 힘을, 사회적 제도보다는 개인적인 삶의 우위를, 그리고 개선보다는 혁명을 선호하였다는 점에서 낭만주의는 계몽주의의 보수주의에 대항하는 성격을 띠었다."114)

낭만주의적 시 경향은 애국계몽기에 이미 그 토대를 마련하고 있었다. 애국계몽기 시인들은 당대를 위기의 시대이자 세계의 질적 전환기, 혁신의 시대, 대장부의 웅대한 포부를 실현할 수 있는 득의의 시대로 인식하고 있었으며, 이를 거침없는 상상력과 낭만주의적인 감수성으로 표출하였다.

博物館 도라드러,
滄海力士의 쓰고, 눕은 鐵椎
혼 번 구경ᄒ고 나니,
즘겻던 氣力이 벗쩍 나고
숩엇던 思想이 졀노는다
뎌 鐵椎를 번쯧 들고,
博浪沙中 드러가셔,
秦始皇의 타고 안즌 正車를,
와직근 퉁탕 부시고,
뎌 暴虐無道혼 者를,
粉骨碎身혼 後에,
天下事를 大定ᄒ야,
우리韓國의 國威國光을,
萬古 歷史上에 빗내며,
自古로, 懷抱를 펴지 못ᄒ고,
目的을 達치 못혼,
高漸離 荊軻輩의 千秋 怨魂恨을,

---

114) 임철규, 『왜 유토피아인가』, 민음사, 1994, 343면.

慰勞코져.

— 「鐵椎歌」115) 전문

이 시는 철퇴 하나로 세계와 역사를 '희롱'하는 분방한 상상력을 거침없이 표현하고 있으며, 웅혼한 기상과 포부, 상상력이 요동치고 있다. "長劍을 놉히들고, 宇宙間에 徘徊ᄒ니, / 萬古興亡은 胸中에 歷歷ᄒ고, 六大部洲ᄂ 眼中에 恢恢ᄒ다, / 아마도 丈夫의 得意秋ᄂ, 이ᄯᅢ인듯"116) 이라고 대장부의 포부를 읊은 시조도 장쾌하다. 「철퇴가」는 구속되지 않는 상상력과 생의 자유로운 유동, 분방한 감정 등이 절제나 질서를 일탈하여 급기야 형식의 틀을 깨는 경지에까지 나가고 있다. 이 시의 형식은 정형적 운율에 의해 규제되지 않고, 노래에 의존하지도 않으며, 자유시 지향을 현저하게 보이고 있다.

한편 단재의 시에서 애국계몽운동의 웅혼한 포부와 기상은 망국을 계기로 장엄한 비장미로 변화하였다. 국내를 탈출하여 망명길에 오른 그에게 망명은 이상을 포기할 수 없는 강고한 의지의 표현이었으며, 그 길에는 자기 희생과 각오가 요구되었다.

나는 네 사랑
너는 내 사랑
두 사랑 사이 칼로써 베면
고우나 고운 핏덩이가
줄줄줄 흘러내려 오리니
한 주먹 덥석 그 피를 쥐어

---

115) 『대한매일신보』, 1910.3.25. 이 작품은 『단재 신채호전집』 별집(형설출판사, 1987), 133면에 수록되어 있어서 단재의 작으로 알려져 왔다. 그런데 이 「철퇴가」의 작자가 『대한매일신보』(1910.3.25) 국한문혼용판에는 '後滄海'로, 국문판에는 '강릉 이창희'라고 표기되어 있다. '滄海, 창희'라는 이름이 시어 중 '滄海力士'와 유사한 점으로 미뤄 짐작컨대 본명은 아닌 듯하다.
116) 신채호, 「천희당시화」, 『대한매일신보』, 1909.11.16.

한 나라 땅에 고루 뿌리니
떨어지는 곳마다 꽃이 되어서
봄맞이 하리

— 신채호, 「한나라 생각」[117] 전문

이 시는 자유시 형식을 완전하게 실현하고 있다. 이 시의 리듬은, 피가 꽃이 되고 다시 봄으로 확대되는 완결된 이미지의 변환에 바탕을 둔 내재율로 성립한다. 내용면에서도 '나'라는 개인 주체가 민족이라는 담론을 뚫고 독립하여 긴장을 창조한다. 이는 근대시 형성의 필수요건인 개성 창조의 출구를 열어놓은 의미가 있다. 또한 시대적 호흡과 시인의 실존적 리듬이 적절하게 긴장하고 조화를 이루면서 장엄한 비극성을 드러내고 있다.

이 시의 중심 모티브는 '칼로 베어지는' 결별이다. 이것은 조국을 떠나는 현상적 망명을 표현한 것일 뿐 아니라, 치열한 자기 혁신을 통해 새로운 자아, 새로운 사상을 탐색하는 과정을 의미하기도 한다. 실제로 신채호는 망명객이 되어 중국을 활보하며 민족주의에서 사회주의, 무정부주의로까지 달려나갔다. 그는 비장한 실존적 고뇌와 실천을 통해 인간의 위대성을 역사 속에서 체현하였던 것이다.

식민지의 척박한 현실 속에서 민족의 자주독립에 대한 이상과 웅혼한 기상을 포기하지 않고 있는 신채호의 시들은 비장미를 주조로 한다. 비장미는 "적극적 가치가 있는 것이 침해되고 멸망하는 과정 및 그 결과에 있어서 치열한 고뇌가 생겨나는 것이 부정적 계기에 의해서 도리어 가치 감정이 한층 강화되고 고양되는 데에서 성립하는 것"으로써 "이러한 가치 감정은 비극적 주체가 이것을 침해하고 파멸로 이끄는 계기들보다도 높은 가치를 내포하며 또 그 몰락이 인간 존재 내지 세계의 본질적 구조 관련으로부터 필연적으로 생겨나는 것"이다. 비장미의 적극적 가치

---

117) 『단재 신채호전집』 下, 형설출판사, 1987, 402면.

는 인간적 위대성을 발현하는 것에 있으며, 따라서 비장미는 미적 범주이자 윤리적 범주를 동시에 내포하는 것이라고 할 수 있다.[118] 단재의 시에 나타난 비장미는 이후 식민지하의 한국 근대시사에서 중요한 흐름을 형성하였다.

이상주의가 계몽적 이상을 관념적으로 선취함으로써 현실에 대한 낙관적 전망을 유지하였던 것에 비해, 낭만주의는 이상세계에 육박하는 자아의 힘을 통해 현실을 고양시킨다. 따라서 낭만주의 시는 현실의 저편에 있는 무한 세계에 대한 동경과 갈망이 기본 정조를 형성한다.

> 兄弟야 記憶하난가 梅花꽂 香氣 나는 나라
> 二八少女의 아리짜운 쌤갓흔 紅桃花 피는 나라
> 저곳에눈 四時가 分明한 中 上帝의 厚愛로
> 恒常 짯듯하고 바람이 가벼운 디
> 金剛山 一萬二千峰과 大同江 맑은 물은
> 왼 自然의 美를 다 바다 集中하야
> 永久의 봄은 빗나며 쏘 微笑하도다
> 運命이 우리를 逐出한 此樂土
> 어느 쩌에 다시 한번 도라갈가!
> 可憐타 제야말노 제야말노
> 살며 사랑하며 죽을 곳인디
> 아—제야말노 우리의 살 곳인 디
> 슬푸도다 저긔야말노
> 姉妹야 記憶하나 기다리난 우리 故鄕을
> 어두운 속에셔도 팔을 드러 손짓하네
> 主人없눈 山속에눈 외긱이 즐기난디
> 물맑은 江上에난 小商船이 새와 갓치 흘너간다
> 運命이 우리를 逐出한 此樂土

---

118) 竹內敏雄, 『미학 예술학 사전』, 미진사, 1989, 277면.

어느 쩌나 다시 한번 도라감을 어들가!
可憐타 제야말노 제야말노
살며 사랑ᄒ며 죽을 곳인 뎌
아―제야말노 우리의 살 곳인 뎌
슬푸도다 저긔야말노

— 捫鼻室主人, 「제야말노」[119] 전문

이 시는 제목에서 드러나듯이 도화꽃 향기나는 낙토인 "제(저긔)", '저 곳'에서 쫓겨난 자의 방황과 갈망을 표현하고 있다. 시적 주체가 그리워 하는 "제(저긔)", '저곳'은 "상제(上帝)의 후애"를 입어 "영구의 봄이 빛나" 는 낙토이자 "사시가 분명"하고 "금강산 일만이천봉과 대동강 맑은 물" 이 천상의 낙원처럼 아름다운 조국과 고향을 가리킨다. 그러나 지금은 그 조국과 고향이 식민지로 전락하여 우리는 쫓겨난 신세가 되었으며, "주인 없는 산 속에는 외객이 즐기"고 있는 지경이 되어 버렸다. 이 시에 서 "제야말로", "살며 사랑하며 죽을 곳"으로, "제(저긔)", '저곳'은 동경과 갈망의 대상이다. 즉 시적 주체가 동경하는 "제(저긔)", '저곳'은 낭만적 상상력의 기본이 되는 "진정하고 분명하게 영원히 존재하는 것의 재 현"[120]이자, 식민지로 전락하기 전(또는 식민지배로부터 벗어난) 조국과 고향 을 의미하고 있는 것이다.

한편에서는 낭만주의적 시의 한 경향으로써 자아의 불안하고 절망하 고 방황하는 내면을 직설적으로 토로하는 시들이 발표되었다.

"Strt[u―인용자]ggle for life!" 생각도 안이 하고, 소리도 업섯스나, 문득 形

---

119) 『학지광』 3호, 1914.12.3. 김윤식은 이 시의 작가인 문비실주인을 현상윤으로 지목하 고 있지만(김윤식, 「현상윤론―근대시 형성의 과정」, 『속한국근대작가론고』, 일지사, 1981) 이후에 살펴보게 되듯이 현상윤의 시세계(시의 사상과 형상화방법)는 「제야말로」의 그 것과 다르다.
120) 레이먼드 윌리암스 「낭만주의 예술가」, 『문예사조』(김용직·김치수·김종철 편), 문 학과지성사, 1977, 79면.

容업는

　빗김소리가 들리나니, 勝利의 바람은 잇든지 업든지,

　한 술[줄-인용자]기의 光明 빗 업는 어둡은 絶望에 멋즐지라도 니 물고 바득이나니

　아츠렵게-살지 아니하면 아니 된다-

　過去는 醜汚, 墮落, 恐怖, 苦痛, 悲哀, 孤獨이엿스니 쟝차 오랴는 未來도 쏘한 이런 것이리라만은 永久히 모든 認識, 意識을 일는 全虛空인 모든 것과 運命을 갓치 하는 죽음이 오기 前까지는-「살지 아니하면 아니 된다!」 늣기며

　(…중략…)

「死의 恐怖, 苦痛, 死의 逸樂」을 뒤에 맛즈며

　가랴느니, 그래도,

「살지 아니하면 아니 된다!」 바램의 標대로 가지 아니할 슈 업나니 대개 이는

　죽음은 暗黑, 悲哀, 苦痛, 絶望, 戀愛, 煩悶, 孤獨, 寂寞을 超越하야

　意識의 空虛, 온갓의 忘却, 無反應의 靜止, 無底坑의 漠漠世界로써니,

　오오 生의 欲望! 「살지 아니하면 아니 된다!」-

　죽음과 맛나는 그 刹那, 그 瞬中, 아아 「生」의 實在, 眞存在를 알기만 하면 살랴는 것이, 온갓 萬物의 바래는 바의 깃본 웃음이여라.

　靈魂! 내 가슴에 잇느냐? 업느냐?

　그의 存在를 아냐? 몰으느냐?

　生의 權威, 生의 價値 몰오기는 몰으나

　無差別, 無自覺의 death-land에 가기는 안 즐겨하는 바의-

　來日! 오는 아츰! 明日 이리하며

—돌샘, 「내의 가슴」¹²¹⁾ 부분

　이 시의 시적 주체는 현실세계를 '적자생존', '우승열패'의 진화론이 지배하는 무자비한 세계로 파악하고, 거기에 가위눌려 스스로를 밀폐된 "찰나"의 공간에 유폐시키는 자기 분열의 양상을 보여주고 있다. 이 시

---

121) 『학지광』 4호, 1915.2, 47면.

에서 강조되고 있는 "살지 아니하면 아니 된다!", '생(生)에의 의지'는 자아 확립 혹은 자기 확장을 시도하는 호소이다. 생에 대한 열망과 의지를 절박하게 호소하는 양상은 1910년대 신지식층에게 보편적으로 나타났다. "생의 맹독적 의지 (…중략…) 이것이 인간의 전부인 것이다. 그러므로 우리들의 당면과제는 무엇보다도 먼저 생존해가는 것이어야 한다"122)든지 "생명의 횃불을 들고 자기의 의지를 실현하며 창작"123)하라는 주장은 '생에의 의지'를 호소하는 것이다. 현실 사회와의 창조적 생산적인 관계 설정이 차단된 상태에서 식민지 지식인들의 '생에 대한 의지'의 호소는 더욱 충동적으로 들끓었으며, 이는 자아 혹은 개인을 탐색하는 고뇌의 표출이기도 하였다.

이러한 생에 대한 탐색과 충동적 의지는 자아를 체계적으로 정리하지 못한 고뇌, 내가 누구인지 알 수 없는 답답함, 미래에 대한 불안 등을 정서적으로 표현한 것이라고 할 수 있다. '생의 실재, 진존재'를 파악할 수 있기를 바라지만 이를 탐색할수록 더욱 갈피를 잡을 수 없는 혼란에 직면하게 된다. 과거와 현재와 미래의 관계가 그렇고, 삶과 죽음도 그러하다. "過去는 醜汚, 墮落, 恐怖, 苦痛, 悲哀, 孤獨이엿스니 쟝차 오라는 未來도 / 쏘한 이런 것"이라는 허무주의, 죽음에 대한 예감 등은 더욱 생에 집착하는 열망으로 나타난다. 이를 표현한 시의 형식도 부서진 산문과 단편적 이미지의 조합, 관념어의 나열들로 형식적인 안정성을 찾기 힘들다. 시적 수사에서도 과장된 관념과 충동, 모호한 애상과 영탄이 시의 전체적인 분위기를 형성하고 있다.

이것은 근대적 자아와 개인을 정서적으로 인식하고 탐색하는 과정의 지난함을 보여주는 것이다. 즉, 생에 대한 의지는 자신의 정신과 영혼으로 자립하려는 자율적 개인, 근대적 자아 탐색의 발현이다. 여기에 미적 형식을 부여하는 작업이 바로 근대 자유시를 창조하는 과정이었다.

---

122) 주요한, 「예술의 사명」, 『백금학보』 제43호, 1917, 25면.
123) 장덕수, 「新春을 迎ᄒ야」, 『학지광』 제4호, 1915.2, 4면.

3) 현실의 자각과 전망의 모색

한국 근대시 형성과정에서 '님'의 발견은 독립적이고 자율적인 근대적 주체로서의 '시민적 정체성'을 확립하려던 계몽적 기획의 좌절과 관련이 있다. 이전의 고전시가에도 '님'이 자주 등장하고 있으나, 그것은 군주라든가, 연인·부모님·벗 등과 같이 시적 주체가 사모하는 구체적인 대상을 지닌 시적 상징으로 존재했었다.124) 그러나 1910년대 시문학에 나타나는 '님'은 단순한 시적 상징을 넘어 당대의 사회적 경험 및 관계의 특유한 성질이자 한 세대나 한 시대를 구별하는 기준으로서 '정서의 구조'라는 위상을 지닌다. 세계관이나 이데올로기와 같은 정형적인 개념들과 구분해서 '정서의 구조'는 "당대에 실제로 활발히 체험되고 느껴지는 바 그대로의 의미와 가치, 의식과 관계의 구체적·정서적 요소들"125)을 하나의 구조로서 규정하고 있다.

1910년대 시문학에 형상화된 '님'을 '정서의 구조'라는 개념으로 설명해 보면, '님'은 식민지로 전락하게 된 현실 앞에서 개별 주체들의 이념적·정서적 대응 양상을 설명할 수 있는 하나의 기준이 된다. 실제로 1910년대 시에 나타난 '님'은 민족이나 국가에 대한 명시적인 은유이자 시민적 이상인 자유의 상징으로, 취약한 자기 정체성 또는 민족적 정체성을 보완하는 심리적 영역으로, 또는 불안과 공포로부터의 피난처 내지는 감상성의 원천과 같은 다층적인 의미로서 그리움의 표상이 되었다. 특히 식민지적 근대라는 상황에 직면하여 주체가 스스로 자아를 실현하

---

124) "古代에ᄂᆞᆫ 人君으로 國家의 中心點을 숨은 故로 崔都統 鄭圃隱의 丹心歌가 其終章에ᄂᆞᆫ 皆 '님 向ᄒᆞᆫ 一片丹心'이란 語로 結ᄒᆞ엿스니 '님'은 人君을 謂홈이니라."(신채호, 「天喜堂詩話」, 『대한매일신보』, 1909.11.12) 이러한 사유체계에서 '님'은 臣民으로서의 자기인식을 기반으로 하고 있는 정서 구조의 산물이다.

125) 레이먼드 윌리엄즈, 이일환 역, 『이념과 문학』, 문학과지성사, 1982, 166면. 윌리엄즈는 '정서의 구조'라는 개념을 사용하여 사회와 문화가 고정적으로 형성·완료된 것이 아니라, 여전히 활발하게 연루되어 있는 당대적 삶의 관계와 제도 속에서 형성 중에 있는 과정으로 설명하고자 한다.

거나 발전시킬 수 있는 구체적이고 실천적인 기반을 갖추고 있지 못한
상태에서 '님'은 자기 정체성을 확인할 수 있는 적절한 매개항이 되었다.
이처럼 근대적 주체의 취약한 정체성, 그 결핍과 상실감을 확인하고 극
복하는 과정이 한국 근대시에서 '님'에 대한 상실감과 그리움으로 형상
화되었던 것이다. 이것은 바로 근대의 핵심인 성찰적·심미적 이성을 당
대의 현실과 주체 내부에 관철시키고 환기시키는 과정이었다.

　1910년대 시문학에서 '님'은 근본적으로 '님의 부재'라는 운명적인 상
황에서 출발한다. 그리고 '님의 부재'를 체험하는 데 있어서 크게 세 가
지의 다른 형태를 보여주고 있다.

　첫 번째는 일제강점으로 인한 계몽 주체의 동요를 '님'에 의지함으로
써 안정을 찾으려는 태도였다. 이는 계몽적 이상에 대한 불굴의 의지와
낙관적인 전망을 재천명하는 방식으로 표현되었다. 이때의 '님'은 주로
민족 또는 국가라는 명시적인 대상에 대한 은유로 사용되었다.

> 　太白아 우리 님아 / 나간다고 슬허마라 / 나는 간다 가기는 간다마는 / 나의
> 가슴에 품긴 理想의 光明은 永劫無窮까지도 네가 그의 表象이로다 / (…중
> 략…) / 우리는 다만 좁은 가슴이라도 큰 님을 容納할 수 잇슴으로 이 슯흠을
> 너그럽게 하리로다 / 나는 이제 가난도다―너를 등지고―너의 컴컴한 中에 파
> 뭇침을보고 / (…중략…) / 그러나 너와 나로 써나게하난 運數를 나는 抗拒치
> 아니하고 그대로 써나노라 / 써나게한 運數는 合하게할 運數임을 밋고― / 써
> 나게한 運數를 써나서 合하게할 運數를 마지하기 爲하야……
> 　　　　　　　　　　　　　　　―최남선, 「太白의 님을 離別함」126) 부분

　최남선의 이 산문시는 일제강점이 기정 사실화된 1910년 4월을 전후
하여 씌어진 것으로 추정되는 작품이다. 1910년 4월 7일 안창호·신채
호·김지간·정영도 4인은 경기도 행주에서 중국으로 망명길에 올랐다.

---

126) 『소년』, 1910.4, 3~4면.

안창호를 정신적 지주로 믿고 그의 지도에 따라 신문화운동을 펼치던 최남선은 당시의 비통한 심정과 자신의 의지를 산문시 「太白의 님을 離別함」과 「나라를 쩌나난 슯흠」으로 표현하였다.

위의 시에서 시적 주체는 피치 못할 "運數"로 님을 떠나지만 "나의 가슴에 품긴 理想의 光明은 永劫無窮까지도" 변하지 않을 것임을 믿어 의심치 않는다. 그러기에 님을 떠나는 "슯흠"을 받아들이며, 님과 나를 "쩌나게 하난 運數"에 항거하지 않고 수긍할 수 있었던 것이다. 또한 시적 주체는 현재 경험하고 있는 님과의 이별이 "큰 님을 受納"하기 위함이며, 나아가 "쩌나게 한 運數는 合하게 할 運數임을 밋고" 있다고 말한다. 이처럼 님과의 이별이라는 극한상황에서도 시적 주체는 낙관적 희망을 버리지 않는다. 시적 주체의 낙관적 신념과 의지로 인해 님과 이별해야 하는 현실의 슬픔과 고통을 이겨낸다. 그러나 이러한 낙관적 태도는 현실에 대한 객관적인 인식을 기반으로 한 것이 아니라 철저하게 주관적인 의지로 구축된 것이다.

그것은 애국계몽운동의 주체가 지닌 존재론적 기반을 반영하고 있다. 외세의 침략이 가시화되고 있던 절박한 상황에서 정신적·도덕적 염결성으로 자아의 정체성을 지켜왔던 애국계몽 주체는, 국권이 상실된 현실 앞에서도 여전히 불굴의 의지와 낙관적인 신념으로 주체의 동요를 극복하고자 하였다. 이는 경험적 현실과 유리된 선험적 주관성 내지 절대정신에 의해서만 자아의 정체성을 보장받을 수 있었던 한국의 계몽 주체들의 운명적 상황을 보여주는 것이었다.

한국 근대시사에서 이러한 애국계몽운동의 정신은 어떠한 비극적 상황 앞에서도 굴하지 않고 세계와 맞서는 주체의 견결함 내지 지조의 시 정신과 비장미의 전통을 만들어냈다. 그러나 다른 한편으로, 현실에 대한 객관적 인식이 결여된 주관적 의지의 강조는 성찰적 이성의 심미적 활동을 억제하여 시적 상징이나 정서가 급격하게 관습화되고, 형식면에서도 정형화 내지 유형화되는 양상을 보여준다.

해가 쓴다 해가 쓴다 그 해가 쏘 쓰노나
한녜적 한힌메에 우리 님 나시던 날
그 날에 님의 얼굴 비초이던 해가 쏘 쓰노나
네 부대 맘썻 쓰어라 잘즈믄 해 내어 쓰어
행혀나 네 얼굴로나 님의 얼골 보과저

—이광수, 「님 나신 날」[127] 부분

이 시에서도 님은 부재한다. 시적 주체는 "님 나시던 날"에 "님의 얼굴 비초이던 해"를 통해 "님의 얼골"이라도 보려 한다. 그런데 이 시에는 '님의 부재'로 인한 고통이나 정서적 동요가 존재하지 않는다. '님'의 존재가 구체적인 의미나 가치를 지니지 못한 채 관습화되어 버렸기 때문이다.

에덴의달 밝은빛이 빗치는곳 따로잇고
生命의샘 맑은물이 흐르는곳 가렷드냐
가튼하늘 가튼땅에
이동산뿐 아득하고 이백성뿐 목마름은
不平等이 안니라고
辨的할말 남앗드냐?

온世上이 다웃어도 이곳뿐은 한숨이요
萬사람이 다뛰어도 이들뿐은 愁心한다
가튼音樂 가튼노래
이들의겐 悲哀의곡 ○○調를 알욈이라
嚴肅하게 찡근얼골
沈痛의빗 寂寂하다!

혀잇스면 말다하고 붓잇스면 뜻다쓰리
문자갈과 얼맨손을 엇지할수 다시업고

---

127) 『청춘』, 1915.1.

가튼다리 가튼머리
못간다는 處所잇고 못한다는 생각잇다
耳目口鼻 다를소냐
다갓치 사람이연만!

(…중략…)

애닯고나 ○○○찰 빨니모는 떼구름에
光的잇는 왼江山이 깜깜하게 싸여져셔
춤과노래 끈어지고
不○의빗 恐怖노래 핏눈물에 넘지노나
아아이것 무삼일가
꿈이드냐! 참이드냐?

암우리 님이시여 어여쎄샤 돌보소셔
全能하고 全知하신 님이신줄 아옵니다
이알욈과 이웨임을
못드르실 님안임을 깁히아는 저의오니
사랑의님 살피소셔
이동산 이무리를!

— 玄相允, 「失樂園」[128] 부분

이 시는 식민지로 전락하게 된 조선의 현실을 '낙원 상실의 체험'에
비유하고 있다. 그에게 식민지 조국의 현실은 "가튼하늘 가튼땅에" 불평
등을 감내해야 하고, 한숨과 수심과 비애와 침통함으로 가득 차 있으며,
"문자갈과 얼맨손"을 강요받아 마침내 "왼江山이 깜깜하게 싸여져셔 / 춤
과노래 끈어지고 / 不○의빗 공포의 노래 핏눈물에" 넘치게 되는 참담한

---

128) 『小星의 漫筆』(필사본, 東京), 1914.

상태로 인식되고 있다. 그런데 식민지 조선의 참담한 현실에 대한 인식이 마지막 연에서는 "전능하고 전지하신 님", "사랑의 님"에 대한 기원을 통해 해소되는 것을 볼 수 있다. 이러한 태도는 절대적인 권위, 즉 전지전능한 존재로서의 '님'에 의탁함으로써 속악하고 폭력적인 불모의 현실을 극복하려는 의식을 반영하고 있다.

절대적인 권위에 의탁하여 자아와 현실의 동요와 분열을 극복하고 자아의 정체성을 확립하고자 하는 태도는, 국권을 상실한 뒤에도 계몽의 기획에 대한 불굴의 의지와 낙관적인 전망을 잃지 않았던 애국계몽 주체들의 태도와 근본적으로 동일한 것이다. 이들의 사고는 '존재를 지향하기보다는 당위를 지향한다'는 점에서 이상주의(idealismus)에 기반하고 있다.129) 이들은 현실 속에 잠재하는 여러 경향들을 파악하고 개발하는 것보다 어떤 모범적인 세계를 관념적으로 선취하는 데 집중하였다. 이들에게는 이상과 현실의 관계가 도착(倒錯)되어 있다. 또한 모든 문제들을 내면화(또는 정신적인 영역에 귀속)함으로써 자아와 현실에 대한 실제적인 해결 대신에 관념적인 해결에 만족하는 태도를 보여준다.

두 번째는 식민지 조선에 대한 시적 은유인 '님의 부재'를 현실로 받아들이면서, '부재한 님'으로 인한 상실감 때문에 주체의 분열을 가속화하는 형태이다. 이것은 주로 1910년대 새롭게 등장한 시인들에게서 나타나고 있다.

> 밤이 왓다, 언제든지 갓튼 어둠은 밤이, 遠方으로 왓다. 멀니 씃
> 업는 銀가루인 듯 흰눈은 넓은 빈 들에 널니엿다. 아츰볏의 밝은
> 빗을 맛즈랴고 기다리는 듯한 나무며, 수풀은 공포와 暗黑에 싸이웟다.
> 사람들은 稀微하고 弱한 불과 함끽, 밤의 寂寞과 싸호기 마지아니한다.
> 그러나 차차, 오는 哀愁, 孤獨은 갓까워온다. 죽은 듯한 朦朧한 달은

---

129) 루카치, 반성완·임홍배 역, 『독일문학사—계몽주의에서 제1차 세계대전까지』, 심설당, 1987, 17면.

薄暗의 빗을 稀하게도 남기엿스며 무겁고도 가븨얍은 바람은 限업는
키쓰를 싸우며 모든 것에게, 한다. 空中으로 나아가는 날근 오랜 님의
소리 "現實이냐? 現夢이냐? 意味잇는 生이냐? 업는 生이냐?"
　　四方은 다만 沈默하다, 그밧게 아모것도 업다. 이것이, 永久의 沈默!
밤의 悲哀와 밋 밤의 運命! 죽음의 恐怖와 生의 恐怖! 아아 이들은 어둡은
밤이란 곳으로 旅行온다. "살기워지는 대로 살가? 쏘는 더 살가?" 하는
오랜 님의 소리, 싸르게 지내간다.
　　고요의 소래, 무덤에서, 내 가슴에. 沈默.
— 金億, 「밤과 나(散文詩)」130) 부분

이 시의 배경은 공포와 암흑의 밤이며, 적막과 애수와 고독을 불러일
으킨다. 이러한 밤의 풍경은 시적 주체가 처한 현실과 시적 주체의 내면
을 이중적으로 암시한다. 숨막힐 듯한 "밤의 비애와 밋 밤의 운명"에 사
로잡혀 있는 시적 주체에게 "現實이냐? 現夢이냐? 意味잇는 生이냐? 업
는 生이냐?", "살기워지는 대로 살가? 쏘는 더 살가?"라는 "오랜 님"의
목소리가 들려온다. '님'은 이렇게 '목소리'로만 존재한다. 그리고 이 시
의 '님'은 주체의 불안을 절대적인 권위로서 해결하는 것이 아니라, 오히
려 불안을 가중시키고 분열을 가속화하는 것이 특징이다. 현실과 꿈의
분간이 없고 삶과 죽음의 경계가 혼란스러운 상태에서 "오랜 님"의 목소
리는 시적 주체를 적나라한 실존적 고독과 공포에 직면하게 만든다. 이
시는 그러한 시적 주체의 주관적인 감정(또는 감상)을 표현하는 데 집중된
다. "意味잇는 生이냐? 업는 生이냐?", "살기워지는 대로 살가? 쏘는 더
살가?"라는 표현에서 그것을 확인할 수 있다.

이러한 주관적인 감정의 우세는 '님과의 이별' 또는 '님의 부재'에 대
한 시인의 태도에서 더욱 분명하게 드러난다.

죽어가는 靈魂을 弔喪하는 듯한 寺院의 鐘소리 울리는도다

---

130) 『학지광』 5호, 1915.5, 56면.

> …… 님은간다 …… 永遠의 離別?
> 땅 위에는 어지러운 樹影이 그리여 있으며, 달은 西域으로 떨어지려하는데,
> 아아, 사랑하는 님은 갔다 ……
> 사랑의 준 바 얻은 바 快樂이나 悲哀는 다 없어지고
> 다만 하나 남은 사람 깊은 밤에 자지 못하는 것밖에,
> 남은 것은 이것이며
> 끊이지 안이하고 나오는 생각 눈물이며, 바래는
> 歎息은 마지막 사랑의 離別의 준 바
> 永遠히 그의 가슴을 苦롭게 할—이것이다.
> 아아, 다시는 過去의 즐김을 얻기 바이없으며
> 그의게는 a tear of eyes !
>
> — 돌샘, 「離別」[131] 부분(현대어 표기—인용자)

이 시는 사랑하는 님과의 이별을 눈물과 탄식으로 받아들이고 있다. 님이 떠남으로써 "사랑의 준 바 얻은 바 快樂이나 悲哀는 다 없어지고", "다시는 過去의 즐김을 얻기 바이없으며" 영원한 고통만이 남게 되었다. '님'이 떠나버린 현실, 그것은 열망으로 시작되었던 근대의 기획이 좌절되면서 민족의 운명뿐 아니라 자기 자신의 운명까지도 스스로 주도하지 못하게 된 식민지 지식인의 현실에 대한 시적 은유이다. 이처럼 '님과의 이별'로 인한 고통과 상실감, 부재하는 '님'에 대한 그리움은 한국 근대시 형성의 중요한 기반으로 자리잡았다. '님'을 향한 그리움과 그 시적 울림은 주체의 분열을 극복하는 힘이 되었다.[132] 이것은 애국계몽 주체들이 '님'의 상실을 일시적인 현상으로 받아들이거나 또는 상실될 수 없는 절대적인 권위로 '님'을 상정함으로써 주체의 분열을 극복하려 했던 것에 비해 분명히 근대적인 현상이다.

---

131) 『학지광』 3호, 1914.12, 44~46면.

132) 김윤식은 한국 근대시의 특징을 '형언할 수 없는 상실감의 울림'과 '부재에 대한 형언할 수 없는 그리움의 드러냄'으로 규정하고 있다(김윤식, 『김윤식의 현대문학사 탐구』, 문학사상사, 1997, 72면).

  이처럼 '님의 부재'로 인한 상실감과 그리움을 통해 식민지의 근대 주체로서 정체성을 확립하려는 1910년대 시인들의 태도는 철저하게 개인화를 지향하는 것이 특징이다. 이들은 탄식과 눈물의 원천이 되는 객관현실로부터 벗어나 자신의 자아(또는 영혼) 깊숙한 곳에 스스로를 유폐시키고, 그 고립된 공간에서 자기만의 위안과 이상향을 찾아내고 있다.

> 아아, 가이업슨 過去로다.
> 장차 오랴는 것도 過去같을진댄
> 차라리, 過去의 비너쓰—그 어여뿐 빰에 그 이마에
> 안기여 最後悲哀의 키쓰와 함께
> 幽暗窟에 돌아가서, 肉身을 떠난 自由로운 精神,
> 멀리멀리 끝없는 限모르는 永久的 神秘鄕에서
> 過去의 눈물 記憶, 이 모두 다 없는 그곳
> 아아, 바라는 그곳, 저 멀리 보이는 저 언덕에 가는 것
> 이야말로 그들의 願이리라.
> — 돌샘, 「離別」 부분(현대어 표기—인용자)

  시적 주체는 님이 떠난 현실을 과거의 것으로 돌리며 "過去의 눈물 記憶, 이 모두 다 없는 그곳", "저 멀리 보이는 저 언덕에" 가고자 한다. "幽暗窟"이란 현실과 단절된 자아의 밀폐된 공간이다. 그곳에 스스로를 고립·유폐시킨 뒤 "肉身을 떠난 自由로운 精神, 멀리멀리 끝없는 限모르는 永久的 神秘鄕"을 꿈꾼다. 시적 주체가 이처럼 현실과 단절하여 자아를 유폐시키고 영구적 이상향을 동경하게 된 것은 "장차 오랴는 것도 過去와 같을" 것이라는 비관적 인식 때문이다. '님의 부재'를 눈물과 탄식의 원천으로 받아들인 것도 비관적 현실인식에서 비롯된 것이다. 이러한 비관적 현실인식은 애국계몽 주체들과 1910년대의 시인을 구분짓는 요인이다. 즉 애국계몽 주체들이 진보주의적 역사관에 근거하여 낙관적 전망을 구가하였던 것에 반해, 1910년대 시인들은 미래의 유토피아에

대한 기대를 버리고 주체의 분열을 받아들임으로써 현실인식의 진정성에 보다 근접하고 있다.

이상에서 보듯이 애국계몽 주체의 선험적 주관성과 정론적 계몽성으로부터 벗어나 근대 주체를 확립하는 과정은, 개인의 정서적 고립과 비관적 현실인식으로부터 출발하였다. 한국 근대시의 중요한 지표로 간주되는 개인 서정의 발견도 이처럼 계몽적 강박으로부터 자립하는 동시에 개인을 현실로부터 고립시키고 주관적인 감정에 집중하는 방향으로 진행되었다. 이는 한국 근대시에서 개인 서정의 발견이 계몽성으로부터의 자립이면서 동시에 고립이었음을 보여주는 것이다.

이러한 현상은 한국 근대시가 그 출발에서부터 '감상성'에서 자유로울 수 없었음을 의미한다. 일종의 '정서적 과잉상태'[133]라고 할 수 있는 감상성은, 1910년대와 1920년대 초반의 시에서 고통스럽고 속악한 현실에 대하여 자신의 순정함을 눈물과 애상에 호소하는 방식으로 광범위하게 나타났다. 한국 근대시는 이러한 감상성을 극복하게 될 때 비로소 확립되는 것이다.

1910년대 시에 나타난 비관적 현실인식과 주관적 감정의 우세는 근대 주체의 핵심인 성찰적 이성의 작용을 방해함으로써 '진정한 서정의 힘'이 발휘되는 것을 일정하게 제약하였다. '진정한 서정의 힘'은 개인의 성찰적·심미적 이성과 자각을 끊임없이 현실과 자신 속에 관철시킴으로써 주체가 자립의 기틀을 마련하고 개인을 발전시킬 수 있는 성질의 것이다.

세 번째는 '님의 부재'를 기억하고 추억을 되새김질하는 방식으로 주체의 분열을 견디며 버티는 형태이다. 당대 시의 주류였던 주체와 객체의 이분화, 근거 없는 낙관주의와 절망적 비관주의의 극단화, 내면의 분열, 감수성의 분열을 지양하기 위해 현실의 모순과 갈등을 피하지 않고

---

133) 이정일 편, 『시학사전』, 신원문화사, 1995, 15면.

견디는 과정에서 창조된 시가 여기에 해당한다.

　　南國의 바다 가을 날은
　　아즉도 따듯한 볏을 沙汀에 흘니도다
　　저젓다 말넛다 하는 물 입술의 자최에
　　납흘납흘 아득이는 흰나뷔
　　봄 아지랭이에 게으른 꿈을 보는 듯.

　　黃金公子 꾀꼬리 노래에
　　梨花紛紛 這의 춤을 자랑하던
　　三春의 行樂이 잇치지 못하여
　　묵은 꿈을 이어보려
　　깁흔 수풀 너른덜노 헤매다가
　　지난 밤 一陣의 모진 바람과
　　맵고 찬 쓰린 이슬에 것치러진
　　옛봄의 머무럿든 터만 記憶하고
　　이 바다로 내림이라

　　珊瑚珠 시골에 들너오는
　　먼 潮水의 香내에 醉하여
　　金바람의 압수레에 부듸처
　　허엿케 이러나는 적은 물결을
　　前에 놀던 곳으로만 역여
　　납흘납흘 춤추며
　　天涯먼곳 無限한 波濤로.

　　아아! 나뷔여, 나의 적은 나뷔여
　　"너 홀로 어대로 가는가.
　　너 가는 곳은 滅亡이라.
　　바다는 하날과 갓치 길매

暴惡한 波濤는
너의 예술을 파뭇으려 할지라.
무섭지 안이한가 나뷔어
검은 海藻에 숨은 고래는
너를 덤석 삼키려,
기다렷다 벌컥 이러나는 큰 물결은
너를 散散 바숴려"

아츰 이슬과 저녁 안개에
軟하게 된 적은 날개와
山과 덜에서 疲勞한
這의 몸으로 險한 바다 어이가리
뉘웃침을 업수히
過去를 崇拜치 안이하던 적은나뷔
不祥할게나 凡俗의 運命에 떠러짐

刹那의 快樂 瞬間의 破滅
哀닯고 압흐도다. 큰 事實의 보임이
無窮한 存在의 너른 바다는
永劫의 波濤를 이리킬 뿐이라
아아 나뷔는 발서 보이지 안는도다
"이러케 나만 뭇에 내리랴
나의 울음 너의게 들닐길 업스나
나홀노 너의 길을 슯허하노라"

— 崔承九, 「潮의 蝶」[134] 전문

---

134) 金澤東 편, 『崔素月作品集』, 螢雪出版社, 1982, 19~20면. 최승구의 시 「潮의 蝶」은 그 시적 소재나 상상력의 측면에서 1939년에 金起林이 쓴 "아모도 그에게 水深을 일러준 일 없기에 / 힌 나비는 도무지 바다가 무섭지 않다"(『金起林全集』 1, 심설당, 1988, 174면)로 시작하는 시 「바다와 나비」와 매우 닮아 있다.

시적 주체는 난폭하고 변덕스런 혼돈이 예고된 바다 위를 '투신'하는 나비에 대해 사무치는 애정을 가지면서도 거기에 함께 빠져들지 않고, 버티면서 거리를 확보하려는 안간힘을 보여주고 있다. 나비의 비행과 몰락을 지켜보는 '나'의 시선은 비극적 긴장감을 내포하고 있다. 식민지적 근대 현실을 바다에 비유하고, 그 속에서 자신의 정체성을 찾으려 애쓰는 당대 지식인의 모습을 나비에 비유함으로써, 식민지적 근대가 지닌 매혹과 폭력성을 동시에 드러내고 있는 이 시의 표현방법은 매우 탁월한 것이다. 이와 같이 최승구의 시들은, 불모의 현실세계를 작위적으로 재단하거나 현실의 폭력성에 가위눌려 파탄에 빠지는 당대 시문학의 일반적인 경향과 달리, 현실과 균형있는 긴장관계를 유지하면서 그 본질(매혹과 폭력성의 양면)을 통찰하는 독특한 세계를 구축하였다.

> 長長한 밤이다. 這는 繼續하여. 熟視한다—嗚咽하며
> 涕泣한다. 羊의 무리는 疲困하여 痛哭한다. 하나, 긋침업시,
> 파며, 헷친다. 파며, 헷친다.
>
>   — 崔承九, 「긴—熟視」[135] 부분

현실은 끝날 것 같지 않은 "長長한 밤"이며 시적 주체는 그 현실에 대한 "긴 熟視"를 통해 "밤"의 공포와 "疲困", 좌절과 맞서고 있다. 시인은 "嗚咽"하며 "涕泣", "痛哭"하면서도 "긴 熟視"를 통해 밤의 공포에 굴복하지 않고 "긋침업시" 계속해서 땅을 일구며 "沃土"를 꿈꿀 수 있는 힘을 얻고 있다. 이러한 시적 태도는 폭력과 불모의 현실 속에서도 이상을 향한 의지와 힘을 포기하지 않고 소중하게 가꾸어 나가야 함을 온몸으로 보여준다.

김여제의 시는 치열한 정신력으로 현실의 "狂風"을 견뎌내고 자아를 단련하여, 그 힘으로 부재한 '님'을 기다리는 견인의식을 보여준다.

---

135) 『近代思潮』, 1916.1, 18면.

　　　－우리 山女는,
　　　緊張, 弛緩, 興奮, 沈靜의 더, 더 複雜한 情緒에 차도다.
　　　느즌 새의 울음, 반득이는 별이,
　　　얼마나, 얼마나 우리 山女의 가슴을,
　　　져, 져 먼 나라로, 想像의 보는 世界로,
　　　넓은 드을로, 물셜의 사는, 잔잔한 바다로,
　　　아니, 아니 「Unknown World」로,
　　　얼마나, 얼마나 우리 山女의 가슴을 꾀을엿으랴!

　　　(…중략…)

　　　어느 째 모진 狂風이 닐어와,
　　　압領, 늙은 소나무를 두어대 썩다.
　　　멧벌에가 弱한 피레를 불어 울다.
　　　節차자 아름다운 꼿도 퓌여－香氣도 내이다.
　　　그러나 亦是 山 가운듸엿다.
　　　잇다금 들퇴씨(野兎)가 튀여, 우리 山女의 뷔인 가슴에 反響을
　　　내일 쑨이엿다.
　　　－님은 如前히 안이오다!

　　　　　　　　　　　　　　　　　　　－金興濟, 「山女」[136) 부분

　　"암흑", "모진 狂風"과 "怪惡"한 분위기, 위압적 힘이 이 시의 전체적인 분위기를 지배하고 있다. 그러나 시적 주체는 "怪惡"한 "狂風"의 세계에 맞닥뜨려 "복잡한 정서"로 불안에 떨면서도, 버티고 인내해서 궁극에는 "잔잔한" 평화가 있는 "想像의 세계"에 다다르고자 하는 지향을 보여준다. 이러한 시적 지향은 "想像의 보는 世界로" 함께 갈 '님'에 대한 기다림으로 확대된다. 그런 점에서 마지막 행의 "－님은 如前히 안이오다!"는 비관적인 진술이 아니라 언젠가는 올 '님'에 대한 간절한 그리움

---

136) 『학지광』 5호, 1915.5, 59면.

을 호소하는 것으로 시적 여운을 강하게 드리운다.

1910년대 시에 나타난 '부재한 님에 대한 열망과 믿음'은 역사적 시련기에 그것을 견뎌내는 민족의 보편적 정서로 정착되면서, 이후 한국 근대 자유시 형성의 주된 모티브이자 시적 이상과 지향으로 자리잡게 된다.

제 **4** 장

1910년대 주요 시인 분석

1910년대 자유시가 실험·창작되었던 배경에는 『학지광』이 있었다. 『태서문예신보』(1918년 9월 26일 창간) 이전에 이미 『학지광』을 중심으로 자유시 형식이 활발하게 모색되고 있었다. 『학지광』은 〈조선유학생학우회〉[1] 가 격월간(실제로는 연 2~4회 발간)으로 발행한 잡지이며, 1914년 4월 2일에 창간되어 1930년 4월 5일 통권 29호로 종간되었다.

『학지광』의 문예면에는 시·소설·에세이·문학론·비평 등이 망라되어 실렸다. 또한 외국문학의 소개와 번역도 활발하게 이루어졌다. 투르게네프·트렌취·안드레프 등의 작품이 번역 소개되었다. 김억은 「예술적 생활」(6호)과 「요구와 회한」(10호) 등의 문학론을 발표하면서 서구의 상징

---

1) 〈朝鮮留學生學友會〉는, 1912년 봄 東京 〈朝鮮留學生親睦會〉가 해산한 후 1913년 가을에 〈鐵北親睦會〉·〈浿西親睦會〉·〈海西親睦會〉·〈京西親睦會〉·〈三漢俱樂部〉·〈洛東同志會〉·〈湖西茶話會〉 등이 단결한 단체로 동경과 그 부근에 있던 유학생들이 참여하였다(김근수, 「학지광에 대하여」, 『학지광』 영인본, 태학사, 1978, 5면).

주의를 소개하기도 하였다. 『학지광』은 1910년대 자유시의 요람으로 그 역할을 단단히 수행하였던 것이다. 1910년대 자유시를 창작한 시인들은 거의 대부분 『학지광』에 시와 비평, 산문을 발표하였으며 이들 중에는 국내에서 발행되던 『청춘』에 시나 글을 기고하기도 했다.

『학지광』에 시를 발표한 사람들로는 유암 김여제, 돌샘(혹은 안서) 김억, 소성 현상윤, 소월 최승구, CK생 김찬영, 이일, 춘원 이광수, 극웅 최승만, 오봉 서춘, 문비실주인(捫鼻室主人), 푸른배, 해탄(海難), KY생 등이 있다.

『학지광』에 시를 발표한 사람들 중에 몇몇은 1920년대 문단 형성과정에 직접 참여하기도 하였다. 이러한 사실은, 1920년대 본격적으로 문단을 형성하고 근대문학을 개척해나간 문인들이 이미 『학지광』을 통해 근대적 의미의 문학 수업을 거쳐왔음을 말해준다.

> 동경 유학생들이 발간하던 잡지 『학지광』과 서울에서 발행하는 문학 잡지 『태서문예신보』 등을 나는 우편으로 주문하여 읽었다.[2] (이기영)

> 같은 반에 친우인 유형식 군은 동경 유학생에게서 입수한 책이라고 잡지 두권을 나에게 주었다. 평소에 내가 문학 서적을 좋아하는 것을 유군은 잘 아는 때문이다. 나는 받아보고 부러운 마음을 억누를 수 없었다. 『학지광』과 『창조』 창간호였다. …… 나는 여기 자극을 받아서 한국 안에서도 어서어서 순문학잡지를 내야하겠다고 생각했다.[3] (박종화)

이들의 회고를 통해 국내에 거주하던 사람들도 이 잡지들을 통해서 문학 수업을 했다는 것을 알 수 있다. 실제로 1910년대의 잡지들과 거기에 실린 문학 작품들은 1920년대 전문적 문인들이 성장하고 문단이 형성되는 데 큰 영향을 미쳤다.

---

2) 이기영, 「이상과 노력」, 『나의 인간수업 문학수업』, 인동, 1989, 66면.
3) 박종화, 「월탄회고록」, 『한국일보』, 1973.2.3 · 10.

1. 예술적 자아의 갱생과 현실 대응력—최승구

　소월(素月) 최승구(崔承九)는 1892년 경기도 시흥에서 최대현(崔大鉉)의 4남 1녀 중 막내로 출생하여 1910년 보성학교를 졸업하고 일본으로 가서 게이오[慶應]대학 예과에 입학하였다. 동경 유학시절 그는 나혜석과 열렬한 연애를 한 것으로도 유명하였다. 그는 재기발랄하고 다정다감한 예술적 기질을 가지고 있었다. 연극에도 재능을 보여 직적 극본을 써서 연출·연기를 맡기도 하였다. 그는 『학지광』의 편집위원 겸 인쇄인으로 참여하며 시와 에세이를 발표하였다. 최승구가 남긴 시와 글은 1914년에서 1916년까지 3년 동안의 동경 유학 기간에 쓴 것들로 추정된다. 그는 게이오대학 예과를 마치고 본과에서 사학(史學)을 전공하려고 마음먹었는데, 경제적 사정과 심한 폐결핵으로 예과 과정만 이수하고 귀국해야 했다. 당시 고흥 군수로 있던 둘째 형 최승칠(崔承七)의 집에서 요양하다 1917년 27세의 나이로 요절하고 말았다. 뒷날 김억은 자신의 첫 시집 『해파리의 노래』 한 장을 "해를 여러 번 거듭한 지하의 최승구에게 이 시를 보내노라"[4]며 헌사하였다. 최승구는 자신이 쓴 작품들을 모아두었는데, 필사된 유고 시집 노트가 그의 종제인 극웅(極熊) 최승만(崔承萬)에 의해 보관되어 오다가 1982년 『최소월작품집』[5]으로 편집 발간되었다.[6]

---

4) 김억, 『해파리의 노래』, 조선도서주식회사, 1923, 26면.
5) 김학동 편, 『최소월작품집』, 형설출판사, 1982.
6) 최승구에 대한 지금까지의 연구는 매우 미미한 편이다. 아래의 책에서 거론하고 있는 정도이다.
　「素月에 同名異人이 있다」, 『동아일보』, 1972.5.4.
　金澤東, 「素月 崔承九論」, 『한국근대 시인연구』 1, 일조각, 1974.
　______, 「낭만적 정조와 개아의 서정성」, 『현대시인연구』, 새문사, 1995.
　조동일, 『한국문학통사』 4, 지식산업사, 1986, 417~419면.

1) 피식민지민으로서의 정체성과 '생활의 예술화'

　1910년대에 식민지 현실을 직접적으로 형상화한 작품은 드물다. 출판법과 보안법 등의 제도적 강압과 그로 인한 자기 검열이 원인이었다. 그 결과 1910년대 대부분의 시들은 당대 현실의 모순에 착목하기보다 계몽적 이상을 노래하고, 개인의 폐쇄적인 내면의 갈등을 호소하는 데 집착하였다. 그런데 최승구는 제국주의의 폭력성을 시의 제재로 삼아 문학적으로 대응하는 용기와 당당함을 보여주어 주목된다.

> 山嶽이라도 쌕에지는 / 大砲의 彈알에,
> 너의 阿只는 / 발서 碎骨이 되엿고
>
> 野獸보다도 暴惡헌 / 쎄르만의 戰士의게,
> 너의 愛妻는 / 恥辱으로 죽엇다.
>
> 인제는, 사랑허든 / 家族도 업서젓고,
> 너조차 逃亡헐 / 길을 일허버렷다.
>
> 배불너도 더찻는 / 慾心쑤러기의게,
> 너의 財産을 / 다밧처도 不足이다.
>
> 正義가 읍서젓거든, / 平和가 잇슬게냐,
> 다만 저들의 / 꿈속의 弄談이다.
>
> 너, 自我以外에는, / 野心만흔 敵쑨이요,
> 敗北는 너의 政府 / 弱헌 까닭쑨이다.
>
> 쎌지엄의 勇士여! / 最後까지 싸홀쑨이다!
> 너의 엽헤 / 부러진 槍이 그저 잇다.

쎌지엄의 勇士여! / 쎌지엄은 너의 것이다!
네것이면, / 꽉 잡어라!

쎌지엄의 勇士여! / 너의쎄듸(body―인용자)는 너의 것이다!
너, 人生이면, / 權威를 드러내거라!

쎌지엄의 勇士여! / 瘡口를 부둥키고 이러나거라!
너의피 괴이는곳에, / 쎌지엄의 子孫 부러나리라.

쎌지엄의 히로[hero―인용자]여! / 너의몸 쓰러지는 곳에,
거누구가 月桂冠을 / 밧들고 섯슬이라.

―「쎌지엄의 勇士」[7](1914.11.3) 전문

이 시는 제1차 세계대전 중 독일이 중립국 벨기에를 침략한 만행을
시적 제재로 삼아 형상화함으로써 한국의 식민지 상황을 환기시키고 있
다. 이 시의 창작 의도와 문학적 의의를 제대로 이해하기 위해서는 당시
조선과 일본에서 세계대전을 어떻게 인식하고 있었는지에 대해 알 필요
가 있다. 당시에는 서양에서 일어나고 있는 제1차 세계대전을 과학문명
의 격전장, 우승열패라는 근대사상의 실현장, 영웅의 활동장으로 인식하
고 고무되는 분위기가 조성되었다. 또한 세계대전이 세계사의 대전환기
를 예고한다는 점에서 흥분과 열광의 대상이 되기도 하였다.

실제로『신문계』와『청춘』에서 세계대전을 특집으로 다룬 것을 보면,
『신문계』(1914.11)는 전쟁에 동원된 신무기를 소개하면서 과학문명을 획득
한 자가 선이며 정의라는 이데올로기를 전파하였다.『청춘』(1918.6)도 전
쟁에서 승리하는 독일 '영웅'들의 용맹성과 충성심을 소개하고, 제국주
의적 팽창주의를 선망하며 조선의 청년들이 본받아야 할 표본으로 기사
화하였다.

---

7)『학지광』 4호, 1915.2, 49~50면.

우승열패, 생존경쟁의 사회진화론의 관점에서 볼 때, 전쟁은 필연적이며, 강대한 자는 정의와 선이 된다. 이러한 논리와 사상적 분위기 속에서 식민지 조선 사람들은 힘을 키워 약소국을 정복하든가, 식민지로 전락한 처지를 승인하든가 둘 중에 하나를 선택해야 하는 심리적 압박에 시달리게 된다. 독일의 승전과 전쟁 영웅들이 약소국민들의 희망으로 받아들여지기도 하였다.

이러한 사회적 분위기 속에서 최승구는 "正義가 읍서젓거든, / 平和가 잇슬게냐, / 다만 저들의 / 꿈속의 弄談이다"고 하여, 세계평화를 허울로 내걸고 싸우는 세계대전의 제국주의적 성격과 야욕("배불너도 더찻는 / 慾心 쑤러기")을 폭로하고 있다. 「쎌지엄의 용사(勇士)」는 승전한 자의 시각이 아니라, 침략 당한 자의 입장에서 그 치욕과 분노를 형상화한 것이다. "쎌지엄의 용사"의 형상은 바로 피식민으로 치욕을 당하고 있는 시인 자신과 조선인들의 표상이다. 시인은 스스로를 '용사'로 인식하고, 자신의 자유와 자손들의 번영을 위해 최후까지 싸울 것을 외치고 있다. 이 시는 앞서 애국계몽 시가에 나타난 '피'를 뿌리는 열혈적 의지주의와 '용사'·'영웅(히로)' 등의 담론을 계승한 위에, 보다 전투적인 상상력과 현실 대응력을 보여주고 있다. 또한 짧고 단호한 리듬은 주제의 긴박감이나 어조의 격렬함에 잘 조응하고 있다.

최승구는 피식민지 지식인으로서의 자기 정체성을 확고히 하였으며, 그의 시와 글은 자신의 정체성을 확장시키는 일이었다.

"나는 더 못된 거지다!" 無意識的으로 겁허 말을 내일사록, 아아 薄情도 하다.

"아아, 나의게는 나라업고 집업고 계집업고 所有업고 名譽업고 快樂업고 all of the fortune of life—人生의 잇슬만한 幸福을[은—인용자] 모두 나의게 업도다"

"아아 적은 나의 거지 兄弟오! 너의게는 窟이 잇고 父母잇고 父母의게 되릴 우슴잇고, 우름잇고, 父母의게서 밧을 우슴과 우름이 잇도다!"
　"너는 나보다 幸運兒로다!"

—「乞食兒」[8] 부분

시인은 추운 겨울날 구걸을 하는 어린아이에게 동정심을 느끼다가, 돌연 나라를 잃고 집도 없이, 어떤 소유와 명예와 쾌락과 인생의 행운조차 갖지 못한 자신의 처지가 그 거지 소년만도 못함을 깨닫게 되고 비통해 한다.

이 무렵에는 거지를 소재로 하는 시가 다수 번역되거나 창작되었다. 투르게네프 「걸식」이란 산문시가 몽몽(夢夢)의 번역으로 『학지광』(1915.2)에 실렸고, 닷메의 「원단(元旦)의 걸인」이 『청춘』(1917.5)에 실리기도 하였다. 이 시들은 공통적으로 거지에 대한 동정심을 유발하는 차원에 그치고 있다. 그런데 최승구는 걸인을 통해 자신의 현실과 처지를 확인하고 있는 것이다. 이러한 현실에 대한 통찰력과 진지한 자기 성찰은 시적 진정성으로 이어진다.

　우리의 靈과 肉은 束縛을 當하얏다. 우리는 被征服者가 되엿다. 우리는 奴隷役이 되엿다. 함으로, 우리의 覺官은 動치 못하고, 本能은 發作치 못하며, 良心은 殘殼만 남게 되엿고, 統一性은 이러버리게 되엿다. 苦痛을 늣기게 되지 못하고, 自由의 運動을 엇지 못하고, 恥辱을 記憶치 못하게 되엿스며, 祖先이나 財産을 主張치 못하게 되엿다. 人格의 權威는 地에 墜하야 全然히 蹂躪을 當하얏고, 救치 못할 破滅이 風前의 燈과 갓치 臨迫하얏다.[9]

최승구는 식민지의 현실이 정치적 경제적 속박뿐 아니라 피식민지민의 영혼과 감각, 본능, 양심까지도 속박하게 된다는 것을 심도 있게 파악하고 있었다. 따라서 제국주의의 지배하에서는 피식민지민이 근대적 주

---

8) 김학동 편, 『최소월작품집』, 형설출판사, 1982, 50면.
9) 최승구, 「너를 혁명하라」, 『학지광』 5호, 1915.5, 15~16면.

체로서 개성이나 자유, 인격의 권위를 실현하는 것은 불가능하다. 이러한 인식 아래 최승구는 당시 신지식층들에 의해 주도되던 '개성의 자각과 자아의 발견'이 필요함을 인정하면서도, 이러한 자아의 실현을 위해 무엇보다 먼저 현실 대응력을 철저히 해야 한다는 점을 강조하고 있다. 그는 "宇宙는 個體의 單位로붓허 組織되엿고, 個體는 個性의 特殊한 것으로 組織된 바이다. (…중략…) 萬有物體의 實在를 認識하는 것도, 自己를 中心으로 하는 意志에서 나오는 것"이라고 하여 세계와 우주의 중심(또는 인식 주체)으로서 개성과 자아 확립의 중요성을 피력하고 있다.

최승구에게서 주목해야 할 점은 생활 현실과 자아 성찰의 긴장을 강조하였다는 것이다. 그는 개성과 자아의 확립을 위해서 '개인적 혁명(revolutional of indivisuality)'이 필요함을 역설하고 있는데, 이 '개인적 혁명'의 근거를 '생활'과 '행위'의 영역에서 찾고 있다.

> 우리는 前時代의 사람보다, 生活을 極致히 尊重하여야 할 것이며, 理想보다 行爲를 尊重하여야 할 것이다. 一生을 苟且히 보내려 하거나, 生命의 維持에만 滿足할 것이 안이라, 生으로붓허 死에까지 豐饒한 生活을 힘쓸 것이오, 더욱 永遠히 圓滿한 生活을 힘쓸 것이다. 觀望이나, 推移나 依賴가 업슬 것이오, 自己의 일은 自己自身이 正確한一굿세인一實行하여야 할 것이다. 保守보다 前進을 要求하고, 存在보다 向上을 요구하는 것이나, 前進과 向上에는 目的하는 處所가 잇는 것이니, 우리의 的點은 우리가 아는 바어니와, 그 的點을一直線으로 向치 안이하면 안 될 것이다.10)

최승구는 "전진"과 "향상"의 합목적성(근대적 주체 확립)에 도달하기 위해 "생활"과 "행위"를 통해 힘쓸 것을 주장하고 있다. 그가 주장한 "生으로붓허 死에까지 豐饒한 生活 (…중략…) 永遠히 圓滿한 生活"이란 "자유 의사의 자각"이 관철되는 삶, 자유로운 인간의 기본 요건으로서 "실

---

10) 최승구, 「너를 혁명하라」, 『학지광』 제5호, 1915.5, 16~17면.

감"과 *"창조"가 이루어지는 삶을 의미한다. 개성과 자아 확립의 토대를 '생활'에서 찾고 있는 이러한 태도는 당시 신지식층들의 그것과 비교된다. 당시 신지식층은 '개성의 자각과 자아의 발견'을 현실생활의 실천적 영역(사회적·정치적·민족적·사상적 차원)이 아닌 '이상'과 관념의 영역(문화적·윤리적 차원)에서 모색해 왔던 것이다.

구체 생활에 핍진한 현실인식은 그의 문학예술관에도 일관되게 나타난다. 그는 나경석(羅景錫 : 나혜석 오빠)에게 보내는 편지 형식의 글[11]에서 자신의 문학관을 밝히고 있다. 그는 자신을 예술가로 명명하는 것이 아직은 때 이르다고 말한 뒤 그 이유로, 당대의 사람들에게 예술의 바탕이 되는 '정감적(또는 감정적) 생활'이 실현되지 못했기 때문이라고 한다. 생활과 예술에 대한 최승구의 기본적인 인식은 "藝術이 人生에 根低되고 確實히 肯定하는 것"이라는 설명에 잘 나타나 있다. 여기서 최승구가 말한 "정감적(또는 감정적) 생활"이란 먼저 "오관(五官)"과 "오미(五味)"의 작용이 원활하고 실감있게 이루어지는 생활, "神經이 완전히 運轉하야 作用"[12]하는 생활을 의미한다. 그는 조선 사회에서 '정감적 생활'이 실현되지 못하는 원인을, 식민지로 전락한 현실을 뼈저리게 인식하지 못하고 무기력하게 이상과 관념의 세계에 안주해버리는 당대 사람들의 순응주의에서 찾고 있다.

누가 自己 먹든 밥을 쎄아서 간다 헐지라도, 다만 '배곱흐겟네' 헐 쑨이지, 그 밥을 차저 먹을 생각 안이 허오 누가 自己의 衣服을 벳겨간다 헐지라도, 다만 '어, 이것 츕겟네' 헐 쑨이지. 衣服 차저서 입을 생각 안이 허오 아아, 생각만 해서도 안이 되는 것을, 況且 興味 차질 째 안이요, 苦痛이며, 飢寒이 迫頭헌 것을 도무지 모르고, 멀쑹멀쑹 비슬비슬 헐 쑨이겟소![13]

---

11) 최승구, 「정감적 생활의 요구(나의 갱생)」, 『학지광』 3호, 1914.12.
12) 최승구, 「정감적 생활의 요구」, 『학지광』 3호, 1914.12, 17면.
13) 최승구, 위의 책, 17면.

최승구는 이처럼 무기력하고 순응적인 당대 사람들의 "신경"에 "부어줄 기름을 만드는 것과 쌀댁이 맨드는 것이 제일 몹시 급한" 일이며, 그것이 실현될 때 자신의 첫 번째 '갱생(更生)'이 이루어질 것이라고 말한다. 장식이나 풍습, 예절, 기호 등을 실현하는 것은 그 이후의 문제로 그의 두 번째 갱생에 해당된다. 예술의 존재도 후자에 속하며, 이러한 두 번째 갱생을 통해 최승구 자신도 비로소 예술가로서 자립할 수 있게 된다는 것이다.

제국주의의 본질과 식민지 현실에 대한 자각에서 비롯된 최승구의 이러한 '생활 예술론'은, 리얼리즘 문학에 대한 인식의 단초를 보여준다. 근대적 주체로서 개성의 확립을 역사적 현실과 생활 속에서 실현할 것, 그리고 이러한 주체의 정립을 토대로 예술의 존재 의의를 규정한 것에서 '세계와 주체의 긴장된 상호작용을 통한 세계의 발견과 주체의 자기 정립'으로서 리얼리즘 문학에 대한 인식의 단초를 볼 수 있다. 최승구는 이런 문학관에 의거하여, 당시에 유행하던 예술지상주의적 경향, "와일드의 본능적 색정주의나 소로구부의 극단적 염세주의"[14]에 대해 유보적이고 비판적인 태도를 취하고 있다. 그러나 예술지상주의를 완전히 부정하는 것이 아니고 아직 한국적 상황에서는 시기상조라는 것이 그의 주장이다. 그의 '두 번째 갱생'이란 바로 예술의 자립, 와일드와 솔로굽을 긍정하는 경지를 뜻한다. 이렇듯 최승구의 문학관과 세계관은 폭넓고 탄력적이었다.

2) 시적 리얼리티의 성취와 한시 전통

시적 성취란 단순한 외적 형식의 차원에서 획득되는 성질의 것이 아

---

14) 최승구, 「정감적 생활의 요구」, 『학지광』 3호, 1914.12, 18면.

니다. 그것은 현실인식의 깊이, 시대정신의 담지, 형상화 방법 등 다양한 층위를 포괄하는 것이다. 1910년대 시문학의 중요한 화두로 제기되었던 근대적 개성의 창조와 그 형식화의 문제는, 고립된 자연인으로서 주관적 인상을 드러내는 것이 아니고, 개인을 둘러싸고 있는 현실과의 긴장된 대응관계를 미적으로 통괄하는 과정에서 성취되는 것이다.

　최승구는 근대적 주체로서 자아의 확립과 예술의 존재 의의를, 식민지적 근대인으로서의 자기 정체성을 비판적으로 성찰하고 그 혼란과 분열을 극복하고자 하는 자유의지와 '정감'을 구체적인 생활 속에서 미학적으로 실현하는 것이라고 생각했다. 근대적 개성과 예술에 대한 최승구의 이러한 인식은 현실주의 문학으로 나가는 지평을 열었다.

> 老炎이 더욱 뜨거운데, 더위에 지친 몸에,
> 비지땀을 흘니며, 빨니 向하는 곳 엇원가.
>
> 우리故鄕이라, 우리父母가 나를 誕生하신―
> birth place.
> 우리兄님 나를爲하야 흙파는 곳이라.
>
> 각시노름―plays of dolls하던 竹林속, 白楊목 드러슨 우리 兄弟의 집.
> 옛날 동무―純實한 百姓의 모듬이 그리워서.
>
> 　　　　　　　　　　　　　　　　　　　―「나의 故里」15) 전문

　당시 일본 유학생들의 시와 산문엔 조국과 고향에 대한 그리움을 토로한 것이 많았지만, 대부분은 개인적인 외로움과 고독의 심사를 호소하는 차원에서 형상화되었다. 그런데 최승구의 「나의 고리(故里)」는 고향의 모습을 구체적 현실 정황 속에서 그려내고 있다. 늦더위에 비지땀을 흘리며 서둘러 고향으로 향하는 시적 주체의 모습은 고향에 대한 그리움

---

15) 『최소월작품집』, 15면.

을 생동감 있게 표현해준다. 고향에는 자신을 대신해 농사짓는 형님이
있고, 이제는 "순실한 백성"이 된 옛 동무들이 살고 있다. 위 시의 특징
은 고향을 자기 위안의 공간뿐 아니라 "흙을 파"는 생활의 공간으로 표
현하고 있다는 점이다.

고향을 그린 또 다른 시 「불여귀(不如歸)」에서 시적 주체는 늦은 밤에
불여귀의 울음을 듣고, 고향을 떠나 있으면서 '고향에 돌아가지 못하는'
자신을 발견한다. "압村에 늙은 父老 / 燈도드고 담베푸이며 / 뒤洞內 절
믄 處女 / 바눌노코 눈물지네."16) 고향에는 착잡한 심사의 늙은 아비가 있
고, 눈물짓는 처자가 있다. 최승구에게 고향은 객수(客愁)를 위로하는 낭
만화된 공간이 아니라 삶의 공간이며, 자기를 각성시키는 공간이다. 1910
년대 시문학에서 고향의 현실과 향수를 '생활'의 차원에서 그려낸 예는
찾아보기 쉽지 않다. 그 밖에도 고향을 제재로 한 최승구의 시는 그밖에
도 「무소(無巢)의 조(鳥)」, 「산촌의 멸망」 등이 있다. 그의 시들은 '정서의
생생한 현실감' 내지는 '역사적 현실을 밝히고 세계를 불러일으키는' 현
실주의적 가능성을 내장하고 있다.

산문시 「긴 숙시(熟視)」도 고향에 대한 시인의 애정과 그리움을 시적
제재로 삼고 있다. 특히 이 시에서 고향은 식민지로 전락한 조국에 대한
명시적 은유로 쓰이고 있다.

這난 這의 故鄕을 恒常 생각한다. 這와 這의 故鄕과는 거진 一體가 되엿
다. 這 업시는 這의 故鄕을 볼 수 업고, 這의 故鄕 업시는 這를 認識치 못하
게 되엿다.

這는 얼마나 這의 故鄕을 그리워할가, 사랑할가, 얼마큼이나 這의 情이 懇
切할가, 모르면 모르거니와, 這난 這의 外에 這의 哀心을, 또 알 사람은 업슬
것이라 한다.

這는 이와 갓치 부르짓는다. 『아 卿이여, 卿은 무엇이길내 내가 이처럼 卿

---

16) 『최소월작품집』, 17면.

을 생각하는가, 사랑하는가. 나는 卿을 다만 地塊라고만은 생각지 아니한다.
나는 卿을 나의 生命이라 생각한다. 나는 이와 갓치 卿을 사랑한다.

　卿은 나의 生命 모든 것이다. 卿이 잇슴으로 비롯, 내가 이 世界에 誕生되
엿고, 卿의게 抱擁되엿고, 卿의게 感化를 밧엇고, 卿의게서 解放되엿슴이다.
卿은 나의 生命의 根源이다』라고

　這는 這의 지금 故鄕을 바라본다. 照耀호 白晝에도, 陰沈호 黑夜에도, 這
는 瞳子도 움직이지 아니하고, 這의 故鄕을 恒常 바라본다.

　這는 沙漠을 본다. 暗雲으로 가린 夕陽의 하날에, 冷情호 바람에 거치러지
는, 渺茫호 沙漠이 빗겨 노엿슴을 보다.

　棕櫚도, 椰子도 업고, 灌木도, 莎草도 업는 沙漠이다.

　甘泉이나, 細流도 업는─荒凉하고, 寂寞한 沙漠이다.

　그곳에는 主로붓혀 일허 바리고, 길 우에 어득이는 적은 羊의 무리가 悲哀
에 썰니여, 하날을 우러어 噓唏하며, 彷徨호다. 這들의게는 安息이나, 慰勞
나, 모든 幸福이 업서젓슴으로

　這는 含淚하며, 또 부르짓는다. 『오, 卿이여, 엇더케 하여 이 境遇에까지
이르게 하엿는가. 죽어가는 癩病者의게 淨瓶의 水가 잇지 안이한가. 말너가
는 葡萄根에 生命의 泉이 잇지 안이한가.

　這들의게는 恐怖의 黑闇이 包圍한다. 戰慄할 苦痛이 侵齒한다. 卿이여,
그 暗雲을 헷치고, 그 毒沙를 잿치고, 卿의 前日의 光─永遠한 卿의 光을
빗최여라』라고

　沙漠의 前日은 樂園이엿섯다. 붉은 薔薇, 흰 百合도 픠엿섯고, 無窮花도
微笑를 가지고 自矜하엿섯다.

　金色의 沙灘에는 淸泉도 흘럿섯고 綠葉의 槐下에는 甘蜜도 픠엿섯다.

　픠이면 지고, 지면 또 픠이고, 흐르면 괴이고, 괴이면 또 넘쳐서, 꼿다온 香
이 樂園에 가득하엿섯고, 그 香이 遠地에까지 들니엿섯다.

　貴여운 羊들은, 淸泉을 마시고 白蝶의 뒤를 조차 뛰여단이기도 헷섯고, 甘
蜜에 배불니여 樹蔭 밋, 푸른 天絨緞에서 午眠도 하엿섯다.

　香氣에 끌녀오는 遠方의 旅客은, 그 香氣에 醉하여 熟睡하든 者도 적지
안엇섯다.

　這의 보는 바, 지금 沙漠은 前의 사막이 안이다. 前에는 沃土엿섯다. 光明

이 燦爛하든 붉은 土地엿섯다. 지금의 沙漠은 本來의 沃土엿섯다.

한것이러니, 猛烈한 狂風에 當하야, 지금에 보이는 毒沙로 덥히엿다. 北으로 붓허서는, 고—비의 모래가 朔風에 몰니여, 南으로 붓허서는, 사하라의 모래가 싸이여 왓슴이다. 하나, 그 深度는 一丈에 不過한다. 그밋은 東(本—인용자)來의 沃土이다.

沃土는 依然히 展開하엿다. 永遠한 沃土가. 花根과 香源도 그대로 蟠蜒되여 잇고, 蜜池와 滌水도 그대로 潛流한다. 一丈의 沙만 파서 헷치면, 그리워하는—永遠한 沃土가 거긔서 露現될 것이다.

這는 또 부르짓는다. 『너희들이여, 파거라, 그 毒沙를 파거라. 헷치거라, 그 毒沙를 헷치거라. 너희들의 熱淚와 苦汗과, 寶血을 짜내여서, 그 毒沙를 젹시여라. 파거라, 헷치거라.

하면, 너희들의 主—永遠히 沃土가 뵈일 것이다. 너희들의 嗜好하든 新牙가 나올 것이다. 淸泉이 소슬 것이다. 오—卿이여, 這들의게 能力을 주거라, 執念을 굿게 하여라』라고.

時間은 쉬임업시 經過된다. 夕陽도 지나갓다. 黑幕이 四圍에서 내려진다. 沙漠은 暗夜이다. 冷情한 바람은 더욱 劇烈하다.

這는 黑暗의 사이로 如前히 바라본다. —雙頰으로 流淚가 縱橫한다.

羊의 무리는 口頭로써 毒沙를 파며, 四足으로써 헷친다. 毒沙가 吸入한 兩眼에서는 눈물, 鬆毛의 瘦軀에서는 쌈이, 부프러 터진 口頭와, 쩔니여 裂開된 四足에서는 피가 沙上에 셕기여 쩌러지며, 淋漓한다.

쩌러저서는 滲入하고, 滲入하여서는 沃土에서 흐르며 染色한다.

長長한 밤이다. 這는 繼續하여. 熟視한다—嗚咽하며 涕泣한다. 羊의 무리는 疲困하여 痛哭한다. 하나, 굿침업시, 파며, 헷친다. 파며, 헷친다.

長長한 밤이다 …… 時間은 만히만히 經過된 模樣이다. 東便 하날—地平線 우흐로서, 멀즉이 曙色이 낫하나난다. 灰霧의 帳은 徐徐히 것처진다. 그 朦朧한 中으로서 這는, 羊의 무리가 如前히 움직이는 것과, 露氣잇는 薄赤의 地面이 드러남을 본다.

這는 인제, 涕泣 더 하지 안이한다.
　　　　　—「긴 熟視」[17](1915.4.15) 전문(띄어쓰기—인용자)

　시인은 자신의 "생명의 근원"인 고향이 "바람에 거치러지는, 渺茫혼 沙漠"과 같이 피폐해졌고, 그 주위에는 "恐怖의 黑闇", "戰慄할 苦痛", "暗雲"이 가득 드리워진 것을 발견한다. 본래 옥토와 낙원이었던 고향이 "猛烈한 狂風에 當하야" "毒沙"로 덮이게 되었다고 한다. 이는 식민지로 전락한 조국의 현실에 대한 은유이다. 이에 시인은 온몸을 던져 피나는 고투를 할 때에만 본래의 옥토를 되찾을 수 있다고 말한다. "너희들의 熱淚와 苦汗과, 寶血을 짜내여서, 그 毒沙를 적시여라. 파거라, 헷치거라"고 선동한다. 이 시는, 제목('긴 熟視')에서 밝혔듯이, 절망적인 현실과 고통 앞에 좌절하거나 비관주의에 빠지지 않고 시야를 길고 멀리 갖자고 제안한다. 폐허로 변한 현실에 대해 멈추지 않고 저항해 나간다면 기필코 해방된 날을 맞이하게 될 것이라는 낙관적 전망이 내포되어 있다. 최승구의 시에 나타난 이러한 시적 태도는 한국 근대 시문학사에서, 고통의 현실에 맞서 응시하며 '견디기의 미학'을 수립하는 의의가 있다. 현실에 대한 이러한 심미적 성찰은 시의 영역에서 리얼리티를 확보하는 기반이 되었다.

　당대의 시인들이 현실에서 고립된 개인적인 서정이나 영탄의 세계에 함몰하였던 사정에 견주어, 최승구는 시적 대상과의 성찰적 거리를 확보함으로써 시적 리얼리티를 성취할 수 있었던 것이다. 그의 시가 성찰적 긴장을 확보하고 견결한 시적 자아를 견지할 수 있었던 것은 한시의 서정을 창조적으로 계승했기 때문이라고 생각된다.

　한국 근대 자유시 형성과정에서 가사·시조·민요·잡가·판소리·한시 등 전통 양식들에 대한 다양한 변형과 계승이 시도되었다. 여기서 한시만이 유일하게 '가'가 아닌 '시' 양식이었다. 한시는 지식인의 보편적

---

17)『近代思潮』, 1916.1, 17~18면.

양식으로 오랜 전통을 갖고 있었다. 그런데 한시는 민족어가 아닌 한자로 지어졌으며, 운과 자수를 맞추는 정형시였기 때문에, 그 형식적인 자질로서는 근대 자유시 형성에 직접적인 영향을 주지는 못하였다. 하지만 한시의 높은 형상성과 풍격(風格), 서정성, 이미지, 구조 등 내적 원리들은 근대 자유시를 풍성하게 하는 내적 자양분이 되었다.

최승구는 어릴 때부터 당시(唐詩)를 포함한 한문학적 소양을 길렀고, 그의 문재(文才)는 한문학적 교양과 더불어 싹튼 것이었다.[18] 그의 시 중에는 한시체의 작품이 산견되며, 생경한 한자어가 시어로 사용되는 예가 종종 나타난다. 물론 근대시에 대한 그의 의식은 분명히 구어체 민족어로 씌어진 자유시를 지향하고 있었다. "自國語의 巧妙한 筆法으로 綜合된 文章은 / 吟讀함으로 形喩치 못할 超越한 趣味가 / 汚肉에 滲入하며, 非凡한 氣勢가 心魂을 飄蕩케 하나니, / 여기서, 自國語에 對한 愛情도 흐를 것이라."(「문장의 노래」)[19] 그러나 최승구의 시 작품 중에는 한자어가 중심을 이루고 한글은 조사와 어미로만 사용된 예가 적지 않다.

> 天은 高하고 野는 黃하야 秋色이 正히 半熟이라.
> 長空은 劈하고, 一條青堤 兩條線에 憂憂然 駛走하는
> ―火車, 其聲이 殷殷 夜雷轉과 如할 뿐,
> 浩茫한 武藏野의 平原의 禾田과 豆畝에는 農夫
> ―農婦의 刈鋤影이 稀少하여,
> 竹林裏村家나 竹杖芒鞋의 行人이나 曳荷車
> ―하는 走馬나 찍찍 鳴秋聲하는 青蛙이나
> 都是 秋聲熟을 待하는 氣色이라.
> 待全熟하는 秋之野는 若是히 無事로다.

---

18) "性格도 文士나 才士가 되어서 그런지, 퍽 銳敏하고 多情多感한 詩人으로 그 당시 六堂 崔南善으로부터 드문 秀才로 평가받았고, 그의 文才는 이 漢文學과 더불어 싹튼 것이다."(「제2의 素月이 있었다」, 『月刊 朝鮮』, 1972.5.14일자에서 崔承萬의 回顧)

19) 『최소월작품집』, 37면.

　　鄕關에 作客 無定處 漂泊하는 唯獨 余의게만

　　－秋成熟 기다림이 업슬가.

— 「秋成熟」[20] 전문

　이 시는 한시와 자유시의 중간 형태로서 불완전한 형식이지만, 시의 제재와 주제의식은 매우 참신하다. 이 시의 배경은 전통적인 농촌의 모습이며, 그 단아한 풍경과 한시적 분위기의 한가운데를 가르며 신문명의 상징인 기차가 "알알연(戛戛然－금속이 서로 부딪쳐서 삐그러지며 나는 소리의 형용)", "사주(駛走)"하고 있다. 이는 전통적 생활 양식이 근대 문명의 위력과 속도에 휘둘리는 형국을 암시하고 있는 것이다. 또한 전통적인 한시와 근대적인 자유시가 형식적으로 충돌하는 것을 스스로 실험해보는 효과도 있다. 이렇듯 최승구는 한시를 바탕으로 하여 응용하는 가운데, 근대적인 자유시를 실험하고 창작하기도 하였다.

　최승구의 시에서 한시 전통은, 시적 대상과의 거리를 유지하고 세계를 통찰하며 견디는 태도에 크게 영향을 주었다. 그의 시가 식민지 근대 현실의 분열이나 폭력성에 매몰되지 않고, 자의적 감상이나 흥분에 휩싸이지 않고 시적 거리를 유지하면서 시적 리얼리티와 생생한 정서의 현실감을 확보할 수 있었던 바탕에는 한시의 풍격과 형상화 원리가 작동하였다는 점을 간과할 수 없다. 한시는 인간의 내면의식을 곧바로 표출하지 않고, 생활 공간에서 부딪히는 객관 사물이나 현상을 시의 체계에 끌어들여 주관적 흥분이나 감정을 조절한다. "근대 이후의 시는 인간의 내면세계를 파고들어 외부적 요소와 차단되고 밀폐된 공간 속에서 인간의 진실된 면을 추구하려는 경향이 농후하다. 반대로 근대 이전의 시는 생활 공간에서 부딪히는 사물을 바로 시의 체계로 수용하여 시적 형상화의 대상을 삼은 향외적(向外的)이며 즉물적인 형태가 많다."[21]

---

20) 『최소월작품집』, 32면.
21) 尹浩鎭, 『漢詩의 意味構造』, 法仁文化社, 1996, 26면.

또한 한시의 전통적 미의식은 감상에 빠지는 것을 경계하고 있다. 한
시는 기승전결이라는 완미한 의미 구조를 발전시켜 왔는데, 이러한 한시
의 기승전결 구조가 최승구의 시 「긴 숙시」, 「조(潮)의 접(蝶)」, 「보월(步月)」
등에서 긴장된 완결성을 갖게 하는 내적 원리로 작용하고 있다. 즉 최승
구는 한시의 기승전결의 의미 구조를 자유시의 내적 리듬으로 발전시킴
으로써 주관적 감상으로 흐르는 것을 차단하고, 시적 대상과 객관적인
거리를 유지하고 시적 리얼리티를 창조할 수 있었던 것이다.

2. 민족 복원을 향한 그리움의 형식—김여제

유암(流暗) 김여제(金輿濟, 1895~1968)는 한국 근대시 형성기에 개성적인
자취를 남긴 시인으로 기억되고 있다. 그는 1895년 5월 29일 평안북도 정
주군 안흥면에서 태어났다.[22] 1909년 오산학교에 입학하여 1911년에 2회
로 졸업하였다. 졸업과 동시에 이광수의 추천으로 최남선에게 소개되어
상경하였다. 서울에서 그는 최남선의 일을 돕는 한편, 〈청년학우회〉·〈중
앙기독청년회〉 등에서 활동하였다. 그는 〈조선광문회〉의 『조선어사전』
편찬 사업에 참여하였고, 『붉은져고리』 발행인이 되었다. 『붉은져고리』
가 폐간된 뒤, 그는 최남선에게 일본 유학의 뜻을 밝혔고, 1913년 8월경
최남선은 그를 데리고 직접 일본으로 가서 현상윤과 함께 숙식하며 공
부하도록 주선하였다.
　　약 1년간 동경의 세이소꾸[正則] 영어학교를 다니고, 1915년 와세다[무
稲田]대학 영문과에 입학했다. 그는 현상윤·김억·최승구 등과 교류하

---

22) 김여제의 자세한 생애에 대해서는 정우택, 「'만만파파식적'의 시인, 김여제」(『상허학
　　보』 제11호, 2003.8) 참조

며 서구문학을 공부하고 자유시를 탐색하였다. 그리고『학지광』에 여러 편의 자유시를 발표하였다.

김여제는 1918년 6월에 와세다대학을 졸업하고 곧바로 귀국하여 그 해 9월부터 황해도 재령의 명신학교(明新學校)에 재직하였다. 다음 해인 1919년 3·1 운동에 참가하였고, 쫓기는 몸이 되었다. 그는 "애국적 민족항쟁에 공명하여 독립운동에 직접 투신할 것을 각오하고 당시 혹독한 일제의 탄압 감시를 피하여 상해로 망명"(장례위원회 작성「약력」)하였다. 상해에서 이광수의 소개로 임시정부에 참가하였다. 1919년 5월부터 1921년 8월까지 임시정부에서 국무원 비서 겸 외무부 선전위원, 사료편찬위원회 간사, 『독립신문』기자 겸 편집위원 등의 직책으로 활동하였다.『독립신문』에 관여할 당시『독립신문』에 '김여(金輿)'와 '해일(海日)'이란 필명으로 시를 발표하였는데, 이광수·주요한 등이 이에 고무되어『독립신문』에 시를 발표하기 시작했다. 김여제가 양적으로나 질적으로 가장 많고도 높은 수준의 시를 발표하였다.『독립신문』에 발표한 그의 시는 혁명성과 서정성이 조화를 이룬 시로 주목받았다.

'구국의 길은 교육에 있다'는 안창호의 권유로 미국 유학길에 오르고, 이어 그의 삶은 교육학자, 교육가로 규정되었다. 노스웨스턴대학과 컬럼비아대학에서 교육학을 전공하고 1929년 한국에 돌아와 오산학교·연희전문학교·보성전문학교·중앙중학교 등에서 교편을 잡았다. 1943년 말 일본군의 통역관으로 인도네시아에 참전하였다. 일본군의 패전으로 귀국하였다가, 1947년 미국으로 건너가 1954년까지 미국무성 소속 〈미국의 소리〉 방송국 편집관 및 번역관으로 종사하였다. 1954년 귀국하여 주로 흥사단 관련 활동에 전념하였다.

시인으로서 김여제의 삶은 일본 유학시절과 상해임시정부 시절에 꽃을 피웠다. 이후 그는 교육가로서 정체성을 확고히 했으며, 이 시기에 씌어진 시들은 시적 긴장이 현저히 떨어진다.

1) '님'의 부재와 견인의식의 형상화

주요한은 김여제를 가리켜 "신시의 첫 작가", "고래의 격을 파한 자유시"의 시인이라고 하였다.

> 참말 우리가 오늘 닐컷는 신시는 멀리 일본 동경에서 그 요람을 발견하엿습니다(만일 그전에 합병 이전 당시 출판물 중에 신시의 싹이 잇섯다 하면 거긔 넉히 아시는 분의 가르킴을 긔다립니다). 필자의 아는 한에서는 당시(1917년경) 동경 류학생 기관잡지 『학지광』에 창작시를 발표한 유암 김여제 군이 신시의 첫 작가라고 봄니다. 그의 작품 중에 「만만파파식적」가튼 것은 아직도 필자의 머리에 깁히 인상이 남어 잇는 작입니다. 그이의 작을 지금 인용할 수 업슴은 유감이나 그째 본 인상으로 말하면 그 내용(정죠·사샹·감정)이 새롭고 형식에 니르러서도 고래의 격을 파한 자유시이엇슴니다. 류암 군이 그후에 별로히 시를 짓지 안키 짜문에 오늘 와서 그이를 긔억하는 이가 적슴니다. 그러나 필자는 아직도 그이의 쟝래 활동을 기대하는 중임니다.[23]

그동안 김여제에 대한 연구는 거의 이루어지지 않았다. 김여제의 연구를 어렵게 한 요인은 주요한을 포함하여 당대 문인들이 높이 평가하고 있는 「만만파파식적」이 일실되어 그 실상을 알 수 없었기 때문이고, 다음으로는 김여제의 생애가 알려져 있지 않았기 때문이다.

그런데 최근 『문학사상』(2003년 7월)에 「만만파파식적(萬萬波波息笛)을 울음」이 전격 공개되었다. 이 작품은 일본 와세다대학 언학교육연구팀이 미국 의회 도서관에서 『학지광』 제11호를 발굴함으로써 세상의 빛을 보게 된 것이다.

> 그대의 적은 韻律이 / 萬人의 가슴을 흔들든 져날,
> 가즉이 그대의 발알에 업틀여

---

23) 주요한, 「노래를 지으시려는 이에게」, 『조선문단』 1, 1924.10, 48~49면.

恍惚 憧憬의 눈물을 흘니든 져무리,
아아 어듸 어듸 / 져數萬의 魂은 아득이는고!
어듸 어듸 / 다썰어진 碑銘이나마 남앗는고!
째안인 서리. / 無道한 하늘.
모든 것은 다 날앗도다! / 아아 萬萬波波息笛.

情靈의 이는 불, / 쮜노는 물결,
矛盾 撞着 葛藤에 찬 이가슴,
아아 아듸 어듸 / 調和의 새샘이 솟는고!
어듸 어듸 / 뮤—쯔(Muse)의 단젓이 흘으는고!
永遠의 渴望. / 萬겹의 싸인 煩熱.
丈夫의肝腸이 다녹는도다! / 아아 萬萬波波息笛!

써—픈트(Serpent)의 知慧. / 深林에 길운 氣槪.
그러나 다 무엇이리!
限업는 沙漠이 / 洶洶한 大海과
압길을 막을째, / 靈은 썰도다
아아 어듸 어듸 / 오—아시쓰(Oasis)가 풀을은고!
어듸 어듸 / 피—터(St. Peter)의 하나님이 게시인고
白骨 한아! / 그남아 어느흙에뭇칠는지!
아아 萬萬波波息笛.

째의 斧鉞. / 運命의 손.
머지안아 最後의記憶까지도 다뭇칠이!
—깁히 깁히 忘却의 가온대.
그리하여 모든 努力, / 모든 榮光,
모든 希望은 / 다 空虛로 돌아갈이!
千古의 遺恨. / 咀呪의 싸.
눈물가진者 그누구냐? / 아아 萬萬波波息笛.

—「萬萬波波息笛을 울음」24) 전문

‘만파파식적’은 『삼국유사』에 전하는바, 우주에 평정한 질서[天均]를 부여하는 신비의 악기이다.

> 이 적(笛)을 불면 적병이 물러가고 병이 낫고 가뭄에는 비가 오고 비올 때는 개이며 바람은 가라앉고 물결도 평정하여졌다. 그래서 이 적을 이름하여 만파식적(萬波息笛)이라 하고 국보로 지칭되었다. 효소대왕 때에 이르러 천수(天授) 사년 계사에 실례랑(失禮郎)이 생환한 기이한 일로 인하여 다시 만만파파식적이라 이름하니[25]

> 신적을 봉하여 만만파파식적이라 하였더니 혜성이 그제야 없어졌다.[26]

특히 『삼국유사』는 만파식적이 왜병(倭兵) 진압과 깊은 관련이 있음을 보여준다. 김여제의 「만만파파식적(萬萬波波息笛)을 울음」은 이 왜병 진압의 모티브를 암암리에 깔고 있다. 이 시에서 도탄에 빠진 “저 무리”들이 어찌할 줄 모르고 방황하는 “저주의 땅”은 전환기의 식민지 현실이며, 이는 “千古의 遺恨”이 되었다. 이 천지풍파(天地風波)를 잠재우고 “천고의 유한”을 풀어줄 만만파파식적을 향한 시적 주체의 염원이 이 시의 창작 동기가 되었다. 이런 시적 모티브와 창작 동기로 인해 이 작품이 실린 『학지광』 11호가 일제에 의해 판매 금지 처분을 받았을 것으로 추정된다.[27]

그러나 이 시를 민족주의적 관점에서 항일시로서의 성격만 강조하는 것은 불완전한 평가이다. 또한 “때의 斧鉞”, “運命의 손”, “피―터의 하나님” 등의 어구에 집착하여 종교적·숙명론적 세계관을 거론하는 것도

---

24) 流暗, 「만만파파식적을 울음」, 『학지광』 제11호, 1916년 말~1917년 3월 추정, 36~37면; 심원섭, 「자료발굴―유암 김여제의 〈만만파파식적〉과 〈세계의 처음〉」, 『문학사상』, 2003.7, 228~229면에서 재인용.

25) 이병도 역, 「만파식적」조, 『삼국유사』 권2, 명문당, 240면.

26) 이병도 역, 「백율사」조, 『삼국유사』 권3, 명문당, 335면.

27) 시 「만만파파식적」과 유사한 주제나 제재를 형상화한 1910년대 시 중에 崔承九의 「王仁博士」와 玄相允의 「失樂園」이 있는데, 이것은 활자화되지 못한 채 개인노트에 실려 오늘날까지 전해오고 있다.

단편적이며 주관적인 평가이다. 김여제는 이 시에서 천도(天道)가 무너지고("無道한 하늘") "限없는 沙漠과 洶洶한 大海가 앞길을 막"[28]는 시대, 그리하여 천고에 씻을 수 없는 원한("千古의 遺恨")이 쌓여가는 "咀呪의 땅"을 문제삼고 있다. 그것은 바로 식민지적 현실이면서 동시에 근대적 세계이다. 순연한 조화가 뒤틀리는 세계, 적자생존의 경쟁을 위해 계몽의 온갖 세력과 논리들이 서로 투쟁하며 "아득이는" 장이 바로 근대 현실인 것이다. 즉 모순들의 충돌로 역동하는 세계, 불길이 일고 격랑이 치는 세계, 그것은 식민지적 '근대' 세계이다.

특히 이 시의 근대적 성격을 두드러지게 하는 것은 시적 태도이다. 시인은 식민지적 근대의 모순들이 충돌하는 한복판에 시적 자아를 투사하여 스스로 분열하는 시적 태도를 보여준다. 이것이 바로 근대시의 의식이다. 시적 자아는 "矛盾 撞着 葛藤에 찬 이 가슴"으로 "만 겹의 煩熱"에 휘둘리고 분열("靈은 떨도다")하면서도 현실의 무게를 직시하고 감당한다. 이것은 근대시의 양식이며 방향이다.

근대 자유시를 지향한 대부분의 1910년대 시들이 주관적인 감정의 즉자적이고 산만한 표현이나 암시적이고 몽환적인 애상적 분위기에 빠져들고 있었던 것에 비해, 김여제의 시들은 고통스러운 상황에 맞서 현실의 절망적인 '폐쇄성'을 뚫고 미래를 열기 위한 집요하고 치열한 견인의식을 보여주고 있다. 이러한 점에서 1910년대 근대 자유시 형성과정에서 김여제의 시는 개성적인 위치를 점한다. 해방과 자유는 "온갖 종류의 억압 구속으로부터 벗어나려는 부정의 정신인 동시에 풍부하고 바람직한 삶을 가능케 하는 새로운 종합에의 운동 속에서 긍정적 힘이 되는 창조의 동력이기 때문이다. 이를 깨닫고 실천하지 못할 때 해방·자유는 다만 혼돈하고 분열된 정신의 형식을 낳을 뿐이다."[29]

---

28) "限업는 沙漠이 / 洶洶한 大海과"에서 '과'는 '와'가 아니라 '가'의 誤植인 것이다.

29) 김흥규, 「'근대시'의 환상과 혼돈」, 『문학과 역사적 인간』, 창작과비평사, 1980, 189면.

쒸는心臟의鼓動은 더, 더 한度한度를 놉히며,
다막힌 呼吸은 겨오, 겨오 새循環을 닛도다.
그리하여 우리山女의 들은팔은 속졀없이 에워싼 뜬긔운에 波動을 주어 늘
이도다.

돌 사이에서 돌 사이를,
젹은 샘은 긔여,
졸, 졸 졸으륵, 간은「멜너디」를 奏하면서 永遠에 흘으도다.
─그리하여 大海예 닛도다.
가을긔럭이는 黃昏에 나즉히 날도다.
멀니, 멀니 모르는곳으로─아니, 아니 南켠하늘로,
날아, 地平線져, 가에 희미한 그림(影)을 쩔으도다.
놉흔, 놉흔 無窮에 흘으는 달은
멧번을 그얼골을 變하도다.
─우리 山女는,
緊張, 弛緩, 興奮, 沈靜의 더, 더 複雜한情緒에 차도다.
느즌새의 울음, 반득이는 별이,
얼마나, 얼마나 우리山女의 가슴을,
져, 져 먼 나라로, 想像의 보는 世界로,
넓은 드을로, 물껼의 사는, 잔잔한 바다로,
아니, 아니「Unknown World」로,
얼마나, 얼마나 우리山女의 가슴을 쯔을엿으랴!

우리山女의 머리에서 발끗까지,
져문날 잠기는해는,
쏘다시 그검은깃(羽)을 덥헛도다.
그러나 우리山女는 다만 가만히(無言) 셧도다.
─火氣에찬, 가슴은 한刹那한刹那에 漸漸더 그키를 놉히도다.
져긔, 져 무서운暗黑속에서는, 갑책이 갑책이 엇던 엇던모르는 힘이나와,
한길에, 한길에 우리山女를 삼키여갈듯하도다─우리젹은少女를.

　—怪惡한 니갈니는 소리가 어듸선지 희미하게 들니도다!
　어느때 모진狂風이 닐어와,
　압領, 늙은소나무를 두어대 썩다.
　멧벌에가 弱한피레를 불어 울다.
　節차자 아름다운 꼿도 퓌여—香氣도 내이다.
　그러나 亦是 山 가운듸엿다.
　잇다금 들퇴끼(野兎)가 튀여, 우리山女의 뷔인가슴에 새反響을 내일뿐이엿다.
　—님은 如前히 안이오다!

—「山女」30) 전문

　이 시에서 "산녀"의 내면과 그녀를 둘러싸고 있는 배경은 "암흑", "광풍"과 "괴악"한 분위기, 위압적 힘이 지배하고 있다. 이러한 시적 배경은 당대의 시에서 일반적으로 나타나는 현상이다. 현실의 위압적인 힘에 가위눌려 생활 현실을 잃고 과장된 내면세계의 즉자적 표출과 그에 따른 자폐적 경향을 보여주는 것이 1910년대 시의 일반적인 경향이다. 그러나 이 시에서는 외부세계의 위압적 분위기 속에서도 '버티며 인내하는' 산녀의 심적 갈등과 그 심리적 파동이 내밀하게 표현되어 있다. 암흑의 공포가 더할수록 미지의 세계에 대한 갈망과 님에 대한 기다림도 "한 刹那한 刹那에 漸漸 더 그 키를 놉히"고 있다. 「산녀」는 불안과 암흑에서 벗어나 "想像의 보는 世界", 미지의 세계에 대한 동경과 "님"에 대한 기다림, 갈망이 주된 정조를 형성하고 있다. 「산녀」는 암흑의 공포 속에서도 혼란에 침몰하지 않고, 주체를 견디면서 궁극에는 "아름다운 꽃"과 그 "향기"의 이미지를 확보한다. 이것이 가능했던 이유는 시의 내적 구조에 발전의 흐름(기승전결의 구조와 구체적인 시·공간의 흐름)이 있었기 때문이다.

　이 시의 첫 부분에서 "鼓動", "循環", "波動"의 "쓴기운"은 설렘을 불러일으킨다. "샘"이 "멜너디를 奏하며", "大海로 흘"러가고, "긔럭이"가

---

30) 『학지광』 5호, 1915.5, 180~181면.

"지평선" 너머로 날아가는 이미지는 동경과 설렘을 고양시키고 있다. 외부 풍경이 파노라마처럼 전개되고 그와 함께 산녀의 설렘도 "긴장"과 "흥분"을 더하고, 미지의 세계("unknown world")에 대한 동경 또한 심화된다. 그런데 이런 평화로운 설렘과 동경의 시간을 압도하듯이 "갑책이 갑책이", "무서운 암흑"과 "모진 광풍", "괴악한 니 갈니는 소리"가 "산녀를 삼키여 갈 듯" 몰려든다. 그러나 산녀는 암흑의 공포에 맞서 주체를 견뎌내고 마침내 "아름다운 꽃도 퓌여—향기도 내이"는 말끔하게 씻긴 새벽을 맞는다. 「산녀」는 치열한 정신력으로 자아를 단련하여 그 힘으로 암흑의 밤을 견뎌내고 님을 기다리는 주제를 구조적 완결성과 탄탄한 내적 리듬을 통해 표현했다.

또한 이 시는 외적 풍경(landscape)과 내면 풍경(mindscape)의 통일을 지향하는 참신한 창작기법을 보여준다. 외적 풍경이 '샘 → 냇물의 흐름 → 대해', '황혼의 기러기 → 남쪽의 지평선 → 달'로 전화되는 것과 맞물려서 산녀의 내면 풍경도 '미지의 세계에 대한 동경과 설렘 → 혼자서 '괴악한' 밤을 견디는 무서움 → 동경하는 세계로 함께 갈 님에 대한 기다림'으로 변화·연결되면서 작품의 통일성과 열린 구조를 형성하고 있다.

2) 민족 복원의 열망과 전망 모색

「산녀」가 '버티며 기다리기'라는 견인의식을 형상화하고 있다면, 김여제의 다른 작품 「한곳」(『학지광』, 1915.7)이나 「잘째」(『학지광』, 1915.7)는 고통 가운데 서 있으면서도 굴복하지 않고 '버티며 희망찾기'를 시적 주제로 삼고 있다.

> 외로운 마음이 할내할내에 더, 더 훗허지여
> 純一, 貫一의 貴한塔은 다그터도 남으지 안앗도다.

　　神經은 그周密한 헤가림을 쓴이엿고,
　　反動의 날카라운날은 무지여 검은녹이 쓸엇도다
　　그리하여 幼年의 날은,
　　속졀업시 나의 늘어진 거문긔줄을 걸어, 희미한餘韻을남기도다

하늘로, 하늘로 놉든 想像,
푸른잔듸, 맑은이슬을 단니든거름
오직 自然에 쉬든呼吸
아, 모든것은 다 날앗도다.
　　그리하여 더딜긴執着이, 더굿세인誘引이,
　　날로 날로 싸으로, 싸으로,
　　한步한步 더갓갑게, 最後의 날에 쓰으는도다
　　—아모原因도업시, 아모理由도 몰으게,
　　나의두가슴은 더놉흔緊張을, 더기인弛緩을 밧구는도다

나의눈은 만흔째예 恐怖警異의 눈물에 차며,
나의입은 참友情을 말하여 맥히며
나의感覺은 만흔隔離를 보고으즈즉 써는도다.
아아 우리들은 다한아들이 안이엿든가!
—우리들의게는 참사랑의씨가 쑤리여 잇지 안이하엿든가!

困한다리,
입분(疲) 눈,
　　—나는 쏘다시 섯노라!
　　그러나 要求의 부르는소리는 더옥 더옥 놉는도다
더, 더 아름다운생각은, 香氣를 쑴어 쓰으는도다
未知의 生命이,
모르는 곳에서 나와,
쏘다시 모르는데로, 그의 배밧분 거름을 옴기는동안에
　　　　　　　　　　　　　　　—「한씃」31) 전문

시인은 순수하고 일관된 마음과 "반동의 날카로운 날이 무디어"진 폐허의 터전에 서서, 하늘로 치솟던 높은 상상력과 자연 속에서 행동하고 숨쉬던 시절이 모두 날아가버린 것을 아쉬워하고 있다. 이러한 폐허의 시절에 당도하여 그는 "더 질긴 집착"과 "더 굿세인 유인", "더 높은 긴장"과 "더 긴 이완"을 요구받고 있다. 피곤한 몸에도 "요구의 부르는 소리"가 높아지고, 시인은 그 소리를 따라 아름다운 생각과 향기, 미지의 생명이 이끄는 곳으로 바쁜 걸음을 옮긴다.

「한쯧」은 높은 상상력과 자연의 생명력을 잃어버린 폐허의 현실 속에서도 포기하지 않고 질긴 집착과 높은 긴장, 굳센 유인(誘引)과 긴 이완의 조화를 통해 '버티면서 희망을 모색하'는 시적 지향을 보여주고 있다. 이 시에서 시인을 버틸 수 있게 하는 힘은 "우리들은 다 한 아들"이라는 민족공동체 의식의 확인이다. 또한 "참 사랑의 씨가 뿌리여" 있다는 믿음에서 우러나오는 것이다.

한편 「잘째」는 밤이 되어 잠에 들기까지의 심리적 변화와 의식의 이완과정을 그리고 있다.

> 젹은별이 져, 져 검은쟝막사이로 한아, 한아 반득인다.
> 쏘다시 우리들은 헤가림을 엇엇다.
> 놉흔 코소리가 잇다금 고요한 暗黑을 흔들어 굴을망졍,
> 쏘다시 우리들은 가즉히 한품에 안겻도다.
> 엇더한 길음(稱譽)에 들쓰지도 안이하며,
> 엇더한 쏘임에 숨차지도 안이하여,
> 오직 한 사랑에 찻도다.
> 다 한 融和에 녹앗도다.
> ─아모 나타나는 意識도 업스며,
> 아울너 分割이니, 支配니하는 아모 귀찬은 觀念도 몰으도다.
> ─우리들은 참, 거즛, 미움, 고움의 世上말에 다, 超越하엿도다.

31) 『학지광』 제6호, 1915.7, 80~81면.

격어도 우리들의 눈이 호자 쏘다시 自然으로 惰性을 일우기까지는,
쏘다시 달은 世界가 굿세인힘을 보이기까지는,
우리들의 마시고吐하는 김은 스스로 調和를 엇어 나는도다.
우리들의 사는脈은 잠잠한가운데 놀아 간은波動을 밧구어주는도다.
—「잘재」[32] 전문

시인은 잠이 드는 순간만큼은 "分割이니, 支配니 하는 아모 귀찬은 觀念도" 잊어버리고, 세상의 영예와 참, 거짓, 미움과 고움의 감정을 모두 초월하고자 한다. 그러나 "오직 한 사랑"에 차고 "다 한 融和"에 녹았다는 표현에서 볼 수 있듯이, 모든 것을 잊고자 하는 순간에도 시인의 가슴 속에는 분열과 경쟁, 지배와 피지배의 대립과 갈등이 없는 세계에 대한 염원이 끊이지 않는 맥박처럼 "간은 파동"을 일으킨다. 시인의 내면에는, 큰 꿈을 가지고 문명화한 국가에 공부하러 온 유학생으로서 요구받는 온갖 세속적인 명예욕을 초월함으로써 현실의 모순과 고통을 극복할 수 있는 "다른 세계의 굳센 힘"에 대한 갈망이 담겨 있음을 알 수 있다.

「한숫」과 「잘재」는 「산녀」와 비교하여 치열한 현실 대결의식을 내면화하고, "사랑"과 "융화" 등의 영역에서 갈등과 분열을 지양하는 점에서 다르다. 근대시의 핵심이 되는 근대적 체험과 현실인식의 형상화라는 측면에서 볼 때, 이 시들은 자연의 분열 없는, 완전한 세계에 대한 열망으로 근대의 분열을 위무하고 있다. 이러한 소극적 형상화는 식민지적 현실 속에서 자기 검열의 과정을 겪어야 했던 식민지 지식인의 고뇌를 반영하는 것으로 보여진다. 시 형식의 측면에서도 반복어투의 평면적 사용과 이미지의 산문적 나열, '—하는도다'와 같은 의고적 문어체 어미의 관습적 사용, 일상어를 시어화하려는 의도적 노력에도 불구하고 한자어와 생경한 외국어 등이 산견되어 아쉬움으로 남는다.

김여제는 3·1 운동 이후 상해의 임시정부 기관지 『독립신문』에 시를

---

32) 위의 책, 81~82면.

발표하였다. 이때 쓰여진 시들은 자기검열의 심리적 위축감 없이 일제의
만행을 고발하고, 그에 맞서 싸우는 자유와 정의의 용사들을 예찬하는
적극적인 항일 민족시로서 격렬한 어조에도 불구하고 안정된 형식을 갖
추고 있다.

> 黃下水 건너 부는 바람 / 피바람 한숨바람
> 아아 이날에 數萬의 無辜 / 倭칼에 倭銃에
> 맞고 죽단말가 / 오오 언제나 流血이 끝나리
> 언제나 끝나리
>
> 거룩한 싸움 의로운 싸움 / 어느덧 一年이로다
> 地下의 의로운 英靈 / 鐵窓에 자는 勇士
> 그러나 安心하소서 / 安心하소서
> 自由의 햇빛이 正義의 旗빨이 / 새 光彩 發할 날 머지 않나니
> 머지 않나니
>
> ―「三月一日」33) 부분

　이 시는 시적 주체의 목소리가 높은데도 불구하고 시적 균형을 유지
하고 있으며, 정제된 형식을 갖추고 있다. 또한 지사적 결의와 압축을 위
한 영탄조와 어미의 활용도 안정적으로 구사되고 있다. 이러한 김여제의
시적 변모는 1910년대 시를 창작했던 대다수 신지식층들이 3·1 운동 이후
시쓰기를 중단하거나, 1920년대에 새롭게 등장한 세대들이 감상적 낭만주
의와 데카당티즘에 경도되었던 현실과는 다른 특징을 보여주는 것이다.
　김여제의 시세계는 현실과의 긴장된 관계를 놓치지 않고 버티며 미래
에 대한 희망을 탐색하려는 정신력의 승리를 한국 근대시사에 남겨놓았
다. 이러한 견인의 정신력을 바탕으로 그는 내용과 형식에서 파탄을 일

---

33) 상해 『독립신문』 49호, 1920.3.1; 임형택 해제, 「抗日民族詩―上海 獨立新聞 所載」,
　　『대동문화연구』 14호, 1981.6, 175~176면에서 재인용.

으키지 않은 근대 자유시형을 추구할 수 있었으며, 상해 『독립신문』 소재 시에서 보듯이 민족독립에 대한 간절한 소망을 형상화할 수 있었던 것이다.

'부재한 님에 대한 그리움'은 한국 근대 자유시 형성과정에서 중요한 '정서 구조'가 되었다. 그 대표적인 예로 1920년대의 김소월과 한용운의 시세계는 '님'과의 이별이라는 포괄적 상징을 통해 식민지 조선인들의 정신을 지배하고 있던 상실감과 절망, 비애를 표현하고 있다. 김여제는 이들보다 앞선 1910년대 암흑기를 견뎌내는 과정에서 '부재한 님에 대한 그리움과 기다림'을 표현함으로써, 한국 근대 자유시 형성과정의 중요한 연결고리를 지탱하였다.

3. 애국계몽 시가의 창조적 계승—현상윤

현상윤(玄相允, 1893~?)은 평북 정주군 남면 남양리에서 태어났다. 호는 소성(小星), 기당(幾堂). 15세까지는 한학을 배우고, 정주군에 있던 초등교육기관인 육영학교(育英學校)를 졸업(1909)하였다. 이어서 평양 대성학교 4년을 수료하였는데, 대성학교는 1907년 안창호가 미국에서 귀국하여 세운 것으로 〈신민회〉가 뒷받침한 기독교 계통 교육기관이었다. 〈신민회〉 사건으로 대성학교가 1911년에 폐쇄되자 현상윤은 서울 보성학교로 옮겨 1912년 졸업하였다. 그는 일본에 유학하여 와세다대학 예과(1914.3~1915.7)를 거쳐 와세다대학 문학부의 사학과급(及)사회학과(1915.9~1918.7)를 우수한 성적으로 졸업하였다. 1917년 후반경부터 동경에 있는 유학생들 사이에는 스스로에 대한 반성과 행동 통일에의 움직임이 일어났는데, 이때 현상윤은 유학생들이 구국독립운동의 구심점이 되어야 한다는 주장을 하며 여러 활동을 하였다.

현상윤은 일본 유학시절 『학지광』의 편집위원을 역임하면서 시·소설·수필·평론 등 다양한 장르에 걸쳐 많은 글을 발표하였다.[34] 와세다대학 졸업 뒤, 곧 귀국하여 중앙학교 학감으로 시무하였다. 3·1 운동 당시 48인의 한 사람으로 2년간 투옥된 바 있다. 출옥한 뒤 1922년 중앙학교 교장으로 취임하였다. 1946년 고려대학교 초대 총장을 지내고 6·25 때 납북되었다.

현상윤이 문인으로 활동한 기간은 동경 유학생이었던 1910년대 중·후반으로 한정되며, 그 뒤로는 교직자이자 학자로서의 삶을 살았다. 그가 집필한 『조선유학사』(1949)와 『조선사상사』(1949)는 한국의 유학(儒學)을 사적으로 체계화한 최초의 것으로 평가받고 있다. 비록 짧은 기간 동안 문인으로 활동하였지만, 한국 근대문학이 형성되고 있던 1910년대에 현상윤은 빼놓을 수 없는 중요한 위치를 점한다.

> 朝鮮民族의 指導者가 되는 文壇의 勇士야! (…중략…) 우리의 民族性을 힘잇게 發揮하는 時代的, 우리的 文學의 基礎를 樹立하야, 以之 한 줄 한 句의 글이라도 生氣가 폴폴 뛰는, 어듸를 끈턴지 쓰겁은 피가 줄줄 흘으는 산 글의 作者가 될지어다.
>
> 近日 우리 文壇에 새로 春園, 文堂[六堂-인용자], 小星 等 諸革命首領의 擧義가 現出함이 實로 偶然이 안이라. 滿天下諸氏는 엇지 應援軍이 되지 안이하리오. 文壇의 革命兒야!![35]

---

34) 현재 확인할 수 있는 바로는 현상윤이 처음으로 『학지광』에 글을 발표한 것은 3호 (1914.12)부터이지만, 『학지광』이 1914년 4월에 창간된 사정으로 미루어 창간호부터 관여했을 가능성도 없지 않다. 현상윤이 『학지광』의 편집에 직접 관여하게 된 것은 5호 (1915.5)부터인 것으로 보인다. 5호에서 편집 겸 발행인을 장덕수로, 인쇄인을 현상윤으로 밝히고 있다. 6호에서 9호까지 소실되어 현상윤이 계속 『학지광』의 인쇄인으로 자리했는지 확인할 수 없으나 10호에 현상윤이 早稻田大 사학과를 수석으로 진급했다는 기사가 나오고, 12호와 13호에 편집 겸 발행인으로 현상윤이 기록되어 있다.

35) 동해안 백일생, 「문단의 혁명아야」, 『학지광』 14호, 1917.11, 49면.

위의 글은 1910년대 문단에서 현상윤이 춘원, 육당과 동렬로 주목받고 있었음을 보여준다. 현상윤은 『청춘』과 『학지광』에 6편의 단편소설[36]과 5편의 자유시를 발표하였다. 동경 유학시절 육필로 쓴 『소성의 만필 제5』가 발견됨으로써[37] 근대 자유시 형성과정에서 현상윤의 위상이 더욱 무게를 지니게 되었다. 이러한 중요성에도 불구하고 그에 대한 깊이 있는 연구가 이루어지지 않고 있다.[38]

1) 식민지 현실의 자각과 저항 의식의 형상화

현상윤의 시들은 핍박받는 식민지 조선의 현실에 대한 적나라한 고발과 자주독립에 대한 열망을 주제로 표현하고 있다.

> 에덴의달 밝은빗이 빗치는곳 따로잇고
> 生命의샘 맑은물이 흐르는곳 가렷드냐
> 가튼하늘 가튼땅에

---

36) 「한의 일생」(『청춘』 2호, 1914.11), 「박명」(『청춘』 3호, 1912.12), 「재봉춘」(『청춘』 4호, 1915.1), 「청류벽」(『학지광』 10호, 1916.9), 「광야」(『청춘』 7호, 1917.5), 「핍박」(『청춘』 8호, 1917.6).

37) 『소성의 만필 제5』에는 5편의 자유시와 11편의 일기 형식의 수필이 수록되어 있다. 사실상 『소성의 만필 제5』에 수록된 글들을 장르 구분하는 것은 매우 어려운 일이다. 「향상」, 「새벽」과 같은 수필은 『청춘』에 시 형태로 발표되기도 하였으며, 현상윤의 저작 목록을 밝힌 김복순의 논문에서도 자유시를 11편으로 잡고 있다. 또한 김학동은 「뒷자취가 적막」, 「추풍」, 「소상반죽」, 「어디로 갈고」를 시조로 분류하고 있기도 하다. 본고에서는 자유시 형태가 뚜렷하게 드러나는 「실락원」, 「님생각」, 「한국(寒菊)」, 「요게 무어냐」, 「친구야 아느냐」의 5편을 시로 구분하였다(「한국」과 「친구야 아느냐」는 『학지광』(3호)과 『청춘』(3호)에 발표되었다).

38) 김기현, 「소성의 만필 소고」, 「현상윤의 신시와 그 저항성」, 『한국문학논고』, 일조각, 1972.
  김윤식, 「현상윤론―근대시 형성의 과정」, 『속 한국근대작가론고』, 일지사, 1981.
  김복순, 「1910년대 단편소설연구」, 연세대 박사논문, 1990.
  김학동, 「저항적 주제와 과도기적 시형식―현상윤론」, 『현대시인연구』, 새문사, 1995.

이동산뿐 아득하고 이백성뿐 목마름은
不平等이 안니라고
辨的할말 남앗드냐?

온世上이 다웃어도 이곳뿐은 한숨이요
萬사람이 다뛰어도 이들뿐은 愁心한다
가튼音樂 가튼노래
이들의겐 悲哀의曲 ○○調를 알윔이라
嚴肅하게 찡근얼골
沈痛의빗 寂寂하다!

혀잇스면 말다하고 붓잇스면 뜻다쓰리
문자갈과 얼맨손을 엇지할수 다시업고
가튼다리 가튼머리
못간다는 處所잇고 못한다는 생각잇다
耳目口鼻 다를소냐
다갓치 사람이연만!

이내사랑 이내아들 人間맛을 못보태고
남는밥 남는옷이 幸福의 滿足 못주노니
가튼고기 가는술도
아모慰藉 아모맛을 가져오지 못하노니
無意識的 이○○을
누려밧는 이苦롬아!

만쥬리아 모진바람 이곳서는 꽃을피우고
菫海(對馬)海○ 모든비발 이곳서는 안개되는
넷歷史를 記憶하라
榮光에서 榮光에를 우슴으로 傳해오든
이樂園이 안이드뇨!?

> 榮譽잇는 이樂園이―
>
> 애닯고나 ○○○찰 빨니모는 떼구름에
> 光的잇는 왼江山이 깜깜하게 싸여져서
> 춤과노래 끈어지고
> 不○의빗 恐怖노래 핏눈물에 넘지노나
> 아아이것 무삼일가
> 꿈이드냐! 참이드냐?
>
> 암우리 님이시여 어여쀠샤 돌보소셔
> 全能하고 全知하신 님이신줄 아옵니다
> 이알욈과 이웨임을
> 못드르실 님안임을 깁히아는 저의오니
> 사랑의님 살피소셔
> 이동산 이무리를!
>
> ―「失樂園」39) 전문

시의 제목에서 드러나듯이 시인은 식민지로 전락한 조국의 현실을 '낙원 상실'에 비유하고 있다. 그에게 식민지의 현실은 불평등과 부자유("문자갈과 얼맨손")의 비인간적인 상태로 인식된다. 식민지 백성들의 삶은 한숨과 수심, 침통과 공포로 가득 차 있다. 시인을 더욱 비통하게 만드는 것은 "영광에서 영광에를 우슴으로 전해오든" "영예잇는" 역사를 가진 민족이 식민지로 전락하게 되었다는 사실이다. 시인은 만주 벌판에서 무운을 휘날리던 고구려 시대와, 대마도를 통해 일본에 선진문물을 전해주었던 통일신라 시대를 '낙원'으로 회고하고 있다. 그리고 이렇게 찬란한 과거 역사와 대비하여 인간으로서의 기본 권리마저 빼앗겨 버린 식민지의 현실을 선명하게 부각시키고 있다.

---

39) 『소성의 만필 제5』. '○'는 해독 불능.

현상윤은 일제의 식민지 지배로부터 벗어나기 위해서는 먼저 힘을 기를 것, 즉 "강력주의"를 주장하고 있다.

그럼으로 나는 力中에도 오직 强한 力을 謳歌하고 原動力 가운데도 오직 大한 原動力을 讚美하려 하노니, 力 其者에는 野蠻性이 包在하얏다 하는 說도 有치 아님은 안이나 그러나 나는 적어도 今日의 朝鮮人에 在하야는 力만 有하면 野蠻이 亦可라 하노니(物質的과 精神的 意味를 兼한 力을 말함), 何者오한면 强한 힘은 벌셔 힘 其者가 不可犯性을 意味한 것이니, 남이 임이 野蠻으로써 나를 征服하얏거든 내가 엇지 쏘한 野蠻으로써 此를 抵抗치 안으리오[40]

현상윤의 '강력주의'는 사회진화론에 근거한 실력양성론의 전형적인 표현이다. 강한 자만이 세상을 지배할 수 있으며, 약한 자는 자아를 실현할 수도, 주체성을 지킬 수도 없다는 우승열패 사상이 그 핵심을 이루고 있다. 그러나 현상윤은 힘에 내포된 야만성도 분명히 인식하고 있었다. 하지만 식민지 조선의 현실이 "남이 임이 야만으로써 나를 정복"하였으므로 나 또한 야만으로써 제국주의에 저항할 수밖에 없다는 논지를 전개하고 있다. 그에게 "강력이란 것은 인간 천부의 생활을 가장 독립적으로 가장 행복적으로 십분완전하게 향유하는 권능의 총량"[41]을 의미한다. 즉 근대를 실현하고 지탱하는 합리적인 핵심이 바로 '강력'인 것이다. 현상윤은 '강력'을 실현하는 세 가지 방법으로 무용적 정신, 과학보급, 산업혁명을 들고 있는데, 무용적 정신을 우선적으로 꼽고 있는 것이 특징이라 하겠다. 이것은 현상윤이 한말 의병장 유인석의 제자이자 동지였던 현진암으로부터 유학을 배웠다는 사실, 그리고 평양의 대성중학교 시절 안창호로부터 실력양성을 통한 자주독립사상을 전수받았다는 사실 등과 관련이 있다.

---

40) 현상윤, 「강력주의와 조선청년」, 『학지광』 6호, 1915.7, 44면.
41) 현상윤, 위의 책, 45면.

이러한 '강력주의'를 시적으로 표현한 것이 「산아희로 생겨나서」이다.

산아희로 생겨나서 億萬代前에 업고 億萬代後에 업시 오직 이째 나왓스니―
뜻잇게 온것이라. 가기도 뜻잇게 갈지온여.
世上아 偶然을 말치마라―昆蟲이 아니되고 禽獸가 아니되고 계집이 아니
되고 산아희로 태인것이 벌서부터 偶然이 아니든것 아니냐?!

생각도 산아희로 行動도 산아희로 우숨과 이약이가 다가티 산아희여라.
歷史를 무엇란말을 들엇나냐? 한 句節 한 페지가 非常한 산아희의 無限大
의 時間上에 멈을러 두고간 발자최의 記錄임을 다시금 記憶하라.

世上이 불으거든 내 한몸을 밧쳐서도 올흠爲해 眞理爲해 쯧까지 싸흘지니,
榮譽가 오고 안오는 것, 이것은 내 물을것 아니로다. 오직 밧기를 산아희로
바닷스니 갑기도 산아희로 갑흘쑨이로다―
내게 손이 잇스니 펴면 바닥이오 쥐면 주목이라 내 이로써 어루만질것은
만지리로다 싸려부슬것은 부스리로다.
왼누리를 모다 나로 싼 뒤에 말 것―저절로 싸이지 아니하거든 뒤집어 씨
우기라도 할것아닌가 나를 擴張하매 맛당히 여긔까지 갈것이아닌가.
산아희의 산아희 됨도 여긔 잇고 意味잇고 偶然아님도 여긔 잇도다

쉴지어다 너희도 산아희로다하는 말을
無感覺, 無理性, 無主張, 無氣力을 벌서 산아희되는 要素가 아니더니라
　　　　　　　　　　　　　―「산아희로 생겨나서」[42) 전문

사나이의 힘찬 기상과 역사적 소임을 촉구하고 있는 시이다. 역사란
비상한 사나이의 발자취의 기록이니, 옳음과 진리를 위해 끝까지 싸울
것을 강조하고 있다. 이처럼 사나이의 역사적 소임을 강조하는 태도에서
계몽 주체로서의 현상윤의 면모를 엿볼 수 있다. 앞서 현상윤의 자주독

---

42) 『청춘』 6호, 1915.3, 86면.

립사상과 민족의식이 형성되는 과정에서 현진암과 도산이 미친 영향을 언급하였다. 그는 회고에서 『대한매일신보』의 계몽사상을 애독한 결과 신교육의 필요를 느껴 16세에 한학 공부를 그만두고 부호육영소학교에 입학하게 되었다고 술회[43]하였다. 이것은 그의 사상적 토대가 넓은 의미의 계몽사상과 실력양성론에 있음을 보여준다.

국권이 상실된 1910년대의 현실 속에서 계몽사상은, 그것을 실현할 수 있는 물적 토대의 상실로 인해 이상주의적 경향을 띠게 된다. 당시의 계몽 주체들은 현실의 위기상황을 극복하기 위해 불변하는 절대정신에 의탁하거나, 계몽적 이상을 하나의 당위로서 선취하려고 하였다. 이상주의적 경향은 현실의 위기 속에서 미래(또는 이상)에 대한 표상을 통해 인간의 감정적·의지적 관계를 고양시킨다는 긍정적인 의미를 지니고 있었다. 그러나 이상과 현실의 관계를 도착시키고 현실 속에 잠재하는 다양한 경향과 가능성들에 대한 탐구를 소홀히 한다는 점에서는 한계를 지닌 것이었다.

현상윤의 시와 평론에서도 이러한 이상주의적 경향이 나타나는 것을 볼 수 있다.

> 지금 우리에게는 무엇보다도 理想이 필요하다. 몬져 理想이 잇은 後라야 무슨 案이 잇고, 무슨 案이 잇은 後라야 實行이 잇을 것이니, 이졔 만일 우리의게 實行과 案이 必要하다 할진대, 우리는 반드시 몬져 그 實行과 案의 어머니되는 理想을 求치 안을 수 업는 것이로다[44]

이 글은 현실적인 어떤 계획이나 실행보다 이상의 중요성을 강조하고 있다. 현상윤은 조선 사람들이 세워야 할 이상으로 "남과 갓치 살쟈!"를 주장한다. 여기서 '남'이란 일찍이 근대화를 이룩한 서구나 일본을 지칭

---

43) 현상윤, 「학생시대 회고」, 『신동아』, 1935.4.
44) 현상윤, 「몬져 理想을 셔우라」, 『유심』 3호, 1918.12, 31~32면.

하는 것으로 아직 물질적인 면과 정신적인 면에서 근대화하지 못한 조
선의 현실에 각성을 촉구한 것이다.

이상주의적 경향은 진화론에 기초한 역사관, 즉 과거와의 단절을 부각
시킴으로써 유토피아적 미래를 강조하는, 일종의 단절적인 역사의식을
보여주는 것이 특징이다. "넷 사람은 간 지 오래고 새 사람은 오지 안햇
다. 기다림이 간절하고 바람이 크노니 어서 밧비 널어나라. 새 사람 새
사람아."[45] 그리고 「실락원」에서 보듯이 고구려와 통일신라의 영예로운
시대를 역사주의적 관점에서 파악하는 것이 아니라 '낙원'으로 이상화시
키고 있는 점, 식민지의 고통받는 현실을 전지전능한 사랑의 '님'에게 호
소함으로써 벗어나고자 하는 태도 등은 현상윤의 시세계가 지닌 이상주
의적 경향을 잘 보여주고 있다.

2) 자유시와 정형률의 이중적 시의식

현상윤의 사상적 토대가 넓은 의미의 계몽사상과 이상주의적 경향에
있음을 살펴보았다. 이러한 사상적 경향은 그의 시에서 자유시 지향과
계몽 담론의 형식적 투사로서 정형화를 지향하는 이중적인 양상으로 나
타났다.

배주리고 허울버슨 人子들아
웅커리로서 나오나라―
永生의糧食 榮華의옷이 여긔에 싸여잇다.
苦롬과 압흠에서 씃까지 익이고 씃까지 떨쳐보라―너희의피 너희의고기로

목마르고 속타하는 人子들아

---

45) 현상윤, 「넷 사람을 새 사람에」, 『청춘』 6호, 1915.3, 95면.

웅커리로서 나오나라―
生命의샘 맑은물이 여긔에 흘너간다.
絶望과 落心에서 마조막까지 求하여라―너희의힘 너희의정성으로

어둠에 迷惑된 人子들아
웅커리로서 나오나라―
구원의홰가 여긔에 켜서잇도다.
煩悶과 懊惱에서―그날까지 다토아보고 그날까지 싸와보라―너희의勇氣
너희의努力으로

―「웅커리로서」[46] 전문

이 시는 현실의 "고롬과 압흠", "절망과 낙심", "번민과 오뇌"에 대해
힘과 정성으로, 용기와 노력으로 끝까지 대항하여 싸워 나가면 "영생의
양식과 영화의 옷", "생명의 샘 맑은 물", "구원의 홰"에 도달할 수 있다
는 전형적인 계몽 담론을 표현하고 있다. 당시로서는 상당한 시적 수준
에 이른 것으로 평가[47]되는 이 작품은 전련(全聯)에 걸치는 행의 반복과
자수의 의도적 배열이 심상과 의미의 평면성을 초래하고 있다. 이것은
앞서 신체시와 같은 형식, 즉 한 연 내에서는 자유율이 실현되지만 연과
연의 관계에서는 대칭관계를 형성하려는 정형률적 지향을 갖고 있으며,
대칭되는 각각의 연에서 역동적인 발전이 없이 유사한 이미지가 반복해
서 나열되는 형식이다. 이러한 정형률적 지향은 시인의 계몽사상과 이상
주의적 경향을 표현하는 형식인 동시에, 계몽 주체들이 시(또는 시가)를 근
대적 대중들의 욕망에 동일성을 부여하는 '의식의 통합 장치'로서 활용
하였던 사정을 반영하고 있다.

또한 현상윤의 시에 나타난 의고체 어미(드냐, 드뇨, 노니, 노라, 도다, 더라

---

46) 『청춘』 제9호, 1917.7, 90면.
47) 김학동, 「저항적 주체와 과도기적 시형식―현상윤론」, 『현대시인연구』 I, 새문사,
    1995, 52면.

등)와 청자 지향의 문투(나라, 보라, 하라 등)는 시 장르에 대한 그의 인식 수준을 보여준다. 현상윤의 이러한 시의식은, 풍부한 묘사와 이미지를 유연하게 구사한 그의 산문체나 1인칭 서술과 현재형 종결어미를 최초로 사용한 것으로 평가[48]되는 그의 단편소설과 비교하면 더욱 분명해진다.

나는 아직도회채리나무가 안이면 갓난어린아기의쎳마듸로다. 바람이 이리불면이리빗칠, 져리로불면 져리로빗틀 ……[49]

萬籟는 죽은듯이 고요하고, 夜色은 沈沈하기 그지없는데 먼山 갓가운山에 깁숙이 걸닌 안개는 含默의 美를 곱다랏케 그려낸 듯하고, 여긔져긔 반쟉이는 새벽별은 濃灰色 하늘빗을 喜微하게 繡노은 듯하다. 이때 나는 어대라 定한 곳업시 홋옷에 맨발로 한거름 두거름 집 뒤 재백이를 向하고 올나갓다.

귀를 기우러 드르려 한다기로 어대서나 버레소래 한아 들닐소냐. 밤은 依然하게 깁고 어둠은 如前하게 둘녀잇다. 오직 앞村 뒷村에 가늘게 니러나는 몽당불 煙氣는 어제붙어 타든 異常한 내음새가 무럭무럭 무겁은 空氣에 몰녀오고, 잇다금 잇다금 휙휙 불어오는 서느러운 바람은 오삭오삭 弱한 몸에 솜을 돗일 뿐인데

(…중략…)

좁은 가슴에 밀녀오는 깊은 숨을 단 한번에 길게 쉬면서 눈을 들어 여져긔를 살펴보니 압히나 뒤나 山이건 물이건 나무까지에나 풀닢에나 가득가득 넘치리만큼 찬 것은 오직 神秘의 빗, 어둠의 빗뿐이로다.[50]

---

48) 김복순, 「1910년대 단편소설 연구─신지식층의 소설을 중심으로」, 연세대 박사논문, 1990, 88면. 김복순은 현상윤의 단편소설이 "문체면에서도 일상어와 묘사적 문장이 많이 사용되었으며, '더라'체에서 '이다'체로 넘어가는 활용어미의 자각이 보인다"고 평가하고 있다.

49) 현상윤, 「비오는 저녁」, 『학지광』 제5호, 1915.5, 58면.

50) 「새벽」, 『소성의 만필 제5』. 김학동은 「향상」(『청춘』 7호)과 「새벽」(『청춘』 8호), 「비오는 저녁」(『학지광』 5호)을 산문시로 규정하고 있다(김학동, 『현대시인연구』 I, 새문사, 53~55면 참조). 「비오는 저녁」 같은 글은 잡지 편집자가 시로 분류하고 있지만, 양식적으로 보면 수필에 가깝다. 「향상」 같은 작품도 계몽적 의도가 개입된 수필로 분류할 수 있다. 내면의 복잡한 심사를 압축적으로 표현하고 있다는 점에서 산문시형과 수필이 서로 착종된 형태라고 보는 것이 타당할 듯하다.

　『소성의 만필 제5』에 수록된 산문들은 1910년대 식민지 지식인으로서 느끼는 자아의 내면적 심정을 생생하게 표현하고 있다. 즉 현상윤은 위의 산문에서 보듯이, 한글과 이미지, 현재형 종결어미 등을 자유롭게 구사하고 있다. 이처럼 세련된 현대적 문장과 자아의 내면 고백, 풍부한 묘사와 이미지를 구사할 수 있는 능력을 지녔던 현상윤이 시에서는 문어체 문장과 청자지향의 문투, 의고체 등을 사용했다는 사실은 흥미롭다. 그것은 시 장르에 대한 그의 인식이 애국계몽 주체들의 시의식, 즉 이념을 전파하는 계몽적 목소리로 시에 형식을 부여하고자 하는 시의식을 가지고 있었음을 보여준다. 즉, 현상윤은 '민족의식을 개발하고 민족 정체성을 확립하기 위한 도구적 이성의 형식'으로, '대중들의 욕망에 동일성을 부여하는 의식의 통합 장치'로서 시의 장르적 가능성에 주목하고 시를 창작했던 것이다.

제 5 장

1920년대 근대 자유시의 향방

1920년대 초반 한국 시단의 풍경은 현실에 대한 부정과 환멸로 특징지어진다. 3·1 운동의 실패 이후, 현실부정의식은 참여를 통한 변화의 가능성을 포기하고, 두렵고 거대한 현실에 가위눌리는 형상으로 나타나게 되었다. 이것은 극단적인 자기 폐쇄의식으로 전개되었으며 그 속에서 자기의 순정에 탄식하고 애상하는 심정으로 자기의 무기력을 위로하려는 가운데 환멸의식이 만연되었다. 그러한 현실부정의식과 환멸의식은 감상성과 연관을 갖는다.

한국 근대시 형성과정의 혼란과 분열은 형식과 내용 양 측면에서 모두 나타났다. 형식면에서는 안정된 자기 양식을 갖지 못함으로써 나타나는 혼란과 분열이 있다. 김억은 "내맘의 설음과 깃븜을 갓튼 동무들과 함끠 노래하랴면 나면서부터 말도 몰으고 '라임'도 업는 이 몸은 가이업게도 내몸을 내가 비틀며 한갓 쩟다 잠겄다 하며 복길 짜름입니다"[1]라며 안타까운 심정을 토로하였다. 내용면에서는 감당하기 어려울 정도의 무자비함과 격렬함으로 닥쳐온 식민지 근대 현실의 분열에 대응하는 시적 태도에서 혼란과 환멸이 나타났다. 대부분의 1920년대 초반 시들은 현실적 위세에 가위눌려, 현실과 시적 주체의 긴장관계를 미적 안정감을 가지고 전유하지 못하였다. 그 결과 식민지적 근대화의 모순과 갈등 그 자체를 시적 창조의 원동력으로 전화시키지 못하고, 시적 자아가 스스로 분열하고 비틀리면서 감정을 생경하게 호소하는 방식으로 시를 창작하였다.

당대의 시가 직면한 형식과 내용의 문제를 동시에 극복하는 자리에서 진정한 의미의 한국 근대 자유시는 확립되는 것이다. 그것은 한용운, 김소월, 이상화에 의해 개척되었다.

1. 1920년대 초기시의 성격

근대 자유시의 모색은 강렬한 반중세적 의식에서 출발하여 정론적 계몽성으로 주체의 전망을 설정하였다가, 일제강점 이후 소시민적 환상으로서 개인의 자기 발견과 자유를 형식화하려던 시도를 거쳐, 1920년대에 이르면 문학을 독립시키고자 하는 의식으로 성장하였다. 근대적 개인의 자유와 해방을 추구하는 행위는 본래 중세적인 지배에 대해 근대 시민 계급이 정치 경제적 발전의 보장을 요구하는 것을 의미한다. 이러한 변화와 행위는 근대적 진보를 지향하는 것이었다. 그러나 중세적 유제의 광범위한 잔존과 식민지 권력의 무단통치적 규율하에서 추구한 자유와

---

1) 김억, 「해파리의 노래」, 『해파리의 노래』, 조선도서주식회사, 1923, 1면.

개성의 해방은, 또한 사회적·정치적 현실성을 사상(捨象)한 채 불완전한 방식으로 수행될 수밖에 없었다. 또한 사회적·정치적 현실성을 결여한 채 근대적 자유와 개성을 형식화하려던 1910년대 자유시 운동은 많은 분열과 혼란을 노정시키면서 관념적으로 이상화하거나 낭만화하는 경향으로 나타났다.

그러나 3·1 운동 이후 이러한 낭만적·이상적 환상은 깨어졌다. 부르주아로 성장하고자 했던 이상은 식민지 권력의 억압과 잔존하는 중세적 유제에 의해 차단되었다. 이들이 추구해온 자유와 개인의 발견은 관념 속의 자립이었다. 이와 함께 문학의 자립과 자유시 형식의 정립도 깊은 고립으로 빠져들었다.

관념 속에서 발견한 개인은 점차 '현실 속에서 얼마나 비참한 처지에 있는가'에 대한 자각으로 발전하였다. 그러나 비참에 대한 현실적 호소는 사회적으로 받아들여지지 않고 배척되었다.

> 우리의 시대는 말할 수 업는 懊惱를 가지고 잇다. 그는 決코 生活難의 苦生이나, 虛榮心에 쓴 焦燥나, 俗的 成功熱에 달쓴 不滿과는 比較를 不許하는 嚴肅한 懊惱일다. 眞自己도 犧牲함을 要求하야 假借치 안토록 殘忍하고 必然的인 苦悶일다. 이 時代의 苦悶 懊惱는, 가쟝 眞實한 靑年男女에게만 理解되고 體驗되며, 쏘 가쟝 悽慘하게 深刻하게 懊惱된다. (…중략…) 뎌들은 勿論 時代 사람들의 同情이나 理解를 엇지 못한다. 왜 그런고 하니 時代 사람들은, 뎌이들의 時代的 苦惱를 想像할 수도 업스니까. (…중략…) 世人의 눈에는 (…중략…) 다만 함브로 傳統과 習俗과 權威에 反抗하는 不道德者, 悲哀와 孤立을 自招하는 愚者, 自己와 世上을 보지 못하는, 쏘 世間과 步調를 合해 갈 줄 모르는 幼稚者라는 冷評을 퍼붓는다. (…중략…) 世上은 더욱 俗的으로 醜惡하게 發展해 가고2)

이 글은 식민지적 근대 현실 가운데서 개인의 자기 발견을 위한 "엄숙

---

2) 오상순, 「시대고와 그 희생」, 『폐허』 창간호, 1920.7, 59~61면.

한 고뇌"와 호소가 오히려 반사회적 행위로 타매당하는 정황을 안타까워하고 있다. 오상순은 "전통과 습속의 권위에 반항하는 부도덕자", "비애와 고립을 자초하는 어리석은 자", "세간과 융합하지 못하는 유치자"로 배제되는 고통을 호소하고 있다. 근대적 자각과 개인의 자기 발견을 위한 엄숙하고도 험난한 도정에 올랐으나, 현실 속에서는 전혀 용납되지 못하고 오히려 어리석은 짓으로 타매당하는 이중의 제약과 억압에 시달렸던 것이다. 이것은 봉건적 권위와 식민지적 규율의 이중적 억압 속에서 자유시 형식을 추구해야 했던 시인들의 분열과 오뇌이기도 했다.

또한 위의 글은 문학을 통한 자기 발견과 자유의 확충을 시도한 사람들이 겪어야 했던 이중의 '오뇌'를 표현하고 있다. 이들의 '시대고', 그 '오뇌와 고민'은 "기존의 인습, 도덕 및 속악한 사회질서에 안주할 수 없다는 의식에서 일체의 세속적 세계를 부정하고 단숨에 비약하여 절대적인 생명과 진리라는 추상적 실체를 꿈꾸었던 젊은이들의 낭만화된 고뇌이다."[3] 그러나 그 '엄숙한 시대고'는 현실의 사회적·역사적 모순과 대결하는 과정에서 생겨난 고통과 갈등이 아니라 "다만 자기의 하는 바를 아지 못하는 답답함에서 나오는 것"이기도 했다. 분열하는 근대 현실에 놀란 미정형의 주체가 그 현실에 발을 내딛지 못하고 주저하는 무력함을 과장되게 낭만화한 성격이 농후하다. 이처럼 자기 무력함을 낭만화한 추상적 고뇌가 3·1 운동 이후 시대적 전형으로 확산되고 문학적으로(특히 시에서) 양식화되어 갔다.

염상섭은 개성의 자각과 이에 따른 환멸의 비애가 불가피함을 다음과 같은 요지로 역설하였다. 근대 문물 중 가장 의의 있는 것은 자아의 각성이다. 근대인은 모든 것을 의심하여 우상을 타파하고 미추(美醜)의 가치를 전도하여 자아 각성의 싹을 틔웠다. 이러한 현상은 사상적으로는 이상주의·낭만주의를 지나 자연주의 내지 개인주의 사상을 탄생시켰다.

---

3) 김흥규, 「1920년대 초기시의 역사적 성격」, 『문학과 역사적 인간』, 창작과비평사, 1980, 231면.

"자연주의의 사상은, 결국 자아 각성에 의한 권위의 부정, 우상의 타파로 인하야 유기(誘起)된 환멸의 비애를 수소(愁訴)함에, 그 대부분의 의의가 잇다"4)며 '환멸의 비애'의 불가피성과 의의를 역설하였다. 그는 소설 『만세전』에서 "이게 산다는 꼴인가? 모두 뒈져버려라! (…중략…) 무덤이다! 구더기가 끓는 무덤이다!"5)라고 절규하기에 이르렀다.

> Free! Free! 모든것을超越하엿다 하는사람이라는놈들은, 不平과, 慾望과, 飢渴과, 苦痛에뭇처서, 區區하게부르지질뿐이라.
> 사람은서로사홈을긋치지안는다. 쌔앗기고우는者, 쌔앗고치는者, 배곱하우는者, 도적질하는者, 쏘 그것을刑罰하는者, 그모든罪惡덩어리가죽고, 나고, 나고죽어서, 宇宙에 循環을한갓不平으로不休하다.
> (…중략…)
> 나는모르노라, 저이의不平을, 저이의眞理를, 저이의自由를!
>
> —「쯔리!」6) 부분

> 삶은 죽음을위하야 낫다.
> 뉘 알앗으랴, 불갓튼懊惱의속에
> 울움우는 목슴의부르짓즘을……
> 춤추라, 노래하라, 쏘한 그립으라.
> 오직生命의 그윽한苦痛의線우에서
> 애닯은刹那의 悅樂의點을求하라.
> 붉은입살, 붉은술, 붉은구름은
> 懊惱의춤추는 온갓의生命우에
> 香氣로운南國의 꼿다운「빗」

---

4) 염상섭, 「개성과 예술」, 『개벽』 제22호, 1922.4, 3면.
5) 염상섭, 『만세전』, 창작사, 1987, 132면.
6) CK生, 「쯔리!」, 『학지광』 4호, 1915.2, 46면.
　　CK生은 金瓚泳의 1910년대 필명이다. 이후에 그는 惟邦, 唯邦, 金惟邦, 抱耿이라는 호를 썼다. 그는 1920년 12월부터 1921년 3월까지 『개벽』을 통해 黃錫禹와 玄哲이 벌인 소위 '新詩論爭'에 참여하기도 했다.

　　「旋律」, 「諧調」, 夢幻의「리씀」을 ……
　　오직 취하야, 잠들으라,
　　乳香놉흔 어린이의幸福의꿈갓치
　　오직 傳說의世界에서,
　　神話의나라에서 ……

— 「懊惱의 舞蹈에」[7] 전문

위의 두 작품은 『창조』 동인으로 활동한 바 있는 김찬영(金瓚泳)의 작품으로 각각 1915년과 1921년 작이다. 「쓰리」는 불모의 세계와 맞대면한 시적 주체의 정돈되지 않은 절규가 드러나 있는 작품이다. 시적 주체가 인식하고 있는 세계상은 "욕망", "불평", "기갈", "고통"으로 가득 차 있는 "죄악"의 세계이다. "죄악"으로 가득 찬 "우주"는 변화의 틈이라고는 조금도 용납하지 않고 쉬지도 않고("不休") "순환"한다. 그 틈을 비집고 들어가 자기 실현을 시도해 보지만 그에게 돌아오는 결과는 좌절과 환멸뿐이다. 결국 시적 주체는 "진리"나 "자유"를 찾으려는 시도를 포기하고 "나는 모르노라"고 부르짖는다. 시적 주체에게 남는 것은 "죄악"의 현실 사회에 대한 분노뿐이며, 그는 분노와 환멸 사이에서 갈등한다.

3・1 운동을 체험한 뒤 쓴 「오뇌의 무도에」에서 시적 주체의 분열의식은 더욱 심화되고 절망감은 극도에 달하여 자폭적 격렬함까지 보인다. 이러한 현실 환멸의식은 과거-현재-미래의 시간의식까지도 거부하고 있다. 그리하여 "찰나" 나아가 "죽음"에 열광하는 지경에 이르고 있다. 이들에게 현실적 삶과의 교섭이란 두려움이고 공포였던 것이다. 이 시는 시적 주체의 내면의식에 투영된 절망감이 특화되어 환멸을 양식화하는 데 이르고 있다.

「쓰리」에서 시적 주체는 근대 현실의 분열 국면들을 안정된 시적 형식으로 전유하지는 못했지만, 현실과 대응하려는 시적 태도는 견지하고

---

7) 金惟邦, 金億 譯, 「懊惱의 舞蹈에」, 『懊惱의 舞蹈』, 廣益書館, 1921, 3면.

있었다. "빼앗기고 우는 자", "빼앗고 치는 자", "배곱하 우는 자" 등 부정적 사회현실을 시적 대결의 대상으로 작품 내에 끌어들였다는 사실은 1920년대 초의 「오뇌의 무도에」와 비교할 때 주목된다. 이러한 비교는 한국 근대시사에서 매우 중요한 의미를 갖는다. 왜냐하면 근대의 분열과 절망을 극복하는 출구는 바로 분열된 근대 현실 그 자체에서 찾아야 하기 때문이다. 근대의 온갖 분열과 대립을 극복하는 동력은 근대적 현실 모순들이 충돌하는 지점에서 찾아야 하며, 시적 주체가 분열의 복판에 육박해 들어가 시적 창조의 에너지를 뽑아내야 하는 것이다. 그런 태도와 정신, 형식에 의해 근대시는 형성되는 것이다.

그런데 3·1 운동 직후 창작된 시들의 경우, 현실은 증발하고 절망과 공포에 가위눌린 내면의식들만이 유령처럼 횡행하였다. 이런 황폐한 풍경이 세련된 형식을 갖추고 자유시 양식을 획득해갔다.

3·1 운동은 시문학사에서도 중요한 획을 긋는 사건이었다. 3·1 운동은 관념이나 이상이 아니라 엄청난 희생과 결단을 수반하는 엄연한 현실이었다. 폭력을 자기 본질로 하는 제국주의와의 대결이었기 때문에 그것은 근본적으로 비극적 성격을 내포할 수밖에 없는 운동이었다. 그러나 3·1 운동을 계획하고 주도한 지식층 내부에서는 관념적이고 이상주의적으로 접근한 측면이 강했다. 그리하여 이들은 3·1 운동 직후 그 운동의 냉엄한 현실적 성격과 파장에 놀라고 당황했다. 문학의 경우, 이런 냉엄한 역사적 현실을 감당할 내적 양식이나 전통을 예비하고 있지 못했다.

3·1 운동 직전에 발표된 시 「불노리」는 한국 시문학사에서 최초의 자유시로 거론되는 작품이다.

> 아아날이저믄다, 西便하늘에, 외로운江물우에, 스러져가는 분홍빗 놀…… 아아 해가저믈면 해가저믈면, 날마다 살구나무 그늘에 혼자우는밤이 또오것마는, 오늘은四月이라패일날 큰길을물밀어가는 사람소리는 듯기만하여도 흥셩시러운거슬 웨나만혼자 가슴에눈물을 참을수업는고?

―「불노리」[8] 부분

　사랑을 잃은 청년의 상실감이 격한 감상적 어조에 의해 분방하게 표현된 시이다. 시적 주체는 감상의 근원을 파악하지 못하고 있으며, 또한 압도해오는 알 수 없는 감상 앞에 자신을 무기력하게 방기하고 있다("나만혼자 가슴에 눈물을 참을수업는고?"). 이러한 정서의 힘으로, 엄연한 역사적 현실인 3·1 운동의 파장을 감당하기란 버거운 일이었다. 그 결과 출구가 없을 것 같은 불모의 현실 속에서 무력감만 더욱 통감하게 되고 자기의 순정(純情)에 대한 집착을 더욱 집요하게 추구하였다. 강렬한 정열로 살고자 했던 시적 주체는 이상과 현실의 경계마저 잃고 혼돈과 도취에 빠지게 되었다. 1910년대부터 움터오던 분열과 고립, 불안의식은 3·1 운동 직후 더욱 고조되고 들끓었으며,[9] 마침내 현실에 대한 환멸에 이르게 된다. 극심한 환멸의식은 3·1 운동 직후 일시적으로 시대를 규정하는 분위기로 양식화되어 나타났다. 그것은 3·1 운동 이후 나온 여러 동인지에 의해 하나의 양식을 얻고, 나아가 시대정신을 압도했다. 양주동은 이 시대를 가리켜 "시대적으론 3·1 운동 뒤의 민족적 비분 강개한 幻滅期 (…중략…) 청춘이 소박한 '낭만'적 정열과 '기분'에 싸여있던 시대"[10]라고 정의한 바 있다.

　환멸의 미학적 성격을 살펴보면,

　　현실을 부정하면서도 참여하지 않는 관찰이 오래되면 환멸을 낳는다. 『만세

---

8) 주요한, 「불노리」, 『창조』 제1호, 1919.2, 1면.

9) 자유시 형성과정에서 주목받는 김억의 「봄은 간다」(『태서문예신보』, 1918.11.30)도 사정은 비슷하다. "말세적인 염생(厭生)의 비조(悲調)가 감돌고 있는 작품"이라는 평(송희복, 『한국 서정시의 이해』, 예하, 1993, 283면) 참조. 그런 의미에서 「불노리」나 「봄은 간다」와 같은 작품을 '근대시'를 확립한 작품이라고 평가하기엔 문제가 있다. 주요한은 3·1 운동 후 이 분열의식과 혼돈을 해결하기 위해 조국을 떠나 상해로 가서 임시정부에 자신을 의탁했다.

10) 양주동, 「금성 시대」, 『한국문단이면사』(김동인 외), 깊은샘, 1983, 147~148면.

전』의 이인화가 보여주는 세계에 대한 환멸은 그러한 불만스런 관찰의 지속이 만들어 준 신경피로의 결과이다. '이러한 생활은 슬프고 더러운 것이다'라고 저주한다. 극단적인 자기 폐쇄의식, 세계에 대한 의도적 절연의 심리적 계기가 무엇인지 감지할 수 있다. 환멸은 예민한 지식인이 자신의 가치 지향과 비속한 세계 사이의 거리를 도저히 좁히거나 뛰어넘을 수 없다고 판단했을 때 갖게 되는 인간 정신의 자기 방어 기제의 심리적 표현이다. '환멸'을 통해서 세계를 부정하고 비웃으면서 자기 정신의 정당함과 가치 있음을 보존한다. 그렇지 않고서는 자기 분열의 심리적 혼돈에서 벗어날 길이 없기 때문이다. 그러나 세계의 부정은 그 일원인 자신의 왜곡까지도 강요하니 '환멸'의 치료법은 어쩔 수 없는 것이되 불구적인 것이다. '환멸'의 심리의 물리적 현상은 극단적 자기 학대의 형태로 나타나고 이를 통해 구원의 침로를 발견하고자 하나 이 역설적인 자기 구원법은 좀처럼 현실적인 승리를 거두지 못한다.[11]

환멸은 일종의 정신적 위기 상황을 반영하는 것이다. 그렇다면 이들이 목메이며 호소한 '오뇌'와 '환멸'의 정체는 무엇이었으며, 그 사상적 배경은 무엇인가?

'근대성'의 내용에는 근대적 인간이 자신에 대한 자율성을 획득하고 거기에서 확보한 에너지로 세계를 지배한다는 합리주의적 기획이 포함되어 있다. 근대성의 중심에는 인간의 '주체성'이 있다. '이성'은 그 주체성을 구현하는 힘이다. 근대적 인간은 이성이라는 무기로 기존의 전통과 인습 등의 영향력으로부터 벗어나 주체의 의지로서 자연과 사회에 관여한다. 자연과 사회는 주체의 의지가 작용하는 공간으로서만 의미가 있을 정도로 주체의 영역은 절대적이었고, 그만큼 세계인식은 낙관적이었다. 계몽주의와 이상주의적 세계인식은 바로 이러한 사상적 배경을 갖고 있었다.

1910년대는 이런 계몽주의에 입각한 이상주의가 존재했던 한편에서 불안의식이 공존하고 있었다. 3·1 운동을 주도한 대부분의 지식인들도

---

11) 한기형, 「신소설의 근대문학적 위상」, 성균관대 박사논문, 1997, 158~159면.

동일한 사상적 지반 위에 서 있었다. 이들에게 현실은 주체의 의지와 열
망에 복종하는 관계로서만 의미를 지녔다. 그러나 이러한 관념적이고 소
박한 세계인식은 3·1 운동 이후 급속하게 위축되고 그 허약성이 폭로되
었다. 실력만 키우면 멋대로 조작할 수 있다고 믿었던 현실이 엄청난 희
생을 치렀는데도 끄떡하지 않는 고정불변의 모순 덩어리로 화하여 주체
를 짓눌렀다. 이에 그들은 현실에 대한 기대나 열망을 포기하고 '더욱 속
적으로 추악해져 가는 세상'으로부터 탈주하여 피안의 세계에 자기만의
거처를 마련하고자 하였다.

　3·1 운동은 기존의 허약한 세계인식을 폭로하는 계기가 된 한편, 온
갖 허위로 은폐되어 있던 식민지적 근대의 본질을 적나라하게 노출시키
는 계기도 되었다. 이에 따라 엉성하게 결합되어 있거나 짓눌려 있던 각
사회세력이나 계급들은 분화하고 조직화하며 성장해갔다. 더불어 여러
진보적 사상들이 틀을 갖추어갔다. 이런 움직임은 당대의 지식 청년들을
구체적인 현실의 한복판 위에 서도록 추동하였으며, 결단을 촉구하였다.
이제 이들은 자기 계급의 운명과 미래에 대한 전망도 없이 황막한 세계
앞에 발가벗겨진 채 내몰린 신세가 되었다.

　걷잡을 수 없는 절망감 앞에서 대부분의 시인들이 취한 태도는 현실
과 결별을 선언하고 자기의 관념 속에서 구축한 피안의 세계로 낭만적
탈주를 감행하는 것이었다. 이들의 시에는 현실이 더 이상 나타나지 않
으며, 현실은 이들 의식의 저 한편에 속악하고 추악한 것으로, 손을 대면
자기의 순정이 더럽혀지는 것으로 추상화되어 있을 뿐이었다. "오직 울
고 哀傷하고 歎息하고 頹廢와 放縱과 新奇와 豪奢의 浪漫的 世界 가운
데서 熱狂"12)하는 내면만이 드러날 뿐이었다. 이들은 현실과의 시적 교
섭이나 대결을 배제하고, 오직 자기 위안의 관념적 거처를 마련하기에
급급했다. 그곳은 '몽환'과 '찰나' 또는 '전설의 세계', '신화의 세계', '밀

---

12) 임화, 「『백조』의 문학사적 의의」, 『춘추』, 1942.11, 144면.

실', '꿈의 나라' 등으로 형상화되었다.

1920년대 초반의 시에 만연한 감상성은 미숙하고 무력한 지식인의 지적 귀족주의의 유치한 표현에 불과했다. 두렵고 거창한 현실에 손을 대기보다는, 먼저 자기 스스로의 순정에 탄식하고 애상하는 심정, 그것은 무력한 인간을 어느 정도 고고하게 만드는 효과를 지녔다. 바로 이 감상성이야말로 한국 근대문학 형성과정에서 상징주의·유미주의·퇴폐주의를 둘러싸고 있는 외피였던 것이다.[13] 당시의 유미주의도 이와 같은 낭만적 탈주의 일종이었다. 즉 '미'라는 절대세계를 현실권 밖에 설정해 놓고, 시적 주체가 추한 현실과 대비되는 미의 세계에 고고하게 몰입하는 태도는 자기를 위안하기에 알맞은 거처였다.[14]

이러한 경향은 하나의 주류를 형성하며 퍼져나가고 양식화해 갔다. 「자유시의 선구」라는 부제호(副題號)를 달고 창간된 『장미촌』의 표지에는 다음과 같은 '선언'이 적혀 있다.

우리들은 人間으로의 참된 苦惱의 村에 들어왔다 우리들의 밟어 나가는 길은 孤獨의 끗업시 渺漠한 큰 雪原일다. 우리는 이곳을 開拓하여 우리의 靈의 永遠한 平和와 安息을 엇을 村, 薔薇의 薰香 놉흔 神과 人間과의 慶賀로운 花婚의 饗宴의 얽니는 村을 세우려 한다. 우리는 이곳을 다못 우리들의 젊은 靈의 熱湯갓치 쓰거운 괴로운 쌈과 쏘는 鐵火갓흔 高度의 淨한 情

---

13) 임화, 위의 책, 146면.

14) 이 당시에 유미주의가 문단의 한 담론으로 성행하게 되는데, 이들의 유미주의를 미적 근대성의 구현이라고 보기에는 난점이 있다. 미적 영역에서의 어떠한 기법·형식·양식·범주·방법 등에 대한 천착을 진지하게 보여주지 않고 오직 속악한 사회현실로부터의 낭만적 탈주와 위안, 자기도취로서만 '미'의 영역을 상정하고 있다. 그 결과 미적 근대성의 구현이라는 한국 근대문학의 과제는 지난한 파행을 겪게 된다. 물론 그 파행의 근저에는 식민지적 파행성이라는 한국 근대의 특수성이 자리하고 있지만, 사회적 영역과 미적 영역의 배타적 관계 설정의 구도는 오늘날까지도 한국문학을 강제하고 있다. 미의 영역에서 근대적인 것을 선취하려는 의식적인 노력이 1930년대 '구인회'에 의해 본격적으로 행해지는데, 이에 대한 논의는 박헌호, 「'구인회'를 어떻게 볼 것인가」, 『근대문학과 구인회』(상허문학회 편), 1996.

熱노써 開拓하여 나갈 뿐일다. 薔薇, 薔薇, 우리들의 손에 依하여 싹나고, 길
니고, 坌한 꽃피려는 薔薇.15)

이 '선언'은 '추악한' 현실세계와 결별한 주체가 현실 밖에다 "훈향 놉
흔 신과 인간과의 경하로운 화혼의 향연의 얽니는 촌", '장미촌'을 세우
고 거기서 "영원한 평화와 안식"을 얻겠다는 낭만적 탈주의 표현이다.
현실의 때가 묻지 않은 "고도의 정(淨)한 경지는 낭만적 탈주의 형식이며
정점이다. 모순된 현실세계로부터 탈주하여 환멸 속에 빠지고 자기의 순
정에 몰두하는 현상은 『백조』에서 더욱 맹렬해지고 절정에 달하게 된다.

애닲은 追憶의 동네에 헤매이는 젊은 사람의 마음은 그 얼마나 서늘한 가
슴 뮈여지는 哀愁에 적시웟스랴. 밤마다밤마다 고요한 밤마다 어지러운 풀동
산 위에 안져 하욤업시 이슬에 저져 쩌는 풀을 낙구며 가만가만이 노래부르
고 도라가는 北斗七星을 안어 눈물 석긴 압흐고 슯흔 기인 추억의 냄새에 맥
맥한 가슴만 쥐여 쓰들 뿐이엿다.16)

보라!
째아니라, 지금은 그째아니라.
그러나 보라!
살과 혼,
화려한 五色의빗으로 얽어서짜노흔
薰香내 놉픈
幻想의꿈터를 넘어서
검은옷을 骸骨 우에 걸고
말업시 朱土빗흙을 밟는 무리를보라,
이곳에 生命이잇나니
이곳에 참이잇나니

---

15) 『장미촌』 창간호 표지, 1921.5.24.
16) 「육호잡기」, 『백조』 창간호, 1922.1, 147면.

莊嚴한 漆黑의하늘 敬虔한朱土의거리!
骸骨! 無言!
번적어이는 眞理는 이곳에잇지아니하냐.
아! 그러타 永劫우에.

— 박종화, 「死의 禮讚」[17) 부분

　기존의 연구에서 근대 주체(또는 시적 주체)가 겪은 이런 분열의 양상은 전적으로 3·1 운동의 실패에 따른 좌절의 심화로만 지적되어 왔다. 그러나 그 근본적 원인은 자기 정체성을 사회적·정치적 관계 속에서 형성하지 못하고 관념적 차원에서 자기 비약을 도모할 수밖에 없었던 근대 주체의 계급적·인식론적 무력함에서 찾을 수 있을 것이다. 김흥규는, 1910년대부터 20년대 초반 시의 분열과 혼란의 현상을 3·1 운동 실패 이후의 절망감에 기인하는 것으로 설명하는 것은 단순한 사회반영론의 소산이라고 비판하며, 그것은 "전진적 역사 주체로서의 역할이 소거된 식민지 중산층 지식인들의 방황과 무력감 그리고 고독한 개인주의의 자기표현"[18)이라고 설명하였다.

　이들은 개인주의·자유주의의 이념에 근거하여 전통적 인습의 억압에 대항하였으나, 그것은 도덕적으로 급진적인 반면 당대의 식민지적 질곡에 대응할 만한 사회적 전망으로는 자연스럽게 연결되지 못하였다. 이들은 원자화된 개인의 정치적 무력성에 직면하였으면서도 사회의 현실적 가치 자체를 부인하는 방향으로 나아갔다. 1920년대 초기 시의 낭만적 상상력이 지닌 방황과 자기 분열은, 근대 주체의 정체성의 분열과 내적 괴리, 그리고 미적 근대성의 탐색과정이 반영된 것이었다.

---

17) 『백조』 3호, 1923.9, 95면.
18) 김흥규, 「1920년대 초기시의 역사적 성격」, 『문학과 역사적 인간』, 창작과비평사, 1980, 261면.

2. 근대의 체험과 비극적 미의식―한용운·김소월

1) 역사적 삶과 구도적 삶의 통일―한용운

만해 한용운(1879~1944)은 여러 면에서 다른 시인과 구별되는 독특한 이력을 가지고 있다. 그는 소년기에 동학농민전쟁의 참상(아버지의 양민학살)을 체험하고 정신적 고통과 죄책감으로 고향을 떠나 방랑하다가 승려가 되었다. 출가 이후에는 불교의 개혁과 대중화에 앞장섰으며, 3·1 운동의 민족 대표로 참여하였다. 그는 구도자이며 근대적 사상가이자 민족운동가로 살았다.

한용운은 1926년 시집 『님의 침묵』[19]을 내놓음으로써 한국 근대시의 한 정점을 보여주었다. 만해의 시는 부재하는 님에 대한 인식 혹은 자각으로부터 출발했다. 그는 님이 부재하는 비극적 현실을 한국의 근대적 현실로 인식하고, 그 속에서 자기 완성의 계기를 찾았다.

> 리별은 미의 創造임니다
> 리별의 美는 아츰의 바탕(質)업는 黃金과 밤의 올(糸)업는 검은비단과 죽엄업는 永遠의 生命과 시들지안는 하늘의푸른꽃에도 업습니다
> 님이어, 리별이아니면 나는 눈물에서죽엇다가 우슴에서 다시사러날수가 업습니다 오오 리별이어
> 美는 리별의 創造임니다
>
> ―「리별은 美의 創造」[20] 전문

이 시는 "리별"이 계기가 되어 "미"의 영역에 들어설 수 있게 된다고 말한다. 이별에 의해 미가 창조되고, 창조된 미가 다시 이별을 미적으로

---

19) 한용운, 『님의 침묵』, 회동서관, 1926.
20) 한용운, 위의 책, 3면.

승화시킨다는 변증법적 순환론이 이 시가 발견한 진리이다. 피안의 절대 세계, 즉 "죽음 없는 영원의 생명"과 "시들지 않는 하늘의 푸른 꽃"에는 이별이 있을 수 없다. 이별은 사람의 일이며, 사람살이에서 일어나는 일이다. 바로 이 사람살이의 '이별'을 통하여 미는 창조된다.

1920년대 초기, 많은 시인들이 식민지적 근대 현실의 흉포한 힘에 짓눌리고 감당할 수 없는 지경에 이르러 현실을 떠나 피안의 절대 세계로 낭만적 도피를 꿈꾸었다. 한용운은 바로 그 현실 속에서 자기 해방을 도모한다.

> 이 세상 밖에 천당은 없고
> 인간에게는 지옥도 있는 것[21]

한용운은 인간 세상이 아무리 고통스럽고 지옥 같아도 또한 그곳이 바로 천당을 건설할 곳임을 설파하고 있다. 세상과 현실을 버리고 웃음과 행복을 찾는다면 그것은 거짓이며 허상이고 자기기만일 뿐이라는 인식이 '이별은 미적 창조의 원천'이라는 인식으로 발전한 것이다.

이별은 미의 원천이 되지만, 그 이별을 어떻게 감당하고 받아들이느냐에 따라 사랑의 완성에 도달하기도 하고 사랑을 깨뜨리기도 한다.

> 그럼으로 맛나지안는것도 님이아니오 리별이업는것도 님이아닙니다
> 님은 맛날째에 우슴을주고 써날째에 눈물을줍니다
> 맛날째의우슴보다 써날째의눈물이 조코 써날째의눈물보다 다시맛나는우슴
> 이 좃습니다
> 아아 님이어 우리의 다시맛나는우슴은 어늬째에 잇슴닛가
> ──「最初의 님」[22] 부분

---

21) 「養眞庵臨發贈鶴鳴禪伯」, 『한용운전집』 제1권, 신구문화사, 1973, 155면.
22) 한용운, 앞의 책, 126면.

‘이별’이 없는 것은 ‘님’이 아니고, ‘만남’이 없는 것 또한 ‘님’이 아니다. 이별과 눈물은 사람살이의 정직하고 진실한 표현이며, 이를 통해 님을 인식할 수 있으니, 이별과 눈물은 님에게로 가는 길이다. 그러나 이별과 눈물 그 자체에만 탐닉하는 것으로는 의미를 생산할 수 없다. 그것은 미의 창조라고 할 수 없는 이별이며 감상에 불과한 것이다. ‘이별과 눈물’, ‘만남과 웃음’, 이들의 변증법적 관계맺음에 의해서만 님은 오고, 미는 창조된다.

이러한 시적 통찰은 어떤 과정을 통해 형성된 것이며, 그 역사적 성격은 무엇인가?

한용운의 시집 『님의 침묵』은 1925년 8월 29일 백담사에서 탈고되었다. 이 시기는 만해가 3·1 운동으로 투옥된 뒤 3년 만에 출옥하여 새로운 사상적 실천적 모색을 할 때이다. 3·1 운동의 실패와 좌절을 딛고 일어나려는 탐색이 『님의 침묵』으로 표현된 것이다. 3·1 운동의 실패는 역사적 사실이었고, 그것은 근대 주체의 허약함과 괴리, 미숙한 역량을 자각하는 계기가 되었다. 3·1 운동 이후 민족 대표들이 대거 운동에서 탈락하였다. 3·1 운동을 통해 한국 민족은 독립을 쟁취한 것이 아니라, 식민지 근대 현실의 적나라한 폭력성과 위세를 절감해야 했다. 그리고 3·1 운동 지도부가 지닌 부르주아적 전망의 허약성이 폭로되었다.

한용운은 양계초의 『음빙실문집』, 리카르도의 경제학, 헤겔의 철학 등을 섭렵하며 치열한 사상적 모색을 거듭하였다. 과거의 나를 지양함으로써 새로운 나를 찾는 용맹정진, 그것도 또한 ‘이별’을 통한 새로운 ‘만남’의 길이었다.[23] 그는 전통사회의 틀 안에서 자아 확충을 기대하지 않았

---

23) 한용운의 자아 형성과정에는 한국의 비극적 근대사가 가족사적 비극으로 반영되어 있다. 한용운의 아버지 한응준(韓應駿)은 홍주 관아의 하급관리로서 동학농민군을 토벌하는 데 혁혁한 공을 세웠다. 이 과정에서 한응준은 양민 수천명을 악독하게 학살하였다고 기록되어 있다. 이러한 행위는 봉건왕조에 절대적 충성심을 보임으로써 몰락한 가문을 회복하고자 하는 신분상승 욕망의 소산이었다. 이 일은 한용운에게 평생동안 지울 수 없는 정신적 고통과 죄책감으로 작용하였다. 이 사건은 한용운에게 가문에 대

으며, 현재의 낡은 사회관계를 단숨에 뛰어넘는 혁명의 길을 추구하였다. 그러나 그를 제약하는 국권 상실의 처지와 이를 타개할 수 있는 민족적 혁명 역량의 미비, 3·1 운동의 실패와 좌절 등은 그를 비극적 세계관에 이끌리게 하였다. '부재하는 님에 대한 열망'으로 표현되는 『님의 침묵』은 바로 시인의 극단적인 상실감과 좌절을 반영한 것이다. 동시에 이 절망과 좌절을 딛고 새로운 활로를 찾아나서던 일종의 탐색이었으며, 시련을 자기화하려는 결단의 표현이었다. 시인이 체험하는 님은 가버린 님, 가버릴 수밖에 없었던 님, 언젠가는 반드시 돌아와야만 하는 님이지만 지금은 분명히 '침묵하는' 님이다. 그에게 님의 침묵은 역사의 침묵이며, 근대사회의 침묵이다. 현재는 절망의 상태이고 미래는 닫혀있다. 자아의 정체성도 심각하게 흔들린다. 시인은 이 흔들림을 부재한 님에 대한 형언할 수 없는 그리움으로, 상실감의 울림으로 전환한다. 그 기록이 시집 『님의 침묵』이며, 여기에 근대시다움이 있다.

> 흔드러째는 님의노래가락에 첫잠든 어린잔나비의 애처로은꿈이 꽂쩌러지는 소리에 깨엇슴니다
> 죽은밤을지키는 외로은등잔ㅅ불의 구슬꼿이 제무게를 이기지못하야고요히 쩌러짐니다
> 미친불에 타오르는 불상한靈은 絶望의北極에서 新世界를探險합니다
> ―「?」[24] 부분

"꽃"이 떨어지는 소리에 "애처로운 꿈"은 깨졌다. 그 '절망'을 딛고 "신세계를 탐험"하려는 열정은 "미친 불"처럼 이글거린다. 그러나 그가 처한 현실은 '죽음의 밤'이며 그 "죽은 밤을 지키는 외로운 등잔불"도 제

해 기억하기를 꺼리는 심리적 콤플렉스로 나타났다. 그가 긴 방황을 하고 마침내 승려가 되었던 계기도 이와 관련이 있다. 이 방황은 한용운이 근대와 독특하게 만나는 결과가 되었다(조성면, 「한용운 재론―아버지 지우기와 비극적 세계관」, 『민족문학사연구』 제7호, 1995).

24) 한용운, 『님의 침묵』, 회동서관, 1926, 60~61면.

무게를 이기지 못하고 떨어진다. 그러나 시적 주체의 열정만큼은 절망의 정점에서 "미친" 듯이 타오르며 새 세계를 지향한다. 간혹 이 격정은 의문부호 '?'로 제목을 삼았듯이, 미정향으로 용솟음친다. 맹렬한 격정에 고무되어 시적 지향과 시인의 정체성이 팽창되고 그 정형성은 깨어진다. 급기야 "아아 佛이냐 魔냐 人生이 쯰끌이냐 . 쑴이 黃金이냐"는 절규로 터져나온다.25)

님이 침묵하는 세계에서 '신세계를 탐험'하는 기획은, 부재하는 님을 확인함으로써 자신의 정체성에 새로운 형식을 부여할 것을 요구한다. 그것은 기존에 형성된 자신의 정체성을 혁신하는 의미를 갖는다. 그가 생각하는 사람살이의 모습은 끊임없는 변혁의 과정이다. 이 사람살이에서 벗어나지 않으려는 그의 지향은 자신에게도 끊임없는 변혁을 요구하게 되는 것이다. 이 세상살이의 변화와 온갖 모순 속에서 함께 흔들리며 전진해가는 존재로 스스로를 규정하고 있다. 한용운이 지향하는 구도적 삶이란 고통의 세속적 삶과 인연을 끊고 피안의 세계에서 성불하고자 하는 방향과는 거리가 멀었다. 『님의 침묵』에서 우리는 분노와 원망, 절망적 탄식, 부르짖음, 혼돈 속을 헤매는 시적 주체의 안타까운 심정을 보게 된다.

> 당신이가신뒤로 나는 당신을이즐수가 업습니다
> 까닭은 당신을위하나니보다 나를위함이 만슴니다
> (…중략…)
> 나는 집도업고 다른까닭을겸하야 民籍이업슴니다
> 「民籍업는者는 人權이업다 人權이업는너에게 무슨貞操냐」하고 凌辱하랴는將軍이 잇섯슴니다
> 그를 抗拒한뒤에 남에게대한激憤이 스스로의슯음으로化하는刹那에 당신을보앗슴니다

---

25) 이 시는 마치 '?'라는 화두를 잡고 용맹정진하다 견성 오도하는 과정과 연관이 있는 듯하다. 실제로 한용운은 1917년 12월 3일 밤 열 시쯤 오세암에서 참선하던 중, 바람에 물건이 떨어지는 소리를 듣고 견성 오도하였다.

　　아아 왼갓 倫理, 道德, 法律은 칼과黃金을祭祀지내는 烟氣인줄을 아럿슴
니다
　　永遠의사랑을 바들ㅅ가 人間歷史의첫페이지에 잉크칠을할ㅅ가 술을마실
ㅅ가 망서릴째에 당신을보앗슴니다
—「당신을보앗슴니다」26) 부분

　님이 떠난 뒤로 시적 주체는 핍박과 설움의 나날을 보내야 했다. 설움과 핍박은 가끔 반항과 격분으로 표현되기도 한다. 그러나 항거와 격분을 조직화할 만큼 성숙해 있지 못했던 당시의 역사적 상황은 시적 주체를 더욱 안타깝고 조급하게 하였다. 그 수모와 치욕을 감내해야 했던 상황에서 시적 주체는 망설이며 동요하기도 하고 성급하게 자기 격정에 휩싸이기도 한다. 이 조급증은 관념적 편향 혹은 감상적 오류에 위태롭게 흔들리기도 하였다. 세상을 등지고 "영원"의 영역에서 개인적 해탈을 도모할까, 혁명적 영웅으로 역사의 주인공이 될까, 아니면 술을 마시고 환멸의식에 빠져볼까 망설일 때, 서러움에 눈물지을 때, 그는 '님'을 본다. '님'은 망설이며 동요하는 시적 주체를 추스려 세우는 힘이다. 그 '님'은 시적 주체의 존재 '밖에서' 역사(役事)하는 시적 대상이기도 하지만 동시에 현실 속의 '나' 자신이기도 한 것이다.

　한용운의 시에서 님은 단일한 존재가 아니라 다층적이고 다의적인 의미를 내포한다. 이러한 점 때문에 '님'이 서정적 성격을 얻게 되는 것이다. 탄식과 설움과 부르짖음에 형식을 부여하는 힘이 곧 '님'이며, 그것은 시인 내면의 힘이었다. '님'은 시인의 자아 정체성의 정화이며 동시에 근대적 총체성의 상징이다. 님을 잊지 않고 기억하는 것이 바로 나를 위한 것이라는 표현은 이를 말함이다.

　당시 한국에서는 민족 정체성에 대한 변혁의 물결이 일고 있었다. '개조' 담론의 유행이 이를 대변한다.27) '개조론'은 일본에서 먼저 유행하였

---

26) 한용운, 『님의 침묵』, 회동서관, 1926, 65~66면.

는데 '사회개조'로 주창되었다. 그런데 한국에서는 '개인의 내적 개조론',
'인격개조론'으로 나타났다.[28] 개조의 담론이, 문학의 영역에 와서는 현
실 혐오와 자기 부정, 환멸을 표현하는 방식으로 나타났다. 중세적 관계
와 결탁한 식민지 근대 현실을 '개조'하는 일이 호락호락한 것이 아니라
는 자각을 하게 되었기 때문이다. 역설적이게도 '현실 개조'에 나섰다가
추악한 현실의 크기와 힘에 놀라 도망쳐버리는 형국을 연출했던 것이다.
이 시인들은 현실권 밖에 위치하면서 현실을 혐오하고 오로지 자기의
순정에 호소하기 위한 방편으로 시에 의탁한 혐의가 짙다. 그리고 시 속
에서 "울고 애상하고 탄식하고 퇴폐와 방종과 신기와 호사의 낭만적 세
계 가운데서 열광"하는 거처를 마련했던 사정을 부인할 수 없는 것이 당
대 시단의 풍경이었다. 그리고 이를 위해 시의 세련화와 미의 탐구, 상징
등의 모토를 내걸었던 것이다.

> 흙비갓치濁한
> 무덤터(墓場)의線香내나는저녁안개에휩새힌
> 싯업는曠野의안으로
> 바람은송아지(雛牛)의우는것갓치
> 弔喪의鐘소래갓치
> 그윽하게불어오며
> 나의靈은 死의번개뒤번치는
> 黑血히하늘밋,
> 할문山에祈禱하는基督갓치

---

27) 1920년대 초 각 신문·잡지의 지면에는 '개조'라는 용어가 하나의 유행어가 되었다.
『개벽』 창간호의 다음과 같은 글은 당시 지식인들이 '개조'라는 용어를 어떤 기분으로
받아들이고 있었는지를 잘 보여준다. "우리는 들엇노라. 날마다 날마다 우리의 耳膜을
打動하는 改造 改造의 聲―그 소리야 매우 興趣잇고 意味잇고 그리하야 힘잇고 精神
잇도다. 이 소리가 가는 곳에 우리의 행복이 목전에 쏘다지는 듯하도다."(「세계를 알라」,
『개벽』 창간호, 1920.8, 6면)
28) 박찬승, 『한국근대정치사상사연구』, 역사비평사, 1992, 176~185면. 이광수의 '민족개
조론'도 이것의 연장이었다.

업듸여운다.

— 황석우, 「愛人의 引渡」[29] 부분

사랑하는 사람을 남에게 넘겨주어야 하는 기막힌 처지를 호소하고 있는 시이다. "黑血히하늘맛", 그곳은 "무덤터의 線香내 나는 곳"이며, "弔喪의 鐘소리"가 바람되어 불어오는 곳이다. 시적 주체는 그 곳에서 "업드려 운다."

황석우는 이 시에 앞서 "세기말적 기분에 붓잡힌 나의 최근의 사상의 경향"이라고 기록하였다. 그 앞에 실린 시가 「태양의 침몰」인 것으로 보아 당시 그가 상징주의에 경도되어 있었음을 알 수 있다. 다른 시인들도 "검은옷을 骸骨 위에 걸고 / 말업시 朱土빗흙을 밟는 무리를보라 / 이곳에 생명이잇나니 / 이곳에 참이잇나니"(박종화, 「사의 예찬」)[30]라고 '죽음을 예찬'하는 시를 썼다. 역설적으로 그들은 세기말적 어둠과 죽음을 통해 '생명의 충일'과 '참' 세상을 탐색한다. 그러나 이러한 시들에는 어색한 수식어와 비유, 상징주의에 대한 오해, 내적 구조의 파탄, 신기와 감상에 열광하는 난삽함이 지배하고 있다. 한용운은 이러한 시적 경향을 극복하는 것을 과제로 삼는다.

> 벗이어 쌔여진사랑에우는 벗이어
> 눈물이 능히 쩌러진꼿을 옛가지에 도로픠게할수는 업슴니다
> 눈물을 쩌러진꼿에 쑤리지말고 꼿나무밋희쩌끌에 쑤리서요
>
> 벗어어 나의벗이어
> 죽엄의香氣가 아모리조타하야도 白骨의입설에 입맛츨수는 업슴니다
> 그의무덤을 黃金의노래로 그물치지마서요 무덤위에 피무든旗대를 세우서요
> 그러나 죽은大地가 詩人의노래를거처서 움직이는것을 봄바람은 말함니다

— 「타골의 詩(GARDENISTO)를 읽고」[31] 부분

---

29) 『폐허』 창간호, 1920.7, 17~18면.
30) 『백조』 제3호, 1923.9, 95면.

한용운도 이 시대가 눈물겨운 시대이고, 무덤같이 암담한 시대라고 말한다. 그러나 눈물 흘리는 것으로, 죽음의 향기에 매료되는 것으로, 백골과 함께 춤추는 것으로 죽은 대지가 살아날 수 있는 것은 아니다. 시인은 죽은 대지에 봄바람을 불어넣어 움직이게 하는 위대한 존재이다. 시는 힘이다. 감상과 퇴폐 속에 자신을 방기하거나 환멸에 휩싸이는 모습을 보여주는 것이 시가 될 수 없다는 것이 그의 다짐이다. 만해는 암담한 시대의 한복판에 "피묻은 깃발"을 세우는 일이 시인의 할 일이라고 말하고 있다.

한용운은 '근대시'를 지향하였다. 근대시는 자유시 형식의 창조가 그 필수요건이다. 동시에 식민지적 근대 현실에서 파생되는 온갖 모순과 갈등을 적극화하여 그것을 시적 창조의 원동력으로 삼는 시적 태도에 의해 근대시는 확립되는 것이다. 「님의 침묵」은 뛰어난 근대시이면서, 그 속에는 탁월한 근대시론이 압축되어 있다.

> 사랑도 사람의일이라 맛날째에 미리 써날것을 염녀하고 경계하지 아니한것은아니지만 리별은 뜻밧긔일이되고 놀난가슴은 새로은슮음에 터짐니다
> 그러나 리별을 쓸데업는 눈물의源泉을만들고 마는것은 스스로 사랑을깨치는것인줄 아는까닭에 것잡을수업는 슮음의힘을 옴겨서 새希望의 정수박이에 드러부엇슴니다
> 우리는 맛날째에 써날것을염녀하는것과가티 써날째에 다시맛날것을 밋슴니다
> 아아 님은갓지마는 나는 님을보내지 아니하얏슴니다
> 제곡조를못이기는 사랑의노래는 님의沈默을 휩싸고돕니다
>
> —「님의 침묵」[32] 부분

이 시에서 특히 주목되는 부분은 "것잡을수업는 슮음의힘을 옴겨서 새희망의 정수박이에 드러부엇슴니다"와 "제곡조를못이기는 사랑의노래

---

31) 한용운, 『님의 침묵』, 회동서관, 1926, 131~132면.
32) 한용운, 위의 책, 1~2면.

는 님의침묵을 휩싸고돕니다"이다.

이 시의 배경인 분열과 이별과 님의 부재는 "걷잡을 수 없는 슬픔"으로 역사적·민족적 보편성을 띤다. 그러나 '님의 부재'를 "쓸데없는 눈물의 원천"으로 만드는 것, 즉 감상에 빠지거나[33] 슬픔의 힘에 가위눌리는 것은 "사랑을 깨치는(破-인용자) 것"임을 시적 주체는 정확하게 인식하고 있다. 반면 그러한 슬픔과 감상에 빠져드는 것이 당대의 주류적인 시적 경향이었다. 「님의 침묵」은 "걷잡을 수 없는 슬픔"을 견디고 버티어서 마침내는 슬픔 그 자체, 갈등 그 자체를 "새 희망"의 원천으로, 시적 창조의 원동력으로 삼아 "정수리에 들이붓"는다. 여기서 "걷잡을 수 없는"이라는 수식어는 "슬픔"에도 걸리고 "힘"에도 걸린다. 이것은 슬픔과 좌절과 분열이 크면 그것을 해결하고 통일하려는 힘도 커진다는 진리를 담고 있다.

시적 근대성은 근대적 체험에서 오는 온갖 변덕스럽고 복잡한 갈등—계급과 이데올로기적 갈등, 개인과 사회의 갈등, 정체성의 혼란과 분열 등—의 한가운데서 자신을 발견하고 창조하고자 하는 의지를 중요한 시적 태도로 한다. 근대적 갈등과 분열을, 새로운 생명과 에너지를 부여하는 갈등으로 전화시켜 시적 창조의 힘으로 삼는 태도에 의해서, 근대적 정체성을 확보하고 나아가 시 양식의 안정성도 성취할 수 있는 것이다.

한국 근대시는 한용운의 「님의 침묵」에 와서야 근대시로서 안정감을 얻게 되었다. 시인의 치열한 현실인식과 드높은 시적 이상이 리듬을 고양시키고 양식적 관습화를 넘어서는 양상을 선언적으로 반영하고 있다. "제 곡조를 못이기는 사랑의 노래는 님의 침묵을 휩싸고 돕니다"라는 구절은 "제 곡조를 못 이기는 사랑노래", 그 리듬의 내재적 힘이 '님의 침

---

33) "永遠의 이별 /(…중략…) 아아, 사랑하는 님은 갔다 / 사랑의 준 바 얻은 바 快樂이나 悲哀는 다 없어지고 /(…중략…) / 그의게는 a tear of eyes!"라는 시구를 담고 있는 돌샘 작 「이별」(『학지광』, 1914.12, 44~46면)은 개인적 감상에 빠져, 한용운이 경계한 바 "스스로 사랑을 깨치는(破-인용자)" 결과를 낳고 말았던 것이다.

묵', 님의 부재를 "휩싸고 돌"며 세상의 불모성을 극복·지양한다. 「님의 침묵」은 님에 대한 간절한 염원이 "곡조"(양식)의 제약을 넘어서 "침묵"을 휩싸고 도는 '아우성'으로 전화하는 시적 경지를 보여주고 있다.

「님의 침묵」은 시적 이상과 시적 태도에서 온전하게 시적 근대성을 성취한 작품이다. 이 시는 양식적·주제적 분열과 혼돈을 넘어, 걷잡을 수 없이 분출되는 리듬을 통해 희망을 퍼올리는 내재적 힘을 발휘한 근대 자유시의 방향을 제시해 주었다. 이때 시적 근대성이 민족문학의 이념을 구현할 수 있는 가능성이 열린다. 즉 혼돈과 슬픔, 고통과 운명에 마주하여 그것을 회피하거나 주관적으로 본질을 왜곡하지 않고, 또한 현실의 위세에 가위눌리지도 않으면서, 고통과 슬픔과 모순의 한복판에서 정신력으로 버티며, 그 자체를 희망과 창조적 원동력으로 전화시키는 것이야말로 시적 근대성의 성취이며 동시에 민족문학 이념의 고양이다.

다만 아쉬움이 있다면 만해의 시에는 근대적 삶의 풍부한 제재들이 서로 충돌하는 다양한 양상들이 시적으로 형상화되어 있지 않다는 점이다. "사랑도 사람의 일"인데, 근대적 사람살이의 세세한 층위들이 충돌하고 갈등하며 분출하는 양상이 그의 시에서는 특유의 깊고 넓은 비유와 상징으로 고정화되어 있다. 그 결과 근대적 삶의 복잡한 욕망들이 비유와 상징에 갇히는 측면도 있다는 것을 지적하지 않을 수 없다.

2) 상실 의식의 서정적 고양―김소월

김소월(1902~1934)은 1920년 3월 『창조』 5호에 「낭인의 봄」 이하 다섯 편의 작품을 발표하면서 등단하였다. 그 뒤 짧은 일본 유학과 서울 생활을 마감하고 1924년 낙향을 계기로 하여 그의 시세계는 크게 두 시기로 구분해 볼 수 있다. 1925년 12월에 발간된 시집 『진달내꼿』(매문사)에는 두 시기의 작품이 혼재되어 수록되어 있다.

김소월의 초기시들은 '청춘의 까닭 없는 서러움과 그리움'을 시적 주제로 삼고 있다.

> 실버드나무의검스릿한머리칼의날근가지에,
> 제비의넓은깃나리의紺色치마에,
> 술집의窓녑헤 보아라 봄이 안젓지안는가
>
> 소리도업시 바람은불며歎息하여라 한숨지어라
> 아모까닭좃차업시 설고그리운 싀캄한봄밤
> 보드라운濕氣는 써돌며 쌍을 덥허라
>
> —「봄밤」[34] 전문

이 시는 봄밤에 "아모까닭좃차업시 설고그리운" 시적 주체의 심정을 토로하고 있다. 봄밤에 느끼는 이러한 시적 주체의 심정이 '실버드나무의 낡은 가지와 제비의 깃과 술집의 창 옆에 앉은 봄', '탄식하며 한숨짓는 바람', '떠돌며 땅을 덮는 보드라운 습기' 등의 이미지를 통해 세련되게 형상화되고 있다.[35] 봄밤에 느끼는 애달픈 설움과 탄식의 정조는 김소월의 초기시에서 자주 발견된다. "꿈가티 아름답은靑春의째의 / 온갓것은 눈에설고 낫모르게 되나니, / 보아라, 섧지안흔가, 그대는 / 봄에도三月의 저무는날에 / 붉은비가티도 흐터저나리는 / 저기저 꼿닙들을, 저기저 꼿닙들을"(「바람의 봄」[36] 부분). 이처럼 저물어가는 봄, 떨어지는 꽃잎 등에서 환기되는 '청춘의 까닭 없는 서러움과 그리움'은 막연한 애상의 차원

---

34) 『동아일보』, 1921.4.9. 이 작품은 약간의 손질을 거쳐 『개벽』 22호(1922.4)에 재차 발표되었다.

35) 이 시의 탁월한 형상성은 동일한 시적 제재를 다룬 김억의 시와 비교해 보면 쉽게 드러난다. "밤이도다 / 봄이다 // 밤만도 애달픈데 / 봄만도 싱각인대 // 날은 쌔르다 / 봄은 간다 // 깁흔싱각은아득이는데 / 저―바람에 싀가슴히 운다 // 검은닉 써돈다 / 종소리 빗긴다 // 말도업는 밤의 셜음 / 소리업는 봄의 가슴 // 꼿은 떨어진다 / 님은 탄식흔다."(김억, 「봄은 간다」, 『태서문예신보』, 1918.11.30)

36) 『개벽』 22호, 1922.4, 48면.

을 맴돌고 있다.

이러한 막연한 애상성은 '님과의 이별'이라는 제재를 통해 시적 구체
성과 안정된 형식을 얻게 된다. 여기서 형식이란 '한 작가나 시인의 작품
에서 그 시대의 본질적인 정신적 내용이 예술적으로 완전한 형식 속에
서 나타나는 것'을 의미한다.

나보기가 역겨워
가실때에는
말업시 고히 보내드리우리다

寧邊엔 藥山
진달내꼿
아름짜다 가실길에 뿌리우리다

가시는거름거름
노힌그꼿츨
삽분히즈려밟고 가시옵소서

나보기가 역겨워
가실때에는
죽어도아니 눈물흘니우리다

— 「진달내꼿」³⁷⁾ 전문

이 시는 님과의 이별을 받아들일 수 없는 시적 주체의 '의식적 절망'
과 '억제'를 보여준다. 가시는 님에게 죽어도 눈물을 보이지 않겠다는 다
짐, 떠나는 님의 앞길에 진달래꽃을 아름따다 뿌리는 행위는 님과의 이

---

37) 김소월, 『진달내꼿』, 매문사, 1925, 190~191면. 이 시는 원래 『개벽』 1922년 6월호에
발표했던 것인데, 수정하여 시집에 수록하였다. 『개벽』에 발표된 작품보다 시집에 수록
된 작품이 일반적으로 널리 알려져 있기 때문에 시집의 작품을 인용하였다.

별을 사실로 받아들이고 체념하는 것이 아니라, 그것을 의식적으로 견인(堅忍)하여 내면적인 힘으로 전환시키는 행위이다. 김소월의 시는 '님과의 이별'을 형식화하고 이후 '님의 상실에서 오는 서러움과 그리움'을 중심 주제로 삼고 있다.

　김윤식은 김소월 시의 이러한 특징을 가리켜 "형언할 수 없는 상실감의 울림 (…중략…) 부재(不在)에 대한 형언할 수 없는 그리움을 드러냄이 아니겠는가. 있어야 할 것이 상실된 상황에서의 혼의 울림이야말로 소월 시의 본질"[38]이자 근대적 성격이라고 규정한다.

　「초혼」은 이러한 '님과의 이별'을 '운명'으로 받아들여 형식화하고 있는 작품으로 주목된다.

> 산산히 부서진이름이어! / 虛空中에 헤여진이름이어!
> 불너도 主人업는이름이어! / 부르다가 내가 죽을이름이어!
>
> 心中에남아잇는 말한마듸는 / 끗끗내 마자하지 못하엿구나.
> 사랑하든 그사람이어! / 사랑하든 그사람이어!
>
> 붉은해는 西山마루에 걸니웟다. / 사슴이의 무리도 슬피운다.
> 떠러져나가안즌 山우헤서 / 나는 그대의이름을 부르노라.
>
> 서름에겹도록 부르노라. / 서름에겹도록 부르노라.
> 부르는소리가 빗겨가지만 / 하눌과쌍사이가 넘우넓구나.
>
> 선채로 이 자리에 돌이되여도 / 부르다가 내가 죽을이름이어!
> 사랑하든 그사람이어! / 사랑하든 그사람이어!
>
> ―「招魂」[39] 전문

---

38) 김윤식, 『현대문학사 탐구』, 문학사상사, 1997, 72면.
39) 김소월, 『진달내꼿』, 매문사, 1925, 164~165면.

「초혼」에 이르러 김소월의 시는 '님의 상실에서 오는 서러움과 그리움'에 남아 있던 애상성 내지는 감상성의 흔적을 탈쇄(脫灑)하고 하나의 미적 담지체로서 성립하게 된다. 「초혼」이 구현하고 있는 미적 영역은 비극이다. "비극이란 실재세계 속에서의 이상적인 것의 몰락이자 실재하는 것 속에서의 이상적인 것의 패배"[40]를 말한다. 「초혼」의 시적 제재가 되는 사랑하던 사람의 죽음은 비극의 극단적인 형태이다. 심중에 남아 있는 말 한 마디를 끝내 마저 하지 못하고 맞이하는 이별, 그대를 부르는 나의 소리조차 비껴가고 마는 공간적 거리감은 「초혼」의 비극성을 더욱 증폭시키고 있다.

님과의 이별에서 오는 상실감과 그리움을 형상화하고 있는 김소월의 시는 넓은 의미에서 비극미를 구현하고 있다. '님의 상실'은 영원 불변한 것, 절대적인 것에 대한 시인의 이상이 좌절되고 마는 현실세계에 대한 표상이다. "김소월의 삶의 두 축의 시적 의장 (…중략…) 그것은 행복과 충만의 현존의 어려움과 또 영속적 소유의 지난함에서 야기되는 부정정신으로 이해된다. 그러므로 그의 시 정신의 내면에는 영속에의 집념이 강했고 이 집념은 현실적으로는 불가능했다는 비극적인 삶 인식이 근원적으로는 도사렸던 것 같다."[41]

이러한 영원성에 대한 인식은 김소월의 유일한 시론인 「시혼」에 잘 나타나 있다. 그는 이 글에서 시를 창작하는 세 개의 범주로 영혼·시혼·시혼의 음영(陰影)에 대해 설명하고 있다.

> 가장 놉피 늣길 수도 잇고 가장 놉피 쌔달을 수도 잇는 힘, 쏘는 가장 強하게 振動이 맑지게 울니어 오는, 反響과 共鳴을 恒常 니저바리지 안는 樂器, 이는 곳, 모든 물건이 가장 갓가히 빗치워 드리옴을 밧는 거울, 그것들이 모두다 우리 各自의 靈魂의 標像이라면 標像일 것입니다.

---

40) M.S. 까간, 진중권 역, 『미학강의』, 벼리, 1989, 197면.
41) 신동욱, 「김소월 시의 연구와 평가」, 『김소월』(신동욱 편), 문학과지성사, 1980, 46면.

그러한 우리의 靈魂이 우리의 가장 理想的 美의 옷을 닙고, 完全한 韻律의 발거름으로 微妙한 節操의 風景만흔 길우를, 情調의 불붓는 山마루로 向하야, 或은 말의 아름답은 샘물에 心想의 적은 배를 젓기도 하며, 잇기 도든 慣習의 崎嶇한 돌무덕이 새로 追憶의 수레를 몰기도 하야, (…중략…) 니르는 바 詩魂으로 그 瞬間에 우리에게 顯現되는 것입니다.[42]

영혼과 시혼은 "시간과 공간을 초월한 존재"이다. 특히 영혼은 "절대로 완전한 영원의 존재며 불변의 성형(成形)"이다. 이러한 영혼이 예술적으로 표현된 것이 시혼이다. 김소월은 절대적이고 영원하며 변하지 않는 영혼·시혼과 달리, 실제로 시를 창작하는 과정에서는 시혼의 음영이 작용한다고 보았다. "그 시대며 그 사회와 쏘는 당시 情境의 여하에 의하야 작자의 심령상에 무시로 나타나는 음영이 변환"된다는 것이다. 따라서 시작(詩作)의 가치는 영혼이나 시혼이 아니라 음영의 가치 여하를 평가하여야 한다는 것이다.

시혼의 음영을 강조하는 김소월의 시론은 "시는 심령의 산물"[43]로 보는 김억의 시론을 계승하면서 또한 그를 넘어서고 있다. 즉 김억이 시의 영역을 "심령", "순정한 서정"의 세계에 한정하고 있는 것에 반해 김소월은 시대적 사회적 기반 및 정서의 형편에 따라 구체화되는 시의 세계를 설명하고 있다.

한편 김소월의 시세계가 구현하고 있는 비극미는 일반적으로 말해지는 비관주의나 체념과는 구별된다. 님과의 이별에서 오는 상실의식 내지 결핍의식은 현실의 폐쇄된 구조와 한계를 넘어서고자 하는 동경과 갈망을 생성하기 때문이다. 김소월의 시에서 이러한 동경과 갈망은 님의 부재와 님의 상실이라는 현실의 한계를 넘어 님과의 합일을 실현하는 '위대한 사랑'[44]을 지향하고 있다. '위대한 사랑'은 자기 자신을 초월하여

---

42) 「시혼」, 『개벽』 제59호, 1925.5, 12면.
43) 김억, 「시형의 음률과 호흡」, 『태서문예신보』, 1919.1.13.
44) '위대한 사랑'이라는 개념은 루카치가 샤를르 루이 필립의 문학을 분석하기 위해 사

사랑하는 것이다. 그것은 사랑받는 대상을 가장 높은 곳으로 끌어올림으로써 대상을 그 자신으로부터 멀어지게 하며, 그로 인해 일상적인 사랑을 넘어서는 능력을 얻게 된다. 따라서 김소월의 시에서 '님'의 존재가 "先在한 것이 아니라 어디까지나 '못', '아니'하는 의식의 부정화 끝에 비로소 명명되고 형상된 것"[45] 또는 "없음으로써 부재 저편에서 간절히 드러나는 임"[46]이라는 지적은 타당하다.

실제로 김소월의 시에서 님의 부재와 상실을 극복하기 위한 동경과 갈망은 '꿈'의 형상으로 구체화되고 있다. 시적 주체는 꿈을 통해 님과의 합일을 이룬다.

> 오오내님이어? 당신이 내게 주시랴고 간곳마다 이자리를 깔아노하두시지 안흐셧서요. 그러켓서요 確實히 그러신줄을 알겟서요 간곳마다 저는 당신이 펴노하주신 이자리속에서 恒常살게됨으로 당신이 미리 그러신줄을 제가 알앗서요.
>
> 오오내님이어! 당신이 깔아노하주신 이자리는 맑은못밋과가티 고조곤도하고 안윽도 햇서요 홈싹홈싹 숨치우는 보들압은 모래바닥과가튼 긴길이恒常 외롭고 힘업슨 제의발길을 그립은 당신한테로 引導하여주겟지요. 그러나 내님이어! 밤은 어둡구요 찬바람도 불겟지요 닭은 울엇서도 여태도록 빗나는 새벽은 오지안켓지요 오오 제몸에 힘되시는 내 그립은 님이어!
>
> —「꿈자리」[47] 부분

한편 김소월의 시에서 고향상실 의식은 님의 부재와 동일한 의미의 범주를 형성하고 있다. 실제로 상실의식 내지 결핍의식은 김소월의 시에

용한 개념이다(루카치, 반성완 · 심희섭 역, 『영혼과 형식』, 심설당, 1988). 유종호가 김소월의 시를 분석할 때 사용한 개념인 '낭만적 사랑'은 현실로부터의 도피를 전제하고 있다는 점에서 '위대한 사랑'과 구별된다(유종호, 「임과 집과 길」, 『김소월』(신동욱 편), 문학과지성사, 1980).

45) 고석규, 「시인의 역설」, 『여백의 존재성』, 지평, 1990, 197면.
46) 유종호, 앞의 책, 119면.
47) 『개벽』 29호, 1922.11, 57면.

서 일종의 세계관으로 나타난다. 상실 내지 결핍의 세계관은 기본적으로 그 내부에 충족을 향한 갈망과 동경을 지니고 있다. "不歸 不歸 다시 不歸 / 三水甲山에 다시不歸"(「산」)[48]에서 보듯이 고향에 돌아갈 수 없음을 의미하는 '불귀'는 김소월의 시에서 하나의 화두처럼 존재한다. 그는 자신의 시에서 이러한 고향 상실을 극복하기 위한 시적 장치로써 '고개(산, 嶺)를 넘는 행위'를 제시하고 있다.

> 물로 사흘 배 사흘 / 먼 三千里
> 더더구나 거러넘는 먼 三千里 / 朔州龜城은 山을 넘은 六千里요
> 물마저 함쌕히 저즌 제비도 / 가다가 비에 걸녀 오노랍니다.
> 저녁에는 놉픈 山 / 밤에 놉픈 山.
>
> 朔州龜城은 山넘어 / 먼 六千里
> 각금 각금 꿈에는 四五千里 / 가다오다 도라오는 길이겟지오
>
> 서로쩌난 몸이길내 몸이그려워 / 님게신 곳이길내 곳이그려워
> 못보앗소 새들도 집이그려워 / 南北으로 오고가고 안이합듸까.
>
> 들싯테 나라가는 나는구룸은 / 맘씀은 어듸바루 가잇슬텐고
> 朔州龜城은 山넘어 / 먼 六千里.
>
> ―「朔州龜城」[49] 전문

'고개(산, 嶺)를 넘는 행위'는 일차적으로 고향으로 돌아가는 일의 어려움을 표현한 것이다. 나아가 상실과 결핍의 단계를 넘어서 충족과 합일의 단계에 이르게 되는 과정을 상징적으로 표현한 것이라고 볼 수 있다.

김소월은 1923년 배재고보를 졸업한 뒤 일본으로 건너가 동경 상대

---

48) 『개벽』 40호, 1923.10, 142면.
49) 『개벽』 40호, 140~141면.

예과에 입학하였다. 그러나 관동대지진으로 10월에 귀국하여 약 4개월 동안 서울에 머물다가 1924년 고향인 평북 정주로 낙향했다. 그곳에서 조부의 광산일을 돕다가 처가인 구성군으로 이사하여 『동아일보』 지국을 개설하였지만 사업의 부진으로 곤란을 겪게 되었다. 고향으로 돌아간 뒤 김소월은 식민지 현실 속에서 고통받는 농민들의 생활을 생생하게 그려낸 시를 다수 창작하였다.

> 나는 꿈꾸엇노라, 동무들과 내가 가즈란히
> 벌싸의 하로일을 다맛추고
> 夕陽에 마을로 도라오는 꿈을,
> 즐거히, 꿈가운데.
>
> 그러나 집일흔 내몸이어
> 바라건대는 우리에게 우리의 보섭대일 짱이 잇섯드면!
> 이처럼 써도르랴, 아픔에점을손에
> 새라새롭은歎息을 어드면서.
>
> 東이랴 南北이랴,
> 내몸은 써가나기, 볼지어다,
> 希望의 반짝임은, 별빗치아득임은.
> 물결쑌 써올나랴, 가슴에 팔다리에.
>
> 그러나 엇지면 황송한이心情을! 날로 나날이 내압페는
> 자츳가느른길이 니어가라. 나는 나아가리라.
> 한거름, 쏘한거름. 보이는 山비탈엔
> 온새벽 동무들 저저혼자 …… 山耕을 김매이는
> ― 「바라건대는 우리에게 우리의보섭대일짱이잇섯더면」[50] 전문

---

50) 김소월, 『진달내꽃』, 매문사, 1925, 145~146면.

이 시는 집과 경작할 토지를 잃고 동서남북으로 탄식하며 유랑하는 처지에 놓인 농민들의 비애과 그들의 염원을 표현하고 있다. 「나무리벌 노래」(『동아일보』, 1924.11.24)에도 고향을 떠나 유랑하는 농민들의 실상이 그려져 있다. 이 시에서 시적 주체가 꿈꾸는 것은 "우리에게 우리의 보섭대일 쌍이" 있어서 동무들과 하루 일을 마치고 석양녘에 마을로 돌아오는 것이다. 낙향한 뒤 경제적인 어려움을 겪고 있던 김소월에게 고통받는 농민들의 처지와 염원이 실감 있게 다가왔음을 알 수 있다.

이 시에서 특기할 것은, 이전의 김소월의 시세계에 나타났던 애상감이나 상실감이 사라지고 건강한 희망의 단초가 나타나는 점이다. "날로 나날이 내압페는 / 자춧가느른길이 니어가라. 나는 나아가리라. / 한거름, 쏘한거름". 이러한 희망의식은 노동에서 오는 생명력의 향상에서 비롯된 것이다. 즉 그것은 새벽부터 산비탈에 홀로 나와 산경(山耕)을 김매고 있는 농부들의 모습에서 얻게 된 깨달음인 것이다.

「밧고랑우헤서」는 땀흘려 일하는 농촌의 노동에서 오는 건강한 기쁨과 생명력의 향상을 노래하고 있다.

우리두사람은
키놉피가득자란보리밧, 밧고랑우헤안잣서라.
일을畢하고쉬이는동안의깁븜이여.
지금, 두사람의니야기에는꼿치필째.

오오, 빗나는太陽은나려쏘이며
새무리도즐겁은노래, 노래불너라.
오오恩惠여, 사라잇는몸에는넘치는恩惠여,
모든懃懃스럽음이우리의맘속을차지하여라.

世界의꼿튼어듸? 慈愛의하늘은넓게도덥펏는데,
우리두사람은일하며, 사라잇서서,

하늘과太陽을바라보아라, 날마다날마다도
새라새롭은歡喜를지어내며, 늘갓튼짱우헤서.

다시한번活氣잇게웃고나서, 우리두사람은
바람에일니우는보리밧속으로
호미들고드러갓서라, 가즈란히가즈란히
거러나아가는깁븜이여. 오오生命의向上이어

— 「밧고랑우헤서」[51] 전문

농촌의 부부인 듯한 두 사람이 고된 노동을 마치고 보리밭 밭고랑 위에서 잠깐의 휴식을 취하고 있는 동안의 기쁨과 즐거움이 실감나게 표현되어 있다. 빛나는 태양이 내려쪼이고 새들의 무리도 두 사람의 둘레에서 즐거운 노래를 부른다. "사라잇는몸에는넘치는恩惠"가 아닐 수 없다. 땀흘려 일하는 건강한 노동에서 오는 이러한 기쁨은, 식민지의 고통스런 현실을 넘어서는 상급의 정서이다. 일하며 살아있어서 하늘과 태양을 바라볼 수 있다는 사실, 늘 같은 땅 위에서 날마다 새로운 환희를 지어내는 기쁨은 바로 인간이 가질 수 있는 최상의 정서로서 '생명의 향상'에서 오는 기쁨이기 때문이다.

3. 근대 시인으로서의 운명과 형식—이상화

1) 감상적 낭만주의의 극복

이상화(1901~1943)는 1921년 5월경, 현진건의 소개로 박종화와 만나고 『백조』 동인이 되었다. 그는 『백조』의 대표적인 시인으로 창간호(1922.1)부

---

51) 『영대』 제3호, 1924.10, 380~381면.

터 종간호(1923.9)까지 각 호에 2~3편씩의 시를 발표하였다.52) 『백조』 창
간호에 발표된 상화의 시에는 낭만적 도피와 감상성이 짙게 드러난다.

눈물 흘리는 笛소래만
갓업는 마음으로
고요히 방울지우다.

저—편에 느러섯는
白楊나무숩의 살쩐거름에는
이저버린 記憶이쩌돔과갓치
沈鬱—朦朧한
『칸애스』우헤셔 흐늑이다.

아! 야릇도하여라
야밤의고요함은
내가슴에도 깃드리다.

벙어리입설로
쩌도는 沈默은
追憶의 녹긴窓을
죽일숨쉬며 엿보아라.

아! 자추도업시
나를 쩌안는
이밤의 홋짐이 설어워라.

—「單調」53) 부분

---

52) 상화가 시를 쓰기 시작한 것은 이보다 훨씬 이전이라고 한다. "상화가 시작에 착의한
것은 1917년 고향에서 빙허, 상화, 상백, 필자 4인이 습작을 모아 『炬火』라는 표제로
프린트판을 내었을 때부터이니 17세에 출발한 것이고"(백기만, 「상화의 시와 그 배경」,
『자유문학』, 1959, 4월호).

이상화가 프랑스 유학을 위해 일본에서 '아테네 프랑스'에 다니는 동
안『백조』동인 사이에서 '반란'이 일어나고 있었다. 그것은『백조』를 붕
괴시키는 결과를 낳았다. 김기진은 낭만적 탈주의 은신처였던『백조』안
에서 "百尺竿頭에 선 時代病者의 亡靈을 弔喪할 날이 갓가워 오는 것
을 나는 지금 늣기고 잇다"[54]고 예언하였다. 현실에 환멸을 느끼고 '시
대고'의 우울과 오뇌에 목메여 그것을 양식화하던『백조』내부에서 자신
을 "병자의 망령"이라고 규정하며 스스로를 "조상(弔喪)"하는 발언이 제
기된 것이다. 그것은 자기부정을 통한 극복의지의 소산이었다. 즉 3·1 운
동 이후 냉엄한 현실 속에서 현실의 역동적 운동을 감당하지 못하고 낭
만적 탈주와 무기력한 감상성을 자기 형식으로 양식화하던 시단에 비판
과 자성의 소리가 제기되기 시작한 것이다.[55] 환멸을 넘어, 분열을 극복
하려는 움직임과 함께 식민지 지식인으로서의 사명감에 대한 자각이 서
서히 싹트기 시작하였다.[56]

낭만적 도피를 미적으로 형식화하는 온상이었던『백조』내부에서 그
극복과 지양의 깃발을 들었던 사람은 김기진과 이상화, 그리고 박영희와
안석주였다. 그들은 무기력한 감상적 낭만주의에서 벗어나 '인생을 위한
예술', "현실을 개혁하는 혁명사상으로 전진"한다는 기치 아래 〈파스큘라
(PASKYULA)〉를 새롭게 조직하였다.[57] 특히『백조』의 감상적 낭만주의를

---

53)『백조』창간호, 1922.1, 70~71면.

54) 김기진, 「썰어지는 조각조각」,『백조』3호, 1923.9.

55)『백조』동인으로서 낭만적 탈주의 시를 쓰던 박종화도『백조』창간호가 나온 지 1년
뒤, '力의 藝術'을 주장하고 나왔다. "이 불안, 고뇌를 건져주고 이 狂亂을 녹여줄 靈泉
의 把持者는 그 누구뇨 '역의 예술'을 가진 자이며, '역의 시'를 읊을 자이다."(「문단의
1년을 추억함」,『개벽』, 1923.1) 그러나 박종화는 '역의 예술'을 주장하던 자기 논리와
시작품의 경향이 일치하지는 않았다.『백조』3호(1923.9)에 실린 「사의 예찬」을 보면 알
수 있다. 당시에 낭만적 탈주의 열망이 그들의 정신과 정서를 얼마나 강하게 지배하고
있었으며, 그것에서 벗어나려는, 또는 벗어난 움직임과 의식을 시적으로 형식화하기가
얼마나 어려운 것이었는가를 알 수 있는 대목이다.

56) 오성호 외,『한국근대문학사』, 한길사, 1993, 397~404면.

57) 이들 이외에 김복진·연학년·이익상·김형원 등이 〈파스큘라〉 멤버였다(김기진, 「카

지양하고자 자발적이고 의식적인 시도를 한 사람은 이상화와 김기진이었다.[58]

『백조』의 창간 동인이었던 이상화의 이같은 결행은 큰 무게를 갖는 것이었다.[59] 『백조』는 이상화의 문학적 삶에서 중요한 의미를 갖는다. 『백조』는 그의 문단 데뷔 관문이었으며, 그는 『백조』 창간 동인이었다. 그럼에도 불구하고 그가 『백조』를 붕괴시키는 데 일익을 담당하고 〈파스큘라〉 멤버로 참여했던 것은 그의 세계인식 방식과 시의식, 기질 등이 변화했음을 보여주는 것이다. 이러한 변화는 그가 일본 유학을 통해 체득한 세계인식과 문학인식에서 비롯된 것이라고 할 수 있다. 『백조』 3호가 나오기 1년 전인 1922년 가을에 쓴 것으로 되어 있는 「'도-교-'에서」는 이러한 변화의 조짐을 드러내고 있다.

> 오늘이 다되도록 日本의서울을 헤매여도
> 나의꿈은 문둥이살찌가튼 朝鮮의짱을 밟고돈다.
>
> 엡분人形들이노는 이都會의豪奢로운거리에서
> 나는 안니치는조선의한울이그리워 애닯은마음에노래만부르노라.
> (…중략…)
>
> 거룩한單純의象徵體인힌옷 그넘어사는맑은네맘에
> 숫불에손된 어린아기의쓰라림이 숨은줄을뉘라서알랴!
>
> —「'도-교-'에서」[60] 부분

프문학시대」, 『한국문단이면사』(강진호 편), 깊은샘, 1999, 106면).
58) 박영희의 〈파스큘라〉 참가는 김기진의 오랜 설득의 결과였다(김기진, 위의 책).
59) 〈파스큘라〉를 주도했던 김기진은 『백조』 종간호인 3호에 뒤늦게 안석주와 함께 동인으로 참여한다. 박영희는 창간호부터 동인이었지만 주축은 아니었다. 창간호 동인의 중심은 홍사용·박종화·이상화·현진건·나도향이었으며 박영희와 노자영은 주변에 있었다.
60) 『문예운동』 창간호, 1926.1; 이기철 편, 『이상화전집』, 문장사, 1982, 139면.

시인은 조국을 떠나 식민지 지배국의 "호사로운 거리" 그 복판에 서서 민족의 비통한 운명과 처지를 생각한다.[61] 여기서는 감상적인 향수나 자기 연민에 빠질 여유가 없다. "쑴"에서조차 "문둥이살끼가튼 朝鮮의쌍"에서 한 발짝도 벗어날 수 없는 운명, 이 운명은 스스로가 자신에게 부여한 의무이기도 하다. "엡부게잘사는 '東京'의밝은웃음속"에서 더욱 선명하게 대비되어 나타나는 "문둥이 살끼(살결의 경상도 사투리—인용자)가 튼 朝鮮"과 "숯불에손된 어린아기의쓰라림"을 외면할 수 없는 식민지 시인의 운명을 본다. "안니치는조선의한울이그리워 애닯은마음에노래만 부르노라". 이 시는 이상화가 속악한 현실로부터의 낭만적 탈주라는 감상적 유혹에 유인되면서도, 현실과 구체적인 대응관계를 형성하고 나아가 시적 대결을 예비하고 있었음을 보여준다. 즉 조선의 "문둥이 살끼가 튼" 현실에서 "눈물도쌍속에뭇고", "숯불에손된쓰라림"이 시가 되어야 한다는 인식에 도달한 것이다. 이처럼 근대적 의식은 근대적 모순과 분열을 경험하면서 그것으로부터 도피하거나 가위눌리지 않고, 바로 모순과 분열 그 자체로부터 해결책과 창조력을 이끌어내는 것에서 획득되는 것이다.

이상화는 일본에 있으면서 관동대지진의 수난을 겪었다. 그는 조선인 학살 현장에서 구사일생으로 살아나 1924년 귀국하였다. 귀국 뒤 이상화는 『백조』를 탈퇴하고 〈파스큘라(PASKYULA)〉의 멤버를 거쳐 〈카프(KAPF)〉

---

61) 당시 한국에서는 '호사롭고 화려로운' 근대의 외관에 도취되어 열광하고 있던 때이다. "기미운동 직후였다. 우리들 젊은 학도에게는 자국어보다는 외국어 공부가 무조건으로 재미났다. 고리타분한 조선 소리보다는 양곡이 물론 듣기 좋았다. 떨고 넘어가는 바이올린의 멜로디가 하필 알아서 맛이 아니라, 덮어놓고 신이 나고 그것을 듣는 것만 하여도 한 행세거리인 것만 같았다. (…중략…) 이제껏 꿈속에서 살았다는 것, 신식이란 무조건 좋다는 것, 조상이니 예의니 하는 따위는 헌신짝같이 내던져야 한다는 것, 이러한 새 세대의 진리를 확실히 파악하게 되었다. 그 뒤로 신사조에 대한 갈망은 날이 갈수록 높아져서 (…중략…) 이러한 신사조의 동경은 한 번 발을 헛디딤에 막판에는 일어 상용의 가정이 나타나고 소위 '일선동조론'까지 제창하는 폐가 나기에 이르렀다."(김용준, 「근원수필」, 1948;『풍진 세월 예술에 살며(증보 재판)』, 을유문화사, 1988, 47~48면)

의 맹원이 되었다. 여기서 주목되는 것은 『백조』가 붕괴된 뒤, 시를 쓰던 대부분의 사람들이 다른 장르로 이전했다는 사실이다. 『백조』 동인 중 시로 출발한 홍사용은 극으로, 박종화는 소설로, 김기진과 박영희는 평론으로 장르 이전을 하였는데, 오직 이상화만이 더욱더 정열적으로 자기의 시세계를 확장·심화해 나갔다. 이는 이상화가 『백조』 시대에 이미 확장·심화의 에너지와 맹아를 시 속에 내장하고 있었기 때문에 가능한 일이었다. 이에 비해 다른 시인들은 새롭게 전개되는 세계의 국면을 시적으로 전유하기에 그 내면이 황폐·고갈되었음을 자각한 것 같다.[62]

『백조』 해체 이후 이상화의 시세계는 내용과 형식면에서 변화를 보인다. 변화의 본질은 분열의식을 감당하지 못하고 미정향으로 돌진하던 이전의 맹렬한 투신(投身)의 몸짓과 형식에 개성적인 리듬과 방향성이 형성되기 시작하였다는 점이다. 이상화는 〈파스큘라〉와 〈카프〉에서 활동하였으면서도 당시의 신경향파시나 프로시가 빠졌던 감상성과 관념성에서 벗어나 있었다. 이것은 이상화가 자신의 시세계에 대한 철저한 점검으로부터 새로운 모색을 시도하였기 때문에 가능한 일이었다. 당대 경향파시의 관념성과 추상성은 이념의 세계로 비상함으로써 현실을 망각하는 문제점을 노정하였다. 이것은 근대문학 초기의 시들이 현실과 이상의 관계를 도착시켜 현실성을 담보하지 못한 채 이상세계로의 탈주를 시도한 것과 같은 방식이었다. 사실상 낭만적 이분법으로 세계와 개인을 파악하였다는 점에서 감상적 낭만주의 시와 신경향파시는 동일한 지반 위에 있었던 것이다. 그러나 이상화 시의 진정성은 치열한 자기 지양이라는 스펙트럼을 투사함으로써 현실세계로 나아가는 데 그 특징이 있다.

두터운 이불을,

---

62) 김기진의 경우, "時代病者의 亡靈을 弔喪할 날이 가까워 왔음"을 예언한 시 「한 개의 불빛」(『백조』 3호, 1923.9)과 같은 작품은 그 통찰이나 선언적 의미는 뛰어나지만, 시적 형식에 있어서는 무기력한 측면을 노정시켰다.

포개덥허도,
아즉칩은,
이겨울밤에,
언길을, 밟고가는
장돌림, 보짐장사,
재넘어마을,
저자보려,
중얼거리며
헐덕이는숨결이,
아―
나를보고, 나를
비웃으며지난다.

―「嘲笑」⁶³⁾ 전문

이 시는 먼저 정제된 시 형식이 주목된다. 내용면에서도 1910년대 자유시 형성과정에서 내적 규율이 없이 주관적 감정을 산만하게 표현한 시들에 비해, 이 시는 형식과 리듬에서 내적 긴장을 확보하고 있다. 이 시는 지식인의 관념성과 무기력성이 당대 민중의 절박한 현실에 대한 인식을 통해 새롭게 전환되어야 한다는 시인의 자각을 담고 있다.64) '아―'라는 감탄사 속에는 각성한 지식인의 성찰적 실존이 가로놓여 있다. '조소'

---

63) 『개벽』 제55호, 1925.1, 64~65면.

64) 주제면에서 이 시는 당대 지식인의 허위의식을 폭로한 김기진의 「白手의 嘆息」(『개벽』, 1924.6)과 통한다. "카페 倚子에 걸터 안저서 / 희고 흰 팔을 쏨내여 가며 / 우·나로―드!라고 써들고 잇는 / 六十年 前의 露西亞 靑年이 눈 압혜 잇다…… // Cafe Chair Revolutionist, / 너희들의 손이 너머도 희고나! // …(중략)… // 너희들은 『白手』― / 가고자 하는 農民들에게는 / 되지도 못한 『味覺』이라고는 / 조곰도, 조곰도 업다는 말이다 // Cafe Chair Revolutionist, / 너희들의 손이 너머도 희구나! // 아아 六十年 前의 녯날, / 露西亞 靑年의 『白手의 嘆息』은 / 味覺을 죽이고서 네려가 서고자 하든 / 全力을 다하든 全力을 다하든 嘆息이엿다." 그러나 이 시는 김기진의 독창적 시라기보다는 일본 시인 이시카와 타쿠보쿠(石川啄木)의 「끝없는 논의의 뒤」의 번안에 가까운 시라는 점에서 아쉬움이 없지 않다.

는 단순한 자기 비하나 냉소가 아니라, 자기 직시의 현실성을 내포한 반성적 사유의 반영이다. 이 반성과 자기 질타를 통해서만 불모의 현실과 겨울을 넘어서는 민중의 숨결을 진정으로 느낄 수 있으며, 거기서 분열의식에 동요하는 지식인의 운명이 구원받을 수 있다는 자각에 도달하게 된 것이다. 이상화의 시는 자기 감상과 호소, 관념어를 넘어서 일상의 현실과 언어를 향해가는 길을 펼쳐 보여주고 있다.

2) 근대적 분열의 창조적 전화

1920년대 이상화의 시세계에 대한 문단의 평가는 유별난 바가 있었다.

> 이상화 씨의 「말세의 희탄」은 근래에 얻을 수 없는 강한 백열된 쇠같이 뜨거운 오열의 노래였다. 신년 이래로 지금까지 이만한 아픈, 뜨거운 시가 없었다. 시커먼 굵다란 선이 힘있게 꿈틀하는 것 같은, 새빨갛게 달아서 녹은 무쇳물을 확 끼얹는 듯한 인생을 통곡하는 시이었다.[65]

> 그의 詩(「나의 침실로」－인용자)는 象徵이다. 外部的 노래가 아닌 것만큼, 內部에는 모든 것을 잡아 모하두는 힘이 잇서, 여긔에 可見을 通하야 不可見의 世界를 볼 수가 잇습니다. 하고 읽으면 닑을사록 그 世界는 더 넓어지며, 더 깁허집니다.[66]

> 이 詩(「나의 침실로－인용자) 全篇에 흐르는 것은 모든 것을 살으고자 하는 熱情이다. 이것쑨만이 아니다. 그의 詩의 到處에서 그가 가지고 잇는 情熱은 爆竹과 가티 불꽃을 올닌다.[67]

---

65) 박종화, 「月評」, 『백조』 2호, 1922.5.
66) 김억, 「시단의 1년」, 『개벽』 42호, 1923.12, 50면.
67) 김기진, 「현 시단의 시인」, 『개벽』 58호, 1925.4, 26면.

어느 해 봄 그(林和－인용자)는 李相和라는 眉目秀麗한 長髮의 詩人을 만
날 機會를 가졌었습니다. 『白潮』의 났든 「나의 寢室」이란 그의 詩에 못지
않게 그 사람은 좋았습니다. 그는 그에게서 分明히 詩人을 보았습니다.[68]

이처럼 이상화가 문단으로부터 특별한 주목을 받고, 임화와 같은 문학
청년들을 열광시킨 까닭은 무엇이었을까? 임화가 "그에게서 분명한 시인
을 보았습니다"고 회고했을 때, 그 "분명한 시인"이란 근대적 시인을 뜻
하는 것으로 이해할 수 있다. 당시 발표된 작품들과의 비교를 통해 근대
시인으로서의 이상화, 그의 시가 지닌 근대적 특성이 무엇인지를 밝혀
보자.

다음의 시는 상화를 『백조』 동인이 되도록 주선한 박종화의 시이다.
박종화는 이상화와 더불어 『백조』를 대표하는 시인으로, 1920년대 초에
여러 편의 시를 발표하였다.

오－검이여 참삶을주소서,
그것이 만일 이세상에 엇을수업다하거든
열쇠를주소서
죽음나라의열쇠를주소서,
참『삶』의 잇는곳을 차지랴하야
冥府의巡禮者－되겟나이다.

漆버슨 거츤棺桶을가르쳐
그것이 眞理의곳이라하면,
나는 그棺에 내몸을담어
虛華의 이시절을 咀呪하랸다.
어둔밤별아래 써드러진屍體에

---

68) 임화, 「어떤 청년의 참회」, 『문장』 제14호, 1940.2. 임화는 이상화에게 특별한 애착을
  갖고, 상당량의 상화 시와 자료를 수집하였다. 임화는 상화 시집을 묶어내려고 처음으
  로 시도했던 사람이다.

永遠의『참』이 잇다하면
나는 쮜여가 죽엄을안어
『참』의동무가되려한다.
(…중략…)
하늘엔 고요히 별이흐른다,
거짓갓흔 젊은삶의날은
긋업시 긋업시 별우에 춤을추는데
아― 나는 도라간다,
쓸쓸한고(하고도―인용자) 고요한
나릿한 만수향냄새쩌도는
캄캄한 내密室로도라간다.

― 박종화, 「密室로 도라가다」[69] 부분

나는살련다 나는살련다
바른맘으로살지못하면 밋처서
도살고말련다
남의입에서 세상의입에서
사람靈魂의목숨까지 끈흐려는
비웃슴의쌀이
내송장의불상스런그꼴우흐로
소낙비가치 내려쏘들지라도―
쎗퍼불지라도
나는살련다 내뜻대로살련다
그래도살수업다면―
나는제목숨이앗가운줄모르는
벙어리의 붉은울음속에서라도
살고는말련다
怨恨이란일홈도얼골도모러는

____

69) 박종화, 「密室로 도라가다」, 『백조』 1호, 1922.1.

장마진내물의여울속에빠저서나

는살련다

게서팔과다리를허둥거리고

붓그럼업시몸살을처보다

죽으면―죽으면―죽어서라

도살고는말련다

— 이상화, 「獨白」[70] 전문

박종화의 「밀실로 도라가다」는 1920년대 초기시의 낭만적 도피를 전형적으로 보여주는 시이다. 젊은 날의 열정, 참 '삶', 진리, 열쇠, 순례자 그리고 밀실, 허화, 만수향, 죽음, 시체, 명부(冥府) 등은 당시 감상적 낭만주의 시들이 흔히 사용하던 시어들이다. 시인은 청순한 청춘으로 참 '삶'과 진리를 찾고자 한다. 그러나 자신의 열정과 진정을 받아주지 못하는 속악한 현실 속에서 "거짓갓흔" 삶을 사느니, 차라리 "별이 흐르는", "고요한", "나릿한 만수향냄새쩌도는 내밀실로 돌아가"서 순정을 지키겠다고 결의한다. 이러한 시인의 독백에는 고고함과 순정에 목메는 감상이 '별처럼 흐른다.'

그런데 「밀실로 도라가다」에서 참 '삶'의 이상을 좌절시킨 속악한 현실은 그저 모호한 분위기 내지는 관념으로만 표현되어 있다. 문제의 핵심은 현실의 절망적인 원인이 자신의 내부에도 있다는 사실을 회피하고 있는 점이다. 그 결과 "저주"·"시체"·"죽음"·"밀실"·"주소서"·"하란다" 등의 심각한 결단을 보여주는 시어와 "영원의'참'이 잇다하면 / 나는 쒸여가 죽엄을 안"겠다는 절박한 결의가 그에 걸맞은 진정성과 무게를 형성하지 못한다. 근대적 시인이란 "영원의'참'이 잇다하"는 가정을 전제로 한 죽음의 결의가 아니라, "죽음"과 같은 현실의 속악함 속으로 "쒸여" 들어가 온 존재를 실어 "참 삶"을 보여주어야 하는 운명을 타고난

---

70)『동아일보』, 1923, 陰曆癸亥 9.17(地方紹介 大邱號); 이기철 편, 『이상화전집』, 154면.

사람이다. "참 삶"이나 시적 진리는 혼란과 분열이 점철된 식민지 근대 현실 속에서 시인이 스스로 창조해내는 것이기 때문이다. 그러나 근대적 시인의 진정한 의미를 자각하지 못한 1920년대 시단에서는 막연한 환상이 만들어낸 '밀실'·'죽음'·'허화시'·'장미촌' 등으로의 낭만적 탈주가 자기 위안의 양식으로 형성되고 있었다.

한편 이상화의 시는 당시의 낭만적 도피를 주제로 한 시들과 본질적으로 그 지향을 달리하고 있었다. 그의 시가 파고드는 곳은 현실의 모순과 대결이 펼쳐지는 접점이다. 그것은 속악한 현실로부터 비껴나 순수한 이상세계에 안주함으로써 자기의 순정을 다치지 않으려는 감상적 경향과는 근본적으로 다른 것이다. 그는 "죽음을 더 할 수 없이 아름답고 황홀한 비약의 성취, 초월의 달성으로 노래하고 (…중략…) 죽음에의 결의를 화려하게 장식하고자"71) 과장된 어조로 죽음을 찬미하며 낭만적 도피를 꿈꾸는 당대 시의 흐름에 맞서고 있다. 3·1 운동 이후의 좌절과 분열의 분위기 속에서 환멸이 양식화되는 상황에 대응하는 상화의 몸짓과 호흡은 급류의 압력과 속도보다 더 격렬한 것이었다. 그것은 시인을 혼란의 소용돌이 속으로 빨아들이고 "영혼의 목숨까지 끈흐려는" 식민지적 근대의 온갖 분열과 모순에 압도되지 않고 그 분열의 한복판을 향해온 정신과 육신을 걸고 돌진하게 만든다. 이러한 시적 태도는 1920년대 초기시가 양식화시킨 환멸의 구각을 깨는 의의를 지니며, 이것이야말로 감상적 낭만주의의 산실인 『백조』를 해체시키고 새로운 비약의 지평을 창조하는 힘이었던 것이다.

시 「독백」에서 "죽으면―죽으면―죽어서라도살고는말련다"는 각오처럼 죽음과 삶의 경계에 선 자의 "백열된 쇠같이 쓰거운 오열"("벙어리의 붉은 울음")이 '폭죽과 같은 불꽃'을 튀긴다. 상화의 시는 출구 없는 환멸 속을 헤매며 '안일과 굴종에 자족'72)하던 당대의 정신과 문단에 하나의 강

---

71) 김흥규, 「1920년대 초기시의 역사적 성격」, 『문학과 역사적 인간』, 창작과비평사, 1980, 236면.

렬한 빛을 던진 것이고, 그 빛은 '폭죽'처럼 이 시대를 열광시키기에 충
분했다. 임화와 같은 문학 청년들이 이상화의 시에 열광하고 그를 통해
새로운 문학의 경지를 보았다고 술회한 것은 그러한 이유에서이다. 당대
시인들의 낭만적 도피가 궁극에는 지식인의 고고한 지적 귀족주의의 유
치한 표현에 다름 아니었기에, 이상화는 "붓그럼업시", "장마진 내물의
여울 속에 빠저서", "팔과 다리를 허둥거리며 몸살을 치"며 생의 국면들
로 진입해 들어가 자신의 시세계를 확장시키고 있다.

그런데 시 「독백」은 환멸을 넘어서려는 태도와 방향성은 뚜렷하지만,
아직은 끓어 넘치는 시적 주체의 열정이 "폭죽같이 불꽃"을 올릴 뿐, 영
혼과 정신에 형식을 부여하지 못한 상태이다. 그러기에 시인의 독백이
"제 목숨이 아까운 줄 모르는 벙어리의 붉은 울음"으로 터져 나오고 있
다. 출구가 없는 식민지적 근대의 분열에 휘말리면서 그 곳에 온 존재를
투신하는 주체의 영혼이 아직 자기 형식을 완성하지 못한 것이다.

「비음(緋音)−『비음(緋音)』의 서사(序詞)」는 이상화 시의 출발점과 그의
시의식이 지향하는 바를 잘 보여주고 있다.[73]

        이世紀를물고너흐는, 어둔밤에서
        다시어둠을꿈꾸노라조우는조선의밤−
        忘却뭉텅이가튼, 이밤속으론

---

72) "나는 몰럿노라 安逸한세상이 自足에잇슴을 / 나는 몰럿노라 幸福된목숨이 屈從에잇
    슴을 / 그러나 새길을찻고 그길을가다가 / 거리에서도죽으려는내신령은 너머도외로워
    라"(4연), "언제든지 헛웃음속에만 살려거든 / 검아 나의신령을 돍맹이로 만드러다고 / 개
    천바닥에석고잇는돍맹이로 만드러다고"(마지막연)(이상화, 「극단」, 『개벽』 59, 1925.5,
    38면).
73) 상화의 많은 시작품은 연작 형태의 일관된 정신을 나타내 보이는 부제가 붙어있어
    주목된다. 『백조』 창간호(1922.1)에 발표된 「말세의 희탄」은 '緋音가온데서'라는 부제
    를 달고 있고, 위의 시 「緋音」은 '緋音의 序詞'라는 부제를 달고 있으며 작품 말미에
    '舊稿'라고 밝히고 있는 것을 보아서, 작품이 창작된 연대는 위의 「緋音」이 「말세의 희
    탄」보다 앞선다고 추정할 수 있겠다. 물론 발표를 앞두고 작품을 새롭게 다듬었을 것
    이라는 점도 충분히 고려해야 할 것이다.

해쌀이비초여오지도못하고
한우님의말슴이, 배부른군소리로들리노라

나제도밤―밤에도밤―
그밤의어둠에서씀여난, 뒤직이가튼신령은,
光明의목거지란일흠도모르고
술취한장님이며―ㄴ길을가듯
비틀거리는자욱엔, 피물이흐른다!

―「緋音―『緋音』의 序詞」[74] 전문

　근대는 인간이 신으로부터 해방되었지만 동시에 발가벗긴 채 세상에 내몰린 형국이었다. 기존의 가치체계는 붕괴되었으나 새롭게 의지해야 할 전망이나 미래는 아무 것도 마련된 것이 없었다. 그들 앞에 전개된 세계는, 태양도 빛을 잃고 신도 떠난 자리("한우님의 말슴이 배부른 군소리로 들리는"), 폭력과 분열과 충돌이 자아를 휘감고 도는 현기증 나는 세상이었다. 이런 현실에 처한 대다수의 시인들은 극심한 공포와 절망감에 몸서리치며 고립된 관념의 공간에서 자기의 순정을 지키기에 급급했고, 그것은 시대적 양식으로 보편화되어 갔다.

　그러나 이상화는 '이 세기를 물고 늘어지며'[75] "조선의 밤"을 응시한다. 그는 당대의 낭만적인 인식론―세계를 속악한 현실과 이상세계로 이분화한 뒤, 현실은 환멸로 배제하고 대신 이상 세계를 설정하여 그곳으로 도피함으로써 자기 위안을 찾는 태도―을 거부하였다.

　그는 분열과 "어둠"의 현실 속에서 "스며 나온", "두더지 같은" 영혼으로 "이 세기를", "조선의 밤"을 "물고 늘어"진다. "비틀거리며", "핏물을

---

74) 『개벽』 제55호, 1925.1, 62면.
75) 지금까지 '물고 너흐는'을 '몰고 넣는'으로 해석해 왔다(「이상화미정리작 29편」, 『문학사상』, 1973.4). 그러나 이기철은 『이상화전집』(문장사, 1982)에서 '물고 늘어지는'으로 해석했다.

흘리며” 대결의 자세를 늦추지 않는다. 충돌하는 현실의 격렬함만큼 시인의 ‘물고 늘어짐’도 악착같다. 당대의 평자들이 이상화의 시를 가리켜 “숨이 막히게 격한 리듬”과 “폭죽같이 불꽃을 튀기는 열정”이라든가,[76] “근래에 얻을 수 없는 강한 백열된 쇠같이 뜨거운 오열의 노래”[77]라고 설명한 것은 이처럼 현실 속에 자기를 던지는 치열함의 자세에서 연유하는 것이다. 이상화의 시는 분열하는 현실의 지점에 투신하여 그로부터 창조의 에너지를 뽑아 분열 극복의 원천으로 삼는다. 여기에 이상화가 개척한 근대시로서의 새로운 시적 지평이 있다.

근대시란 시적 주체가 분열하는 근대의 한복판에 서서 모순과 혼돈의 충돌 및 그것이 빚어낸 속력을 시적 창조의 에너지로 전화하는 과정, 그 에너지로 시의 형식과 리듬을 부여하고 그것으로 근대 분열 극복의 힘을 창조하는 과정에서 형성되는 것이다.[78] 이상화는 “나의 신령! / 憂鬱을헷칠그날이왓다! / 나의목숨아! / 發惡을해볼그쌔가왓다”[79]고 부르짖은 지 수 개월 만에 근대 시인으로서 자신의 운명에 형식을 부여하는 선언을 하기에 이른다.

> 한篇의詩 그것으로
> 새로운世界 한아를 나허야할줄 깨칠그쌔라야
> 詩人아 너의存在가
> 비로소 宇宙에게 업지못할너로 알려질것이다
> 감음든논쌔에는 청개고리의울음이 잇서야하듯―
>
> 새世界란 속에서도
> 마음과몸이 갈려사는 줄풍류만 나와보아라

---

76) 김기진, 「현 시단의 시인」, 『개벽』 58호, 1925.4, 26~27면.

77) 박종화, 「월평」, 『백조』 2, 1922.5.

78) 정우택, 「근대 자유시 양식의 모색과 갈등」, 『민족문학과 근대성』(민족문학사연구소 편), 문학과지성사, 295~299면.

79) 「오늘의 노래」, 『개벽』 제61호, 1925.7, 118~119면.

　詩人아 너의목숨은
　진저리나는 절눔바리노릇을 아즉도하는것이다
　언제든지 日蝕된해가 도드면뭣하며 진들엇더랴

　詩人아 너의榮光은
　밋친개꼬리도밟는 어린애의쌈업는그마음이되야
　밤이라도 낫이라도
　새世界를 나흐려소댄자욱이 詩가될째에―잇다
　초ㅅ불로 날라드러 죽어도아름다운 나비를보아라

―「詩人에게」[80] 전문

　이상화는 이 시를 통해 근대 시인은 어떤 존재인가에 대해 말하고 있다.[81] 시인의 영광은 새로운 세계 하나를 낳는 데 있다. "미친 개 꼬리도 밟는" 그런 "어린애의 짬 없는 마음"으로 "새 세계를 낳으려 쏘댄 자국이 시"[82]가 된다는 그의 선언은 한국에서 근대시가 확립되는 지점을 보여준다. 1920년대 초반의 상황에서 "개인은 철저하게 고립되어 있고 현실은 손댈 수 없을 정도로 강대한 어둠에 지배된다는 의식이 이로부터 자연스럽게 나온다. 그들에게 가능했던 것은 현실의 속악함에 가담하기를 거부하는 최소한도의 정직성―절망만이 확실하다는 고립된 정직성이었다."[83] 근대문학 형성과정에 나타났던 상징주의·유미주의·퇴폐주의 등의 경향은 두렵고 거창한 현실에 손을 대거나 가담하

---

80) 『개벽』 제68호, 1926.4, 114면.

81) 이상화는 「시인에게」를 발표한 두 달 뒤, 식민지 시대의 절창으로 꼽히는 「빼앗긴 들에도 봄은 오는가」를 발표하였다.

82) 기존의 모든 현대어 표기 『이상화시집』에서는 '소댄자욱'을 '손 댄 자국'으로 해석하여 표기하였다(이기철, 『이상화전집』, 174면 참조). 필자는 '소댄'이 '쏘대다(쏘다니다의 준말)'의 '소댄'으로 해석함이 옳지 않은가 생각한다. 본고에서는 '소댄'을 중의적으로 해석하여 활용하고자 한다. 즉 가담하며 돌아다니다는 뜻의 '쏘다니다'와 일에 개입하다는 의미의 '손을 대다'를 같이 활용하겠다.

83) 김홍규, 「1920년대 초기시의 역사적 성격」, 『문학과 역사적 인간』, 창작과비평사, 1980, 267면.

기보다는 자기 스스로의 순정에 탄식하고 애상하는 심정을 토로하는
것으로 문학이 되고 시가 된다고 믿었다. 더럽고 속된 현실에 개입하지
않고 자기 순정에만 호소하는 태도는 미숙하고 무력한 지식인의 지적
귀족주의의 유치한 표현에 불과하였다.84) 또한 이것은 감상성에 근거
한 낭만적 도피에 다름 아니었으며, 기본적인 현실 진정성조차 배반하
는 자기 기만의 행위였다. 이렇게 낭만적 도피와 자기 기만의 감상성이
관습화해 가는 문단의 현실을 이상화는 "진저리나는 절눔바리 노릇"이
라고 비판한다. 그의 말에 따르면 자기 위안 혹은 유희로서의 문학은
"일식된 해"와 같다.

> 거록한單純의象徵體인힌옷 그넘어사는맑은네맘에
> 숫불에손던 어린아기의쓰라림이 숨은줄을뉘라서알랴!
>
> —「'도—교—'에서」85) 부분

"새 세계를 낳으려"고 '쏘다니다가' 자기의 열정("숯불")에, 혹은 더럽고
속악한 근대 현실에 "손 덴" 그 "쓰라림"의 고통 속에서 에너지를 뽑아
올려 재차 '손 대고', '쏘다닌 자국'이 시가 될 때 비로소 진정한 근대적
인 시가 창조된다. 그것은 "촛ㅅ불로 날라드러 죽어도 아름다운 나비"로
비약한다. 시인은 말한다. "사람아 미친내뒤를 짜라만오느라 / 나는 미친
흥에겨워 죽음도뵈줄테다."86)

근대적 의식은 자연과 신으로부터의 분열, 그 분열된 생의 인식으로부
터 출발하며, 동시에 분열과 대립의 극복을 지향하는 이중적 성격을 가
지고 있다. 분열을 극복하는 해결책과 에너지는 바로 분열된 의식 그 자
체에서 이끌어내야 한다. 근대시란 분열을 경험한 근대의식이 의식 자체

---

84) 임화, 「『백조』의 문학사적 의의」, 『춘추』, 1942.11, 146면.
85) 『문예운동』 창간호, 1926.1; 이기철 편, 『이상화전집』, 문장사, 1982, 139면.
86) 「선구자의 노래」, 『개벽』 제59호, 1925.5, 39면.

를 통해 분열을 극복하는 과정을 양식화한 시이다.87) 헤겔이 말한 바 "부상자들에게 해를 입힌 손은 또한 그것을 치료하는 손이 되기도 한다"는 것이 바로 근대적 의식이다. 즉 근대적 분열의 소용돌이 속에서 그 분열을 지양할 수 있는 힘을 찾아야 한다.

근대시는 인간이 자기의 순전한 세계로부터의 분열을 깨닫는 데서 출발한다. 인간이 순전한 자기의 경험적 자아로부터 분열을 깨닫고, 자연뿐 아니라 순전한 경험적 자아의 형식을 초월하기 위해 우선 자연으로부터 분리하는 것이 근대인 또는 근대적 삶의 운명이며, 근대적 상상력의 원천이다. 순전하고 단순한 그리하여 거룩했던 조선은 이제 세계적인 근대체제에 편입되는 운명을 피할 수 없게 되었고(식민지적 근대성은 세계적 근대 기획의 한 형태였음을 부인할 수 없다), "흰 옷"의 순전함은 온갖 잡스러운 색깔과 소음으로 가득 찬 근대의 위력과 거스를 수 없는 흐름에 섞일 수밖에 없게 되었다.88)

이상화가 시 「'도-교-'에서」 형상화한 "숫불에손된 어린아기의쓰라림"이야말로 근대 시인으로서 그가 출발하는 자리이다. '숫불에 손 덴 쓰라림'으로 하여 시를 쓰며, 그 '쓰라림'의 고통이 시가 되고, 그 시로 하여금 다시 '쓰라림'을 치유할 수 있는 것이다. 조선은 근대라는 '숫불에 손 덴' 고통에 몸서리쳐야 했고, 근대의 형태가 식민지성과 연결된 것이기에 그 '쓰라림'은 더욱 컸다. 또한 이상화는 방법상의 끈질김과 철두철미함으로 자신의 내면에 투영된 생의 국면들—근대성의 필연적 산물인 불안, 무출구성, 이상성 앞에서의 좌절 속—으로 진입

---

87) 이미순, 「1920년대 한국 낭만적 자연시 연구」, 서울대 박사논문, 1995, 9~10면.

88) 상화는 근대에 대한 그의 인식을 산문으로 피력한 바 있는데, 근대는 "자본의 기적"이며, 그 현상은 "도회의 굴둑", "석탄 연기", "아귀(기계)의 무서운 닛발에 걸려 들어가는 수만흔 공장의 생활을 찻는 사람들, 그들은 흡혈귀의 왕궁의 제물"이라고 하며 이 근대 현실에서 진실은 "그 쓰리고 압흠에 능히 견듸어 가는 사람들, 진실의 이름 알에서 죽엄을 넘어서는 사람들, 미래를 마지하기 위하야 全身全靈을 灼熱하는 불속으로 집어넛는 사람들", "이 사람들의 압헤는 진실이 잇다"고 했다(이상화, 「웃을줄아는사람들」, 『시대일보』, 1926.1.4; 이기철 편, 『이상화전집』, 318면).

해 들어가서 시인으로서의 운명을 감내하였다. 그는 자신의 창작방식("미래를 마지하기 위하야 全身全靈을 灼熱하는 불속으로 집어넛는")을 철저하게 견지하면서도 개인적인 심정의 도취에 빠지지 않기 위해서 시적 긴장을 늦추지 않았다. 이러한 창작방식과 형식을 통해 새로운 근대시의 영역을 개척해 나갔다.

일반적으로 「나의 침실로」[89)는 퇴폐적 내지 낭만적 도피로 설명되고 있지만, 근대 시인으로서의 이상화의 면모를 확인시켜 주는 작품이다. 「나의 침실로」의 시적 긴장은 너와 나의 나님, 결별, 분열에서 연유한 것이며, 시적 지향은 그 나님과 분열을 극복하여 하나되고자 하는 간절한 염원에 있다. 님이 부재한 시대가 주는 분열과 절망을 침묵과 무기력한 감상으로 대치하는 당대의 시단 속에서 이상화는 '너-마돈나-나의 아씨'와의 결합에 대한 간절한 염원을 육체적[90) 실감으로 확인하고 싶어한다. "수밀도의 네 가슴에 이슬이 맺도록 달려오너라", "안고 궁그는 목숨", "내 목을 안아라" 등의 육감적인 표현은, 침묵과 무기력한 감상에 빠져 있는 시대를 돌파하고 님과의 합일을 이루고자 하는 시인의 간절한 열망의 표현이다. '님'이 보이지는 않지만, 분명히 있음을 느끼는 열정적인 시적 자아는 님의 존재를 '실감'하기 위해 육체로서 확인하고자 한다. 님의 현상적 부재에서 오는 현실의 결핍과 공허가 크면 클수록 시적 자아의 님에 대한 그리움은 더욱 간절해지고, 님을 육체적으로 만나고자 하는 갈망이 크다. 이처럼 이상화의 '마돈나'는 님과의 육체적 체험 욕구, 그 기다림의 육체적 육감적 실감에 대한 열정에 기반하고 있다. 따라서 님의 부재가 심각하게 느껴질수록, 님에 대한 기다림은 간절함을 넘어 초조함으로 전화하고, 시의 리듬과 어조

---

89) 『백조』 3호, 1923.9, 13~14면.

90) 육체적 메타포를 통한 시적 충일의 지향은 근대 지양의 시적 근대성을 밀고나가는 한 요소라고 할 수 있다. 근대성에는 정신과 육체를 양분하여 육체를 정신에 복종시키는 기획이 들어 있다. 한국 근대문학 초기의 시들은 관념을 절대화하는 방향에 그 시적 근거를 두었는데, 이상화는 「나의 침실로」에서 육체적 실감에 주목하고 있다.

는 격정적으로 변한다.

그러나 님은 쉽사리 오지 않으며 시인의 기다림을 더욱 간절하게 만든다. 시의 마지막 연에서 "아, 안개가 사라지기 전으로, 네가 와야지, 나의 아씨여, 너를 부른다"고 하여 오지 않는 님을 목놓아 부르고 있다. 부재하는 님에 대한 기다림, 님과 합일하고자 하는 열망이 현실적 의미와 형식을 획득했을 때, 시적 주체는 닫힌 공간에서의 초조함을 박차고 나와 '들판'으로 나선다. 여기에 「빼앗긴 들에도 봄은 오는가」[91]의 자리가 있다.[92]

이상화는 1920년대 초의 시들이 보편적으로 노정시킨 퇴폐적 허무와 감상적 낭만의 경계에서 위태롭게 흔들리기도 했지만, 현실과의 대결에서 오는 팽팽한 긴장력으로부터 근대적 분열을 지양하는 시적 에너지를 이끌어 내고 있다는 점에서 주목된다. 이것은 "全身全靈을 灼熱하는 불 속으로 집어넛는" 자기 투신을 통해 새로운 시세계를 창조한 것이다. 우악스럽게 닫힌 절망과 '환멸'의 세계에 육박해 들어가 스스로를 폭발시키는 격렬함과 핍진함은 자칫 퇴폐주의로 오해될 소지를 갖고 있지만, 이상화는 그 위태로운 긴장력으로부터 시적 에너지를 이끌어낸다. 그는 식민지적 근대의 삶과 절망하는 영혼 사이에 가로놓여 있는 분열에 팽

---

91) 『개벽』 70호, 1926.6, 9~10면.

92) 주요한의 「해의 시절」(『창조』 제2호, 1919.3), 31~32면도 해와 땅을 중심 제재로 삼아 끓어오르는 생명력에 감화되어 충일감을 얻으려는 주제를 가지고 있으며, 이상화의 「빼앗긴 들에도, 봄은 오는가」와 유사한 소재와 배경으로 구성되어 있다. "말업슨 불길은 하늘을 태우며, / 향긔로운 밀쏫슨 쌍을 채웟다. / 쓰거운 흙을 버슨발로 발브면서 / 드을의 感覺속에 나는 안긴다. / (…중략…) / 오오 해여, 무거운 바다를 녹이고, / 모든밤금의 自然을, 人生을 / 그침업는 풀무속에 집어넛는 해의 시절이여!" 이 시는 생의 열기로 들끓는 여름 한낮 태양의 위력과, 온 힘과 의식과 자아의 열정을 자연에 합치시킴으로써, 세계와 자아가 합일하는 충일감을 얻으려는 낭만주의적 지향을 보이고 있다. 하지만 이 시에서 분열은 심각하지 않으며 자연의 안정감에서 자아는 평화를 희구한다. "나는…… 쎠안는다 / 나는 안긴다"처럼 갈등 없이 조화된다. 펼쳐진 풍경은 약동하는 환희로 충만하다. 이는 「빼앗긴 들에도, 봄은 오는가」의 시적 주체가 "설움"에 겨워 "다리를 절며" 걷는 것과 비교된다.

팽한 긴장의 형식을 부여하는 것을 자신의 운명으로 받아들인 '근대' 시인이었다.93)

---

93) 랭세는 프랑스 자유시 형성의 배경과 양상을 다음과 같이 설명하고 있다.
　　"일단의 모든 환상이 사라지고, 비통한 절망을 체험한 다음, 그 반역의 길에 들어섰다. (…중략…) 창작자의 비탄과 고뇌의 상징으로, 기껏 인간의 비참과 고민에 대한 포괄적 이미지로 시의 창작과정과 구조를 환원해버리는 것에 불충분함을 느낌 (…중략…) 우리는 한 작가의 상상력으로 이루어진, 풍성하고도 무시무시한 잔치에 초대받은 듯하다. (…중략…) 폭발성을 지닌 혼합 (…중략…) 언어와 상상력은 작품의 공간을 폭발시키게 되는 것"(도미니끄 랭세, 황현산 외역, 『프랑스 19세기 시』, 고려대 출판부, 1985, 129~134면)

이 책은 한국의 자유시가 형태적으로 출현해서 근대시로서 확립되기까지의 과정을 살펴보았다. 기존의 근대 자유시 형성에 관한 연구들이 '가'에서 '시'의 분리를 중점적으로 다룬 것에 비해, 이 책에서는 근대 자유시의 형성과 확립을 근대 주체가 식민지 근대의 온갖 질곡에 대응하며 자기 정체성에 시적 형식을 부여하는 과정으로 고찰하였다.

① 1910년 이전에 자유시의 형태가 맹아적으로 발생하는 양상으로 창가의 근대적 성격을 『독립신문』 소재 창가와 애국계몽기 창가, 1910년대 창가로 나누어 살펴보았다. 『독립신문』 소재 창가의 근대적 의의는 근대적 전망을 표현한 최초의 시가 양식이라는 데 있다. 창가는 시대의 주도권을 발휘할 수 있거나 또는 그 가능성을 낙관하고 있는 세력이 자기 집단의 이념을 중심으로 공론을 창출하고 교류를 확대하는 과정에서 생명력을 갖게 되는 시가 양식이다. 애국계몽기 창가는 고양된 시대적 분위

기에 근거하여 근대적인 사상과 민족의식을 고취하는 긍정적인 지향을 보여준다. 그러나 일제강점 이후 1910년대의 창가는 양극단의 방향으로 나뉘어진다. 애국계몽 시가의 민족적 성격을 계승하여 자기해방적 성격을 띠는 창가들이 다수 창작되었다. 이 창가들은 비밀리에 지하에서 구전으로 유포되는 형태로 나타났다. 다른 한편에서 창가는 일제의 지원을 업고 합법적인 출판매체를 통해 식민통치 이념을 전파하는 도구로 전락하였다.

② 애국계몽적 기획은 '민족적'인 것과 '비민족적'인 것을 이분화하여 '비민족적'인 항목들을 배제하거나 모든 것을 '민족적' 질서 속에 통합함으로써 민족주의의 체계를 확립하는 것이었다. 이처럼 근대 특유의 '배제'와 '통합'의 원리에 의해 애국계몽운동은 민족적 정체성을 확립하고자 하였다. 애국계몽 시가들도 그 사상과 형식에 있어서 이러한 배제와 통합의 원리에 기반하고 있었다. 애국계몽 시가는 당대 계몽 주체들의 민족주의적 열정이 격동기의 역사 현실과 교섭하는 형식이었으며, 대중을 민족주의 이념으로 통합하려는 형식을 취했다. 애국계몽 시가에 나타난 배제와 통합의 원리는 전통적 장르들을 민족주의 이념하에 정연하게 복종시키는 구조를 만들어냈다. 그 결과 애국계몽 시가는 판소리·창가·민요·시조·가사·창가 등 모든 장르들이 녹아드는 용광로와 같은 구조를 가지고 있었으나, 거기서 새로운 양식이 창출되지 못하고 평면적인 운문 형식에 그치고 말았다.

「천희당시화」는 단재가 시와 민족, 시와 사회, 시와 시대 현실에 대한 본격적인 관심을 근대시의 형성이라는 관점에서 심도 있게 통찰한 것으로서, 한국 근대 비평사에서 중요한 의의를 지닌다. 단재는 시대 현실에 핍진한 시적 서정을 창조하여 그것을 바탕으로 민족 구성원 개개인의 감성에 호소함으로써 궁극에는 민족적 정체성에 하나의 형식을 부여하고자 하였다. 「천희당시화」에 나타난 그의 시적 모색의 본질은 '현실성'과 '진정성'으로 요약될 수 있다. 이러한 까닭에 단재가 보여준 애국계몽운동의 치열함이 서정성을 심화시키고, 근대 자유시를 형성하는 진정한 힘으로 작용할 수 있었던 것이다.

한편 국권상실로 인해 물질적 이념적 토대를 상실하게 된 계몽 주체는 내적 동요 속에서 자기성찰적 사상 모색을 하게 되었다. 근대적 사유의 역동성을 담보하는 이러한 자아와 세계에 대한 성찰은 자유시가 출현하는 계기가 되었다.

③ 한국 시문학사에서 '신체시'의 시인으로 한정되어 있던 최남선이 지닌 근대 시인으로서의 면모를 살펴보았다. 『소년』이 애국계몽운동의 본산이었던 『대한매일신보』와 연대하며 신문화운동을 펼쳐나간 사실을 당시의 기사를 통해 밝히고, 그 근대적 역할을 적극 평가하였다. 특히 『소년』은 정론적 성격의 신문과 달리 잡지를 통해 문화계몽운동을 지향함으로써, 애국계몽운동에서 상호보완적 관계를 견지했다. 최남선은 『소년』을 통해 근대적 개혁 주체를 창출하고자 시도했던 것이다. 또한 당대의 일반적인 시가들이 정형률과 노래 지향을 강화했던 것에 비해, 최남선은 여러 편의 자유시 형태의 시를 창작하였다. 특히 「평양행」이라는 기행문 속에 제목 없이 삽입되어 있는 시는 행과 연의 배열이 안정적이고 성찰적 서정이 내면화된 목소리에 의해 표현되는 자유시 형태의 작품이다. 이 시는 근대적 제도와 외세의 침탈이 동시적으로 전개되는 상황에 대한 시인의 통찰과 더불어 민중들의 궁핍한 삶에 대한 관찰이 돋보인다.

④ 일제가 식민지 지배를 확립하고 '식민지적 근대인'을 생산하기 위하여 동원한 근대 이데올로기는 이중적인 것이었다. 진보된 물질문명의 물리력을 통해 근대의 위력을 과시하는 한편, 전근대적인 이념과 제도들을 이용하였다. 전통적인 충효윤리나 가족주의 같은 유교적 이념과 제도들을 강조함으로써 식민지 대중들로부터 식민지 권력에 대한 충성심을 이끌어내고 사회적 위계와 불평등을 자연스러운 현상으로 받아들이게 하였다.

한편 1910년대 신지식과 신사상을 학습한 신지식층들에 의해 '개성'과

'자아'의 발견 및 자각에 대한 담론들이 생겨났다. 이들은 일본에 유학하여 서구적인 근대사상을 배운 사람들이었다. 근대적 의미의 주체나 개인, 자유 등은 억압적인 사회 현실체제와의 갈등과 대립을 통해 형성되는 정치적 사회적 의미를 갖고 있는 역사적 개념이다. 그러나 일제의 무력적 식민 통치로 근대 주체의 형성이 지연되거나 왜곡되고, 사회 현실과의 대립적 관계 설정이 원천적으로 봉쇄되었던 까닭에, 신지식층이 추구한 개별적 주체의 '자각'은 관념적이거나 고립적인 방식으로 이루어질 수밖에 없었다. 정치적 사회적 의미가 배제된 개인과 자아의 '자립'은 곧 '고립'으로 전화하였으며, 이는 한국 근대 자유시 형성과정에 질곡으로 작용하였다.

신지식인들의 문학론과 시론은 개성과 자아의 발견을, '이지'의 영역을 배제한 '정'의 영역으로 협소하게 제한함으로써 '고립'을 가속화하는 결과를 낳았다. 이광수와 김억이 대표적이다. 이들이 배제한 '이지'의 영역이란 세계의 복잡다단한 층위들, 즉 사회적・정치적・민족적・사상적 의미들을 일컫는 것이었다. 따라서 근대문학의 기초와 근대적 개성의 실현을 '정'의 영역으로 한정하는 것은, 근대를 현실화시키는 동력으로서의 성찰적 이성, 즉 세계에 대한 비판과 자기 비판을 폭넓게 전개하는 인식으로서의 성찰적・심미적 이성을 배제하는 결과를 낳게 되었다.

그리고 식민지 근대화로 인하여 결여된 자아 정체성을, 서구적인 것을 통해 충족시키려는 일련의 시도들이 있었다. 『태서문예신보』를 중심으로 상징주의 시와 시론을 소개함으로써 이전에 『학지광』과 『청춘』에서 몇몇 시인들에 의해 시도되었던 자유시 창작에 이론적 바탕을 제공하였다. 이들에게 상징주의는 단순한 서구 문예사조로서의 의미를 넘어서, 근대 사회에 대응하는 시적 근대성이자 자유시를 태동시킨 정신으로 이해되었다. 즉 이들에게 자유시는 근대적 개성('시인의 내부 생명')의 확충과 시에 대한 '공화적 자유사상'을 표현하는 형식으로 이해되었던 것이다.

⑤ 1910년대에는 '식민성'과 '전근대성'이 결합하여 자유시 형성을 지

연·왜곡시키는 양상이 나타났다. 전근대적 시가 양식인 시조, 한시와 잡가, 그리고 창가가 부흥하여 유교적 덕목과 중세적 질서에 대한 회고적 동경, 전원적 자연 예찬, 이기적인 입신출세의 강조, 식민지 통치 이념의 전파와 황국 신민의 내면화 등의 사상을 퍼트렸다. 노래 형식과 정형률을 바탕으로 한 이들 시가 양식은 노래 형식의 특징상 대중적인 보급과 확산이 손쉬우며, 또한 정형률이 지닌 규범성을 통해 식민지적 근대화에 의한 갈등과 분열을 은폐하고, 대중들을 교화시켜 일제의 문화적·이데올로기적 통제력을 안정되게 확립하는 데 기여하였다. 1910년대 『매일신보』·『신문계』·『반도시론』 등 친일적 대중 매체들은 독자투고나 현상문예공모를 통해 전근대적 시가 양식의 대중적 확산을 도모하였다. 이러한 시대적 분위기 속에서 규범성을 벗어나려는 자유시는 사회적 일탈자나 반항아, 또는 철없는 아이들의 형식으로 배제되었다.

자유시는 시조나 가사, 잡가, 창가 등의 전통적인 '가' 형식에서 자립하여 눈으로 읽는 '시'를 창출하는 것이다. 한시에 대해서는 민족어로 이루어지며, 압운이나 음수율적 제약으로부터 자유로워진 시 형식을 창조하는 것을 의미하였다. 또한 자유시는 전통의 예속으로부터 해방과 자유를 지향하는 정신의 소산이며, 나아가 개성과 독창성을 통해 근대적 자아의 신장을 추구하는 과정에서 모색·형성된 것이다.

그러나 근대의 시작과 함께 식민지로 전락한 현실 속에서 주체의 형성은 지연되거나 왜곡될 수밖에 없었다. 이러한 열악한 환경 속에서 자기 표현의 적절한 양식을 형성하는 일은 매우 지난한 과정을 동반하였다. 더욱이 전통 속에서 모범으로 삼아 동일시할 대상이나 정신을 찾아낼 만큼 성숙하지 못했던 미숙한 주체가, 문학사적으로 존재한 적이 없는 새로운 양식을 찾아 헤매는 과정은 많은 혼란을 동반하였다.

근대적 개성의 형식화로서 자유시를 지향했던 1910년대의 시인들은 상상력의 공간 속으로 미학적인 탈주를 감행함으로써 현실의 고통을 위로받고자 하였다. 다른 한편에서는 '자유'의 문제를 개인적 자아의 절대 순수 개념으로 환원하여 자유시를 개인 감정의 주관적 표현으로 인식하고, 시의 내적 규율을 확립하지 못한 채 즉자적인 감정을 산만하게 표출하는 형태가 나타났다. 근대 자유시 형성을 둘러싼 이러한 제반 문제들을 1910년대의 대표적 시인이자 시론가인 김억과 황석우를 통해 살펴볼 수 있다.

⑥ 1910년대 시의 주요 경향을 이상주의적 경향과 낭만주의적 경향으로 나누어 고찰해 보았다. 이상주의적 경향은 국권상실의 현실 속에서 계몽의 이상을 관념적으로 선취한 형태의 시적 표현이다. 이 경향은 유토피아적 미래에 대한 낙관을 통해 현실의 위기상황을 건너뛰어 보려는 열망을 나타낸 것으로써, 사회진화론에 그 사상적 토대를 두고 있다. 이 경향의 시들은 대부분 정형률과 노래형식에 긴박되어 있는 것이 특징이다.

낭만주의적 경향은 해외로 망명한 애국계몽 운동가들과 일본 유학생들의 시에서 주로 나타났다. 이들의 시에는 시대적 압박으로부터 현실적인 탈주를 감행하고자 하는 지향이 들어있다. 이 경향의 시들은 현실적인 어려움 앞에서 더욱 강화되고 고양되는 불굴의 정신력을 형상화함으로써 비장미를 보여주고 있다.

⑦ 한국 근대 자유시는 그 형성과정에서, 식민지적 근대성이 내포한 상실과 분열의식을 '부재한 님에 대한 그리움'으로 승화시킴으로써 질적인 변화를 갖게 되었다. '님'은 현실을 자각하고 전망을 모색하는 시적 매개항으로 의미를 갖는다.

1910년대 시에서 '님'은 세 가지 형태로 체험되었다. 첫째, 국권 상실에서 오는 계몽 주체의 내적 동요를 '님'에 의지함으로써 자아 정체성에 안정을 부여하고, 계몽적 이상에 대한 불굴의 의지와 낙관적 전망을 재천명하는 방식이다. 이들은 애국계몽운동의 전통에 자아를 연결시키고 있는 시인들의 시에 나타나는 '님'이다. 두 번째 방식은 '님의 부재'를 현실로 받아들이는 것이다. 이들은 '님'의 부재에서 비롯된 주체의 분열을 더욱 가속화하여 현실에 압도되거나 감상성에 자신을 내맡기는 태도를 보인다. 이러한 시적 태도는 1920년대 초기시에서 환멸을 양식화하는 기반이 되었다. 세 번째 방식은 '지금은 부재하는 님'을 기억함으로써 현실의 폭압성에 거리를 두고 주체의 분열을 견디는 태도이다. 이러한 시적 태도는 1920년대 소월과 만해의 시에서 '부재한 님에 대한 그리움'으로 그 맥을 잇고 있다.

⑧ 필사본 개인 문집을 가지고 있었던 최승구와 현상윤, 그리고 김여제를 통해 1910년대 시문학의 성격을 살펴보았다. 최승구는 제국주의의 폭력성과 식민지 현실에 대한 비판적 인식을 기반으로 '생활문학론'을 제기함으로써 리얼리즘 문학의 단초를 마련하였다. 그의 시들은 시적 대상과의 객관적 거리 두기를 통해 성찰적 긴장을 확보하고 그 과정에서 서정을 창조하였다. 또한 한시 전통을 활용하여 자유시를 실험하고 있는 점이 특징적이다. 김여제는 암울한 현실에 압도되지 않고 미래에 대한 전망을 탐색하려는 값진 정신력을 한국 근대 시문학사에 남겨 놓았다. 현상윤은 1910년대 시인들 중에서 애국계몽운동의 전통을 자기화하려는 의식을 가졌던 시인으로 주목된다.

⑨ 3·1 운동의 좌절과 함께 환멸을 양식화하는 경향이 나타났다. 시인들은 현실에 손을 대기보다는 자신의 순정에 탄식하고 애상하는 심정을 시로 표현하면서 자신을 고고하게 위장하려 하였다. 이러한 감상성이야말로 한국 근대문학 형성과정에서 상징주의·유미주의·퇴폐주의를 둘러싸고 있는 외피였던 것이다.

⑩ 한국 근대 자유시는 1920년대 중반 한용운·김소월·이상화 등에 의해 비로소 확립되었다.

한용운은 높은 정신력과 치열한 사상적 모색, 그리고 민족해방에 대한 열정을 미적 차원으로 승화시킨 시세계를 창조하였다. 그는 '침묵하는 님'을 향한 절절한 그리움, '님'을 현실로 실감하려는 시적 주체의 결의를 통해 식민지 현실과 정면으로 대응하고 있다. 이러한 시적 작업은 분열하는 시적 주체를 단련하는 원동력으로서 의미를 지닌다.

김소월은 '형언할 수 없는 상실감의 울림'과 '부재에 대한 형언할 수 없는 그리움'을 식민지적 근대사회에서 삶의 보편적 정서로 승화하는 서정 구조를 창조하여 '민족시인'으로서의 독보적인 위치를 얻었다. 특히 낙향 이후 김소월의 시가 도달한 현실 진정성과 낙관적 정조를 살펴보았다.

근대시는 근대에 의해 상처받은 손으로 근대의 상처를 치유하는 방식, 그런 정신과 의식에 의해 성취되는 것이다. 근대 시인으로서 이상화에 주목한 까닭은 이런 연유에서이다. 근대시란, 분열을 경험한 근대의식이, 그 의식 자체를 통해 분열을 극복하는 과정을 양식화한 시이다. 이상화는 분열과 혼돈의 한복판에서 출발하여, 시로서 새로운 세계를 창조하는 고통을 감내하며 자신의 운명을 개척한 근대 시인이다.

한국 근대시 형성과정은 계기적인 연속성으로 전개 발전하였다기보다는 상이한 힘들이 상호 대립·갈등·착종하며 전개되었다. 이 책은 그 문제적인 연속성의 내재적 층위들을 살펴보고 관계지워 보려고 노력하였다. 근대시의 형성과정은 근대적 삶의 모순과 분열에 형식과 리듬을 부여하고, 그것으로 근대 극복의 힘을 창조하는 과정이다. 한국의 근대시는 시적 주체가 온갖 힘 — 중세적 봉건성과 서구적 의미의 근대성 그리고 식민성 —들이 서로 결합·타협·갈등·대립·착종하는 식민지적 근대 현실에 휘둘리면서도 피하거나, 그 현실을 관념적으로 제약하지 않고, 근대적 삶의 모순과 분열에서 생겨나는 충돌과 속력을 시적 창조의 에너지로 전화하는 데서 확립되었다.

참고문헌

1. 기본 자료

『開闢』.
『公道』.
『近代思潮』.
『大韓每日申報』.
『大韓自强會月報』.
『獨立新聞』.
『每日申報』.
『半島時論』.
『白潮』.
『上海版 獨立新聞』.
『西北學會月報』.
『西友』.
『少年』.
『新文界』.
『靈臺』.
『薔薇村』.
『朝鮮文藝』.
『中央靑年會報』.
『創造』.
『靑春』.
『太極學報』.
『泰西文藝新報』.
『廢墟』.
『學之光』.
『皇城新聞』.

『기러기』, 사단법인 흥사단.

강진호 편, 『한국문단이면사』, 깊은샘, 1999.

김근수 편, 『韓國雜誌槪觀 및 號別目次集』, 영신아카데미 한국학연구소, 1973.

김학길 편, 『계몽시가집』, 문예출판사, 1990.

金澤東 편, 『崔素月作品集』, 형설출판사, 1982.

『申采浩全集』, 형설출판사, 1977.

『月灘詩選』, 현대문학사, 1961.

『李光洙全集』, 삼중당, 1971.

이기철 편, 『李相和全集』, 문장사, 1982.

이종범·최원규 편, 『자료 한국근현대사입문』, 혜안, 1995.

임동권, 『한국민요집』, 집문당, 1981.

정재호, 『한국잡가전집』, 계명문화사, 1984.

정해렴 편역, 『한용운산문선집』, 현대실학사, 1991.

조용만, 『육당최남선』, 삼중당, 1964.

주요한, 『安島山傳』, 삼중당, 1975.

『崔南善全集』, 현암사, 1973.

『최신창가집』, 국가보훈처, 1996.

『韓國近代詩人叢書』, 동서문화사, 1990.

『韓國現代詩理論資料集』, 국학자료원, 1991.

『한용운』, 문학세계사, 1993.

玄相允, 『小星의 漫筆』(필사본, 東京), 1914.

2. 논저

국내서

강남주, 『수용의 시학』, 현대문학사, 1986.

강명관, 「일제초 구지식인의 문예활동과 그 친일적 성격」, 『창작과비평』, 1988년 겨
         울호.

강영주, 『벽초 홍명희 연구』, 창작과비평사, 1999.

강우식, 『한국 상징주의시 연구』, 문화생활사, 1987.

강재언, 『한국 근대사연구』, 한울, 1982.

강홍기, 「한국현대시운율연구」, 성균관대 박사논문, 1988.

강희근, 「『학지광』에 나타난 시인들의 의식과 시의 모습에 대하여」, 『배달말』 제4집, 1979.

고미숙, 「애국계몽기 시운동과 그 근대적 성격」, 『민족문학과 근대성』(민족문학사연구소 편), 문학과지성사, 1995.

＿＿＿, 「한국 근대계몽기 시가의 이념과 형식」, 성균관대 대동문화연구원 제30회 동양학학술대회－한·중 문학의 전통과 근대－발표문, 1998.

구인환, 『근대문학의 형성과 현실인식』, 한샘, 1983.

국사편찬위원회 편, 『한국독립운동사』 제3권, 1967.

권오만, 『개화기시가연구』, 새문사, 1989.

김경일, 「근대성과 헤게모니의 역사적 변화」, 『한국사회학회논문집』 제47집, 문학과지성사, 1995.

김교봉·설성경, 『근대전환기 시가연구』, 국학자료원, 1996.

김기현, 『한국문학론』, 일조각, 1972.

김대행, 『한국시가구조연구』, 삼영사, 1976.

김동인 외, 『한국문단이면사』, 깊은샘, 1983.

김병철, 『한국근대번역문학사연구』, 을유문화사, 1975.

김보경, 「1910년대 시연구」, 동덕여대 석사논문, 1996.

김복순, 「1910년대 단편소설 연구」, 연세대 박사논문, 1990.

김성기 편, 『모더니티란 무엇인가』, 민음사, 1994.

김성윤, 「한국 근대 자유시 형성의 연구」, 연세대 박사논문, 1999.

김시업, 「近代民謠 아리랑의 성격형성」, 『전환기의 동아시아문학』(임형택 편), 창작과비평사, 1985.

김시태, 『문학과 삶의 성찰』, 이우출판사, 1984.

김영철, 『한국 개화기 시가의 장르 연구』, 학문사, 1990.

＿＿＿, 『한국근대시론고』, 형설출판사, 1992.

김용준, 『近園隨筆』, 1942(『풍진 세월 예술에 살며』(증보 재판), 을유문화사, 1988).

김용직 외, 『한국 현대시사의 쟁점』, 시와시학사, 1991.

＿＿＿, 「詩에 있어서 운율의 의의」, 『홍익어문』 제7집, 홍익어문학회, 1988.

김용직, 『한국 근대시사』, 학연사, 1986.

김윤식, 「한국 근대시 형성에 대한 한 고찰」, 『한국학보』 제20호, 1980.

______, 『김윤식의 현대문학사 탐구』, 문학사상사, 1997.

김진균·정근식 편, 『근대 주체와 식민지 규율권력』, 문화과학사, 1997.

김창남, 「유행가의 성립과정과 그 문화적 성격」, 『노래』 제1권, 실천문학사, 1984.

김춘수, 『한국 현대시형태론』, 해동출판사, 1959.

김학동, 『한국 개화기시가연구』, 새문사, 1981.

______, 『한국 근대시의 비교문학적 연구』, 일조각, 1981.

______, 『한국 근대 시인연구』 1, 일조각, 1974.

______, 『현대시인연구』 I·II, 새문사, 1995.

김학성, 「서구시의 수용과 근대시의 행방」, 『전통문화와 서양문화』 제2권, 성균관대
        출판부, 1987.

김한초, 「일제하 한국지식인의 문화 수용과 그 인식」, 『한국 지식인의 의식과 사회적
        기능』, 한국정신문화연구원, 1987.

김현숙, 「한국 근대미술 1920년대 기점 시론」, 『한국근대미술사학』 제2집, 청년사,
        1995.

김흥규, 『문학과 역사적 인간』, 창작과비평사, 1980.

______, 『한국문학의 이해』, 민음사, 1986.

문충성, 「프랑스 상징주의 시와 한국의 현대시」, 한국외대 불어과 박사논문, 1992.

박을수, 『한국 개화기 저항시가연구』, 성문각, 1985.

박찬승, 『한국 근대정치사상사연구』, 역사비평사, 1992.

박헌호, 「이태준 문학의 소설사적 위상」, 성균관대 박사논문, 1997.

백기만, 「상화의 시와 그 배경」, 『자유문학』, 1959.4.

백낙청, 「문학과 예술에서의 근대성 문제」, 『창작과비평』, 1993년 겨울호.

백철·이병기, 『국문학전사』, 신구문화사, 1957.

서우석, 『시와 리듬』, 문학과지성사, 1981.

성기옥, 『한국시가율격의 이론』, 새문사, 1986.

손인수, 『한국근대교육사』, 연세대 출판부, 1975.

송민호, 「한국시문학사」, 『한국문화사대계』 제5권, 고려대 민족문화연구소, 1971.

신동욱 편, 『최남선과 이광수의 문학』, 새문사, 1981.

심선옥, 「김소월 시의 근대적 성격 연구」, 성균관대 박사논문, 1999.

심원섭, 「유암 김여제의 〈만만파파식적〉과 〈세계의 처음〉」, 『문학사상』 369호, 2003.7.

양왕용, 『한국근대시연구』, 삼영사, 1982.

오성호·김재용 외, 『한국근대문학사』, 한길사, 1993.

오성호, 「1920~30년대 한국시의 리얼리즘적 성격 연구」, 연세대 박사논문, 1992.

오세영, 『20세기 한국시연구』, 새문사, 1989.

＿＿＿, 「개화기 시의 재인식」, 『근대문학연구』 제1집, 지학사, 1987.

윤병로, 「한국 근대 자유시의 성격과 특징」, 『인문과학』 제21집, 성균관대 인문과학 연구소, 1991.

＿＿＿, 『한국근현대문학사』, 명문당, 1991.

윤호진, 『한시의 의미 구조』, 법인문화사, 1996.

이미순, 「1920년대 한국 낭만적 자연시 연구」, 서울대 박사논문, 1995.

이우성, 「古代詩와 現代詩의 교차점」, 『한국근대문학사론』(임형택·최원식 편), 한길사, 1982.

이청원, 『한국 민족문학사론』, 원광사, 1982.

임규찬·한진일 편, 『임화 신문학사』, 한길사, 1993.

임　화, 「『백조』의 문학사적 의의」, 『춘추』, 1942.11(민족문학사연구소회보 통권 64·65호 재수록).

임철규, 『왜 유토피아인가』, 민음사, 1991.

임형택, 『한국문학사의 시각』, 창작과비평사, 1984.

장성만, 「개항기의 한국사회와 근대성의 형성」, 『세계의 문학』, 1993년 가을호.

＿＿＿, 「한국 근대성 이해를 위한 몇 가지 검토」, 『현대사상』 제2권, 1997년 여름호.

전기철, 『한국 현대문학비평입문』, 자유사상사, 1995.

정명숙, 「개화기 해외 유이민 시가연구」, 대구대 석사논문, 1988.

정우택, 「근대 자유시 양식의 모색과 갈등」, 『민족문학과 근대성』(민족문학사연구소 편), 문학과지성사, 1995.

＿＿＿, 「소월 최승구론」, 『대원논문집』 제1집, 대원공과대학, 1996.

＿＿＿, 「유암 김여제의 생애와 시 연구」, 『반교어문연구』 제5집, 1994.

＿＿＿, 「잡가집 소재 '아리랑'에 대한 연구」, 『임하최진원박사정년기념논총』, 1991.

정한모, 『한국현대시문학사』, 일지사, 1974.

조동일, 『한국문학통사』 4, 지식산업사, 1986.

조연현, 『한국현대문학사』, 성문각, 1969.

조윤제, 『조선시가사강』, 박문출판사, 1937.

조종환, 「현상윤의 생애와 시 연구」, 경희대 석사논문, 1984.

조지훈, 「한국현대시문학사」, 『조지훈전집』 제7권, 일지사, 1973.

조창환, 「한국현대시의 음율론적 연구」, 일지사, 1986.

조형근, 「근대성에 대한 계보학적 탐색」, 『근대성의 경계를 찾아서』(서울사회과학연
　　　구소 편), 새길, 1997.

최　영, 『근대 한국의 지식인과 그 사상』, 문학과지성사, 1997.

최문규, 『(탈)현대성과 문학의 이해』, 민음사, 1996.

최유찬·오성호, 『문학과 사회』, 실천문학사, 1994.

한계전, 『한국현대시론연구』, 일지사, 1983.

한기형, 「신소설의 근대소설적 연구」, 성균관대 박사논문, 1997.

한점돌, 「1910년대 한국소설의 정신사적 연구」, 서울대 박사논문, 1992.

홍사중, 『근대시민사회사상사』, 한길사, 1981.

홍신선, 『한국근대문학이론의 연구』, 문학아카데미사, 1991.

홍정선, 「근대시 형성과정에 있어서의 독자층의 역할 연구」, 서울대 박사논문, 1991.

외서(번역서)

A. 하우저, 백낙청·염무웅 역, 『문학과 예술의 사회사』(근세편), 창작과비평사, 1981.

Alex Preminger & T. V. F. Brogan, *The New Princeton Encyclopedia of Poetry and Poetics*, Princeton
　　　Univ., 1993.

E. 카시러, 박완규 역, 『계몽주의 철학』, 민음사, 1995.

G. 루카치, 반성완·임홍배 역, 『독일문학사』, 심설당, 1987.

H. 프리드리히, 장희창 역, 『현대시의 구조』, 한길사, 1996.

Hayden White, 천형균 역, 『19세기 유럽의 역사적 상상력』, 문학과지성사, 1991.

M. S. 까간, 진중권 역, 『미학강의』, 새길, 1991.

M. 칼리니스쿠, 이영욱 외역, 『모더니티의 다섯 얼굴』, 시각과언어, 1993.

Marce Raymond, 김화영 역, 『프랑스현대시사』, 문학과지성사, 1983.

Raymond Williams, 이일환 역, 『이념과 문학』, 문학과지성사, 1982.

T. 이글튼, 유희석 역, 『비평의 기능』, 제3문학사, 1991.

W. Wallace, *The Encyclopedia of the Philosophical Science*, London : The Clarendon Press, 1892.

도미니끄 랭세, 강석욱 역, 『프랑스 19세기 시』, 고려대 출판부, 1985.

디어터 람핑, 장태영 역, 『서정시-이론과 역사』, 문학과지성사, 1994.

원행패, 강영순 역, 『중국시가예술연구』, 아세아문화사, 1990.
하따노 세쯔꼬, 신두원 역, 「이광수의 자아」, 『민족문학사연구』 제5집, 1994.